A E
& I

El canalla sentimental

Autores Españoles e Iberoamericanos

Jaime Bayly

El canalla sentimental

Obra editada en colaboración con Editorial Planeta – España

© 2008, Jaime Bayly
© 2008, Editorial Planeta, S.A. – Barcelona, España

Derechos reservados

© 2008, Editorial Planeta Mexicana, S.A. de C.V.
Avenida Presidente Masarik núm. 111, 2o. piso
Colonia Chapultepec Morales
C.P. 11570 México, D.F.
www.editorialplaneta.com.mx

Primera edición impresa en España: septiembre de 2008
ISBN: 978-84-08-08194-4

Primera edición impresa en México: noviembre de 2008
ISBN: 978-607-7-00051-8

Impreso en los talleres de Litográfica Ingramex, S.A. de C.V.
Centeno núm. 162, colonia Granjas Esmeralda, México, D.F.
Impreso en México – *Printed in Mexico*

A Lola

La historia comienza en Miami. Es febrero, hace un frío inusual para la ciudad, voy a la televisión todas las noches, soy un rehén de la televisión porque no tengo suficiente talento para ganarme la vida como escritor o porque no tengo suficiente coraje para vivir pobremente como escritor.

Camila, mi hija mayor, que está de vacaciones con Sofía, su madre, en una playa de Lima, me escribe una lista de encargos. Como le gusta hacer bien sus tareas, consigue copiar y adherir al correo electrónico las imágenes de los productos que me encarga, de modo que, al ver claramente las cosas que me está pidiendo, no me equivoque cuando vaya a comprarlas. Se trata de ropa y cosas para el colegio.

Camila trata de enviarme esa lista por correo electrónico, pero, a pesar de que lo intenta en varias ocasiones, no la recibo, tal vez porque su buzón de Hotmail no le permite mandar un correo tan pesado o porque nada que se envíe desde Lima llega nunca a su destinatario o porque el azar conspira contra nosotros. Al pasar dos o tres días y confirmar que no me ha llegado, intenta enviármela desde una casilla de Gmail, pero, de nuevo, algo incierto impide que llegue a mi computadora.

Impaciente, le sugiero que entre a mi correo electrónico y me lo envíe a otro buzón que tengo en ese mismo servidor, que es uno que permite enviar correos pesados, con imágenes en alta resolución. Le digo por teléfono mi clave. Ella toma nota y me dice que entrará a mi correo y me enviará la lista. Al colgar, me pregunto si sentirá curiosidad de leer mis correos y, por las dudas, borro unos pocos, de índole amorosa, que prefiero que no lea.

Por suerte recibo el correo con los encargos, lo imprimo, voy a las tiendas elegidas por Camila y compro las cosas que me ha pedido. Días después viajo a Lima y le entrego el bolso con sus encargos.

Camila y Lola, mis hijas, quedan al cuidado de su abuela, mi ex suegra, porque Sofía viaja a Berlín y yo, a Buenos Aires. Estando las niñas en el colegio, mi ex suegra encuentra en el escritorio de Camila un papel en el que mi hija ha anotado mi correo y la clave que le dicté por teléfono.

Mi ex suegra no me quiere y tiene buenas razones para no quererme. Ve el papel con mi correo y mi clave y no duda en encender la computadora y meterse a espiar mis correos. No la culpo. Yo hubiera hecho lo mismo.

Lo que más desea es encontrar algún correo en el que hable mal de su hija Sofía, mi ex esposa, pero no consigue encontrarlo, porque no tengo razones para hablar mal de ella, sólo para hablar bien.

Mi ex suegra quisiera encontrar un correo envenenado contra Sofía para mostrárselo y decirle una vez más lo ruin y despreciable que soy y para probarle que no la quiero, que nunca la quise. Pero no lo encuentra.

Luego lee algunos correos que nos hemos enviado Martín y yo, correos en los que resulta evidente que la amistad ha sido desbordada por una forma de amor que roza más la complicidad fraternal que las servidumbres convencionales de la vida en pareja. Se escandaliza por las palabras tiernas o cariñosas que nos decimos, por los diminutivos cursis, cargados de afecto, por las alusiones a los juegos amatorios que decimos echar de menos, y quizá incluso nos envidia.

No espera encontrar lo que se abre de pronto ante sus ojos: correos amatorios inflamados no de una sino de cuatro mujeres que me escriben desde distintas ciudades y a las que respondo de un modo no menos apasionado. Una se llama Lucía, es española, muy guapa, tiene veinte años, quiere ser escritora y vive en Vigo. Otra, Gabriela, es uruguaya, está casada con un futbolista en actividad (que es arquero) y dice que nunca le ha sido infiel, pero que no quiere pasarse la vida sin conocer íntimamente a otro hombre (los arqueros siempre sufren). La más osada se llama Claudia, es argentina, está casada, vive en Mar del Plata y ama a su esposo, pero se permite tener amantes a escondidas (tal vez por eso ama tanto a su esposo). Ana vive en Liniers y tiene en la espalda un tatuaje con mi nombre.

Mi ex suegra lee consternada esos correos llenos de amor (o de promesas amorosas) y tal vez piensa: Este maricón no es tan maricón como yo creía.

Lo que no sabe es que ninguna de esas mujeres ha tenido intimidad amorosa conmigo, sólo me han escrito prometiéndome que la tendrán, pero tal vez eso nunca ocurrirá y lo que necesitaban era escribirlo, permitirse esa pequeña, secreta infidelidad.

Mi ex suegra reenvía todos esos correos amorosos (o mentirosos, esto aún no está claro) al buzón de Sofía, que está en Berlín. Debemos suponer que quiere demostrarle que soy un pervertido, un hombre de lujuria insaciable que se aparea con varones y hembras de distintas nacionalidades (acusación que quizá no carece de fundamento y cuya prueba más conspicua se halla, en su opinión, en las novelas que he publicado).

Sofía lee los correos de mis amigas y seguramente piensa: Jaime es un caso perdido, menos mal que me divorcié de él. Tiene el buen gusto de no decirme nada y sigue con su vida atareada. Es, como se ve, una mujer encantadora.

No contenta con eso, mi ex suegra envía a esas mujeres un correo escrito en mayúsculas (algo insólito en mí) que dice: «NO ME GUSTAS PORQUE SOY MARICÓN Y TENGO MARIDO ARGENTINO, ADIÓS.»

Luego lee otros correos, de editores o agentes literarios o ejecutivos de televisión que me sugieren hacer tal o cual programa, y se enfada al comprobar que todavía trabajo y que me gusta mi trabajo (porque es todo menos un trabajo), y en venganza envía a esas personas un correo también escrito en mayúsculas (algo que siempre he encontrado atroz) que dice: «NO CUENTEN CONMIGO, TENGO SIDA Y ME ESTOY MURIENDO, ADIÓS.»

Mi ex suegra parece estar deseando hace años que yo contraiga esa enfermedad, porque cuando publiqué mi primera novela, me dijo por teléfono: «Ojalá que te mueras de sida tirado como un perro en las calles de Miami.» Para su desconsuelo, he contraído otros males en esta última década, principalmente el de la obesidad y el de la fatiga crónica, pero no el que me desea con tanto ardor.

Al día siguiente, recibo correos de novias cibernéticas, amigos, editores, agentes y ejecutivos de televisión, que me piden explicaciones por las líneas descomedidas que han recibido desde mi buzón y recién entonces me entero de que alguien ha penetrado en ese territorio íntimo y ha escrito unas líneas horrendas en mi nombre.

Hago algunas simples pesquisas y confirmo que es mi ex suegra la que ha espantado de ese modo tan pintoresco a la poca gente que aún me aprecia o hace esfuerzos riesgosos por quererme.

Enseguida trato de cambiar mi clave o contraseña, pero, por razones de seguridad, me preguntan cuál es mi película favorita y no sé responder. Escribo ocho, diez nombres de películas que me han gustado mucho, pero ninguno es la respuesta correcta, y por eso me impiden cambiar mi contraseña. Escribo entonces *Less than zero* y descubro que es o era mi película favorita.

Finalmente les escribo a Lucía, Gabriela, Claudia y Ana, pidiéndoles disculpas, explicándoles el espionaje del que he sido víctima y rogándoles que le escriban unas líneas a mi ex suegra, diciéndole que soy un amante memorable, el mejor que han tenido.

Al caer la noche, camino al videoclub y alquilo *Less than zero*.

Es otoño en Buenos Aires. Grabo entrevistas para un canal de televisión. Me pagan en efectivo. Como no confío en los bancos, decido esconder el dinero en casa.

A pesar de que no hace tanto frío, sigo usando cuatro pares de medias. No son medias comunes, son polares, de alta resistencia al frío. Tengo muchas medias, entre nuevas y usadas, desperdigadas en la habitación. Meto los billetes dentro de una media polar y la arrojo de vuelta al piso. Pienso: Un ladrón no buscaría nunca dentro de una media. Pienso: Soy una persona astuta. Luego sigo con mi vida y me olvido del asunto.

Con los días, la cantidad de ropa sucia resulta excesiva. Todas las medias están usadas, tiradas en el piso. Debo lavarlas.

No tengo una lavadora en casa. Podría comprarla, pero la pereza me lo impide. Si no consigo reunir energías para ir al supermercado (unos chinos encantadores me traen las cosas en bicicleta), menos podría ir a comprar una lavadora. Si algún día los chinos deciden traerme una lavadora en bicicleta, pagaré lo que me pidan. Mientras tanto, llevo la ropa a un lavadero cercano, el lavadero artesanal El Alquimista, de la calle 25 de Mayo.

El tipo del lavadero es gordo y hablantín y no oculta su gordura (pues lleva una musculosa blanca) ni su locuacidad (pues apenas me dejo ver en su local ya está contándome su vida). Lo que más le gusta contarme es el tiempo en que vivió en Italia. Se arrepiente de haber regresado a la Argentina. Dice que allá podía vivir bien, viajar de vez en cuando, levantarse minas. Acá está podrido, no le alcanza la plata para nada.

Le dejo el bolso colorado con la ropa sucia y espero a que me diga cuánto le debo. El tipo carga el bolso, lo pesa mentalmente y calcula de un modo irrebatible que son dos medidas, o sea, doce pesos. Luego deja el bolso y sigue contándome que algún día volverá a Italia y que está podrido del trabajo.

Más tarde, en la casa, mirando algún programa de televisión en el que sólo se habla de fútbol, pensando que quiero ver el mundial en Buenos Aires, recuerdo, angustiado, que dejé la plata escondida en una media. Salto de la cama, reviso el cuarto, no encuentro la media. Desesperado, revuelvo todo, pero no consigo dar con ella. Es obvio que la he dejado en el lavadero con la ropa sucia.

Salgo agitado y camino a toda prisa. Pienso: No soy tan astuto, en realidad soy un imbécil. El tipo del lavadero se sorprende al verme. «Todavía no está lo tuyo, recién se está secando», me dice. Le pregunto si no encontró un fajo de dólares dentro de una media. Rascándose un brazo peludo, me dice que no. «Los dólares están dentro de una media», le digo, «¿podemos parar la secadora y mirar?» Me mira incrédulo y me pregunta si es mucha plata. Le digo el monto. Se lleva las manos a la cabeza. «Una fortuna», dice, mientras detiene la secadora. «Con esa plata me vuelvo a Italia.»

El tipo abre la secadora y va sacando la ropa húmeda. Me pasa una media tras otra. Meto la mano dentro de cada media mojada y compruebo que el dinero no está. Cuando me da la última media, ya sé, al verla, que no encontraré el dinero. «No hay más medias», me dice. Luego hunde la cabeza dentro de la secadora y busca alguna media extraviada, pero no hay más. «Fíjate en el bolso», me sugiere. Abro el maletín colorado, paso mi mano por dentro, pero tampoco hay nada.

El tipo me mira apenado y yo lo miro de vuelta, pensando que él se robó la plata para volver a Italia. Si me la robó, lo merezco por tonto, él sabrá usarla mejor, pienso. «No importa», le digo. «Ya aparecerá. Y si no aparece, alguien sabrá gastarla mejor que yo.» Sin preguntarme por qué diablos se me ocurrió meter tanto dinero en una media, me dice que no me dé por vencido, que siga buscando. Al salir, le digo: «Si la encuentras de milagro, te dejo la mitad.» Pero él me dice: «Estás loco, no te acepto nada, acá seguro que no está.»

Camino abatido. Sabía que podía ser un tonto y ésta es la confirmación definitiva. Me duelen los pies. Las muchas medias que llevo puestas me ajustan tanto que una de las uñas se ha encarnado, provocándome una herida.

Me detengo en un salón de belleza y pregunto si pueden hacerme una *pedicure*. Me atienden enseguida. La chica se llama Rosa. Mientras calienta el agua y ordena sus utensilios, me quito los zapatos de rebaja (que son tres tallas más grandes que la mía, porque sólo así puedo calzarlos con los pies tan recubiertos) y, con dificultad, me despojo de las medias polares que me ajustan tanto.

Entonces, ante los ojos asombrados de Rosita, me saco una media más y caen todos los dólares perdidos y recuerdo que en algún momento de la madrugada desperté con pesadillas, los pies helados, y caminé aturdido por la habitación y recogí del piso unas medias sucias y me las puse y luego seguí durmiendo. Y Rosita se ríe cuando le cuento todo, no lo puede creer, me dice que estoy loco, y yo cierro los ojos, ella masajeándome los pies, y pienso: Soy un idiota, pero tengo suerte.

Después paso por el lavadero y le doy la buena noticia al tipo gordo y hablantín y él se alegra y yo le regalo un billete, quizá para expiar la culpa de haberlo creído un ladrón, y entonces él me dice que ya le falta poco para comprarse un televisor en el que verá el mundial de fútbol, y yo le pregunto cuánto le falta, y él me lo dice sin timidez, y como no es mucho, le paso dos billetes más, porque siento que esos billetes me los ha regalado alguien y no me pertenecen del todo, y él se alegra tanto que me abraza, confundiéndome con sus olores recios, y me dice que tenemos que ver juntos el debut mundialista de Argentina en su televisor nuevo, acá en el lavadero.

Un magnate musical de Miami me llama por teléfono y me pide que vaya a visitarlo a su oficina. Como no sé cantar ni tengo ganas de aprender, le pregunto de qué se trata, en qué está pensando. Me dice:

—Te voy a proponer algo que te va a encantar.

Sólo le pido una condición: que nuestro encuentro sea después de las cinco de la tarde, para no perderme ningún partido del mundial de fútbol. Desde las nueve de la mañana, soy un rehén del televisor, un adicto a ese virus incurable que es el fútbol, una víctima de los relatos chillones de los locutores de Miami.

El magnate musical se ríe, me dice que no ve el mundial (lo que me inspira cierta desconfianza) y me cita a las seis de la tarde en su despacho.

Llegado el día de la reunión, no tengo que pensar mucho en lo que voy a ponerme, porque todos los días me pongo la misma ropa: un pantalón azul, una camiseta de mangas largas, un suéter de cachemira negra y un sacón de gamuza marrón. No parezco apropiadamente vestido para Miami.

Apenas llego a la oficina, una mansión frente al mar sosegado que sólo a veces crispan los huracanes, un asistente del magnate me saluda con cariño y me sorprende:

—Te voy a pedir que te quites los zapatos.

Quedo pasmado. Miro mis zapatos. No son nuevos o relucientes, ni siquiera son dignos o presentables: son unos zapatos viejos, gastados, manchados; unos zapatos comprados en liquidación, de marca innoble, roídos por el tiempo, la humedad, las muchas millas caminadas y la emanación de olores ásperos de mis pies peruanos.

Sorprendido, le pregunto por qué debo quitármelos. El asistente del magnate me responde:

—Porque a mi jefe no le gusta que entre la cochinada a su oficina.

—En ese caso, no debería recibirme —le digo, pero él no se ríe y me mira con seriedad de monaguillo.

Me veo obligado a quitarme mis viejos zapatos marrones, que me han llevado a tantas ciudades y con los cuales he dormido en tantas camas frías. Saltan entonces a la vista mis medias grises, polares, de lana pura, diseñadas para esquiar, compradas en una boutique de San Isidro; unas medias viejas y ahuecadas que, por suerte, cubren a otros dos pares de medias del mismo color y la misma textura, lo que de algún modo disimula los agujeros e impide que sobresalgan, juguetones, los dedos de mis pies.

El asistente del magnate echa una mirada sorprendida a esas medias invernales, se abstiene de hacer un comentario (aunque algo piensa al respecto, de eso no hay duda) y, obediente, se despoja de sus sandalias, quedando descalzo, listo para ver a su ascético jefe, el gurú de la música latina.

Subimos una escalera alfombrada. Nos recibe una secretaria muy linda que habla español. Nos conduce por un pasillo cuyas paredes están cubiertas de premios, fotos con celebridades, recortes halagadores, portadas de revistas. Está claro que la humildad no se aloja entre esas paredes.

El magnate de la música me recibe vestido todo de negro, los pies descalzos sobre una alfombra tan blanca e inmaculada que parece una capa de nieve. Nos abrazamos. Nos sentamos en unos sillones igualmente blancos, impolutos. El asistente permanece con nosotros. Nos halagamos mutuamente. Nos reímos de todo un poco. Somos gente de éxito. Somos muy listos. Somos estupendos. Estamos encantados de ser quienes somos. El asistente está encantado de ser asistente. Es todo muy feliz. Es todo muy falso y vulgar.

El magnate me dice cuánto le costó esa mansión, cuánto le costaron los dos autos que tiene en la cochera, cuánto gana mensualmente con sus discos y regalías. Empequeñecido por la obscenidad de esos números, lo felicito, le digo que es un grande. Pero no le presto demasiada atención porque estoy mirando sus pies, unos pies cortos y regordetes, aunque menos que los de su asistente.

Luego se levanta, saca un disco, lo introduce en un equipo magnífico (que naturalmente me dice cuánto costó) y me pide que escuche con atención, porque se trata de su nuevo hallazgo, un cantante que va a ser una gran explosión en la música latina, el dios pagano al que las masas habrán de adorar. La música empieza a sonar. El magnate sube el volumen a tope. Los ritmos son odiosos; la voz, plañidera; las letras, cursis; todo suena predecible, repetido, falsete, bobalicón.

—Es una maravilla —grita el magnate.

—Un éxito seguro —lo secunda el asistente.

—Formidable —miento.

Pero yo sólo miro los pies del magnate y los de su asistente, que mueven sus dedos regordetes con obscena alegría tropical, siguiendo los acordes de esas notas musicales que han perpetrado con codicia. Y es una imagen difícil de olvidar: esa oficina atiborrada de premios, ese bullicio atroz que expulsan los parlantes, esos deditos optimistas de los pies que se mueven como bailando, aquella insoportable alegría de ser quienes somos.

Cuando termina la canción, el magnate me pide que entreviste en mi programa a ese cantante que ha descubierto y que será, no lo duda, la nueva estrella de la música latina. Le digo que encantado, que será un placer.

—¿No quieres quitarte las medias? —me pregunta.

—No, gracias, así estoy bien —respondo, temeroso de que se haya percatado de los huecos en mis calcetines.

—¿No tienes calor? —pregunta.

—No —le respondo—. Yo siempre tengo frío.

Luego pone otra canción al mismo volumen estruendoso y quiero salir corriendo de allí, pero me aguanto, sufro, me lleno de rencor, miento, elogio esa bullanga y me ofrezco a colaborar en lo que buenamente pueda.

El magnate me regala una copia del disco, me dice que me admira, me promete que me llamará pronto para ir a pasear en yate. Le digo que yo lo admiro más, que espero su llamada, que sería estupendo navegar juntos. Todo, por supuesto, es mentira.

El asistente sale de la oficina conmigo. Una recepcionista me devuelve mis zapatos, bastante asqueada. El asistente me pregunta:

—¿Cuánto te costaron?

Le respondo, con orgullo:

—Veintinueve dólares, en liquidación.

—Un artista como tú no puede andar en esos zapatos —me dice, palmoteando mi espalda con cierta lástima—. Acá te dejo un obsequio —añade, y me entrega unas sandalias como las que lleva puestas.

—Gracias —le digo, fingiendo emoción.

Luego intento ponerme mis zapatos, pero él me sugiere que me ponga las sandalias. Nunca he sabido decir que no: para complacerlo, meto mis pies con tres pares de medias dentro de esas horribles sandalias. Me veo ridículo, al punto que el asistente me dice:

—Tienes que quitarte las medias. No puedes usar las sandalias con medias.

—Eso sí no voy a poder —le digo—. No quiero morirme de una neumonía.

El asistente me mira consternado, sin entender mi mal gusto para vestir. Me despido deprisa, subo a la camioneta y, mientras acelero con mis sandalias regaladas, siento ganas de huir de esa tarde falsa, de ser otro, de regresar a Buenos Aires. Tal vez por eso me detengo en una esquina, me quito las sandalias y las arrojo a la calle.

Llego al estudio de televisión, en un barrio al norte de Miami, y saludo a Guillermo, el guardia colombiano, en su uniforme color café y su sombrero de ala ancha. Bajo de la camioneta, saludo a los guardias afroamericanos, uniformados como la policía montada, y paso por el salón vip, donde suelen esperar los invitados al programa. Todavía no ha llegado nadie. Saco una banana y una barra de granola. De pronto, oigo unos ruidos extraños, como los de un animal rasguñando una pared o caminando en el techo. Pienso: Deben de ser gatos techeros o roedores que vienen por la comida.

Voy al cuarto de maquillaje. La Mora, una cubana encantadora que llegó en balsa y estuvo presa en Guantánamo, me maquilla con esmero, muy suavemente. Es lo mejor de salir en televisión: que alguien te acaricie el rostro con delicadeza, como ya nadie te lo acaricia en la vida misma, mientras te cuenta chismes envenenados sobre los famosos que conoció o dice haber conocido.

Poco después llega la invitada. Es una mujer bella y famosa. Es cantante y actriz. La acompaña un séquito de asistentes, peluqueros, publicistas y socorristas de asuntos ínfimos. Uno de ellos lleva varios vestidos como si llevara un tesoro incalculable. La diva elegirá, llegado el momento, cuál se pondrá esa noche en mi programa. Esa incertidumbre crea una tensión que se puede respirar en el aire. Uno podría preguntarse por qué la dama no eligió el vestido en su casa o en la suite del hotel. La respuesta parece obvia: si alguien no le cargase los vestidos con tan conmovedora devoción, quizá no sería una diva o no lo parecería, que es tan importante como serlo.

Saludo a la bella dama. Le digo que la admiro mucho. Puede que esté exagerando. Ella me dice lo mismo. Sospecho que exagera también. Es la televisión. Todo es mentira. La naturaleza misma del encuentro es de una falsedad innegable. Ella y yo simularemos un considerable interés por la vida del otro, pero el propósito verdadero que anima el encuentro es uno bien distinto del afecto o la curiosidad periodística: el de ella, promocionarse, que la vean muchas personas, que compren su disco, y el mío, por supuesto, cobrar. Si no estuviéramos frente a las cámaras, si no me pagasen, ¿nos haría tanta ilusión conversar las mismas cosas en un café, a solas? ¿Nos diríamos tantas lisonjas y zalamerías? ¿Nos juraríamos un próximo encuentro a sabiendas de que nunca ocurrirá?

De cualquier modo, la invitada es un encanto y por eso no necesito recurrir a mis fatigadas dotes histriónicas para hacerle saber que me cae bien. Quizá podría tomar un café con ella y reírme sin fingir una sola risa.

Ahora estamos en el salón vip. Comemos cosas grasosas, a pesar de que también han servido abundante comida japonesa, a pedido de la diva o de sus representantes, quienes parecen más ávidos por comer y beber que su patrocinada. La diva y yo, masticando papas fritas, nos decimos mentiras dulces, convenientes. Persiste, inquietante, el ruido de algo que sólo podría ser un animal casi tan hambriento como las señoras publicistas de la diva. Poco después, ella, la bella dama en cuestión, la estrella de la noche, se enfrenta a la decisión crucial, lo único que de verdad parece preocuparle: qué vestido ponerse, con qué aretes acompañarlo, cuál sería entonces el matiz apropiado del colorete en sus labios. Sus áulicos y turiferarios esperan el momento con un comprensible estremecimiento. Algo, sin embargo, se interpone en el camino entre ella y sus vestidos relucientes (y sin asomo de arruga alguna).

Es una rata, que ha salido de su madriguera, debajo del sillón de cuero gastado, y mira fijamente a la diva sin el afecto o la devoción que nosotros le prodigamos. Es una rata grande, gorda, insolente, desafiante. Puede incluso que no sea una rata, que sea pariente de una rata, alguna criatura aviesa de la familia de las ratas.

La diva, como era de esperarse, da un alarido de espanto y deja caer un rollo de comida japonesa (palta, queso cremoso, langostino), aterrada por la aparición del voluminoso roedor. La rata chilla, pero no huye. Al parecer hambrienta, se acerca al enrollado y lo olfatea. Los asistentes gritan, llenos de pavor, y salen corriendo con los vestidos agitándose y acaso arrugándose. En un momento de rabia, pierdo el control y le arrojo una lata de coca-cola a la intrusa. Para mi mala suerte, no le acierto. La rata, al verse agredida, nos mira como nunca me había mirado una rata, es decir, con un aire de superioridad física e incluso moral, y se decide a atacarnos. Naturalmente, como es una rata, y como odia la belleza, ataca a la diva, mordiéndola en el tobillo descalzo. La diva no puede tolerar esa imagen escalofriante, la de una rata gorda y peluda hincando sus dientes en la piel suavísima de sus pies, que ella ha cuidado con tanta minuciosidad.

Luego la rata huye y la diva se desmaya en el sillón de cuero gastado y alguien llama a la emergencia médica.

Poco después, cuando la diva recobra el conocimiento y es confortada por los socorristas y abanicada por su delicado séquito de eunucos, pronuncia unas palabras secas y memorables:

—¡Una rata de mierda no va a joder mi carrera! ¡Tráiganme los vestidos!

Saliendo del programa, suena el celular. Es un amigo argentino. Me invita a casa de un cantante famoso a comer un asado. Le digo que es tarde, que estoy maquillado y en traje. Insiste en que pase un momento. Le prometo que en media hora estaré por allá.

Paso luego por una farmacia, compro toallas húmedas, me limpio la cara dentro de la camioneta (lo mejor de salir en televisión es que te pongan base y polvos en la cara y un mínimo colorete en los labios y rubor en las mejillas y brillo en las pestañas) y me dirijo a la casa del cantante.

Toco el timbre. Digo mi nombre. Me preguntan si el cantante me espera. Digo que sí. Abren. Un sendero arbolado me lleva a la casa, al pie de la bahía. He estado allí otras noches y sé que será difícil salir antes de que amanezca, porque esa casa convoca espíritus inquietos y propicia fiestas inolvidables y confesiones de madrugada.

Saludo a los amigos, al cantante, a su novia, a sus amigas, y me siento a la mesa, pero nadie me ofrece algo de comer, todos fuman y beben cerveza porque ya han comido. Aunque tengo hambre, no digo nada, me dan una botella de agua helada, algunos se enojan porque no quiero fumar ni beber cerveza, les digo que ya estoy viejo, que al día siguiente tengo que trabajar, pero no me entienden, creen que soy un cobarde, un traidor, que juego con ventaja porque estoy en la fiesta pero no me abandono del todo, y yo me limito a sonreír y a decirles que tienen razón, y luego trago saliva a la espera de que alguna de las chicas se apiade de mí y me ofrezca una carnecita.

El cantante famoso, que es un conquistador, un brujo que te hechiza con la mirada y seduce a todo lo que se mueve, dice de pronto que tiene que irse a pintar, que hagamos lo que nos dé la gana. Y enseguida desaparece sin despedirse ni nada. Yo digo que debemos irnos, que ya se fue a dormir, pero nadie me hace caso y la verdad es que en otras ocasiones el anfitrión ha hecho lo mismo, es decir, desaparecer misteriosamente un par de horas y luego reaparecer encantado, sonriente, como si acabara de dormir o hacer el amor o componer una canción o pintar un cuadro.

Mis amigos me llevan a la terraza frente a la bahía, abren más cervezas, encienden y aspiran todo lo que pueda fumarse, suben el volumen de una música odiosa, y yo no digo nada, no digo que me muero de hambre, que me molesta el humo de todos los tabacos que no cesan de expulsar sus lindas bocas cosmopolitas, que esa música es indigna de la noche, de aquella vista espléndida a la luna llena que reverbera en las aguas cálidas de la bahía.

De pronto una puertorriqueña muy guapa me dice que no he comido nada, que hay carne esperándome en la cocina. «Dios te bendiga», le digo, y ella corre a traerme un plato enorme en el que se entremezclan pedazos requemados de lomo, de pollo, de cerdo, de chorizo, lo que despide un olor embriagador, que despierta del soponcio en que se hallaba a un perrito peludo, muy coqueto, de color blanco, como esos que llevan ahora las chicas famosas en el bolso. El perrito se acerca, moviendo la cola, y se planta allí, debajo de la mesa, mirándome con avidez, a la espera de que deje caer algo de carne.

Sin pensar en las consecuencias, hago lo que parece natural, o sea, echarle un buen pedazo de chorizo, que el perrito traga con algo de dificultad pero sin demora. Los amigos siguen hablando de las mujeres, del amor, de los viajes, de los negocios, y yo sigo comiendo extasiado esa carne algo fría, y luego veo al perrito que me ruega con los ojos pedigüeños un poco más de chorizo. Pobre putito anoréxico, pienso, y le aviento un buen pedazo de chuleta que él mordisquea con frenesí porque al parecer no le cabe en la boca. Le toma un tiempo y no poco esfuerzo, pero consigue tragárselo todo. Luego camina dos o tres pasos y se echa, uno diría que satisfecho aunque no agradecido, porque ni me mira.

Poco después llegan las amigas, la novia, y acarician al perrito, pero él parece aturdido, ausente, y les pregunto a las chicas cómo se llama el perrito y me dicen que es perrita, que se llama *Paquita*, y les pregunto qué come *Paquita*, y me dicen que *Paquita* sólo come bolitas, y pregunto «bolitas de qué, porque está flaquísima», y me dicen «bolitas de alimento balanceado, porque los perros finos sólo comen alimento balanceado». Pienso: Menos mal que no me vieron desbalancearle el alimento a *Paquita* con un chorizo mariposa, una chuleta de cerdo y medio churrasco bien cocido.

Como los errores se pagan, *Paquita* sufre entonces los estragos de la panzada que se ha metido. Porque, echada todavía, empieza a toser, como si quisiera expulsar algo, y las chicas se alarman, y una de ellas la carga y le dice «*Paquita*, maja, ¿qué te pasa?», y *Paquita* como toda respuesta vomita pedazos del tremendo chorizo mariposa que se ha comido. Y entonces las chicas se alborotan, y los amigos preguntan qué pasa, y una de las chicas dice «es que *Paquita* ha comido carne, ¿quién le ha dado carne?», y se hace un silencio eterno como el arte que habita en la música del cantante famoso que nos ha dejado, y *Paquita* rompe el silencio con sus espasmos, vómitos y convulsiones, y yo digo que se me cayó un chorizo al suelo y que Paquita se abalanzó sobre él, y entonces las chicas me miran como si fuera una bestia, un ignorante, y una, la más afligida, me dice «¡pero cómo se te ocurre, joder, si *Paquita* sólo come bolitas!».

Y entonces se la llevan cargada, vomitando, luchando por expulsar los trozos de carne que su estómago no puede asimilar, y luego oigo que llaman a gritos al chofer, porque hay que llevar a *Paquita* a la sala de urgencias del Mount Sinai a que le salven la vida. Y no tardan en llevársela así, en brazos, desfalleciendo, dejando la vida regada en una estela de vómitos y cagaderas por el sendero arbolado de la mansión del cantante que ni se entera de aquella agonía porque está pintando. Los amigos se ríen, son un encanto, les parece genial que haya matado a *Paquita* con una sobredosis de chorizos, pero yo no me río, yo sé que es mi última noche en la casa del cantante famoso si *Paquita* regresa cadáver del hospital. Por eso camino al borde de la piscina, me quedo contemplando la luna llena, las aguas quietas, el yate al que ya nunca subiré, y luego digo que voy al baño, que ya vuelvo, pero, aterrado de que aparezca el cantante y sepa que maté a su *Paquita* que sólo comía bolitas, me alejo por el sendero arbolado sabiendo que me voy para no volver.

No debí dar mi correo electrónico en el programa. Lo hice porque quería que el público pudiese ir al estudio a verlo en directo. La española leyó el correo, me escribió y me dijo que vivíamos en la misma calle, que había leído mis libros, que me veía caminar en las tardes rumbo al gimnasio y quería conocerme. Me dijo el número de la casa en que vivía y me invitó a tomar el té. No respondí. Pero esa tarde, caminando al gimnasio, pasé frente a su casa, apenas a media cuadra de la mía, y eché una mirada. Era de dos pisos, de aire decadente, y combinaba con cierta temeridad los rojos y azules opacos. Las ventanas estaban abiertas y la brisa invernal mecía las cortinas transparentes. Me sorprendió que hubiese tantos autos en la cochera, cinco, todos deportivos, convertibles y de colores llamativos. Había algo raro en ese lugar. A primera vista algo chirriaba entre la descuidada vejez de la casa y la modernidad de los autos.

Cada noche, al llegar a casa, ya tarde, me sentaba a leer los correos y encontraba sin falta uno de la española, diciéndome qué cosas le habían gustado o disgustado del programa, qué invitados le habían parecido encantadores, aburridos o repugnantes. Eran textos cortos, bien escritos, salpicados de ironía, en el tono virulento y despiadado que uno puede permitirse cuando es crítico anónimo. Por lo general, estaba de acuerdo con ella. Los personajes que la española encontraba odiosos, embusteros o cobardes tam-

27

bién me lo parecían a mí, aunque, claro, yo no podía decirlo en televisión. Todas las mujeres que venían al programa le caían mal. Me exigía que fuese implacable con ellas. Era tremenda. «Tengo mucha mala leche», me dijo en uno de sus correos. «Por eso me caes bien, porque estás lleno de mala leche como yo», añadió.

Yo solía contestar esos correos breve y afectuosamente, en dos o tres líneas, por ejemplo «gracias, me hiciste reír, eres un amor», o «estás loca, eres genial, no dejes de escribirme», o «no podría estar más de acuerdo contigo, adoro tu mala leche», cosas así, que escribía sólo para halagarla.

Una noche me mandó una foto y me pidió que le dijera si la encontraba atractiva. «Sé que tienes novio», me decía. «Pero también sé que te han gustado algunas mujeres y quiero saber si yo podría llegar a gustarte.» Abrí la foto. Era muy bella, joven, sorprendentemente joven, de unos treinta años y cierta belleza gitana, el pelo negro y largo, los ojos ausentes, almendrados, el rostro traspasado por una melancolía extraña, que no se adivinaba en sus correos, tan rotundos. Le escribí enseguida: «Eres muy guapa. Pensé que eras mucho mayor. No se te nota la mala leche. Sabes posar.» Ella escribió: «Estoy casada y amo a mi esposo, y sé que tienes un novio argentino, te he visto con él, pero algún día me gustaría saltarme las reglas y jugar contigo.» Escribí sin demora: «Siempre me ha gustado saltarme las reglas.» Extrañamente, ella dejó de escribirme varios días. Pensé que se había asustado, que sólo quería flirtear y que, ante la inminencia de un encuentro, se había replegado, temerosa: después de todo, era una mujer casada y tenía que ser prudente.

De pronto, la española regresó bruscamente a mi vida. Encontré de madrugada un correo suyo: «Debo confesarte que hice trampa. La foto que te mandé me la tomaron hace veinte años. ¿Me perdonas? ¿Todavía quieres conocerme?» No le contesté. No me gustó que me hubiese mentido. Pensé que no debía escribirle más, que era una loca peligrosa.

Enojada porque no le escribía, siguió enviándome todas las noches sus correos llenos de mala leche. Ya no me hacían gracia. Era evidente que estaba despechada y que odiaba a cualquier mujer que fuese más joven o guapa que ella. La española era una señora rica, loca, casada e infeliz, llena de tiempo libre y frustraciones, como muchas de mis vecinas.

Debí cambiar de ruta al gimnasio. Fui un tonto, me dejé emboscar. Una tarde pasé frente a su casa y ella salió corriendo, cruzó la calle, se plantó frente a mí y me dijo que estaba pasando unos días terribles por mi culpa. Le pregunté por qué me culpaba de su infelicidad. Me dijo: «Porque no me has escrito desde que te dije que esa foto tenía veinte años.» Mientras decía eso, yo pensaba que la foto podía tener no veinte sino treinta años, porque la española lucía el rostro estropeado por tantas cirugías inútiles, que lo habían convertido en una mueca tensa, en el remedo triste de lo que fue, en la caricatura desfigurada de aquella foto en la que todavía tenía una cara verdadera y no esta máscara de ahora. «Lo siento, no he tenido tiempo de escribirte», dije. «Me estás haciendo sufrir mucho», me reprochó. «Eres un mal tío», dijo. «Esto no se le hace a una dama.» Pensé: Es que no eres una dama. Pero no se lo dije. Me puse serio y dije con voz cortante: «No tengo tiempo para estas cosas. Estoy apurado.» Y seguí caminando hacia el gimnasio.

Al final de la tarde, me eché a dormir la siesta. Desperté asustado. Alguien golpeaba la puerta de calle. Me puse de pie y me acerqué a la escalera. No podía verla, pero oí su voz llamando mi nombre. Era la vecina española. Volví a la cama y pensé que se cansaría de tocar la puerta. Me equivoqué. De pronto, la puerta se abrió y sentí su voz dentro de la casa, llamándome. No entendí cómo podía haber entrado, por lo visto había dejado la puerta sin llave. La española estaba gritando en mi casa y yo me escondía entre las sombras del segundo piso. «No te escondas, sé que estás arriba, no me obligues a subir», gritó. Un ramalazo de miedo me recorrió de la cabeza a los pies. Pensé que había venido a matarme o, peor aún, a violarme. Entonces la mala leche se apoderó de mí y me hizo encender la luz de la escalera y gritarle: «¿Qué haces en mi casa, vieja de mierda? Vete ahora mismo, que ya llamé a la policía.» Ella se asomó a la escalera y, para mi sorpresa, mostró unos libros que traía en las manos y me dijo, llorosa: «Sólo quería que me firmaras tus libros.» No me inspiró lástima. «No me da la gana de firmarte nada porque no tienes derecho de meterte así en mi casa.» Ella se quedó allí, mirándome con cara de víctima. «¿No te gusto?», me preguntó, con la voz quebrada, aguantando el llanto. «No, nada», le dije. De pronto ella recuperó el aire regio, me miró con mala cara y sentenció: «¿Sabes por qué no te gusto? Porque no te gustan las mujeres. Tú eres mariquita. Yo no te creo ese cuento de que eres bisexual. Tú eres mariquita y te gusta que te den por culo.» Ahora la española estaba gritando y me miraba con una mala leche de siglos. Luego tiró mis libros al suelo y gritó: «Y estos libros son una puta mierda.» Y se marchó haciendo sonar los tacos, dejando la puerta abierta, sabiendo que la policía no llegaría nunca ni yo iría a denunciarla.

Martín está en Buenos Aires porque su hermana Candy se encuentra muy enferma. Me dice que me extraña. No me ve hace un tiempo. No sabe cuándo volverá a verme. Como me extraña, escribe en Google mi nombre y lee las cosas que se han publicado sobre mí (más insidias que elogios). Luego entra en YouTube y, de nuevo, escribe mi nombre y pierde el tiempo mirando videos de los programas que hago en Miami y Lima.

En uno de esos videos, que corresponde al programa que hago en Miami, anuncio que, para romper la rutina, no voy a entrevistar a nadie, pues me someteré a las preguntas del público que, en un número no mayor a cincuenta personas, ha acudido al estudio. Lo que no digo (y esto lo sabe Martín) es que aquella noche me quedé sin invitado a último momento y por eso me resigné a dejarme entrevistar por el público, a sabiendas de que las preguntas serían peligrosas y rozarían el tema de mi vida amorosa y mi sexualidad.

Sentado frente a la computadora de su departamento de San Isidro, Martín contempla sorprendido la escena que se ha emitido no hace mucho en la televisión de Miami: una mujer alta, obesa, con marcado acento venezolano, cuyo rostro no se alcanza a distinguir porque la cámara la enfoca prudentemente desde atrás, se pone de pie y me pregunta:

—¿Cuál ha sido la relación que más te ha marcado en tu vida?

Respondo, aparentemente sin dudar:

—El gran amor de mi vida ha sido y es Sofía, la madre de mis hijas. Ya no vivo con ella, pero la sigo queriendo y la querré siempre.

La mujer venezolana se resiste a dejar el micrófono y a sentarse en la silla metálica que le lastima el trasero. Como ha llevado una botella de vino blanco y un pan de jamón que ella misma ha horneado para mí, se siente con derecho a preguntar:

—¿Te gustaría volver con ella?

Respondo, aparentemente sin dudar (porque cuando hablo en televisión no suelo dudar o al menos eso aparento):

—Nunca digas nunca. Sofía es el gran amor de mi vida y lo será siempre.

El público, integrado por señoras cubanas y venezolanas de una cierta edad, aplaude, conmovido.

Pero Martín se siente traicionado. Sin pensarlo, coge el teléfono, furioso, me llama a Miami y me dice:

—¿Así que Sofía es el gran amor de tu vida? Volvé con ella, si tanto la amás, boludo. No quiero verte más. Sos un mentiroso y un cobarde. No tenés los huevos de decir en televisión que sos puto y que tenés un novio. Y te hacés el machito sólo para que te aplaudan las viejas cubanas. Sos patético.

Martín corta el teléfono, enciende un porro y se queda llorando porque me quiere y me considera un mentiroso y un cobarde.

Yo no entiendo nada porque no sé que Martín acaba de ver ese video en YouTube (ni siquiera sé que ese video está en YouTube) y porque ya he olvidado aquella noche en que me sometí a las preguntas del público y dije esas cosas sobre Sofía. Como hago televisión todas las noches, y como me entrego a ella sólo por dinero, suelo olvidar las cosas que digo en mis programas con una muy conveniente facilidad.

Casi al mismo tiempo en que Martín ve el video y se molesta y entristece, Sofía, que está en el aeropuerto de Miami esperando un vuelo a Nueva York, entra a una tienda de libros y revistas y, curioseando, perdiendo el tiempo, ve el titular de una revista de chismes, que dice: «Jaime Baylys, sex símbolo gay.» Sofía hace entonces lo que sabe que no debería hacer: abre la revista, busca el artículo que me alude y lee, irritada, las cosas que allí se dicen, en las que no reconoce siquiera vagamente al hombre que amó años atrás. El reportero de esa revista de chismes me pregunta:

—¿Estás enamorado?

Respondo, aparentemente sin dudar:

—Sí. Amo a Martín, mi chico argentino. Estamos juntos hace años.

El reportero insiste, porque para eso le pagan:

—¿Martín es el gran amor de tu vida?

Respondo:

—Sí. Martín es el gran amor de mi vida.

El reportero elogia mi honestidad y recuerda que por eso me darán un premio en Miami, el premio a la «visibilidad gay».

Pero Sofía no se alegra por el premio, pues se siente traicionada por mis declaraciones. Furiosa, dolida (más dolida que furiosa), piensa: Qué ironía que elijan símbolo sexual a alguien tan poco sexual. Luego abre el celular, marca mi número y me dice:

—Mejor no vengas al aeropuerto. No tengo ganas de verte.

Sorprendido, camino al aeropuerto para acompañarla mientras dure la espera (porque el vuelo a Nueva York está demorado por mal tiempo), le pregunto:

—¿Por qué? ¿Qué ha pasado?

Sofía responde secamente:

—Porque eres un símbolo sexual gay. Y porque el gran amor de tu vida es un hombre.

Luego corta el teléfono, se aleja de la gente y llora discretamente porque todavía me tiene cariño, a pesar de las cosas imprudentes que digo a veces en la prensa.

Yo no entiendo nada porque no he leído esa revista de chismes de Miami en la que me atribuyen aquellas declaraciones que en realidad nunca hice (pues el reportero decidió inventarse la entrevista con mucho cariño, dado que yo preferí no concedérsela).

Cuando regreso a casa, hago lo que suelo hacer cuando estoy abatido: me quito la ropa, me meto desnudo a la piscina y me quedo quieto, en silencio, mirando las nubes, los pájaros posados sobre los cables de luz, las lagartijas inquietas.

Organizo mi vida, mis trabajos, mis asuntos familiares, mis precarios compromisos de toda índole, alrededor de una idea capital, no negociable, que es el pilar de mi supervivencia: debo dormir por lo menos ocho horas y mejor si son diez.

Temeroso de que interrumpan esas horas sagradas, duermo con los teléfonos desconectados. Sofía me ha dicho que es un acto innoble apagar los teléfonos por tantas horas, que alguien cercano a la familia podría morir y ella no tendría cómo darme la infausta noticia. Pero yo pienso, y así se lo he dicho, que si alguien muere —incluso si es ella— es mejor enterarme unas horas después, ya reposado.

He perdido todo interés en el amor y el sexo. Me resulta una fatiga seducir a alguien —un proceso laborioso en el que no puedo evitar mentir, simular ser alguien mejor de quien en verdad soy, encubrir el rasgo más conspicuo de mi carácter, la pereza— y más todavía vivir con esa persona y aceptar sus caprichos minúsculos. Ya lo intenté una vez, cuando estuve casado, y sé que el amor es un esfuerzo trabajoso y del todo innecesario.

Prefiero, cuando estoy urgido —lo que a mis cuarenta y tantos años es algo infrecuente—, aliviarme a solas, pensando en un cuerpo que se entrega y se somete a mis caprichos y luego se marcha sin decir palabra ni exigir nada. Por supuesto, es mejor entregarme a Martín, pero sólo lo veo unos días al mes, cuando voy a Buenos Aires o él viaja a Miami.

Trabajo pero detesto hacerlo y sólo lo hago animado por una secreta ilusión, la de reunir suficiente dinero como para no tener que trabajar más. No trabajo entonces con ganas, disfrutándolo, encontrando en ello alguna forma de dignidad o nobleza que me redima de mi abrumadora mediocridad. Trabajo resignadamente, porque no hay más remedio, porque oteo en el horizonte un premio todavía borroso: vivir sin trabajar, vivir de mis rentas, pasarme el día entero en una casa a solas, escribiendo y leyendo.

Estoy inscrito en un gimnasio. Tengo una credencial con mi fotografía. Cuando despierto de la siesta (porque aun cuando he dormido diez horas, intento también dormir la siesta, por si me hubiera faltado un tramo final en el único empeño al que me entrego trabajosamente: dormir), salgo y camino dos cuadras, la distancia que separa mi casa de ese gimnasio moderno, lleno de gente optimista (que me irrita) y estremecido por aquellos ritmos vocingleros que escupen los parlantes (que me irritan más aún). A veces llego a la puerta, echo una mirada pusilánime y decido no entrar, no contaminarme de esa vitalidad sudorosa, volver a casa arrastrando mi pereza, que es, a mis ojos, una manera de preservar la dignidad.

Viajo todas las semanas entre Miami, Lima y Buenos Aires. Podría parecer, por el ritmo vertiginoso en que me desplazo, que soy todo menos un haragán. Sería una percepción engañosa. Lo hago porque, si bien es un esfuerzo no menor, me anima el deseo escondido de ahorrar suficiente dinero para no tener que trabajar ni viajar más, y sólo viajando ahora creo que podré llegar pronto a ese oasis de reposo absoluto que es, en mi mente adormecida, la idea más pura de la felicidad. Además, sé que en el avión, arrullado por el rumor de las turbinas y cubierto por tres mantas, dormiré con una profundidad que me resulta esquiva en tierra firme, en alguna de mis camas de paso. De modo que, cuando me dirijo a un aeropuerto, pienso esperanzado en las horas de sueño que encontraré en el avión, lo que en cierto modo mitiga el esfuerzo de salir de casa.

No quiero educarme, hablar otros idiomas o saber la historia de la humanidad. Antes leía ensayos, libros de historia, biografías políticas para saber quién gobernó de tal año a tal año, qué ideas políticas prevalecieron, quién ganó y quién perdió en la lucha perpetua por la gloria y el poder. Ahora nada de eso me interesa. No leo para aprender sino para obtener alguna forma de placer o goce. Por eso suelo leer novelas que cuenten las vidas de gente ordinaria como yo. Nunca intento seguir leyendo cuando se me entrecierran los ojos. No hay placer superior que el de evadirse de la realidad, no ya leyendo sino durmiendo y esperando con curiosidad las historias que viviré en mis sueños, en las que suelo ser un hombre seductor, aventurero, valiente, emprendedor, todo lo contrario de lo que soy en la vida misma.

Soy padre de dos hijas —que me fueron dadas por Sofía, que quiso hacer de mí un hombre laborioso y fracasó—, pero no intento educarlas o enseñarles nada o darles nociones de disciplina o rectitud moral, asuntos sobre los que no tengo la más vaga idea. Cuando estoy con ellas, trato de hacerlas reír haciendo bromas tontas —lo que no me cuesta ningún esfuerzo—, hablando en acentos pintorescos —especialmente como cubano—, simulando ser un idiota —algo que me sale natural— y dejando que hagan lo que les dé la gana (aun si eso implica mentir o hacer trampa o fastidiar a alguien).

Veo con cierta perplejidad que una afición de mi primera juventud, la de ver partidos de fútbol por televisión, ha regresado a mi vida y se ha instalado en mi rutina con sorprendentes bríos. Salvo dormir, nada me interesa más que sentarme en un sillón reclinable a ver cualquier partido de fútbol, preferentemente de la liga argentina o española, pero también de las copas europeas o sudamericanas, del torneo inglés, italiano o chileno, o incluso, en mis momentos más abyectos —que me producen una sensación de repugnancia de ser quien soy: ese hombre fofo que mira una pelota—, partidos del dantesco campeonato peruano.

Quise ser político en mi juventud, pero ahora veo con horror la idea de servir a los demás cuando es tanto más razonable y gratificante servirse a uno mismo, dado que los demás siempre terminan enojados, insatisfechos y culpando de sus males a quienes han intentado servirles, y en cambio uno mismo, si aprende a servirse debidamente, suele quedar satisfecho, en paz, y sin deseos de que quien le ha servido, o sea, uno mismo, le dé explicaciones y vaya a la cárcel. Luego quise ser escritor —y quizá todavía estoy poseído por esa forma elegante de ejercitar la vanidad—, pero ahora pienso que sólo estoy dispuesto a seguir publicando ficciones de dudoso valor si nadie me obliga a defenderlas o explicarlas, a dar incontables entrevistas inútiles, a dejarme retratar, participar en congresos, foros o seminarios de los que sólo recuerdo la pueril vanidad de quienes allí se lisonjean o enemistan, a viajar en giras de promoción y ser esclavo mediático de la editorial. Prefiero quedarme en casa, encender una de las tantas estufas —que, sin razón alguna, llamo «soplapollas»—, tumbarme en la cama con los teléfonos apagados y esperar el mo-

mento redentor del sueño, viendo cansinamente un partido de fútbol argentino, y maravillándome cuando una
pierna se me mueve sola, como queriendo patear la pelota.

Llego a Buenos Aires un lunes que por suerte es feriado.
Despunta el sol en el horizonte. Algo se inquieta felizmente en mí, saliendo del aeropuerto, al aspirar la primera bocanada de aire argentino. Son las ocho de la mañana o
poco más. El taxi deja atrás el paisaje boscoso, apenas difuminado por la niebla, y avanza sin interrupciones por la
General Paz. Bendigo el feriado sin saber a qué o quién se
lo debemos. Todos los meses, al llegar a esta ciudad que
quiero inexplicablemente, pierdo hora y media en los des-
comunales atascos de aquella autopista, la General Paz,
mientras leo los diarios hundido en el asiento trasero, pero
esa mañana el remise avanza a cien kilómetros por hora,
mientras el chofer y yo hablamos de fútbol, o mientras él
habla de fútbol y yo lo escucho. Todos los lunes deberían
ser feriados en honor a algún santo, algún héroe, algún rufián o alguna puta. Todos los lunes, sin excepción. Habría
menos guerras y llegaría a casa de mejor humor.

He venido a Buenos Aires a ver el mundial de fútbol. Sé
que no se juega en esta ciudad, pero yo quiero verlo acá, y
no en Alemania, sentado como un demente frente al televisor, sufriendo, vociferando, vivando y maldiciendo, con-
tagiado de la fiebre incurable que se apodera de casi todos
los porteños, azuzado por la tropa itinerante de locutores y
comentaristas argentinos que se desplazan insomnes por la
geografía alemana, llevado a la euforia por tantos cánticos,
banderas, estribillos y pancartas que se agitan en calles, au-

tos y balcones de mi barrio de San Isidro, conmovido como un niño con sólo ver en la televisión las publicidades de cervezas, teléfonos móviles y electrodomésticos, que apelan con astucia, entre lluvias de papeles picados, al amor por lo argentino, ese raro sentimiento que habita en mí y que a menudo provoca burla y escarnio en mi país de origen, el Perú.

Son bien pocos los argentinos que no sucumben a ese hechizo. Martín, que detesta el fútbol en general y abomina los mundiales de fútbol en particular, ha viajado a Madrid para escapar de eso mismo que me ha traído a Buenos Aires: el frenesí bullanguero que invade las calles, la parálisis de la ciudad los días en que juega la selección, el eco glorioso de los gritos que la recorren y estremecen, y que no se hable de otra cosa que no sea el sueño de que la Argentina levante la copa por tercera vez. El fútbol, que es un acto de fe, ha producido ese feliz intercambio de nacionalidades: durante un mes, Martín es un apátrida en el exilio que desea la rápida eliminación de su país, y yo, un argentino por adopción, un argentino naturalizado (o desnaturalizado, según la moral con la que se me juzgue).

Poco antes del partido, todavía somnoliento, visto mi recién comprada camiseta albiceleste con el número diez en la espalda, y salgo a la calle a comprar los diarios, frutas y bebidas. Hay poca gente en la avenida 25 de Mayo, y esa poca gente parece presurosa por llegar a casa. Walter, mi peluquero, se asoma a la puerta de su local y me pregunta si quiero entrar en una apuesta. Pago cinco pesos, le digo el marcador con que la Argentina ganará esa tarde y él lo apunta en un cuaderno. Al salir, camino bajo un sol rotundo, que no puede ser sino el presagio de la victoria.

De regreso al edificio, entro en el ascensor, cierro la puerta con dificultad, pues voy lastrado por las bolsas, corro la rejilla metálica y aprieto el número tres. Miro el reloj: faltan pocos minutos para que comience el partido. El ascensor sube apenas un par de segundos y, entre un piso y otro, se detiene bruscamente. Aprieto de nuevo el número tres. Descorro y cierro la rejilla. Aprieto el botón del primer piso. Aprieto todos los botones. Mis esfuerzos son inútiles. El ascensor está atascado. No se mueve. No sé cómo reanudar su marcha. Como no llevo conmigo un teléfono móvil, no me queda sino gritar, pedir auxilio al portero, pedir auxilio a algún vecino atento que me rescate del encierro. Pero nadie me oye, porque el partido ha comenzado ya, y mientras grito desesperado, todo el mundo grita desesperado en sus casas frente a televisores en los que, además, sumándose al coro vocinglero, gritan desesperados los locutores. Es un momento, pues, de muchos gritos y desesperación, siendo la mía, con seguridad, la peor de todas las desesperaciones que habitan en ese viejo edificio de la calle Sáenz Peña.

El ascensor es muy viejo, de un tamaño mezquino, pues no caben en él más de dos o tres personas adultas, y está alfombrado por una tela grisácea, ajena a cualquier tentativa de limpieza, y recubierto de espejos en las paredes e iluminado débilmente por un foco fluorescente que de pronto se apaga, sumiéndome en la penumbra inquietante del entrepiso.

Después de mucho gritar, golpear las paredes y maldecir mi suerte, resignado ya a que nadie oirá mis pedidos de socorro mientras dure el partido, me siento en la alfombra grisácea, color cielo de Lima, y me río o lloro pensando que he venido hasta Buenos Aires para ver un partido de fútbol por televisión, sólo para terminar encerrado en un ascensor a la hora misma del partido.

Cada cierto tiempo, el eco distante de unos gritos no sé si jubilosos, que provienen de los departamentos o de la calle, llega al ascensor y mitiga, si acaso, la soledad de mi encierro. No sé si esos gritos son goles convertidos o goles errados o penales no cobrados o expulsiones injustas o jugadas gloriosas o qué. No lo sé ni puedo saberlo, porque este maldito ascensor de un metro cuadrado se ha quedado inmóvil en el momento más inoportuno de los últimos cuatro años de mi vida.

Cuando llevo casi media hora sentado en el ascensor a oscuras, tratando de descifrar los gritos del vecindario, y todavía llamando a gritos al maldito portero sordo, opera un milagro: oigo un portazo y enseguida el ascensor se encabrita, salta, despierta de su letargo y empieza a descender. Sin que yo toque un botón, he bajado de vuelta al vestíbulo del edificio. Descorro la rejilla, libre por fin, y una anciana me espera con la puerta abierta, lista para subir.

—He estado encerrado media hora —le digo, a punto de echarme a llorar—. Gracias por salvarme.

—Es que no cerró bien la puerta —me dice ella—. Cuando la puerta no está bien cerrada, el ascensor se traba. A mí me pasó una vez.

—He gritado como un loco, pero nadie me escuchaba —le digo—. Todos están viendo el fútbol.

—El fútbol, claro —dice ella, con un leve gesto de contrariedad.

—¿Sabe cómo va el partido? —le pregunto, impaciente por subir la escalera y sentarme frente al televisor.

—No lo sé ni me interesa —dice ella—. Desde que murió mi marido, no se ve más fútbol en mi casa.

Luego entra en el ascensor y me invita a acompañarla.

—No, gracias, prefiero la escalera —me disculpo.

Me hace adiós y cierra bien la puerta.

Ahora estoy subiendo la escalera. Se rompe una bolsa plástica. Caen y ruedan las bebidas y las frutas. Me detengo a recogerlas. Entonces un coro de voces eufóricas se funde en el aire de ese pasillo. No cabe duda de que la Argentina ha marcado un gol. Dejo las cosas tiradas, corro hasta el televisor y alcanzo a ver la repetición.

Estoy en Buenos Aires para celebrar el cumpleaños de Martín, que cumple veintinueve, trece menos que yo. Martín ha regresado de Madrid. Nos conocemos hace cinco años. Cuando estamos en confianza, dice que soy su marido. Yo prefiero decir que es mi chico y mi mejor amigo. No vivimos juntos, pero nos vemos con frecuencia y ocasionalmente permitimos que la amistad se desborde al territorio más peligroso de la intimidad.

Martín no quiere celebrar su cumpleaños. Sigue muy triste porque su hermana Candy tiene un cáncer particularmente vicioso. Le parece que no debe alegrarse por el mero hecho de estar vivo y ser testigo de cómo se acrecienta su edad (lo que, por otra parte, alega, no constituye mérito alguno). Sin embargo, tras mucho insistir, lo convenzo de organizar un almuerzo con sus mejores amigos en un hotel de la ciudad. Martín acepta porque ama ese hotel.

El día de su cumpleaños, no le regalo nada porque, entre tantos apuros, he olvidado comprarle algo. Martín me dice que no importa, que le da igual, pero se queda dolido y, aunque trata de disimularlo, tal vez piensa que es un descuido inaceptable, que debió recibir un regalo de mí, el hombre al que llama su marido.

Quizá en venganza por el desaire del que se siente víctima, me dice, cuando vamos rumbo al hotel, que debí recortarme los pelos de la nariz, que le resulta muy desagradable ver esos pelos que asoman, impertinentes, odiosos, por mis orificios nasales (unos orificios que, años atrás, cuando era joven, usé para aspirar un polvo que me hacía olvidar lo que ahora acepto con cierta serenidad: que estaba en mi destino conocer el amor en la forma de un hombre).

Detesto que me haga ese tipo de comentarios: «Qué asco, se te ven los pelos de la nariz»; «qué vergüenza, te has puesto la misma ropa de ayer»; «deberías cortarte el pelo, parecés futbolista con esa melena de villero». Me siento agredido. Pienso que exagera, que no es tan grave tener dos o tres pelos que me salen levemente de la nariz. Pienso decirle: «Yo odio que te maquilles para ir a comer con tus amigos, pero no te digo nada. Si te molesta que no me corte los pelos de la nariz, podrías tener la delicadeza de quedarte callado.» No digo nada, sin embargo, porque no quiero pelear. Es el cumpleaños de Martín. Quiero hacerlo feliz.

En algún momento, detengo el auto alquilado frente a una farmacia, bajo sin la menor brusquedad, compro una tijera para pelos de orejas y nariz, regreso al auto, bromeo con Martín (fingiendo que no me ha molestado la crítica a mi apariencia) y reanudo la marcha hacia el hotel.

Llegando al hotel, pasamos por la puerta giratoria (un momento que Martín adora porque le recuerda a las tardes en que su abuela lo llevaba a tomar el té) y voy al baño. Ahora estoy a solas frente al espejo. Soy un hombre fatigado, gordo, ojeroso. Saco la tijera de treinta pesos, hurgo delicadamente con ella en las cavidades estragadas de mi nariz y procuro eliminar los pelos que Martín encuentra repugnantes. La operación no es sencilla y por eso la ejecuto con extremo cuidado. De pronto, introduzco demasiado la tijera y me lastimo la nariz. Me duele. Grito: «¡Mierda!» Estoy sangrando. Me echo agua en la nariz, la seco a duras penas, pero no dejo de sangrar. Sin pelos visibles en la nariz, pero sangrando levemente, regreso a la mesa donde mi chico me espera. Procuro disimular el percance, pero él no es tonto, advierte la herida en mi nariz, se siente culpable, me pide disculpas.

Me jacto de ser un hombre calmado y por eso finjo que todo está bien, pero en realidad estoy pensando que no me conviene tener una relación tan íntima con un hombre que se maquilla para salir y que me hace un escándalo cuando no me corto los pelos de la nariz.

Los amigos van llegando con regalos (libros, discos, ropa), los camareros descorchan botellas de champagne y la reunión se anima. Todos parecemos felices. Despliego mis encantos de buen anfitrión, simulo estar disfrutando de esa tarde lluviosa. Algo, sin embargo, me irrita en secreto: la nariz me sigue sangrando y un mosquito, uno de los tantos que han invadido la ciudad esos días de lluvia incesante, se posa sobre ella, al parecer atraído por el hilillo de sangre que cae del orificio derecho, y, aunque lo espanto, vuelve una y otra vez a chuparme aquella sangre tontamente derramada en nombre del amor. Desesperado, aplasto al mosquito, pero, al hacerlo, me lastimo de nuevo la nariz, que vuelve a sangrar, al punto que me obliga a regresar al baño, odiando en secreto a Martín.

Cuando vuelvo a la mesa, espanto a otros mosquitos, pido una copa de champagne y trato de contar historias divertidas.

De pronto, una mujer de mediana edad se acerca a la mesa y me saluda con una familiaridad que parece excesiva, pero que me veo obligado a disculpar, dado que me gano la vida en la televisión. La mujer, que ha bebido y quizá por eso habla casi gritando, me dice que es mi fan, que me ama, que soy un ídolo, cosas que encuentro de un mal gusto atroz. Luego mira a Martín, que sufre en silencio porque detesta a la gente que me saluda ruidosamente, y me pregunta:

—¿Es tu hijo?

Respondo:

—Sí, es mi hijo.

La mujer comenta:

—Se parece a vos. ¿Qué edad tiene?

Respondo:

—Veinte.

Martín tiene veintinueve, pero podría parecer de veinte gracias a su cara (maquillada) de bebé. Encantado con esa conversación inverosímil, Martín me dice, con voz afectada de niño:

—Papi, ¿puedo pedir un helado de chocolate?

—Sí, hijo —le digo.

Luego, para vengarme de la mujer, le digo:

—Me parece que tenés un mosquito en la cara.

—¿Dónde? —pregunta ella, alarmada.

—Allí, debajo de la boca —le digo.

Ella se toca y dice, muy seria:

—No es un mosquito, es un lunar.

Le digo:

—Mil disculpas, cada día estoy más ciego.

Martín no puede más y suelta una risotada. La mujer se marcha, ofuscada. Miro a mi chico, me río con él y entonces olvido el incidente de la nariz, los pelos, la sangre y el mosquito y recuerdo la razón por la que estoy allí, por la que siempre vuelvo a esa ciudad: porque soy feliz cuando veo sonreír a ese hombre con cara de niño.

Cae la tarde del domingo y necesito tomar un jugo de naranja natural. Cuando digo natural quiero decir uno recién exprimido y no uno de esos esperpentos en caja que traen más preservantes que zumo y que, para un adicto al jugo como yo, son un fraude. Camino por las calles empedradas de San Isidro buscando ese jugo reparador pero, como es domingo, todo está cerrado, todo salvo la catedral, a la que no oso acercarme para no perturbar la paz de los fieles.

Al volver a casa, sediento y malhumorado, paso por la esquina de las calles Alem y Acassuso y noto que un árbol ha reverdecido, llenándose de mandarinas. Quedo maravillado, contemplando esas mandarinas grandes y apetitosas, y me entristece ver que un puñado de ellas, tras caer a la vereda, han sido aplastadas.

Sin perder tiempo, entro al departamento, saco una escoba y un bolso deportivo y le pido a Martín que me acompañe a recoger mandarinas.

—Ni en pedo —dice él—. Yo no voy a robar frutas como un cartonero.

—Nadie va a robar nada —me defiendo—. El árbol está en la calle. Alguien tiene que comerse las mandarinas.

—¿En serio pensás sacar las mandarinas con una escoba? —pregunta.

—Claro —respondo—. Y luego voy a hacerme un jugo delicioso.

—Estás mal de la cabeza, boludo.

Salgo con la escoba y el maletín. El portero me mira con un gesto de extrañeza. Quizá se pregunta: ¿Será limpiador de casas los domingos este peruano de mala reputación?

Poco después, me detengo frente al árbol, contemplo las mandarinas, imagino el jugo exquisito que darán y empiezo a golpearlas con la escoba, tratando de hacerlas caer. El asunto resulta más difícil de lo que imaginé, porque las mandarinas no se desprenden al primer golpe, pero me caen encima hojas, ramas y un polvillo que me hace estornudar, y cuando logro derribar una, a veces se parte en dos o rueda por la calle y la pisa un auto o vuela unos metros y cae a los pies de un peatón.

A pesar de las dificultades, consigo reunir diez o doce mandarinas, hasta que una mujer pasa a mi lado y se queda mirándome, mientras yo agito la escoba en busca de una mandarina más.

—Yo a vos te conozco de alguna parte —me dice.

Sonrío haciéndome el despistado y no digo una palabra, confiado en que se irá.

—Pero ¿vos no sos el peruano de las entrevistas? —insiste.

—No, señora —digo—. Soy su hermano.

—Sí, se nota —dice ella—. Tu hermano, el de la televisión, es más flaco —añade—. Qué vergüenza estos peruanos, hay que ver el hambre que traen.

La mujer se marcha y yo sigo derribando mandarinas con un júbilo que no puedo explicar, como si de pronto hubiese vuelto a ser un niño tumbando higos en la casa de mis padres en Lima.

Todo se estropea cuando oigo la sirena. Para entonces ya tengo más de veinte mandarinas en el bolso. Un automóvil policial rompe el silencio de la tarde y se detiene a mi lado. Con la escoba en la mano, intento sonreír.

—Pero ¿qué hace? —me dice un policía, bajando del auto.

—Nada, oficial —respondo—. Sacando mandarinas para hacerme un jugo.

—No, no, no —dice él, frunciendo el ceño, cruzando los brazos sobre la panza prominente—. Sacando mandarinas, no. Robando mandarinas, señor.

El otro policía mira con displicencia desde el asiento, mientras escucha el relato de un partido de fútbol.

—Pero ¿a quién le estoy robando, oficial? —me defiendo—. Si el árbol está en la calle, supongo que estas mandarinas las puede comer cualquiera, ¿no?

—Usted no es de acá, ¿verdad? —pregunta el policía, con una mirada condescendiente.

—No —digo.

—¿De dónde es?

—Peruano —digo.

—Peruano, claro —dice él—. Mire, señor, le voy a explicar —continúa—. Este árbol pertenece a la intendencia de San Isidro. Estas frutas también. Usted está robándole al partido de San Isidro. Lo que está haciendo es un delito.

—No puede ser, oficial —protesto—. Estas mandarinas caen a la calle y nadie se las come. No estoy haciéndole daño a nadie.

—¿Está sordo? —dice él, ahora enfadado—. ¿Quiere que le repita todo de nuevo?

—No, no hace falta.

—Bueno, vamos —ordena secamente.

—¿Adónde vamos, oficial?

—¿Adónde cree que vamos a ir? ¿A ver fútbol? Vamos a la comisaría, tengo que detenerlo por robo en la vía pública.

Aterrado, recurro entonces a la vieja pregunta:

—¿Hay alguna manera de solucionar esto amigablemente?

El tipo me mira con una sonrisa y dice:

—¿Qué quiere decir?

Me arriesgo:

—No sé, quizá puedo darle unos viáticos para unos refrescos y unas empanadas.

—Bueno, deme algo y quedamos como amigos —dice él.

Le paso discretamente cuarenta pesos y le agradezco.

—Mejor regrese a Perú —me dice, con una sonrisa burlona—. Si tiene hambre, vuelva para allá.

Antes de irse, me advierte:

—Y no coma esas mandarinas, que dan una cagadera del carajo.

Vuelvo a casa cuando oscurece. Saco las mandarinas, las exprimo una a una y tomo ese jugo sorprendentemente amargo. El policía tenía razón: paso la noche sentado en el inodoro.

Sofía y yo nos casamos hace años en Washington, D. C. ante las cortes de esa ciudad, en una ceremonia que fue presidida por un juez de origen dominicano, cuyo dominio del inglés era aún peor que el mío. Al finalizar el casamiento, el juez, de nombre Diosdado, me tomó del brazo, me guió a un rincón y susurró en mi oído:

—Amigo Baylys, no quiero molestarlo, pero es mi deber comunicarle matemáticamente, con el más absoluto respeto por su ser, que la tradición en estas cortes es que el novio proporcione una propina al juez que ha oficiado el casorio respectivo.

No me sorprendió que usara ese adverbio, «matemáticamente», porque en mis muchas visitas a Santo Domingo, donde presenté un programa de televisión por varios años, había advertido que era de uso corriente que ciertas personas locuaces, por ejemplo el chofer que me recogía del aeropuerto o la maquilladora que empolvaba mi rostro antes de las grabaciones, dijeran:

—Matemáticamente, hoy va a llover.

O, en tono más sombrío:

—Esta isla, matemáticamente, se va *p'al* carajo.

O, con natural alegría caribeña:

—Esta noche me emborracho matemáticamente.

Lo que me sorprendió fue que Diosdado pidiera una propina, pues había pagado todos los costos de la boda y nadie me había advertido de que debía recompensar adicionalmente a ese funcionario de baja estatura, cabello negro rizado y labios voluptuosos de cantante de merengue.

—No se preocupe, señoría —le dije—. Con mucho gusto le daré su propina.

—Gracias, amigo —dijo él, inflando el pecho, empinándose en sus zapatos de taco, halagado de que lo llamase señoría—. En nuestra isla bendita a usted lo queremos mucho por su don de gentes, su don de escritor, su don de humanista y su don de...

Luego se quedó callado, sin saber cómo completar la untuosa frase en que se había metido.

—... de sonreír dondequiera que se halle —lo socorrí, y él repitió, aliviado:

—Dondequiera que se halle.

—¿Cuánto le debo, señoría? —pregunté, sin más rodeos.

El juez carraspeó un poco, desvió la mirada y dijo:

—Doscientos dólares, si tiene a bien.

No pude disimular mi sorpresa y, a modo de tibia protesta, pregunté:

—¿Tanto? ¿Doscientos dólares?

Bajando la voz, tomándome del brazo con autoridad, Diosdado dijo:

—Es lo que se acostumbra, matemáticamente. Pero la propina no es mandatoria por ley.

—¿O sea que puedo darle lo que me parezca? —pregunté.

—Lo que sea su cristiana voluntad —respondió él.

Esquivando las miradas inquisidoras de Sofía y su madre, que no entendían por qué me había retirado a una esquina a conspirar en voz baja con ese juez improbable, saqué la billetera, eché una mirada y comprobé que no me alcanzaba el dinero.

—Señoría, me va a disculpar, pero no llevo doscientos dólares conmigo —dije, abochornado.

—No se preocupe —dijo él, en tono paternal—. Pero déjeme decirle que su reloj es muy bonito.

Sorprendido por su codicia, y firme en mi propósito de no darle el reloj que me había regalado mi difunto abuelo, dije:

—Le prometo que mañana mismo le dejo una propina generosa.

Al oír la palabra «generosa», sus ojillos relampaguearon como fuegos artificiales.

—Aquí lo espero, amigo Baylys —dijo, estrechándome la mano—. Confío en usted, porque es un hombre de bien, un hombre hecho y derecho, un hombre moral y un hombre...

Luego se quedó callado, sin saber cómo redondear el excesivo halago.

—... un hombre casado —dije.

—Un hombre casado —repitió él, riéndose.

Por supuesto, al día siguiente olvidé dejarle la propina: Sofía y yo partimos de luna de miel a París, invitados por mis suegros, que a punto estuvieron de separarse, pues él insistió en mandarnos en ejecutiva y ella, menos dadivosa, en económica.

Un mes después, al regreso de nuestra luna de miel, escuché en casa tres mensajes telefónicos del juez. El primero decía, en tono afectuoso: «Ilustre amigo y colega, acá lo espero con los brazos abiertos para platicar sobre nuestros asuntitos pendientes.» El segundo, algo más emotivo, decía: «Amigo Baylys, le ruego encarecidamente que no se olvide de mis viáticos, mucho se lo voy a agradecer en mi nombre y en el de mi madrecita, que se halla delicada de salud en Puerto Plata y necesita el dinero para su tratamiento médico.» El tercero no ocultaba ya una cierta aspereza: «Oiga, señor, yo creía que era usted un hombre de palabra, pero parece que me equivoqué, qué decepción, qué tristeza, qué contrariedad y qué...» Luego se quedaba en silencio y se oía el pito del contestador.

Sofía y yo nos reímos escuchando esos mensajes y decidimos que Diosdado no merecía una propina. Por suerte, no volvió a llamar a casa y tampoco nos encontramos con él en los años que vivimos en esa ciudad.

Unos años más tarde, ya viviendo en Miami, estaba presentando un programa de televisión y abrí el teléfono para que el público pudiese hacer algunas preguntas. Fue entonces cuando irrumpió en el estudio una voz familiar:

—Mire, señor Jaime Baylys, yo tengo algo muy importante que decirle a usted, con el más absoluto respeto por su ser.

—Dígame, por favor —dije.

—Usted me debe doscientos dólares, caballero —dijo el hombre, con una indignación que cualquier oído atento podía percibir.

Sonreí, pensando que era una broma, y pregunté:

—¿En serio le debo plata?

—Matemáticamente, señor. Doscientos dólares.

Apenas dijo «matemáticamente», caí en cuenta de que era él, Diosdado, y mi rostro se desfiguró en una mueca tensa y alcancé a decir:

—Caramba, cuánto lo siento, mil disculpas.

—¡No lo sienta, señor! —se exasperó él—. ¡Págueme, no lo sienta! ¡Yo fui el juez que lo casó y usted nunca me pagó! ¡Me debe el casorio, señor! ¡Y eso es una burla, una falta de respeto, una canallada y una...!

Luego se sumió en uno de sus acostumbrados silencios y yo completé su protesta:

—… una barbaridad.

—¡Una barbaridad, sí, señor! —gritó él.

—Pues mire, querido amigo Diosdado —dije, y creo que lo sorprendí al pronunciar su nombre en televisión—. Debe usted saber que yo le envié el pago desde Lima, pero al parecer nunca llegó a sus manos, ya sabe usted lo terriblemente malo que es el correo en nuestros países.

—Caótico, caótico —dijo el juez, más calmado.

—Pero le prometo que mañana mismo le enviaré nuevamente el cheque y me pondré al día con usted.

—Muchas gracias, señor Baylys —dijo él—. Estaré esperando su encomienda.

Al día siguiente fui al correo y despaché el cheque con una novela mía de regalo. Semanas después Diosdado me mandó la novela de regreso con una nota que decía: «Amigo: matemáticamente, no leo obras de lujuria, concupiscencia, morbosidad y… etcétera.»

Vuelvo a Georgetown después de años. Es agosto y un calor agradable entibia estas calles tantas veces caminadas. Aquí viví tres años, cuando llegué escapando de un huracán y me metí en otra tormenta aún peor. Aquí, en la calle 35, a pocas cuadras de la universidad de los jesuitas, donde estudiaba Sofía, la mujer a la que vine siguiendo, escribí mis primeras novelas. Aquí me enteré, un día de nieve, de que Seix Barral se arriesgaría a publicar mi primer libro. Aquí me casé con Sofía, lleno de dudas pero también de amor. Aquí, en el hospital de la universidad, un día de agosto, nació Camila, mi hija mayor, que pronto aprendió a maravillarse con las ardillas que saltaban por las ramas del árbol añoso que tantos inviernos había resistido frente al departamento del segundo piso en la esquina de la 35 y la N.

Vuelvo a la 35, esa calle sosegada, con una peluquería a la antigua y un cafetín de coreanos que todavía están en pie y atienden con una paciencia desusada en estos tiempos de tanta prisa y tanto vértigo, y miro el edificio donde vivimos, las ventanas del segundo piso por las que dejaba escapar la imaginación, la loca de la casa, la desquiciada que me llevaba tercamente de regreso a Lima, a las historias turbulentas que había vivido, y me lleno de recuerdos, de buenos recuerdos, y me invade una nostalgia tonta, abrumadora, y me pregunto quién vivirá allí ahora, quién dormirá en la habitación donde nos dijimos tantas promesas de amor, quién se sentará a mirar por la ventana que era mía y me llenaba de paz mientras porfiaba por escribir. Debí quedarme acá, pienso. Debí comprar este departamento. Debimos quedarnos en este barrio tranquilo, lejos del caos. Pero ya es tarde. Ya la vida se organizó en otra parte, precisamente allá, en la ciudad gris de la que siempre quise huir y a la que, irónicamente, ahora vuelvo todos los meses, siguiendo a las mujeres de mi vida.

Toco el timbre temerariamente, sin saber quién vive allá arriba, en ese territorio donde tal vez aprendí a ser padre y escritor, donde sentí que enloquecía escribiendo una novela mientras mi hija sonreía desde su cochecito. Una voz amable contesta. Me pregunta quién soy, qué deseo. Le digo, disculpándome, que soy escritor, que estoy de paso, que viví en ese departamento unos años, que allí escribí algunos libros, y que, perdone el atrevimiento, me gustaría subir un momento a echar una mirada. Ella se queda en silencio. «Un momento», dice. Luego se asoma a la ventana y me mira. Es una mujer joven. Me observa con desconfianza. Intento sonreírle. Luego se retira y habla por el intercomunicador. «Mejor espéreme abajo», dice.

Ahora la mujer me da la mano en la puerta del edificio, todavía con cierta reticencia, y me dice que se llama Thilippa. «Nunca oí ese nombre», le digo. «Sí, es un nombre raro», dice, con acento británico. Luego me hace algunas preguntas y le cuento cosas de mí y me parece que ya no desconfía tanto, que tal vez me cree. Thilippa me mira con cierta lástima y me dice que podemos subir, pero sólo un momento, porque estaba por salir a la universidad. En la escalera, me dice que viene de Londres, que lleva un par de años viviendo en este departamento, que ahora enseña en Georgetown. Le pregunto quién vivía aquí antes de que ella llegase. «No sé», me dice. «Creo que dos chicas de Berkeley. Pero no las conocí.»

«Pasa», me dice Thilippa. Es rubia, guapa, de ojos claros, no muy alta, y se mantiene lejos de mí, como si todavía me tuviese un poco de miedo. Todo está más decorado, aunque no sé si mejor decorado, que cuando yo vivía allí. Donde estaba el sofá cama, hay un sillón blanco, de cuero. Donde apilaba mis libros al lado de la chimenea, hay un televisor. Donde me sentaba a escribir frente a la ventana, Thilippa ha puesto una mesa redonda con cuatro sillas. Siento que esos muebles no pertenecen allí, que todo debería seguir como antes. Le pregunto si usa la chimenea y me dice que no, que es muy complicado. Le cuento que una vez la encendimos y llenamos de humo el departamento y vinieron los bomberos y medio edificio salió corriendo a la calle, pensando que se quemaba todo. Se ríe y me parece que recién entonces comprende que no soy un ladrón, sólo un tonto atrapado por su pasado.

Cuando veo la cama y recuerdo las batallas de amor, buenas y de las otras, que libré entre esas paredes, me emociono. «Aquí viví una historia de amor», le digo. Ella me mira en silencio, como si estuviera arrepentida de haber dejado entrar a este tipo que no comprende que ya no vive acá, que no vivirá nunca más acá. «Aquí fui padre por primera vez», le digo, sin importarme que me vea así, emocionado. De pronto ella pasa suavemente su mano por mi espalda y dice:

—Qué curioso, estoy embarazada.

La felicito y le pregunto si el padre del bebé vive allí, con ella, y me dice que sí, que se conocieron en Londres, pero él es norteamericano, de Virginia, y que ella vino a vivir acá con él, y que en seis meses, en pleno invierno, serán padres por primera vez. Le cuento que mi hija nació en el hospital de la universidad y ella me dice que allí también nacerá su bebé. «Todo va a estar bien», le digo, y de pronto veo en ella los nervios y la ilusión que veía en los ojos de la mujer que, con un coraje admirable, me hizo padre a pesar de todo.

Thilippa y yo bajamos la escalera y nos despedimos en la puerta del edificio. La abrazo y se deja abrazar y le deseo suerte. Luego le doy una tarjeta con mi correo electrónico y le digo:

—Si alguna vez quieres vender el departamento, escríbeme, por favor.

Pero sé que ya es tarde y que no me escribirá. Me quedo de pie, mirando un momento el edificio. Desde la ventana, ella me hace adiós, como me hacía adiós la mujer que entonces amaba cuando salía a caminar. Me voy caminando sin rumbo, buscando las sombras. Pero ahora sé que, por mucho que me pierda, siempre volveré al lugar donde me esperan ellas, las mujeres de mi vida.

A las once de la mañana, Ritva me espera en su casa de la calle 32 y la R, en Georgetown, no muy lejos de la universidad. Apenas he leído el aviso en el periódico, la he llamado y me ha dicho que está dispuesta a alquilarme la casa por un mes. Camino lentamente desde el hotel, el rostro cubierto por un protector de sol, pues el verano todavía no cede y se ensaña con mi nariz, y, al llegar, confirmo que la casa es antigua, de dos pisos, estilo inglés, y que esa calle, la 32, parece tranquila y conveniente. Una placa de bronce me advierte que tenga cuidado con los gatos. La noche anterior, en el programa de Leno, un comediante gordo dijo que si un hombre vive solo y con gatos, tiene que ser gay o un villano. Me hizo reír. Toco el timbre. Una mujer mayor, tal vez en sus setentas, canosa y algo encorvada, abre la puerta. Lleva una escoba en la mano y parece agitada. Nos saludamos. Paso. Le digo Rita pero ella me corrige y pone empeño en aclararme que no se llama Rita sino Ritva. Habla un inglés con acento, es amable aunque no demasiado y tiene un fuerte aliento a alcohol. Mientras me enseña la casa con una parsimonia excesiva, noto que todo huele a alcohol y que hay botellas de licor por todas partes, muy a la mano, lo que sin duda explica la aspereza de su aliento. También hay muchos libros en la sala, el escritorio y arriba, en los dos cuartos. Mucho licor y muchos libros, un buen lugar para pasar un mes escribiendo, pienso, y procuro mantenerme a razonable distancia de Ritva y su olor espeso, avinagrado. Después de recorrer la casa y el pequeño jardín de invierno, le pregunto por los gatos que anuncia en la puerta de su casa. «Tenía dos, pero se murieron», dice, no sé si con tristeza o con alivio. Probablemente de alguna afección hepática, pienso, y le digo cuánto lo siento. A pesar de que la casa es realmente antigua, o precisamente por eso, le digo que quiero alquilarla y nos ponemos de acuerdo en los asuntos del dinero. Al día siguiente, le entrego un cheque, me da las llaves y se marcha a California, a pasar unos meses con su hija, que es cineasta o quiere ser cineasta. Esa tarde traigo mis maletas y me instalo en la casa. Abro la nevera y descubro maravillado que sólo hay botellas de champagne, nada de frutas o jugos o helados, sólo champagne. No abro las botellas, no todavía. Paso horas curioseando en la biblioteca. La mayor parte de los libros están escritos en inglés, pero hay otros, no pocos, que me resultan incomprensibles, pues están escritos en una lengua extraña para mí. Me recuerda a la sensación de perplejidad que me asaltó cuando tuve en mis manos la traducción de una novela mía al mandarín, impresa en Hong Kong: como no había una foto del autor, no tenía cómo saber si esa novela la había escrito yo o, casi mejor, un opiómano afiebrado. Me pregunto dónde habrá nacido Ritva, de dónde habrá venido. Puede que sea danesa o noruega, porque tiene muchos libros de autores escandinavos. Arriba, en uno de los baños, intento leer las inscripciones en un frasco de jabón líquido y lo único que consigo entender es que parece haber sido fabricado en Helsinki. En las dos habitaciones tiene más libros y entre ellos encuentro dos de Vargas Llosa y uno de García Márquez, todos en inglés. Me echo en la cama. El colchón se hunde y suena clamorosamente y me hace reír. Nunca me había echado en una cama tan ruidosa. No es incómoda, pero chilla como un animal herido. Al lado de la cama, en un lugar visible, hay un bate de béisbol. Me imagino a Ritva alcoholizada, en camisón, persiguiendo intrusos o más probablemente fantasmas con ese bate de béisbol y me río pensando que esta es la casa perfecta para encerrarme a escribir un mes. Sólo necesito saber qué días debo sacar la basura y qué se supone que debo hacer con la correspondencia que llegue a nombre de Ritva y si puedo retirar los vestidos que ella ha dejado en el ropero para colgar allí mi ropa. Por eso llamo a Ritva a California una noche. Como el teléfono de la casa es muy viejo y apesta a décadas de conversaciones alcohólicas, me he visto obligado a comprar uno nuevo. Ritva me dice amablemente que debo sacar la basura todos los días, que puedo tirar el correo que llegue a su nombre y que haga lo que quiera con sus vestidos, porque ya no los usa. «Si quieres, úsalos o que los usen tus amigas», me dice, y se ríe y tose. Al parecer está borracha y no extraña esta casa decrépita y encantadora. «Necesito saber de dónde eres, Ritva», le digo. «He estado atando cabos y no sé si eres danesa o finlandesa o noruega», digo. Ella se ríe, tal vez halagada por mi curiosidad, y me dice que es finlandesa, pero no de Helsinki sino de Lohja, un pueblo al sur, y que vino a este país cuando era joven y se quedó. Le digo que lo único que sé de Finlandia es que toman mucho alcohol y se suicidan más que en otros lugares. «Bueno, yo no soy suicida», dice, y se ríe. Luego me pregunta si ya abrí el champagne de la heladera y le digo que no, que todavía no. «No sé qué esperas», me anima. «Si realmente eres un escritor, no sé qué esperas.» Le digo que la llamaré cualquier otra noche y nos despedimos. Pongo un disco de Mozart, abro el champagne y me paseo por la casa con el bate de béisbol. A la mañana siguiente, suena el teléfono. Una mujer me dice que es la hija de Ritva y que su madre ha muerto. «Pero no se preocupe, puede seguir en la casa, la vamos a enterrar acá en California», añade. Ahora Ritva está muerta y yo estoy echado en su cama sin saber qué hacer. Quizá suba a un avión y vaya a su funeral. Quizá me tome el champagne de la heladera en su honor.

No puedo estar con un hombre que me hace el amor con medias y no se cambia de calzoncillos todos los días, piensa Martín. Todavía lo amo, pero no puedo seguir con él, se dice a sí mismo. Somos demasiado distintos, concluye.

Cuando Martín me conoció y nos enamoramos, me cambiaba de calzoncillos todos los días y, aunque ya dormía con medias, siempre me las quitaba para hacer el amor con él. Pero con los años, sin explicación alguna, tal vez porque me acostumbré a la idea de que no sería el hombre de éxito que había soñado en mi juventud, fui descuidando mis hábitos de higiene y un frío perpetuo que sólo yo sentía y que los demás encontraban cómico, absurdo, imaginario, fue apoderándose de todo mi cuerpo, pero en particular de mis pies, que siempre estaban helados.

Ahora uso los mismos calzoncillos dos días seguidos, soy capaz de usar los mismos pantalones y las mismas camisetas viejas y ahuecadas una semana entera, nunca cambio mis sábanas, no me baño todos los días y, como siempre tengo frío, especialmente de noche, en que me despierto temblando y con pesadillas que luego apunto en un cuaderno, uso tres pares de medias y tres y hasta cuatro camisetas que me dan un aire falso de gordura.

Martín todavía me quiere, pero le parece repugnante que use tantas camisetas viejas, que me ponga cuatro pares de medias olorosas que nunca me preocupo en lavar, que no me moleste ponerme dos días seguidos los calzoncillos viejos de hace años y que, en general, sea tan sucio y friolento. Quizá en otro tiempo se hubiera reído de esas extravagancias, pero ahora ya perdió la paciencia y simplemente las encuentra vulgares, insoportables.

Pero lo que más le molesta no es que no me bañe todos los días o no me cambie de calzoncillos o use la misma ropa vieja que ya usaba cuando nos conocimos. Lo que verdaderamente le irrita es que yo escupa en cualquier lugar de la casa, en la alfombra o en una pared o sobre unos periódicos viejos, y que a veces, por ninguna razón, sólo por travesura o por pereza de caminar al baño, me ponga a orinar en las macetas donde crecen las plantas que él cuida con tanto esmero.

Si hubiera sabido que era tan cochino, no me hubiese enamorado de él, piensa Martín. Pero cuando lo conocí no era tan sucio. Era normal. Era limpio. No escupía todo el día ni andaba meando en las macetas.

—No te reconozco —me dice—. No sé cómo te has vuelto tan sucio.

—No exageres, Martincito —le digo, y sigo leyendo, sin hacerle mucho caso.

Eso lo irrita todavía más, que no me doy cuenta de mi propia decadencia, de mi creciente abandono higiénico, corporal. Martín piensa que mis hábitos son una señal de que me he vuelto un hombre cínico, derrotado, sin ambiciones, resignado a una suerte mediocre. Piensa que no puede ser feliz con un hombre así. Tengo que dejarlo, se recuerda. No merezco esto.

Martín se jacta de ser riguroso en su aseo personal, en su vestimenta, en su apariencia. Se baña todas las mañanas, usa ropa nueva, impecable, de moda, le fascinan los perfumes y las cremas, jamás se pondría los mismos calzoncillos dos días seguidos y odia, simplemente odia, dormir con medias, hacer el amor con medias, ponerse tantas medias como yo.

Martín me ha pedido que me quite las medias cuando hacemos el amor, pero yo me niego, alegando que si quedo descalzo se me congelan los pies y me resfrío y soy incapaz de pasarla bien en ese momento de intimidad, y él siente que ya no disfruta del sexo conmigo porque la sola imagen de ese hombre con medias, con tantas medias, con tantas medias que no se ha cambiado en tantos días, simplemente le da asco, le repugna.

Ahora las cosas han empeorado, si cabe, porque he sido invitado a dar unos cursos en la universidad de Georgetown, y por eso me he mudado a Washington por un mes, y he alquilado una casa vieja que me parece encantadora y que Martín encuentra horrenda, inhabitable. Martín tiene asco de meterse en la ducha, de sentarse en el inodoro, de entrar a la casa y sentir esos olores rancios, añejos, nauseabundos. No se cansa de decirme que, si lo conociera, si lo quisiera un poco, jamás hubiese alquilado esa casa que se cae a pedazos y apesta. «¿Cómo se te ocurre que yo puedo pasar un mes en esta pocilga, Jaime? ¿Cómo podés ser tan cochino, cómo podés no darte cuenta de que esta casa es un asco?» «Cálmate, Martincito», le digo. «No es para tanto. Mañana te compro unas sábanas bonitas y un piso de plástico para la ducha y unos cobertores de papel para el inodoro, así no tocas la tapa.»

A la noche duermo, ronco, sudo, batallo contra el frío que sólo yo siento, y despierto temblando y con pesadillas, y me pongo un par de medias más, aunque ya me ajustan tanto que me lastiman los dedos. Martín no puede dormir y se pregunta si todavía ama a ese hombre que ahora le da asco y que lo ha llevado a esa casa que ahora odia con toda su alma. No puedo vivir con un hombre que está todo el día escupiendo y que me hace el amor con medias (cuando me lo hace, porque ya ni siquiera tiene fuerzas para eso), piensa Martín. No merezco esto. Sólo quiero estar con un hombre que se cambie de calzoncillos todos los días y me haga el amor sin medias.

Llego a Lima extenuado y corro a ver a mis hijas. Apenas entro en la casa, encuentro a dos conejos en el jardín, uno montándose sobre el otro y agitándose frenéticamente. Tras abrazar a mis hijas y darles sus regalos, les digo:

—Los conejos están tirando en el jardín. Prepárense, porque la casa se va a llenar de conejitos.

—No van a tener crías —me dice Lola, que ama a sus conejos mucho más que a cualquier criatura humana y casi tanto como a sus gatos.

—No estés tan segura —le digo.

—Es imposible, papi —me dice Camila, con una seguridad que me desconcierta—. Los dos son machos.

Me río y digo:

—¿Estás bromeando?

—No —dice Camila, riéndose conmigo—. Te juro. Los dos conejos son machos.

—¿Y tiran igual? —pregunto, asombrado.

—Todo el día —dice Lola—. Todo el día el blanquito se sube encima del marroncito.

Nos reímos los tres.

—Nuestros conejos son gays, papi —me dice Camila—. Son machos y están enamorados.

—No son gays —discrepa Lola—. Se montan porque no hay una coneja hembra. No les queda otra. Pobrecitos.

—¿Tú crees? —le pregunto.

—Estoy segura —dice ella—. Si traemos una coneja hembra, te apuesto que dejan de ser gays.

—Puede ser —dice Camila—. Pero no estés tan segura. De repente ya se acostumbraron y les gustó.

—O de repente son gays de nacimiento —digo.

—No digas tonterías, papi —dice Lola—. No son gays. Son mis conejos y yo los conozco. Te apuesto que si viene una coneja, los dos van a estar todo el día subiéndose encima de ella.

—Bueno, traigamos una coneja —digo.

—¡Ya! —dice Lola.

—¿No importa que nos llenemos de conejitos? —pregunto.

—¡No importa! —dice Camila.

Sin perder tiempo, llamamos a la veterinaria, que vacuna mensualmente a los conejos, los gatos y los perros de la casa y los lava con champú y acondicionador y les seca el pelo con secadora, con lo cual están más limpios y sanos que yo, y le pedimos que nos traiga una coneja dispuesta a aparearse con nuestros conejos. La veterinaria acepta encantada y promete traernos enseguida a la coneja. Cuando le pregunto por el precio, me pide ochenta dólares. (Todas las empleadas de la casa odian a la veterinaria porque dicen que es una «carera» y porque en un solo día de vacunación y champú cobra lo que ellas ganan en medio mes. «No es justo, joven. Esa fresca segurito que les inyecta agua oxigenada a los conejos y dice que son inyecciones para la varicela y la artritis. ¿Dónde se ha visto un conejo con varicela, joven?») Le digo que es mucho dinero, que me haga una rebaja, que con esa plata, en lugar de comprar una coneja, contrato una conejita de Playboy. No se ríe y me dice muy seria que, tratándose de mí, me la deja en sesenta dólares. Acepto de mala gana. Todo sea por las niñas y por despejar las dudas sobre la sexualidad de los conejos.

No tarda mucho en llegar la veterinaria con una coneja blanca, que las niñas abrazan con entusiasmo y cubren con frazadas. Mientras la conejita corre por la casa sin saber que ha sido comprada para ser parte de un trío amoroso, le pago a la veterinaria y ella me pide permiso para vacunar a los conejos.

—¿Cuándo los vacunaste por última vez? —le pregunto, desconfiado, porque sé que me quiere esquilmar.

—Hace como dos semanas —me dice, frunciendo el ceño.

—¿Tanto hay que vacunarlos? —digo—. Porque yo no me vacuno hace años. No sabía que los conejos se vacunan cada dos semanas.

—Es por sus hijas, joven —dice ella, una mujer obesa, de brazos rollizos, que de un golpe me dejaría fuera de combate—. No quiero que les dé el ácaro.

—¿Qué es el ácaro? —pregunto.

—Una enfermedad que les da a los conejos si no se vacunan y que se contagia rapidito a los niños —dice ella, rascándose un brazo adiposo mientras yo pienso: Coño, ¡el ácaro!

Luego añade con voz sombría:

—Si sus niñas se contagian del ácaro, pueden quedar ciegas.

No le creo nada, pero, por las dudas, le digo:

—Bueno, ya, vacúnalos.

La veterinaria sale al jardín y, con la ayuda de mis hijas, pincha a los pobres conejos, mientras Aydeé, Rocío y Gisela, las chicas amorosas que cuidan a mis hijas, me dicen en la cocina, espiando con rencor a esa intrusa provista de medicamentos dudosos:

—Es una carera, joven. Es mentira eso del ácaro. No les pone nada. En la inyección hay agua con azúcar nomás. Es mentira todo.

—No sé —digo, resignado—. De repente los conejos tienen ácaro y están ciegos y por eso andan tirando todo el día, porque no se dan cuenta de que son machos los dos.

Las chicas se ríen. Salgo al jardín, pago a la veterinaria y me despido de ella. Apenas se va, mis hijas sacan a la coneja, la dejan en el jardín y volvemos a la casa. Detrás de la ventana, nos sentamos a ver si los conejos machos se interesan sexualmente en su nueva compañera.

—Ahorita se la montan —digo.

Los dos conejos se acercan a la hembra y la olisquean con curiosidad.

—Pobrecitos —dice Lola—. ¿Y qué pasa si los dos se enamoran de ella?

—Los conejos no se enamoran —digo—. Se aparean, se montan, tiran, pero no se enamoran.

—¡Sí se enamoran! —me corrige ella.

—Como tú digas, amor —le digo.

Para nuestra sorpresa, los dos conejos machos se aburren de olfatear a la visitante y se retiran juntos. Poco después, el blanco se monta sobre el marroncito y se abandona a unos espasmos, convulsiones o leves estremecimientos se diría que placenteros a juzgar por su rostro, mientras el otro, sereno, estoico, no parece gozar con las acometidas de su brioso compañero pero, en honor a la verdad, tampoco parece sufrirlas: es lo que hay y habrá que esperar tranquilo, parece decir su rostro sabiamente resignado. Mis hijas se ríen a carcajadas viéndolos copular alegremente, sin el menor interés por la coneja, que, despechada o no tanto, mordisquea unos pedazos de zanahoria.

—¡Son gays, papi! —exclama Camila, encantada—. ¡Tenemos conejos gays!

—No son gays —dice Lola, con toda certeza—. Recién están conociendo a la conejita. Dales tiempo.

Seguimos riéndonos mientras los conejos se divierten a sus anchas. Entonces ocurre algo inesperado: el conejo blanco, infatigable, desmonta, corretea y se apodera lujuriosamente de la coneja recién llegada, encaramándose sobre ella y agitándose en leves temblores.

—¡No es gay, papi, no es gay! —grita Lola, encantada.

—¡Es bisexual! —sentencia Camila—. ¡Tenemos conejos bisexuales!

Abrazo a mis hijas y me río con ellas mientras contemplamos embobados el ardor libidinoso de nuestros conejos bisexuales.

Sofía me pregunta con una sonrisa, sentados en la sala de su casa de Lima, tomando té de mandarinas:

—¿Viajas mañana a Miami?

—Sí —respondo.

—¿En qué vuelo?

—En el de la mañana.

Ella se ríe y anuncia:

—Vas con mi mamá.

—¡No puede ser! —digo.

—Sí —dice ella, riéndose—.Viajan juntos.

De inmediato llamo a la línea aérea y pido que me pasen a otro vuelo, pero me dicen que no hay otros vuelos a Miami ese día y yo no puedo posponer mi partida.

—¿Estás segura de que tu mamá y yo viajaremos en el mismo vuelo? —le pregunto a Sofía.

—Segurísima —dice ella.

—¿Sabes si va en ejecutiva?

—Sí. Ya se lo pregunté.

—¡Maldición!

Tengo miedo de encontrarme con mi ex suegra porque cuando publiqué cierta novela se enfureció conmigo, me acusó de dejarla como una arpía y me echó a gritos de su casa. Desde entonces no la he visto.

Esa noche no puedo dormir. Salto de la cama muy temprano, me visto deprisa y corro al aeropuerto con la esperanza de que mi ex suegra llegue tarde y pierda el vuelo.

Llegando al *counter* de la aerolínea, le ruego a la señorita uniformada que me siente lejos de mi ex suegra, tan lejos como sea posible. Le explico que esa señora no me ve con simpatía y que tengo miedo de que nuestro encuentro en el avión sea algo tenso. Ella se ríe, me promete que la sentará lejos de mí y dice:

—Ay, Jaimito, tú siempre metiéndote en problemas.

Paso los controles de inmigración tan inquieto y paranoico que un policía me pregunta:

—¿Por qué estás tan nervioso, Jaimito?

—Porque voy a viajar con mi ex suegra.

El tipo se ríe, pero no es una broma.

Luego me refugio en el club ejecutivo, no sin antes rogarle a la recepcionista que si mi ex suegra llega, me avise antes de hacerla pasar, para darme tiempo de correr a esconderme en el baño. Ella se ríe, pero no es una broma.

Apenas nos llaman a abordar, le pido a la recepcionista que me avise cuando todos los pasajeros hayan subido al avión. Quiero ser el último en abordar, pues tengo la ilusión de que mi ex suegra esté atrás, en económica.

Quince minutos más tarde, me dicen que si no corro a la puerta de embarque, perderé el vuelo.

Entro asustado al avión y apenas echo una mirada vacilante, la veo: allí está ella, regia, guapa, esplendorosa, burlándose del paso de los años, hojeando una revista frívola, bebiendo champagne, esperándome con una sonrisa.

La saludo y me hundo en mi asiento, no tan lejos de ella. Sólo tres filas nos separan.

Cuando despega el avión y autorizan a desabrocharse los cinturones, viene a sentarse a mi lado.

Entonces espero a que me grite, me diga cosas insidiosas, me recuerde cuánto lamenta que me enamorase de su hija, cuánto detesta mis libros, cuánto me odia.

Pero ella sonríe, leve y espléndida, y dice:

—Ese corte de pelo te queda fatal.

Quedo demudado. Ella continúa:

—No puedes tener el cerquillo tan largo, te da un aire demasiado *nerd*.

Asiento en silencio.

—Te conviene cortarte el cerquillo y esas olitas de atrás

que ya no se usan, parecen de futbolista, de actor de telenovelas.

—Gracias —digo tímidamente.

—Otra cosa —prosigue—. Tienes un remolino atrás, no puedes cortarte el pelo así, porque se te nota mucho el remolino, tienes que cortártelo con ondulaciones para que caiga más parejo, más ordenado, si no parece que tuvieras un gallinero en la cabeza.

—Lo voy a tener en cuenta —digo.

Se hace un silencio. Si supiera que mi último corte de pelo fue en Washington con una francesa que me cobró una fortuna, pienso.

—Hace tiempo que necesito decirte algo —dice ella, mirándome con una intensidad abrasadora.

Imagino entonces que me dirá las cosas más terribles.

—No puedes seguir así —dice, tomándome del brazo con compasión.

Espero a que me diga que debo ir al siquiatra, que estoy enfermo, que no puedo seguir escribiendo esa clase de libros.

—No soporto verte así —añade, conmovida—. Tienes que cambiar.

Sigo escuchando, sumiso.

—Tienes que blanquearte los dientes, por el amor de Dios —dice ella.

Quedo pasmado.

—Es un sufrimiento atroz verte así, con los dientes amarillentos —añade, y me obliga a sonreír y enseñarle los dientes, y ella se repliega en una mueca de disgusto o repugnancia—. Tú que sales tanto en los reportajes y que siempre estás sonriendo, tienes que tener una sonrisa perfecta, no puedes tener esos dientes amarillentos de viejo fumador.

—Mil gracias por el consejo —digo.

—De nada —dice ella.

Luego pasa sus manos por mi pelo, revolviéndolo, acomodándolo a su gusto, echándolo hacia atrás, procurando que caiga con la ondulación adecuada, y dice:

—¿Ves?, así, con una olita, se ve mucho mejor.

A continuación añade:

—Tienes el pelo demasiado grasoso.

—Es que no me lo he lavado esta mañana —confieso.

—Qué horror —dice ella—. Debes lavártelo todos los días.

Enseguida pasa su mano por mi quijada y por la bolsa de piel que cuelga debajo de ella y, palpándola, sopesándola, dice:

—Tienes demasiada papada. Esto sí que es serio.

—Bueno, sí, he engordado un poco —admito.

—No puedes andar con esta papada de pavo real, es una vergüenza —dice, sin dejar de tocarme suavemente—. Tienes que dejar de comer queso brie. Tu perdición es el queso. Basta de quesos. Y nada de chocolates. Toda esa grasa se te va aquí, a la papada.

—Buen consejo —digo.

—¿Tienes una hoja de afeitar? —me pregunta.

—Sí —digo—. En mi *carry on.*

—Dámela, por favor. La necesito.

Me pongo de pie, abro mi maletín, saco la hojita descartable y se la doy.

—Cierra los ojos —dice ella.

Pienso que me cortará la cara o tratará de degollarme. El momento tan temido ha llegado: mi ex suegra vengará con esa hoja de afeitar todos los disgustos que le he causado. Cierro los ojos y espero la venganza. Pero ella, delicadamente, empieza a afeitarme los pelitos entre las cejas.

—Pareces el hombre lobo —dice, y siento sus manos suaves alisando mis cejas.

Luego añade:

—No te muevas, que voy a tratar de afeitarte los pelitos de la nariz.

Hace un año o poco más los médicos le dijeron a Candy que tenía un cáncer muy avanzado en el estómago, grado cuatro, y que sólo le quedaban tres meses de vida, a menos que se sometiera a una quimioterapia masiva, lo que tampoco garantizaba nada.

Candy tenía entonces veintinueve años y una hija de dos, Catalina. Con una fortaleza insospechada en ella, vivió sin quejarse la pesadilla de múltiples quimioterapias, tres operaciones y numerosos internamientos en clínicas de Buenos Aires, acompañada de Inés, su madre, que no la dejó dormir sola ni una noche.

Tras una cuarta operación para examinar los avances de esa cruel seguidilla de inyecciones venenosas que la hundían inexorablemente en severas crisis de náuseas y abatimiento, los médicos le dijeron que por el momento estaba a salvo, que habían conseguido extirpar los más minúsculos rastros de esa enfermedad. Estaba curada, o al menos eso le dijeron, aunque el cáncer podía regresar en cualquier momento.

Con ganas de celebrar esa buena noticia (que era, a la vez, un alivio y una amenaza latente), Martín la invitó a Río para tratar de olvidar el calvario por el que ella había pasado tan estoicamente. Viajaron a mediados de diciembre, un mal momento para viajar, y tuvieron que soportar los previsibles maltratos de una aerolínea brasilera de bajo costo. A pesar de ello, pasaron una semana razonablemente feliz. Se bañaron en el mar de Buzios, se hicieron fotos en la playa (Candy sólo podía usar trajes de baño de una pieza, por las cicatrices de tantas operaciones), recorrieron los centros comerciales, no les robaron nada y (esto fue lo mejor del viaje, según me contó Martín) pudieron hablar de sus vidas, de su familia, de cuando eran chicos y se adoraban, no sin que Candy se emocionase, llorase y lamentase que ciertas cosas no hubiesen salido todo lo bien que ella esperaba cuando era niña y no sabía lo que ahora ya conocía de sobra, que la vida era una sucesión de emboscadas, trampas y caídas de las que nadie se recuperaba del todo.

Los primeros días de enero, volvió a su trabajo como administradora de una boutique de ropa en San Isidro. Le costaba estar en pie, atender a las clientas, sonreír en cualquier caso, pero quería sentir que, de nuevo, podía llevar una vida normal. Martín viajó a Miami. La directora de una revista de modas le había ofrecido un puesto en esa publicación. Después de pasar por varias pruebas y entrevistas, y tras una larga espera que supo sobrellevar con paciencia, Martín recibió la noticia de que le habían dado el trabajo con el que había soñado tanto tiempo: editor de aquella lujosa revista que, desde muy joven, él leía con devoción, y cuyas ediciones en distintos idiomas guardaba en la sala de su departamento en Buenos Aires, como si fueran un tesoro de incalculable valor.

Eran días felices. Candy se sentía mejor, podía jugar con su hija, llevarla a la piscina del club, atender los asuntos de la boutique. Martín salía de casa muy temprano, impecablemente vestido, de buen ánimo, y gozaba ejerciendo su nuevo trabajo como pequeño dictador de esa revista de papel satinado, la biblia de la moda y el buen vivir (aunque a veces discutíamos, porque todo lo que pregonaba aquella revista no me parecía un buen modo de vivir).

Una tarde, sin que nada hiciera presagiar que aquella

precaria alegría de verano sería tan corta, Candy sufrió unos dolores tremendos, se desmayó y fue llevada de urgencia al hospital. La operaron sin demora y descubrieron que el cáncer había regresado, se había multiplicado y comprometía gravemente su vida. Inés llamó a Martín a Miami y le dijo, llorando, que los médicos le daban cuarenta y ocho horas de vida a Candy. Martín quiso viajar esa misma noche, pero no encontró cupo. Cuando pidió permiso en la revista, le dijeron que eran días de cierre, que sólo lo autorizaban a viajar tres días, no más. Sorprendido y decepcionado, Martín dijo que se iría a Buenos Aires indefinidamente para acompañar a su hermana todo lo que hiciera falta. La directora le dijo: «La única diva de esta revista soy yo, y no puedo tolerar otras divas.» Martín renunció y estuvo a punto de arrojar a la directora por la ventana.

Como tenía que esperar un día para viajar y lo devoraban la rabia y la impotencia, Martín fue a un centro comercial y compró ropa para Catita, la hija de Candy, de quien era padrino. Llenó una maleta de vestidos, camisetas, zapatillas, zapatos, calzones, trajes de baño y toda clase de combinaciones de verano y de invierno para su ahijada. Lo hizo por amor a ella, claro está, pero también porque presentía que, si llegaba a tiempo y la encontraba viva, Candy se pondría muy contenta al ver toda esa ropa tan linda para su hija.

Al llegar a Buenos Aires, aturdido por los somníferos que le abreviaron el vuelo, Martín corrió a la clínica en Belgrano y encontró a su hermana todavía respirando, consciente, luchando por sobrevivir. Los médicos se negaban a operarla una vez más, resignados a que la batalla se había perdido ya. Entonces Martín abrió la maleta y fue enseñándole cada prenda, cada conjunto, cada delicado vestido que había comprado para Catita, su ahijada. Candy se llenó de vida imaginando a su hija luciendo ropa tan espléndida. Luego Martín le contó que se quedaría en Buenos Aires con ella, que nunca más se iría, que volverían a ser íntimos, inseparables, como cuando eran chicos.

Al día siguiente, inexplicablemente, las heridas internas que estaban envenenándola empezaron a sanar. Ante la perplejidad de los médicos, Candy salvó la vida, se recuperó lentamente, volvió a comer y pudo dejar la clínica una semana después. Algunos creyeron que se trató de un discreto milagro que obró el padre sanador que, llevado por Inés en un momento de desesperación, visitó a Candy en el hospital, en vísperas de que llegase Martín. Otros, más descreídos sobre los poderes benéficos de los curas sanadores (y entre ellos debe contárseme), sospecharon que el milagro se produjo cuando Candy, desde su cama, entubada y agonizante, vio a su bella hija haciéndole un desfile de modas en el cuarto, exhibiendo, una y otra vez, felizmente indiferente a la muerte y a sus sombras, la ropa suave, luminosa, prometedora, que le llevó su padrino Martín.

Soy agnóstico pero rezo en los aviones. Soy optimista pero no espero nada bueno. Soy materialista pero no me gusta ir de compras. Soy pacifista pero me gusta que la gente se pelee. Soy vago pero empeñoso. Soy romántico pero duermo solo. Soy amable pero insoportable. Soy honesto pero mitómano. Soy limpio pero huelo mal. Tengo amor propio pero soy autodestructivo. Soy autodestructivo pero con espíritu constructivo. Soy insobornable pero pago sobornos. Soy narcisista pero con impulsos suicidas. Estoy a dieta pero sigo engordando. Soy liberal pero no permito que fumen a mi lado. Soy libertino pero no me gustan las orgías. Soy libertario pero no sé lo que es eso. Creo en la democracia pero no me gusta ir a votar. Creo en la libre competencia pero no me gusta competir con nadie. Creo en el mercado pero odio ir al mercado. No soy chismoso pero compro revistas de chismes. Soy intelectual pero no inteligente. Soy vanidoso pero no me corto los pelos de la nariz. Creo en la superioridad de Occidente pero no conozco Oriente. Amo a los animales pero odio a los gatos. Odio a los gatos pero no a los de mis hijas. Quiero a mis padres pero no los veo hace años. Quiero a mis hermanos pero no sé dónde viven. Creo en el sexo seguro pero soy sexualmente inseguro. Soy comprensivo pero no sé perdonar. Respeto las leyes pero prefiero burlarlas. Soy humanista pero no creo en la humanidad. Soy tímido pero no tengo pudor. Soy impúdico pero no me gusta andar desnudo. Me gusta ahorrar pero no ir al banco. Soy bisexual pero asexuado. Me gusta leer pero no leerme. Me gusta escribir pero no que me escriban. Me gusta hablar por teléfono pero no que suene el teléfono. Creo en el capitalismo pero no tengo capitales. Estoy a favor de la globalización pero no de la de mi cuerpo. Quiero globalizarme pero volando en globo. Creo en la convivencia mutua pero no en la convivencia conmigo. Soy provocador pero ya no me provoca serlo. No soy rico pero tengo fortuna. Hablo de mi vida privada pero nunca de mi vida pública. Soy coherente pero inconsecuente. Tengo principios pero me gusta que se terminen. Creo en la Virgen del Carmen pero no en la de Guadalupe. No creo en Dios pero sí en Jesucristo su único hijo. Soy frívolo pero profundamente. No consumo drogas pero las echo de menos. Creo en la despenalización del aborto pero me da pena el aborto. No me gusta fumar marihuana pero me gusta que la fumen a mi lado. Soy intolerante con los que no me toleran. Me gusta el arte pero me aburren los museos. Me aburren los museos pero me gusta que me vean en ellos. No me gusta que me roben pero sí que pirateen mis libros. Creo en el amor a primera vista pero soy miope. Soy ciudadano del mundo pero me niegan las visas. No tengo techo propio pero sí amor propio. Me gusta ir contra la corriente pero sólo si sirve a mi cuenta corriente. Soy un mal escritor pero una buena persona. Soy una buena persona pero no cuando escribo.

La casa de playa es blanca, inmaculada, de un solo piso, frente a un mar frío y encrespado, el Pacífico, que no hace honor a su nombre, pues una bandera roja, izada entre las muchas gaviotas hambrientas que bailan sobre la arena, nos advierte que el mar está bravo y no conviene bañarse allí, y se esconde en un condominio de lujo, un oasis de palmeras elegantes, plantas coloridas y trepadoras y jardines minuciosamente recortados, un milagro en medio del arenal infinito que se extiende por la costa peruana. Las personas que habitan ese bello y fortificado club de playa son al parecer extrañamente tímidas, o al menos lo son conmigo, pues evitan mirarme o saludarme cuando me ven pasar y se recluyen en sus casas blancas e inmaculadas para entregarse al más delicioso de los vicios, la pereza, el vicio que nos ha reunido a todos en esta playa taciturna. Sólo los niños rompen muy de vez en cuando el admirable silencio que reina en estos parajes marinos, pero las muchas empleadas uniformadas que los cuidan con esmero se ocupan enseguida, sin levantar la voz, de acallarlos y complacerlos y, si acaso, meterles un helado más en la boca. Una tropa infatigable de vigilantes en camisa y gorra azules recorre el condominio en unas bicicletas menos relucientes que las que usan los niños a los que cuidan sin desmayo. Jardineros y regadores, repartidores de periódicos y panes, heladeros con sus carros rodantes amarillos, cocineras, choferes, chicos multiuso que arreglan bicicletas y limpian camionetas y cargan las bolsas, caminan por los senderos empedrados del oasis, repartiendo dicha y felicidad entre sus habitantes y cobrando siempre precios módicos, no vayan a molestar a los señores y señoras que tanto requieren descansar de la vida ya descansada que les ha tocado en gracia. Los vigilantes en bicicleta sí me saludan con cariño y me hacen preguntas y me piden algún autógrafo y hasta me traen regalos a la casa. No son al parecer tan tímidos o discretos como los dueños de las casas que cuidan, y uno agradece que no lo sean. Cierta mañana despierto tarde y encuentro a un vigilante instalado en la cocina de la casa, con una botella de pisco y una sandía gigantesca. «Feliz Día de la Amistad», me dice, y me da un abrazo. La empleada, que es su esposa y cocina cosas memorables y se llama Isabel, Isabel la Católica le digo yo, me abraza también en nombre de la amistad y el amor, y yo sólo intento permanecer callado para no infligirles la crueldad de mi aliento mañanero. A la playa prefiero no bajar a ninguna hora porque el sol me deja la nariz llena de unas manchas ominosas y porque me da miedo que algún notable de la junta directiva me ponga una multa por afear la playa con mi barriga inexcusable y mi nariz manchada, así que permanezco en la casa tratando de escribir, leyendo cosas más o menos frívolas —esas revistas en las que uno se entera de todas las fiestas a las que no lo invitan—, hablando por el celular —porque no hay teléfono fijo ni internet en la casa, lo que me provoca la sensación de que me han amputado un órgano vital—, metiéndome en la piscina y observando la extraña pero siempre ejemplar conducta de los residentes de esta playa. Nada es perfecto, sin embargo: a pesar de que los esfuerzos humanos para que todo se vea bello y reluciente son sin duda monumentales, pues las empleadas y empleados no cesan de limpiar y ordenar y regar y fregar y podar y sacar brillo, la naturaleza, siempre caprichosa, ha llenado la casa, todas las casas, todas estas casas perfectas, blancas e inmaculadas, de moscas, muchas moscas, un ejército inextinguible de moscas, unas moscas negras, zumbonas, porfiadas, hambrientas, malcriadas, unas moscas jodidas e intrusas que de alguna manera impertinente nos recuerdan que todos, por bonitos e inmortales que parezcan en esta playa, al final se morirán, se pudrirán y terminarán apestando. Las moscas están en la cocina, sobre todo en la cocina, pero también en la sala, en los cuartos, en los baños, alrededor de la piscina, en todas partes, como Dios, que las diseñó y creó, según dicen los que conocen a Dios. No está mal que haya tantas moscas, digo yo, que ciertamente conozco a las moscas mucho más que a Dios. Para un cazador de moscas, esto es un regalo de los dioses, una bendición que no ceso de agradecer. Porque en lugar de tumbarme en la arena a tomar sol o entregarme al arte del chismorreo, que con tanto donaire y pasión practican las señoras regias en la playa, recorro la casa premunido de un matamoscas de plástico, color rojo, aplastando a las sucias cabronas, regocijándome cuando acierto, lamentándome cuando escapan, acechándolas con paciencia y deleite, preguntándome si no será esta, después de todo, mi verdadera vocación, la de un matamoscas tonto, vago y feliz. Y cada vez que cazo una mosca y la veo agonizar, recuerdo todo el tesón que depositó mi padre en la empresa quijotesca de hacerme, como él, un cazador de animales fieros, un cazador macho y despiadado, un cazador de pumas y venados y vizcachas, y me digo que si fracasé en esa empresa, pues el coraje no ha sido nunca una de mis virtudes, al menos vengo triunfando en esta forma menor de cacería, el lento exterminio de las moscas que habitan sin invitación la casa de playa. Si mi padre me viera matar estas moscas con tanta ferocidad, si supiera que hoy he matado ya más de treinta, si oyera mis gritos de júbilo cuando las despedazo, quizá sentiría orgullo de mí, su hijo cazador, su hijo cazador de moscas. O al menos eso quiero pensar ahora, antes de matar una mosca más.

Aydeé y yo nos hemos quedado solos en la casa de playa, lejos de la ciudad. Aydeé tiene veinte años, acaba de cumplirlos (por supuesto me olvidé de saludarla y darle un regalo), estudia enfermería y trabaja cuidando a mis hijas con una paciencia y un cariño admirables. Nació en un pueblo perdido en la sierra sur, un pueblo que no conozco y sospecho que nunca conoceré. Es una mujer serena, bondadosa, servicial, de sonrisa fácil y mirada limpia.

Aydeé y yo estamos mirando el mar embravecido, acanallado, que escupe unas olas ruidosas a cien kilómetros al sur de Lima y me trae el recuerdo de un amigo del colegio que murió ahogado en ese mar traicionero, un domingo en la noche cuando volvía de la selva con todo el equipo de fútbol en que jugaba. Aydeé mira el mar con recelo, no quiere bañarse en él, no permite siquiera que las olas laman sus pies, no quiere acercarse al mar, le tiene un miedo antiguo, incomprensible. Cuando le pregunto por qué le tiene tanto miedo al mar, me dice que no quiere hablar de eso y se hunde en un silencio tenso. «Mi cuerpo se asusta», me dice. «Cuéntame», le digo.

Era octubre, Aydeé tenía doce años, estudiaba en un colegio del pueblo en que nació. Su clase organizó un paseo, fueron al lago, a cuatro horas en auto desde su pueblo. Eran veintitrés alumnos de las más diversas edades, entre doce y veintitantos años, «porque en la sierra la gente termina el colegio a cualquier edad», me dice Aydeé con una sonrisa tímida, que es en realidad la única forma de sonrisa que le conozco, porque ella no sabe sino ser tímida, amable, delicada.

Esa mañana muy temprano, antes de salir al lago, Delia, la mamá de Aydeé, una señora muy religiosa, evangélica, madre de diez hijos, le pidió a su hija que, por favor, no se metiera al lago, que por nada en el mundo se subiera al bote, que se quedara en tierra firme todo el tiempo. «Tengo un mal presentimiento», le dijo. Aydeé siempre había obedecido a su madre y, al oír esas palabras, supo que ese día la obedecería también.

Cuando llegaron al lago, eran veintitrés alumnos, dos profesores y dos niños, hijos de los profesores. Todos estaban felices, jubilosos, excitados. Todos, menos Aydeé, que sabía que no debía meterse al lago.

Mientras preparaban el bote, la dueña de un pequeño restaurante al pie del lago les dijo a gritos:

—No suban. El lago tiene hambre. No suban.

Todos se rieron, nadie le hizo caso, pero Aydeé interpretó esas palabras como otra advertencia del destino y sintió un escalofrío.

—El lago ha estado gritando toda la noche —insistió la señora del restaurante—. Cuando grita es porque tiene hambre y se quiere comer a la gente. Les digo, háganme caso, no suban.

Nadie le hizo caso, salvo Aydeé, que se quedó sola, triste, sin subir al bote, porque no quiso desobedecer a su mamá.

Sus veintidós compañeros de clase, todos jóvenes, optimistas, radiantes de felicidad, subieron, junto con los dos profesores y sus dos hijos, a un pequeño bote de madera, guiado por un hombre mayor. No era barato para ellos recorrer el lago en ese bote. Hicieron los cálculos y comprobaron que sólo tenían dinero para dar dos vueltas. Aydeé les hizo adiós.

Apenas partió el bote, un joven, por hacer travesuras, cayó al agua, caminó hasta la orilla unos pocos metros y decidió quedarse con Aydeé.

El bote dio dos largas vueltas, porque el lago era muy grande, tanto que Aydeé y su compañero todavía mojado lo perdían de vista, y regresó. Entonces debían bajar, pero los chicos y las chicas del colegio, eufóricos, pidieron una vuelta más. Como no les alcanzaba el dinero, pidieron prestado a los profesores, le pagaron al guía o capitán y salieron a dar una última vuelta. Aydeé tuvo ganas de subir, estuvo a punto de subir, pero pensó en su mamá, en el mal presentimiento, y prefirió quedarse viendo cómo sus amigos y amigas se divertían tanto, mientras ella se aburría obedeciendo a su mamá.

En algún momento, bien adentro del lago, tanto que Aydeé ya no podía verlo, el bote se volteó y todos cayeron al agua.

Cuando la señora del restaurante se dio cuenta de que no volvían, llamó a la policía, que demoró casi una hora en llegar. Ya era tarde. Entraron al lago y sacaron veinticinco cadáveres. Nunca encontraron el cuerpo del guía.

Los padres de las víctimas llegaron desesperados al lago y vieron salir a sus hijos mojados, helados, paralizados para siempre. Los padres de Aydeé tuvieron la fortuna de encontrarla viva. «Yo sabía, yo sabía», le dijo Delia, la mamá, abrazándola. «Nunca te metas al agua mala, nunca», le rogó, llorando.

«Yo les dije, yo les dije», gritaba como loca la señora del restaurante. «No me hicieron caso, yo les dije que el lago tenía hambre.»

Al día siguiente, Aydeé fue a su clase a despedirse de sus veintiún compañeros y sus dos profesores ahogados, cuyos cuerpos se velaron allí mismo, en el austero salón del colegio. Nunca más volvió a ese colegio.

Ahora han pasado los años, no tantos tampoco, y Aydeé mira el mar con sus ojos grandes, tristes, melancólicos, de niña grande pero todavía asustada. Son las seis y media de la tarde y el sol naranja se hunde en esas aguas malas que a veces tienen hambre. Caminando por la playa, le digo a Aydeé que se moje los pies en el mar, que no tenga miedo. Pero ella recuerda a su madre y la obedece una vez más y se aleja del agua mala. «Mejor no», me dice. «Mi cuerpo se asusta», añade, con una sonrisa. Y yo la abrazo y pienso que Aydeé es un milagro, que su sonrisa es un milagro.

Despierto malhumorado, odiando al perro que no para de ladrar y pensando que debo encontrar una manera de matarlo sin que mis hijas sepan que fui yo. Camino a la cocina y el perro sigue ladrando y me pregunto si debo llevarlo al veterinario no para que lo mate sino para que le extirpe las cuerdas vocales y lo deje mudo al cabrón, que tantas veces me despierta durante la noche. Y, claro, la noche en que se metieron a robar a la casa, esa noche no ladró el desgraciado, parece que los ladrones le tiraron una comida rica y el muy pérfido los amó enseguida, como si nosotros no le diésemos de comer. En tan oscuras y rencorosas cavilaciones me hallo, arrastrando malamente los pies hacia la cocina, cuando de pronto encuentro a mi madre sentada en la sala, muy digna, toda de negro, las piernas cruzadas, las manos también, seguramente rezando o encomendándose a san Expedito o haciendo algún ayuno o abstinencia o sacrificio por mí, su hijo agnóstico. Quedo pasmado, me froto los ojos, y es que no la he visto ni hablado con ella hace cuatro años, desde que fui a Barcelona y me di un beso televisado con mi amigo Boris Izaguirre, cuando Boris todavía estaba soltero y no se había casado con Rubén. En aquella ocasión, mi madre, avergonzada por la enervante y despiadada repetición del beso en cámara lenta en los noticieros de la televisión peruana (ceremonia que era acompañada por un coro de curas y sicólogos que advertían del daño irreparable que ese beso causaría a la juventud), y humillada por los comentarios escandalizados de sus amigas santurronas, se declaró de luto profundo (y así me lo comunicó en un escueto correo electrónico), dijo que me había perdido como hijo, instigó a algunos de mis hermanos, los más homofóbicos, a escribirme una carta en la que me decían cosas horrendas, por ejemplo que se avergonzaban de mí y que esperaban unas disculpas públicas, y ordenó a mi padre que tomase ciertas represalias económicas contra mí. Desde entonces, agobiado por esas represalias, que juzgué del todo injustas, y que no dudé en atribuir a los ponzoñosos guías espirituales del Opus Dei, en quienes mi madre confiaba su alma, su vida entera y sus ahorros enteros también, dejé de ver a mamá, a papá y a mis hermanos. Fueron pasando los meses y los años y nadie llamó a nadie y las cosas estaban bien así, o al menos estaban bien para mí. Pero ahora acababa de despertar por culpa del perro chillón y ahí estaba mi madre sentada en la sala, toda de negro, sin previo aviso y con un rosario entrelazado en las manos. Naturalmente, nos saludamos con cariño y no vacilé en servirle una limonada y unas almendras confitadas que había traído de Epicure, la tienda gourmet de Miami Beach, culpable del sobrepeso que llevaba encima, y unos chocolates y mazapanes que me había regalado Sofía. Me senté con mamá y no aludimos para nada al incidente de nuestra vieja querella doméstica, al beso con Boris que la sumió en tan profundo y desgarrado luto, y no hablamos tampoco de la carta atrabiliaria que me enviaron mis hermanos ni de las represalias de dinero que la familia tomó contra mí, como tampoco de aquella conversación telefónica en que nos enzarzamos mamá y yo años atrás, a poco del beso del escándalo, cuando le pedí a gritos que dejase de ver a mis hijas y darles estampitas de su santo Escrivá de Balaguer, y ella me respondió que seguiría viendo y educando a mis hijas en temas de moral aunque yo se lo prohibiese, porque yo estaba descarriado y ella tenía que evitar que mis pobres hijas se descarriasen conmigo. No hablamos de nada de eso, por supuesto, porque habían pasado cuatro años sin vernos y estábamos tan emocionados de compartir ese sillón blanco de la sala y las almendras blancas confitadas —mucho más blancas que el sillón, a decir verdad—, que nos pareció apropiado y natural hablar de mis hermanos y de mi padre, de los chismes, rumores y novedades de la vida familiar que me había perdido en todos estos años de ostracismo o exilio voluntario. Y así me fui enterando de los achaques y aflicciones de mi padre, de la discreta celebración por sus setenta años, del accidente de auto que tuvo mi hermana con su hijo, del amor que mi otra hermana había hallado en un caballero acaudalado e itinerante que la llevaba de viaje a ciertos países árabes donde tenía negocios sobre los que no convenía preguntar, de los progresos empresariales de mis hermanos más pujantes, de las bodas, bautizos y santos que me perdí (lástima que mamá no me guardase dulcecitos robados en su cartera, como hacía cuando era niño), del hermano que trabajaba para una pareja de banqueras lesbianas (toda una ironía, tratándose de aquel que cierta vez declaró en televisión que no había leído mis libros porque no leía «libros de maricones»), de lo bien que les iba a todos ellos, mis hermanos, chicos deportistas, sanos, probadamente heterosexuales. Y yo seguía deshaciendo en mi boca almendras confitadas y escuchando a mamá narrar las pequeñas historias familiares y pensando que nada en el mundo, ninguna moral, principio o idea de la dignidad, justificaba privarme de ese placer estupendo, el de ponerme al día de los chismes familiares y hablar (mal) de la familia, que para eso naturalmente se ha inventado la familia, para hablar (mal) de ella, más aún cuando se es una familia tan numerosa, lo que acrecienta la obligación de estimular el libre tráfico de chismes más o menos insidiosos sobre ella, chismes en apariencia impregnados de amor, cariño o genuino interés, pero en realidad movidos por la comprensible necesidad de saber que al otro no le va tan bien y que, a ser posible, le va peor que a uno mismo. Y así se nos pasaron una y dos horas, mamá y yo riéndonos a mares de la familia, chismorreando deliciosamente, mientras la buena de Aydeé nos traía más almendras, chocolates, mazapanes y toda clase de cositas ricas que Sofía tenía escondidas en la despensa bajo llave a la espera de una ocasión tan espléndida como esta. Y antes de irse, mamá me dio un abrazo, no me hizo el menor reproche por mi silencio avinagrado de tantos años, me regaló tres camisas inglesas que con sólo verlas supe que no usaría jamás, porque eran perfectas para un severo preceptor del Opus o el varón heterosexual que no pude ser, y me dijo que la llamase, que no me perdiese, que teníamos que vernos para tomar el té. Y cuando ya se iba y yo le hacía adiós, sentí que no me importaba tener una madre homofóbica del Opus, que eso bien podía perdonarse si ella dominaba con tanta maestría el arte de contar chismes tan divertidos sobre la familia y hacerme reír tanto y con tan exquisitos modales.

Estoy en Lima pasando las fiestas de fin de año con Sofía y mis hijas. Un amigo me pide que le regale mi última novela. No tengo conmigo un solo ejemplar. Voy a una librería para comprar mi novela. Llevo prisa, ¿quién no lleva prisa estos días? Me paso un semáforo en rojo, ¿cuántos me habré pasado en Lima? Es probable, haciendo bien las cuentas, que, a lo largo de mi vida vehicular limeña, me haya pasado más semáforos en rojo que en verde. Nunca ocurre nada, no soy un conductor demasiado atípico en esta ciudad, pero esta vez, para mi desgracia, aparece de una esquina un auto de la policía, hace ulular la sirena y me obliga a detenerme. Estoy en falta: me he pasado un semáforo en rojo a mediodía y no llevo mi licencia de conducir, porque me la robaron hace pocos días, junto con mi billetera, en la presentación de mi última novela en el parque de Miraflores, así que, sabiéndome culpable, espero con aplomo. Se acerca a paso lento un policía de mediana edad, con uniforme verde y gorra. Le extiendo la mano. «Mil disculpas, oficial», le digo. Me mira y no tarda en reconocerme. «Jaimito, hermano, qué gusto», dice, sonriendo. Luego añade: «Hoy es mi día de suerte, con lo que me gané contigo ya me hiciste la Navidad.» Sonrío y digo, obediente: «Suerte la mía, oficial.» No le digo «jefe», como mi madre solía llamar a los policías que la detenían, le digo «oficial». El policía saca un walkie-talkie y dice: «Palomino, ven, apúrate, estoy acá con el Niño Terrible, que nos va a hacer la Navidad.» En cosa de segundos aparece otro agente, también de verde, algo subido de peso, con una gran sonrisa, y me da la mano y, lejos de recriminarme algo o aludir a mi infracción, dice, jubiloso: «Nos ganamos, Jaimito.» En ese momento pienso recurrir a la vieja fórmula del conductor en aprietos: «¿Cómo podríamos hacer para arreglar esto amigablemente, caballeros?» Pero uno de ellos se adelanta y va al grano: «Bueno, Jaimito, como estamos en Navidad y hay que comprar panetones, esto te va a salir a cincuenta soles nomás.» Sonrío agradecido y pregunto: «¿Cincuenta los dos o cincuenta cada uno?» El más gordito se ríe y dice: «Cincuenta para los dos no alcanza, Jaimito. Es Navidad. No te pases.» Me apresuro en darle la razón: «Cómo no, encantado, cincuenta por cabeza.» Saco la billetera y, por las dudas, pregunto: «¿Cómo les paso la plata?» Palomino zanja la cuestión: «Así nomás, Jaimito, al natural, no seas tímido.» Extienden sus manos pedigüeñas, de leales servidores de la ley, y se llevan sus billetes bien merecidos. «Gracias, muchachos, feliz Navidad», les digo. «Oye, Jaimito, bájate un autógrafo, pues», me dice uno de ellos. «Pero con todo gusto, oficial», le digo. Saca un cuaderno y un lapicero, me los entrega y dice: «Fírmame dos. Uno para Shirley Marlene y otro para Britney Emmanuel.» Mientras escribo los nombres, pregunto: «¿Quiénes son Shirley y Britney?» El policía responde: «Mis hijas, Jaimito. Una de dos años, la otra de cuatro meses.» Le digo: «Felicitaciones, qué suerte la tuya.» El oficial añade: «Una bendición del Señor.» Luego el otro policía me pide dos autógrafos para él: «Uno para Gloria, otro para Magaly.» «Encantado», le digo. «¿Son tus hijas?» «No, no, Gloria es mi señora y Magaly, mi querida», responde. «Caramba, buen provecho», le digo, y él se ríe con orgullo. Luego nos despedimos con un apretón de manos y el segundo oficial, el de la querida, se anima: «Jaimito, ¿no tendrás un sencillo extra? Porque con lo que me has dado, sólo me alcanza para mi señora, pero a mi querida también tengo que llevarle su panetón y su champancito, hermano, y con cincuenta soles sólo alcanza para una.» Saco la billetera, le doy algo más y le digo: «Suerte a tus chicas, que la pasen bien.» «Muchas gracias, Jaimito, bien comprensivo eres», me dice. «Felices fiestas, muchachos», les digo. «Suerte, Jaimito», me dicen, con una sonrisa amable, agradecida. Luego dan unos pasos, alejándose, pero el más gordito regresa y me dice: «Oye, Jaimito, ¿es verdad eso que dicen?» Me hago el tonto: «¿Qué dicen?» Insiste: «Eso, pues, Jaimito, que pateas con los dos pies.» Y se va riéndose de su atrevimiento, de su ocurrencia, y yo pienso que la policía peruana es la más amigable y servicial del mundo y que no hay mejor ciudad para pasarse una luz roja que Lima, la ciudad en la que nací y seguramente moriré pasándome una luz roja.

He venido con mis hijas a pasar mis vacaciones en una casa en las afueras de Buenos Aires. Un día hace un calor delicioso, al otro día no para de llover. Las niñas se pelean por los juegos de la computadora, por la cama más cómoda, por los programas que quieren ver en televisión, por los turnos para ir adelante en la camioneta. Es normal. Las hermanas siempre se pelean, supongo que es incluso saludable que se peleen. Trato de resolver los conflictos de algún modo justo, pero siempre es inútil y acabo pensando que lo natural es que las hermanas se lleven mal y que lo raro es que no peleen, que no compitan, que no se tengan celos. Sofía nos visita unos días. Hacía tiempo que no estábamos los cuatro solos en una casa, sin intromisiones de su familia, sin ayuda doméstica, sin que suene el teléfono a cada momento. Es bueno sentir que el amor que nos unió y nos dio dos hijas no se ha perdido del todo y que ahora nos queremos de un modo distinto, más sereno y cuidadoso. No hablamos de ciertos asuntos de nuestra intimidad, no aludimos en modo alguno a nuestras vidas amorosas, evitamos esos temas espinosos que duelen un poco. Sofía se va de compras con las niñas a un centro comercial. Yo me abstengo de acompañarlas. La idea misma de unas vacaciones me parece reñida con la costumbre extenuante de ir de compras. Por lo demás, no necesitamos nada, no tenemos que comprar nada, lo único que me interesa comprar son días así, de absoluto silencio, reposo y libertad, y por eso escapo de las visitas depredadoras a los centros comerciales. Me quedo tendido en la terraza, frente a la piscina, escuchando música, leyendo periódicos, revistas, novelas de los amigos y enemigos. El sol desciende con una crueldad minuciosa y por eso permanezco en la sombra, mirando mi barriga prominente, pensando en que debo volver al gimnasio, comer menos, comer más frutas, suprimir los dulces, salir a correr, pero sabiendo de un modo oscuro y rotundo que todo eso es mentira, que esta barriga plácida no declinará, que me acompañará hasta el último de mis días y muy probablemente se hinchará más. No me alarma. Tengo cuarenta y tantos años y he perdido todo interés en las conquistas amorosas y las escapadas sexuales. Los placeres del sexo, por lo demás, están sobreestimados. Un día como hoy, de silencio y culto a la pereza, de arresto domiciliario a voluntad, puede procurar unos placeres mejores o más prolongados que los del sexo. Nadie te enseña eso cuando eres joven: que si duermes mucho y te quedas leyendo, mirando, pensando, evitando toda forma de contacto humano, toda forma de comercio verbal, encontrarás, con suerte, el equilibrio perdido. Tumbado en la sombra, contemplando a lo lejos el agua quieta de la piscina, advierto que unos insectos han caído al agua y pugnan por sobrevivir. Apenas entro en la piscina, veo que son unos grillos y voy sacándolos uno a uno con la mano para luego arrojarlos al césped. Salgo del agua y, mientras me seco en la sombra, veo con perplejidad que esos grillos que acabo de salvar vuelven, autistas, porfiados, a dar saltos hasta caer en las mismas aguas de las que los he rescatado. No comprendo ese tesón autodestructivo. Quizá huyen del calor sin saber que se arrojan a una muerte segura, quizá los rayos de sol que reverberan en la piscina los hechizan de un modo irresistible, quizá están fatigados y quieren morir. Son diez, doce grillos que saltan de nuevo a la piscina. Todas las mañanas encuentro en ella un número de insectos —arañas, escarabajos, cucarachas, luciérnagas, grillos— que han muerto ahogados durante la noche. Vuelvo a la piscina y saco de nuevo a los grillos y los echo al pasto. Espero que no insistan en saltar a la muerte. Vana esperanza la mía: poco después, uno de ellos, quizá el líder o el guía, da unos brincos y se arroja al agua, seguido por unos diez o doce grillos bonaerenses de claro ánimo suicida. Esta vez no los rescataré. He comprendido que son grillos suicidas y que su voluntad debe ser respetada. Mis hijas y Sofía regresan cargando bolsos y me enseñan con una euforia que les envidio las cosas que han comprado y se las prueban y se miran en el espejo y celebran sin decirlo, sólo mirándose, lo bien que se ven, lo lindas que son. Me piden que las lleve a tomar el té a un hotel. Les digo que mejor no, que queda muy lejos, que no conviene salir de casa. Hay que saber estarse quietos. Como saben que cultivo todas las formas de la pereza, no insisten, se ponen bañadores y se tiran a la piscina. Luego se divierten salvando a los grillos, al tiempo que me reprochan por no haberme ocupado de esa tarea. No les digo que pertenecen a una secta suicida: espero a que ellas lo descubran. Pero, curiosamente, los grillos rescatados por mis hijas no vuelven a saltar y se alejan de las aguas. Quizá no querían morir, sólo darse un baño refrescante. O quizá querían tanto darse un baño que no les importaba morir. Más tarde, mis hijas y Sofía me convencen de llevarlas al hotel. Mirándolas a las tres, tan sorprendentemente bellas y graciosas tomando el té, me digo en silencio que es un momento de extrema felicidad que no olvidaré. De vuelta a la casa, con la luz naranja del atardecer, encontramos a los grillos muertos en la piscina.

Sofía parte al aeropuerto. Me quedo solo con las niñas. Horas más tarde, nos llama del aeropuerto y nos dice que el vuelo está demorado. Entretanto, ha venido a visitarnos Martín. Sofía no lo conoce, no quiere conocerlo, dice que es una mala persona, que no quiere a nuestras hijas. Martín entra en el cuarto de huéspedes, se pone traje de baño y viene a la piscina con nosotros. Las niñas juegan encantadas con él. Le tienen cariño, saben que su madre no lo quiere, pero ellas lo quieren de todos modos, saben que él escribió una novela escandalosa y les da igual, les parece divertido. Más tarde, Martín se va a nuestro departamento en el centro de San Isidro. Cuando ya es de noche, suena el timbre de la casa. Es Sofía. La recibimos con cariño. Su vuelo se canceló. La aerolínea le ofreció pagarle un hotel, pero ella, con buen criterio, prefirió volver con nosotros. Partirá al día siguiente, de madrugada. Apenas tiene seis o siete horas para descansar. Cenamos juntos. Vemos algo de televisión. A las cinco de la mañana, suena la alarma y voy a despertarla para que no pierda el vuelo. La encuentro despierta. Me mira furiosa. Me enseña un calzoncillo gris. Me dice: «¿Qué es esto?» Sorprendido, le digo: «Creo que es un calzoncillo.» Me dice: «¿De quién es?» Le digo: «Supongo que es mío.» Me dice: «No es tuyo, no mientas, es muy chico, no te queda.» Le digo, sabiendo que miento: «Es mío.» Me dice: «Pruébatelo.» Le digo: «Por favor, no es para tanto.» Me dice: «Pruébatelo.» Me lo pruebo. No me queda. Es muy chico. Es obvio que no es mío. Es obvio que es de mi amante. Me dice: «Es una falta de respeto que tu amiguito deje sus calzoncillos en esta casa, donde hay niñas.» Le digo: «No es para tanto, se cambió acá, se puso ropa de baño, se los olvidó.» Me dice: «No me mientas, no te creo, tú sabes por qué están acá estos calzoncillos.» Le digo: «No lo sé, no sé qué estás pensando.» Tira los calzoncillos a la alfombra y dice: «Debería darte vergüenza.» Luego añade, el gesto crispado, la voz afilada: «Y dile a tu amiguito que no quiero que mis hijas le vean los calzoncillos.» Poco después, se va molesta al aeropuerto. La abrazo, pero está molesta, no me ha perdonado el incidente de los calzoncillos. A la mañana siguiente, regresa Martín. Le cuento el incidente, se siente fatal, me pide disculpas. Las niñas se ríen en la piscina. Leo mis correos electrónicos. Suena el teléfono. Me acerco desganado. Es una periodista uruguaya que quiere entrevistarme. Me dice que me ha llamado muchas veces a Miami y Buenos Aires, me ruega que la atienda diez minutos, me dice que tiene que cerrar la revista esa tarde. Me resigno, le ruego que sean diez minutos y no más. Digo las mismas cosas de siempre. De pronto, veo a Martín corriendo por el jardín, con un bolso en la mano. Sale de la casa bruscamente. Dejo el teléfono, salgo detrás de él, lo llamo a gritos, no contesta. No entiendo por qué se ha ido así. Apenas termino la entrevista, lo llamo al celular. No contesta. Pienso que tal vez su madre o su hermana han tenido un accidente. Les pregunto a las niñas si saben por qué se fue así, tan violentamente. Me dicen que no lo saben. Voy a la computadora. Encuentro sobre el teclado un papel que dice: «Traidor.» Recién entonces comprendo todo. Martín ha leído mis correos mientras yo estaba en el teléfono. Ha leído un correo de un actor chileno que me dice que soñó conmigo, soñó que hacíamos una película y nos reíamos mucho. No es un correo sexual, es sólo amistoso, cómplice, juguetón. Pero Martín sabe que ese actor me gusta y que tengo ganas de verlo pronto, lo sabe porque lo conocí en una fiesta en Santiago a la que él también asistió. Vuelvo a llamarlo al celular. No contesta. Voy a la piscina. Les digo a las niñas que Martín se fue porque su madre se sintió mal, pero que no es nada grave, que ya volverá más tarde o mañana. Sofía y Martín se han marchado furiosos de esta casa, acusándome de pequeños crímenes domésticos. Me quedo solo con las niñas. Trato de reírme con ellas en la piscina, pero no es fácil. Las niñas, sin embargo, consiguen hacerme reír.

Es invierno en Madrid. La noche está helada, cae nieve en las afueras de la ciudad. Enciendo la calefacción. De las rendijas sale aire frío. Me quejo con la recepción. Les digo que no puedo dormir, que tengo los pies helados. Me dicen que la calefacción central del hotel no está prendida porque están ahorrando energía. Les pido que la enciendan. No pueden o no quieren o no es culpa de ellos, sino del gerente, que no está porque el gerente nunca está. Duermo fatal. Tengo pesadillas. Amanezco resfriado. Me arde la garganta. A duras penas puedo hablar, y por desgracia tengo que hablar mucho, lo que ya es un fastidio, y además tengo que hablar de mí mismo, lo que ya es insoportable para todos. La noche siguiente, llamo a un empleado del hotel y le ruego que me consiga una estufa. Me dice que no tienen estufas, que es muy peligroso porque el hotel puede incendiarse, ya han tenido percances con otros huéspede. Le ofrezco una buena propina. Diez minutos después, me trae una vieja estufa blanca. La enciendo frente a mis pies. Duermo algo mejor. Al amanecer, todavía muy resfriado, salgo de viaje. Escondo la vieja estufa en mi maleta. Voy de ciudad en ciudad española con la estufa robada. En todos los hoteles, la calefacción no funciona, están ahorrando energía, no importa si los huéspedes como yo se congelan de noche, lo importante es ahorrar o al menos eso es lo que ha decidido el gerente, que por supuesto no está. Enciendo mi estufa robada y sobrevivo a duras penas. Durante un mes o poco menos, subo y bajo de aviones, de trenes, de autocares y taxis, cargando un bolso con la estufa robada. En ciertos aeropuertos, cuando la detectan en los rayos X, me preguntan por qué llevo una estufa y digo: «Porque tengo frío, porque siempre tengo frío.» Un mes después llego a México. Naturalmente, tengo frío. Trato de enchufar la estufa robada, pero no puedo dormir porque es otro tipo de enchufe. Pido un adaptador. No tienen. Ofrezco una buena propina. Milagrosamente, encuentran uno. Conecto la estufa. Huele a quemado. La estufa se ha estropeado, era otro voltaje. El mundo se ha globalizado, pero olvidó globalizar los enchufes. Lo cierto es que la estufa ya no funciona. Paso la noche helado, bajo muchas mantas y frazadas que no consiguen entibiarme. Al día siguiente, voy tosiendo a una feria de escritores. No me interesa comprar libros, sólo quiero una estufa, un radiador, un calefactor, algo que me caliente las noches. Voy a almacenes y ferreterías hasta que encuentro un radiador de aceite. Duermo mejor. Al amanecer, me voy de ese hotel y dejo el radiador, pues no cabe en la maleta. También dejo la estufa que robé en Madrid: son dos los calentadores que dejo abandonados. Cuando salgo del cuarto, los miro con pena, me despido de ellos como si fueran mis mascotas, mi familia adoptiva. Paso por Lima. Por suerte en Lima no hace mucho frío. Me voy unos días a Zapallar. No consigo dormir por culpa del frío. Me pongo tres pares de medias, cuatro camisetas, dos suéteres y dos pantalones de buzo, pero igual tengo frío. A medianoche, descubro el origen del frío. Una ráfaga de aire gélido que viene de la Patagonia se cuela por la chimenea y se desliza aviesamente hasta llegar a mi cama. Subo a la azotea de la casa alquilada y cubro el orificio de la chimenea con unos cojines gruesos. Luego bajo y bloqueo la chimenea de la habitación con otros cojines. Algo ayuda a aliviar el frío, pero no del todo. Sigo durmiendo mal. Tengo pesadillas. No soy médico, pero podría jurar que sólo tengo pesadillas cuando paso frío. Me resigno a comprar un radiador de aceite en Reñaca. Y no duermo o duermo mal o sueño con mi padre, que es otra manera de dormir mal. Cuando me voy de la casa alquilada, dejo el radiador, le hago un par de caricias tristes, le deseo suerte. En el avión paso un frío mortal. Me abrigo tanto que a duras penas puedo moverme. La gente me pregunta por qué ando tan abrigado, si es verano. Digo la verdad, que tengo frío. En los aviones siempre tengo frío. Le pido al piloto que suba un poco la temperatura de la cabina. No me hace caso. Me dice que ciertas regulaciones de la compañía lo obligan a mantenerla a una temperatura estándar que no puede alterar para complacer a un pasajero. Llego enfermo a Miami. Enciendo la tele. Anuncian que se acerca una ola de frío. Corro a la ferretería y compro un radiador de aceite, uno más. Ahora estoy en Miami y hace quince grados centígrados y siento cómo el frío se cuela por las ventanas y subo el radiador a tope y me abrigo un poco más, pero de todos modos tengo frío. Y cubierto por un plumón blanco que no sirve de nada, me quedo desvelado, insomne, extrañando a Martín.

Mis hijas pasan unas semanas en Miami. Los días se parecen bastante: vemos todas las películas malas, nos exponemos excesivamente al sol, compramos cosas que no necesitamos y luego se pierden o son objeto de peleas feroces, pasamos horas en la piscina organizando juegos divertidos, alimentamos a los gatos del vecindario, miramos demasiada televisión comiendo demasiados helados. De eso se tratan las vacaciones: de no hacer nada que nos convierta en mejores personas, sino todo lo que nos convierta en personas peores (pero más felices).

Lola, sin embargo, no está feliz. No lo está porque quiere comprar un hurón. Alguien le ha contado que el hurón es la mejor mascota del mundo, la que recomiendan veterinarios y maestros de escuela, la más limpia, noble, leal, juguetona y discreta. Cuando Lola me dice que quiere un hurón (en realidad dice su nombre en inglés, *ferret*), yo no sé de qué me está hablando, le digo que no conozco a ese animalejo, que nunca lo he visto. Ella me dice que sí lo he visto, que es un animalito muy gracioso que aparece en una película que vimos juntos, *Along came Polly*, con Jennifer Anniston y Ben Stiller. Le digo que recuerdo que en esa película Jennifer Anniston tiene una mascota ciega que anda golpeándose con los muebles y las paredes. «Eso es un hurón», me dice.

En una tienda de mascotas de Alton Road, en medio de la pestilencia que resulta inevitable al hacer convivir a tantos animales enjaulados en un lugar tan pequeño y acalorado, el dueño, un chileno que no para de transpirar, nos conduce, entre serpientes, ratones y canarios, hasta la esquina hedionda en que un hurón canadiense duerme patas arriba, la boca entreabierta, como si estuviera dopado o como si fuese un familiar mío. Nunca había visto a un animal durmiendo en una postura tan sorprendentemente humana. El hurón cuesta ciento cincuenta dólares. Está vacunado y en perfecto estado de salud. No debe ser expuesto al calor del verano porque moriría deshidratado. Debe permanecer en casa, con aire acondicionado, de preferencia en la sombra. No muerde. Es amigable. Come comida procesada, parecida a la de los perros o los conejos. Se lo puede soltar dentro de la casa, pero nunca en el jardín, porque se pierde con facilidad y no regresa. Es perezoso y defeca con frecuencia, particularmente en las esquinas de la casa.

Cuando pago por el hurón, la jaula, la comida, el coche rosado para trasladarlo, el champú, la ropa para que no pase frío y la correa para pasearlo, me asalta la certeza de que estoy cometiendo un error del que me arrepentiré bien pronto. Pero Lola está feliz con el hurón y me da muchos besos, casi tantos como los que le da a ese roedor blanco, alargado y narigón.

Camila, que es rápida para hacer las cuentas, me exige que le compre un nuevo iPod en compensación por los gastos onerosos en que su hermana ha incurrido al adquirir el hurón y sus accesorios. Por suerte, Lola no me pide que le compre un iPod Nano al hurón, aunque esto podría ocurrir en cualquier momento.

Ya en la casa, Lola sufre porque el hurón está en cautiverio, lo que le parece un abuso, una crueldad, un atropello a su libertad y su derecho a ser feliz. Por eso, sin pedirme permiso, sin advertirme siquiera, abre la jaula, libera al hurón y le permite tomar posesión de la casa y desplazarse, ágil y curioso, por todos los cuartos, mientras ella lo persigue, lo carga, lo acaricia y le da de comer. Yo protesto, le digo que el animalejo va a traer enfermedades y ensuciarnos la casa, pero ella, que ama a los animales con una pasión que sin duda no heredó de mí, me recuerda que es la mejor mascota del mundo y me asegura que nada malo pasará.

A la mañana siguiente, voy por la casa recogiendo los restos fecales del hurón canadiense, odiándome por haber comprado una mascota y pensando que mi idea de unas vacaciones sosegadas nunca fue la de agacharme en cada esquina a limpiar las cacas de un animal incontinente, pero consolándome al ver a Lola abrazando con tanta ternura a su nuevo amor.

Esa misma tarde salimos a comer algo, pero Lola se resiste a dejar a su mascota sola en la casa, así que le amarra una correa rosada alrededor del cuello y la sube a la camioneta con nosotros. El hurón parece encantado de salir de casa.

A llegar a la tienda de comidas, Lola ata la correa al timón de la camioneta, deja al hurón en el asiento delantero y baja todas las ventanas para que no pase mucho calor. Por las dudas, pone a todo volumen un disco de reggaeton, así el hurón no se siente tan solo.

En la tienda gourmet compramos las cosas de siempre, porque no sé cocinar y es más fácil llevar la comida preparada. No tardamos más de diez minutos, quince como mucho. Cuando salimos, Lola da un grito: el hurón cuelga fuera de la camioneta, balanceándose levemente. En nuestra ausencia, quiso escapar, saltó por la ventana y, como su correa estaba amarrada al timón, quedó colgado. Mis hijas corren, lo rescatan, pero ya es tarde, el pobre ha muerto ahorcado por querer escapar.

Lola no para de llorar. Yo pienso que tal vez el hurón, siendo tan listo, comprendió que al saltar por la ventana se quitaría la vida, y eligió valientemente suicidarse para no seguir oyendo reggaeton, pero no me atrevo a decírselo, porque está desolada.

Llegando a la casa, enterramos al hurón. Nunca asistí a un funeral tan triste.

Antes de salir de compras, Camila lo organiza todo con una minuciosidad admirable, que no sé de quién ha heredado, seguro que no de mí. Se sienta en la computadora, entra en internet, imprime el mapa del centro comercial al que iremos (una hoja por cada piso, por las dudas), selecciona las tiendas que más le interesan, traza el recorrido exacto que haremos bajo su mando y elige el restaurante en el que comeremos. A veces, si tiene tiempo (y ella siempre encuentra tiempo para planear cada pequeño evento familiar), imprime también unas hojas con las fotos o los dibujos de los artículos que desea comprar y calcula cuánto habrá (habremos) de gastar. En alguna ocasión, al llegar por fin al centro comercial que nos toca visitar ese día, se ha dado cuenta, fastidiada, de que olvidó sus papeles, sus mapas, su detallado plan de compras y actividades, pero, recuperada del mal rato (porque nada le irrita más que perder algo), ha retomado el control y nos ha guiado confiando en su memoria, que no deja de asombrarme.

Lola, dos años menor que su hermana, revela poco o ningún interés en comprar ropa, todo lo contrario que Camila, que sigue con fascinación el mundo de la moda y está siempre buscando combinaciones atrevidas y originales que resalten su belleza adolescente. Lola entra en las tiendas de ropa, echa una mirada displicente, curiosea sólo para cumplir conmigo (que le pido que busque bien, a ver si por fin encuentra algo que le guste) y sentencia sin ninguna tristeza, se diría que aliviada, que nada le gusta y que además nada le queda, que no hay ropa de su talla en esa tienda ni en ninguna tienda de toda la ciudad. En realidad, a Lola, como a mí, la ropa le aburre, y le da igual ponerse cualquier cosa, aunque no le da igual que su hermana se ponga cualquier cosa suya, eso la enfurece y la hace llorar, porque Camila a veces se pone ropa suya sin pedirle permiso y Lola dice que no es justo porque ella tiene mucha menos ropa que su hermana y, a pesar de eso, le quita la poca ropa que tiene. Yo naturalmente la defiendo y le sugiero que se compre más ropa, pero ella no quiere comprarse ropa, se aburre, prefiere sentarse en un café conmigo a comer un croissant, mientras su hermana sigue probándose cosas lindas frente al espejo. Lola lo que de verdad quiere es comprar ropa para sus animales en una tienda que se llama Petco y que la hace más feliz que cualquier otra tienda de esta ciudad. Allí sí, ella se entusiasma, despierta, salta y baila de alegría, mientras elige, empujando el carro metálico, ropas, camitas, cochecitos, juegos, comidas, vitaminas y toda clase de sorprendentes chucherías para sus gatos, sus perros, sus conejos, su tortuga y sus cotorras amaestradas, a las que está tratando de enseñar que digan nuevas obscenidades.

En la casa, Camila disfruta enormemente ordenando y probándose la ropa, ordenando toda la ropa, la suya y la nuestra, lavándola, secándola y desplegándola con sumo cuidado y delicadeza en los cajones de los vestidores. También parece gozar tendiendo las camas, limpiando la cocina, poniendo cada cosa en el lugar exacto en el que, según ella, debe ir. Yo admiro su amor por el orden y la limpieza, su esmero por hacerlo todo con tanta prolijidad, y me digo que de mí no ha heredado esas formidables habilidades domésticas (porque no limpio la casa nunca) y que es una maravilla tenerla en la casa, en mi vida. Lola, mientras tanto, se dedica a una de sus más persistentes y curiosas inquietudes: medir la temperatura. Sintoniza el canal del tiempo (mi padre solía hacer eso, le gustaba saber el clima de las principales ciudades del mundo), saca los termómetros que ha comprado, los coloca en lugares estratégicos y, tras unos minutos de impaciente estudio, determina qué temperatura hace en la casa, en la terraza, en el jardín, al sol, a la sombra y en la piscina. Luego concluye (porque siempre llega a esta conclusión, sin importar si hace más frío o más calor) que debemos meternos a la piscina cuanto antes. Pero la piscina, cuando deslizo los pies en ella, está fría, y entonces Lola multiplica sus esfuerzos para convencerme de que nos metamos juntos, porque sola no le hace ninguna ilusión, y al final consigue empujarme y meterme al agua. Y es allí, en el agua, donde ella parece más feliz. Camila, entretanto, mira películas o lee un libro o planea el día siguiente. A Lola no le interesa nada de eso, ni el futuro ni los estudios ni el servicio comunitario que, con admirable generosidad, su hermana desea cumplir, para ayudar a que nuestro barrio esté más limpio y ordenado. Lola lo que quiere es zambullirse, bucear, nadar, saltar al agua, sacar de las profundidades de la piscina cosas que me obliga a tirar. Lola encuentra en el agua (de la piscina, del mar, de las duchas a las que se mete varias veces al día) unas formas de felicidad, de euforia, que me dejan maravillado, y que sin duda tampoco ha aprendido de mí.

Muy rara vez se pelean (y, cuando eso ocurre, el origen del conflicto suele estar en que una ha usado sin permiso algo que pertenece a la otra, generalmente ropa). Cuando las encuentro discutiendo, pellizcándose o tirándose cosas, trato de separarlas y distraerlas con una película, cada una en su cuarto, y no preguntar quién tiene la razón ni tomar partido por ninguna, aunque, cuando ya es inevitable, suelo defender a Lola, no importa que al parecer no tenga la razón, sólo porque es la menor y porque es y será más baja que Camila y porque se saca notas no tan buenas como su hermana y porque es más vulnerable y cuando la humillan se encoge y llora en silencio de un modo que me conmueve, como lloró anoche en el restaurante mexicano, quejándose porque no encuentra en la ciudad una tienda que tenga ropa que le guste y que sea de su talla.

No sé si Camila y Lola son amigas o si lo serán en el futuro, cuando sean adultas, cuando yo no esté. A veces me parece que se quieren y se necesitan, a pesar de que son tan distintas. En las noches, Camila se pasa a la cama de su hermana y duermen casi abrazadas, Lola hablando dormida cosas que intento descifrar, haciendo rechinar los dientes, quejándose de algo, poniendo cara de sufrimiento, y Camila despertándose una y otra vez, prendiendo luces, viendo arañas en las sombras, viniendo a mi cuarto para preguntarme si no he oído unos ruidos extraños, si no será que se acerca una gran tormenta que arrancará el techo de la casa y nos llevará volando. En la mañana, al despertar, las beso largamente, todo lo que me dejan, aspiro el olor de su cuello, de sus mejillas, y luego me dicen que vaya a dormir un poco más porque nos espera un largo día de compras.

Mis hijas y yo nos aventuramos hasta un centro comercial llamado Sawgrass, que queda lejos de casa. Como es tan lejos y podemos perdernos, llevamos un mapa y una linterna.

Caminando por los pasillos de Sawgrass, congestionados de personas que empujan sus carritos metálicos con una determinación aterradora, comprendemos que debemos actuar rápida y sagazmente para ganar esa guerra sin cuartel en pos de la mejor rebaja, la última liquidación, el precio más barato. No sabemos qué queremos, pero nos anima la ilusión de comprar muchas cosas a precios bajísimos, inverosímiles, y derrotar a ese ejército de depredadores que, estimulado por frecuentes dosis de cafeína, avanza sin piedad sobre cualquier cosa sospechosa de estar barata. De pronto entramos a una tienda y Lola grita:

—¡Papi, una estufa baratísima, sólo cuesta diecinueve dólares!

—¡Cómprala, apúrate! —me anima Camila.

—Pero hace calor —digo.

—¡No importa! —dice Lola—. ¡Sólo cuesta diecinueve dólares!

—¡Aprovecha, papi! —dice Camila.

Nos llevamos la estufa. Un poco más allá, Lola se arroja sobre unas zapatillas en descuento. Le pregunto si le gustan.

—No, son horribles —dice.

—Entonces déjalas —le sugiero.

—No, ¡están regaladas! —dice ella.

—Pero no te gustan —le recuerdo.

—No importa, ¡hay que aprovechar que están en *sale*! —sentencia ella.

Por supuesto, las compramos y continuamos buscando cualquier cosa inútil pero irresistiblemente barata. En una tienda para mascotas, las niñas encuentran ropa para gatos.

—¡Ochenta por ciento de descuento! —anuncian, mostrando una gorrita, unas medias y una camiseta.

—Pero no tenemos gatos en Miami —les digo.

—¡Da igual! —dice Lola—. ¡Después conseguimos los gatos! O llevamos la ropa para los de Lima.

No lo dudo y me hago del botín. Luego nos abrimos paso entre la muchedumbre y llegamos a otra tienda.

—¡Papi, calzoncillos a tres dólares! —grita Camila.

—No necesito, amor.

—¡Sólo tres dólares, papi! —dice Lola—. ¡Cómpralos!

Elijo unos calzoncillos y los llevo a la caja.

—Si compra seis, le regalamos uno —dice la vendedora.

—No, así estoy bien —digo.

—¡Pero te regalan uno, papi!

—Bueno, deme seis.

Enseguida corremos a otra tienda o campo de batalla.

—¡A seis dólares la ropita de bebé! —grita Lola.

—Pero no tenemos bebés, amor —digo.

—¡No importa! —grita Camila.

—¡Cincuenta por ciento de rebaja en vestidos de embarazada! —anuncia Lola.

—¡Los llevamos! —grito.

—Pero mami no está embarazada —dice Lola.

—Los llevamos —digo—. Nunca se sabe cuándo viene un embarazo.

—¡Diez dólares los shorts de camuflaje, papi!

—¡Tíralo al carrito, amor!

—¿Te gusta el camuflaje, papi?

—No, lo odio, pero a ese precio me encanta.

Horas después, extenuados, volvemos a casa con decenas de objetos que no necesitamos ni nos gustan, pero felices por haberlos conseguido a esos precios increíbles.

A la mañana siguiente, leo que ese día no cobrarán el impuesto a las ventas y corro a darles la buena noticia a mis hijas. Apenas la oyen, Lola grita:

—¡Vamos a Sawgrass, papi!

—¡Vamos! —grito.

—¿Pero qué vamos a comprar? —pregunta Camila.

—Cualquier cosa —digo—. ¡Hay que aprovechar que no hay impuestos!

—¡Vamos! —gritan ambas, felices.

En la camioneta, rumbo a Sawgrass, un brillo extraño ilumina nuestras miradas.

Me considero un hombre de éxito porque nunca pasé una noche en la cárcel. Mi mayor ambición es que no me arreste la policía.

Soy escritor porque no se me ocurre otra manera de ganar dinero quedándome en casa.

Mi idea de la felicidad se reduce a cagar siempre en el baño de mi casa. Eso me obliga a pasar la mayor parte del tiempo en casa. Por eso me hice escritor.

Salgo en televisión no por cariño al público sino para ganar suficiente dinero que me permita alejarme de él.

Mis enemigos no son muy distintos de mí. Me reconozco en ellos. Son mediocres como yo. Saben que no pueden ser mis amigos y se resignan a odiarme.

Mi oficio es hablar. Me pagan por hablar. Me pagan incluso cuando estoy en silencio. Es el mejor oficio del mundo. Te sientas, sonríes y hablas una hora o dos. Ni siquiera tienes que saber lo que estás diciendo. Sólo tienes que hablar como si tuvieras la razón.

No me gusta hablar por teléfono porque ya me acostumbré a que me paguen por hablar. Cuando hablo por teléfono, siento que alguien me queda debiendo dinero.

No es que haga preguntas en televisión porque tenga curiosidad sino porque debo llenar los silencios. Si alguien me pagase por estar en silencio, dejaría de hacer preguntas.

Me he vuelto sexualmente pasivo no porque lo disfrute sino porque ser activo es una responsabilidad histriónica que me abruma.

Me da igual verme más gordo o menos gordo porque no aspiro a que nadie me toque. Prefiero tocarme yo mismo.

No sé si me apenaría ser impotente. No cambiaría mucho mi vida.

En mi caso el colegio y la universidad no sirvieron para

nada. No recuerdo siquiera vagamente las cosas que me enseñaron. Las olvidé porque eran inútiles o porque soy un inútil.

Me alegro cuando alguien pierde dinero en la bolsa de valores, especialmente si es de mi familia y tiene más dinero que yo.

Cuando muera, sólo aspiro a no dejar deudas y a que ningún cura venga a mis funerales.

No sé por qué tendría que querer especialmente a las personas que nacieron en el país en que nací, si ellas tampoco me quieren por esa razón ni por ninguna.

He ahorrado algún dinero porque comprar cosas o hacer negocios requiere un esfuerzo del que me siento incapaz.

Mis planes para el futuro son dormir todo lo que pueda, viajar lo menos posible y escribir lo que sea inevitable.

Mi odio a los gatos se origina en la sospecha de que son más inteligentes que yo.

Salgo de casa con dos aerosoles repelentes de mosquitos, uno en cada mano, listo a dispararle al enemigo. Un aerosol es color naranja, el otro es verde. Nunca salgo sin ellos. Esta pequeña isla cercana a Miami se llena de mosquitos cada cierto tiempo y es preciso andar armado. Los mosquitos están por todos lados y atacan con sigilo y ferocidad. Mis hijas, previsoras como yo, llevan también sus repelentes en aerosol y van disparando a todos lados, tratando de impedir que nuestros huidizos atacantes claven sus lanzas de batalla en nuestra piel, succionen la sangre y nos dejen llenos de picaduras, escozores, hinchazones y rencores, como estamos ahora.

—¡Corran, chicas, disparen las pistolas! —les grito, al tiempo que, levemente encorvado, mirando en todas direcciones, voy rociando el veneno a mi alrededor, espantando a los mosquitos.

Mis hijas se desplazan velozmente y aniquilan sin piedad a esas sañudas criaturas que se acercan a ellas con las peores intenciones. Apenas entramos en la camioneta, cerramos las puertas, enmudecemos y observamos con cuidado si algún insecto volador ha logrado penetrar con ganas de aguijonearnos. De pronto sorprendo a un mosquito en pleno vuelo y disparo sobre él. Consigo matarlo, pero Lola me grita:

—¡Papi, no seas tarado, no dispares contra mí!

—Mil disculpas, amor, no me di cuenta —le digo.

En la familia, a los aerosoles repelentes de mosquitos les decimos las pistolas, y nadie sale de casa sin una pistola. En esto, curiosamente, he terminado pareciéndome a mi padre. Cuando era niño, veía con admiración que papá llevaba siempre una pistola cargada en el cinto, incluso cuando iba a misa o, con mayor razón, a una reunión familiar. Recién ahora, con cuarenta y tantos años, comprendo que, así como están las cosas, hay que salir a la calle con un arma en la mano. Si mi padre llevaba una Smith&Wesson calibre 38 con seis proyectiles de plomo, yo cargo un repelente Off verde con aroma a madera y otro color naranja con fragancias primaverales.

Apenas llegamos al restaurante de la isla, bajamos de la camioneta, corremos disparando las pistolas, trasponemos la puerta y, con caras tensas, pedimos una mesa a la camarera, que se permite una mueca de disgusto al sentir la nube de repelente que se ha impregnado en nuestra ropa y nos acompaña a donde vamos, espantando en ocasiones a los mosquitos y casi siempre a los bichos humanos.

—¿Hay mosquitos aquí adentro? —le pregunto, mientras nos lleva a la mesa.

—Mi amor, ¡hay más mosquitos que clientes! —se ríe ella, una cubana encantadora.

Luego nos toma el pedido y se marcha canturreando una canción de moda, al tiempo que mis hijas y yo empezamos a sentir el zumbido inquietante de los kamikazes que se acercan. Cuando seis u ocho nos han rodeado y planean sobre nosotros, me levanto bruscamente, saco mi pistola naranja y grito:

—¡Disparen!

Mis hijas desenfundan sus pistolas y las descargan sobre los mosquitos que les quieren picar, mientras yo derribo a dos de ellos y siento ese ramalazo de éxtasis que tal vez sentía mi padre cuando cazaba animales en una hacienda del norte peruano.

—¡Mueran, malditos! —grita Camila, cubriendo de veneno a los zigzagueantes intrusos aéreos, moviéndose de una mesa a otra con increíble pericia.

Ya más calmados, nos sentamos, pero entonces se acerca la camarera y, enojada, me dice:

—Pero chico, ven acá, ¿tú estás loco?

—Sí —responde Lola.

La camarera la ignora y me reprende:

—No puedes echar ese veneno acá, mi amor. Está prohibido. Esta no es tu casa, ¿me comprendes?

—Mil disculpas —digo, sin mirarla a los ojos, porque advierto que un mosquito está picándole en la pierna y me pregunto si debería hacer algo, si debería dispararle—. Pero no pueden tener el restaurante así, lleno de mosquitos.

—Habla con el gerente, mi amor —dice ella—. Yo ya me cansé de pedirle que haga algo.

En ese momento, Camila, con una rapidez asombrosa, ve al enemigo picándole en la pierna a la camarera, saca su pistola y la descarga sobre él y, de paso, sobre la pierna de la cubana.

—¡Te estaba comiendo la pierna! —le dice, orgullosa de haberlo matado.

—¡Pero tú estás loca! —grita, furiosa, la camarera—. ¡Les dije que está prohibido echar ese veneno acá!

—Bueno, pero lo hizo por tu bien —digo, en defensa de mi hija.

—Lo siento, pero tienen que irse —anuncia la camarera, pasándose una servilleta de papel por la pierna rolliza, impregnada de repelente.

Mis hijas y yo nos ponemos de pie y salimos con nuestras pistolas en la mano y nadie osa cruzarse en nuestro camino. Ya en la camioneta, les digo:

—Estoy orgulloso de ustedes, chicas.

Camila me dice:

—Cállate, no hables, creo que se ha metido un mosquito.

Cuando Sofía y yo nos enamoramos, ella dejó a su novio francés, Michel, con el que había vivido dos años en París.

Michel, un dentista joven que practicaba deportes de alto riesgo, no se resignó a perderla y viajó a Washington para tratar de reconquistarla.

Una noche en Washington, Sofía me dijo que iría a cenar con Michel para decirle que estaba enamorada de mí y que no quería volver a ser su novia. Le sugerí que se lo dijera por teléfono. Tenía miedo de perderla, de que Michel la sedujera de alguna manera desesperada. Me dijo que tenía que decírselo en persona. Me pidió mi casaca prestada porque hacía frío. Se la puso y fue a verlo. Cuando la vi salir con esa casaca que le quedaba grande, supe que volvería conmigo.

Algún tiempo después, la madre de Michel llamó a Sofía y le dijo llorando que su hijo estaba muy grave en el hospital, que se había cortado las venas porque no podía soportar la ausencia de Sofía. «Por tu culpa mi hijo se está muriendo», le gritó. Sofía cortó el teléfono y me dijo que tenía que irse a París. La llevé al aeropuerto. Me prometió que cuidaría a Michel hasta que se recuperase y luego volvería. Cumplió. Volvió en un mes y me dijo que ya no lo aguantaba, que no podía estar con un hombre que la amenazaba con suicidarse si ella lo dejaba.

Sofía dejó a Michel, se casó conmigo, tuvimos una hija, pero Michel nunca dejó a Sofía del todo. Cada semana el cartero traía una carta escrita en francés. Sofía la leía y la metía en una cajita con muchas otras cartas escritas por él en francés. Yo me desesperaba porque trataba de leerlas pero no entendía nada. Un día, mientras Sofía estaba en la universidad de Georgetown, vino al departamento un amigo que podía leer francés y me tradujo las cartas de Michel. Le decía a Sofía que la amaba, que no podía vivir sin ella. Le aseguraba que yo nunca la amaría como él. Le rogaba que me dejara y se fuera a París a vivir con él. Le decía que había puesto un consultorio como dentista en París y otro en Ginebra y que estaba ganando mucho dinero. Le prometía que trataría a nuestra hija como si fuera suya.

Nunca supe si Sofía contestaba esas cartas. De vez en cuando, Michel la llamaba por teléfono y ella se encerraba en su cuarto y hablaban largamente y a veces ella se impacientaba y levantaba la voz y en otras ocasiones le hablaba en un tono más suave y afectuoso y yo me preocupaba. Cuando peleábamos, cuando perdía toda esperanza en mí, ella a veces lo llamaba y creo que consideraba seriamente dejarme y tomar el avión a París con nuestra hija, pero nunca lo hizo.

Después de su graduación, le dije a Sofía que quería irme solo a vivir a Miami porque no aguantaba más el frío de Washington. Fue una cobardía dejarla con nuestra hija sin que ella hubiera conseguido un trabajo todavía. Sofía no quiso quedarse sola en Washington con la niña. Se hartó de seguir esperando a que yo fuese el hombre que no podía ser y regresó a Lima. Siempre pesará en mi conciencia la certeza de que si me hubiera quedado en Washington y hubiese sido generoso con ella, no la habría obligado a regresar a Lima.

Apenas se enteró de que Sofía y yo nos habíamos separado, Michel viajó a Lima y se quedó dos semanas tratando de convencerla de que se fuera con él a París. No se alojó en un hotel en Lima, durmió en el cuarto de huéspedes de la estupenda casona de la madre de Sofía, que, con buen instinto, siempre le tuvo a Michel más cariño que a mí. Sofía y Michel fueron a la playa, era verano. Michel conoció a nuestra hija y se hizo fotos con ella. No sé cuán cerca estuvo Sofía de irse a París. Creo que estuvo a punto de irse. Pero al final, no sé por qué, decidió quedarse en Lima. Michel se marchó derrotado una vez más, pero yo sabía que no se daría por vencido.

Tiempo después, en una de mis visitas a Lima, Sofía vino de sorpresa al departamento. Yo esperaba a Gabriela, una amiga. Cuando sonó el timbre, dije imprudentemente: «Pasa, Gabriela.» Pero no era Gabriela, era Sofía. Ella pensó que Gabriela era mi amante. No lo era, era sólo mi amiga. De ese malentendido, y de la discusión y reconciliación que le siguieron, y de la inexplicable urgencia que se apoderó de nosotros por hacer el amor, Sofía quedó embarazada. Le rogué que volviera conmigo, que viniera a Miami a pasar un embarazo tranquilo. Para mi fortuna, me dio una segunda oportunidad.

Cuando Michel se enteró de que Sofía había vuelto conmigo y estaba embarazada nuevamente, la llamó a Miami (no sé cómo conseguía el teléfono de casa, alguien en Lima operaba como su aliado) y le dijo a gritos que era una loca, una tonta, que se arrepentiría, que no quería verla más. Por un tiempo, por unos años, dejó de llamarla y mandarle cartas. Pensé que por fin había aceptado la derrota.

En algún momento, Sofía tuvo la lucidez de comprender que no le convenía seguir viviendo conmigo. Me dejó en Miami y volvió a Lima con nuestras hijas. Le rogué que se quedara en Miami, pero ella había dejado de creer en mí y sabía que su felicidad estaba en otra parte.

Pasaron los años sin que tuviera noticias de Michel. A veces le preguntaba a Sofía por él y ella me decía que no sabía nada, que había dejado de llamar.

No hace mucho estaba en Lima y Aydeé, la empleada, trajo el teléfono y le dijo a mi hija mayor: «Te llama tu amiga Michelle.» Camila contestó y no entendió nada. No era su amiga Michelle. Era un hombre que le hablaba en francés. Camila le habló en inglés. Era Michel. Quería hablar con Sofía. Camila le dijo que Sofía no estaba. Michel dijo que volvería a llamar. Supe entonces que había vuelto.

Cuando llegó Sofía y le contamos el malentendido, nos reímos. Después ella me contó que Michel se había casado, que tenía dos hijos, que había ganado mucho dinero y la seguía llamando. No le pregunté si tenía ganas de verlo. No me atreví.

Hace poco Sofía me contó que viajaría a Oslo a visitar a su hermana. Me alegré por ella. Le dije: «No dejes de ir una semana a París, yo te invito.» Se sorprendió, me lo agradeció. Con ilusión y miedo a la vez, me ocupé de conseguirle un hotel en París y hacer las reservas de aviones.

En vísperas de su partida, le dije: «Sería divertido que vieras a Michel.» Me dijo: «Sí, me gustaría, pero tengo que ir a Ginebra porque está allá con su esposa y sus hijos.» Le dije: «No te conviene, dile que vaya él a París, no te arriesgues conociendo a la esposa, eres la ex novia, te tratará mal, será más divertido que se vean solos en París.» Ella me miró sorprendida, sonrió y dijo: «Tienes razón.» Le dije: «Claro, que le diga a su esposa que hay un congreso de dentistas en París.» Ella se rió y creo que me quiso un poco más.

Tantos años después de que Sofía lo dejara para estar conmigo, ahora estaba yo en el teléfono buscándole un hotel en París para que pudiera reunirse con él. Después de todo, me parecía un acto de justicia.

Avanzo lentamente, al timón de mi camioneta, por una avenida congestionada de Lima. Me detengo en un semáforo en rojo. Un vendedor ambulante me saluda con cariño, golpea el vidrio, me hace señas para que baje la ventana. Me resigno a ser amable.

—¿Qué te llevas, Jaimito? —me pregunta, mientras exhibe, colgados de una plaqueta de madera, los libros y discos que alguien ha copiado ilegalmente y él ofrece, sin aparente remordimiento, a la cuarta o quinta parte del precio que cuestan en los locales comerciales.

—Nada, gracias —le digo.

—Ya, pues, Jaimito, llévate algo, no seas así —insiste, con una sonrisa.

Luego me enseña una copia de mi última novela. Es una reproducción tan exacta y cuidadosa, que por un momento me hace dudar de que sea una versión pirata.

—¿Cuánto cuesta? —le pregunto.

—Quince soles —me dice, alcanzándome el libro: nada más tenerlo en mis manos y echarle una mirada, confirmo que se trata de una copia clandestina—. Pero a ti, por ser el escritor, te lo dejo en doce soles —añade, pícaro.

—Hombre, muchas gracias —le digo.

—¿Te lo llevas entonces? —se entusiasma.

Para su fortuna, el tráfico no se mueve, a pesar de que el semáforo está en verde, pues unos colectivos están detenidos, dejando o recogiendo pasajeros, y nadie consigue avanzar detrás de ellos (ni, supongo, dentro de ellos).

—No, gracias —le digo.

—Pero dicen que está chévere la novela —insiste el vendedor.

—Eso nunca se sabe, sobre eso hay opiniones divididas —me hago el humilde.

—Bueno, ya, te la dejo a diez soles —me pone en aprietos.

—No puedo, muchas gracias —me defiendo débilmente.

—¿Por qué no puedes, Jaimito? —se sorprende él, un hombre joven, moreno—. ¿Cómo no vas a poder, si eres billetón?

—Porque ese libro es pirata —me armo de valor—. Se supone que me estás robando. Si te lo compro, estaría siendo cómplice de un robo contra mí.

El tipo me mira extrañado, seguramente pensando que estoy loco o que he fumado alguna hierba, mueve la cabeza como quien se compadece de mí y dice, con aire melancólico:

—Ese Jaimito, el tío terrible. Te pasas, compadre. Lleva tu libro, pues, no te hagas el estrecho.

Ahora oigo los bocinazos de unos conductores comprensiblemente indignados, que se impacientan porque, de nuevo, el semáforo está en verde y esta vez soy yo quien, por negociar con un empresario callejero, está deteniendo el tráfico.

—Compra tu libro, pues, Jaimito —me ruega el vendedor.

—Pero yo soy el autor —le digo—. No lo necesito. Ya lo he leído.

—No importa —me dice—. Dale una repasadita, flaco.

Regálaselo a alguien. O aunque sea hazlo para apoyar a la cultura.

Derrotado, le doy el billete de diez soles y me quedo con esa copia chapucera, mal encuadernada, en papel barato, algo borrosa la portada, de mi última novela. Acelero, pero sólo consigo avanzar unos metros, porque el tráfico es muy denso y el semáforo ha vuelto a rojo. El vendedor camina unos pasos y, sin perder el ánimo risueño, sigue a mi lado:

—Jaimito, todos acá en el semáforo somos tus hinchas —me dice, mientras otros vendedores ambulantes se acercan y me saludan y me hacen bromas—. Todos hemos hecho un billetito con tus libros. Acá mi compadre Wilberto le ha puesto el techo a su casa con lo que ha ganado con tus libros. ¡Saluda, pues, Wilberto, acá al joven Jaimito de la televisión!

Un hombre de edad incalculable, quizá de cuarenta o de sesenta años, de tez morena, ojos achinados, pelo canoso y ojeras prominentes, me mira con una gran sonrisa y me dice:

—Jaimito, gracias a ti saqué la calamina, te debo el techo de mi casa, compadre.

—Me alegro mucho, Wilberto —le digo.

Otro vendedor me muestra con orgullo la copia pirata de mi novela.

—Está vendiendo harto —me dice, como dándome una buena noticia, sin reparar en cuestiones tan abstractas como la propiedad intelectual o las regalías del autor—. Todavía tienes tu jale.

—Gracias, muchachos —les digo, conmovido por el desmesurado afecto con que aquellos peruanos encantadores me roban todos los días en ese semáforo tumultuoso de Lima, pero incapaz de verlos como ladrones, criminales o enemigos, pues sólo consigo ver en ellos a personas esforzadas, que luchan desesperadamente por sobrevivir, a unos promotores incomprendidos de la cultura, a mis lectores más agradecidos y fervorosos—. Gracias por ayudarme con la venta de los libros.

—¿Cuándo sale el próximo, Jaimito? —me pregunta el que me vendió mi libro pirata, que ejerce un liderazgo tácito sobre los demás.

—Todavía falta —le digo.

—¿Como cuánto falta? —insiste, para mi sorpresa.

—No sé, nunca se sabe bien —me hago el misterioso—. Pero calculo que saldrá en un año o dos, con suerte.

—¡Mucho tiempo, Jaimito! —se queja él, ofuscado.

—¡Tienes que sacarlo antes! —me exige otro pirata, envalentonado.

—Pero escribir una novela toma tiempo —me defiendo.

El semáforo está en verde. Conduzco lentamente, al ritmo agobiante de ese mar de autos más o menos estragados. Ellos, un puñado de bucaneros sin culpa, corren a mi lado y siguen hablándome a gritos, con una alegría al parecer indesmayable.

—¡No seas ocioso, Jaimito! —grita uno de mis amigos piratas—. ¡Publica rápido, no te demores tanto!

—¡Acá somos tus hinchas! —me anima otro—. ¡Necesitamos tu nuevo libro!

—¡La crisis está dura, hermano! —grita un tercero—. ¡Colabora con nosotros! ¡Saca tu libro rápido!

—Así será, muchachos —les prometo, abrumado, tratando de abrirme paso entre carros viejos y colectivos humosos que se hunden en huecos milenarios—. Voy a escribir rápido para sacar el libro cuanto antes.

Luego me alejo de ellos, pero alcanzo a oír la arenga de uno de esos piratas:

—¡Escribe, pues, Jaimito! ¡Mi señora está embarazada! ¡No seas vago, flaco!

Hacía años que no veía a mi padre. La última de nuestras peleas fue por un asunto menor, de dinero, pero probablemente se originó cuando besé a mi amigo Boris Izaguirre en la televisión española, lo que provocó considerable escándalo en Lima, donde él vivía, donde ha vivido toda su vida. Ahora pienso que esa pelea de dinero, ocurrida meses después del beso innombrable en cámara lenta, fue sólo una ramificación penosa de aquel bochorno abrumador que, una vez más, mi padre sintió al ver a su hijo mayor, y el que lleva su nombre, besándose con otro hombre en televisión, vergüenza que se tradujo en un escueto correo electrónico que me hizo llegar: «Dios perdona el pecado, pero no el escándalo», al cual respondí: «Sería más honesto que dijeras: Yo perdono el pecado, pero no el escándalo.»

Es justo decir que, en los años en que dejamos de vernos, mi padre me escribió algunos correos electrónicos que no quise o no me atreví a responder, por ejemplo cuando me invitó a un viaje familiar a Paracas para celebrar sus setenta años, o cuando, con un curioso amor a la patria, me dijo «Feliz 28» el día de la independencia peruana.

Sabía, por Sofía, que se comunicaba regularmente con mi madre y algunos de mis hermanos, que mi padre estaba enfermo, con cáncer, y que la quimioterapia había minado considerablemente sus fuerzas. Pero no esperaba que, estando en Miami un día de feroz tormenta eléctrica que colapsó el servicio telefónico, me llegarían por internet cinco correos —de mi hermana y mis hermanos— informándome de que papá estaba muy grave y pidiéndome que tuviese el gesto de acercarme a la clínica antes de que fuese demasiado tarde. Les respondí diciéndoles que llegaría a Lima el sábado de madrugada y que esa misma tarde pasaría por la clínica a visitarlo. Pero, al escribir esas líneas, pensé que, fiel a una larga tradición personal, estaba prometiendo algo que, en mi fuero más íntimo, sabía que no iba a cumplir.

Las pocas personas a las que consulté sobre tan inquietante asunto me aconsejaron que hiciera acopio de coraje y cumpliese mi promesa, salvo mi amiga Ana, quien me dijo: «No lo hagas por compromiso. No vayas si no tenés ganas. No digas nada que no sentís de verdad.»

El sábado, ya en Lima, un hecho azaroso favoreció mi ánimo compasivo y conciliador: tras un viaje previsiblemente horrendo, logré dormir como hacía tiempo no dormía. Al despertar, supe que iría a ver a mi padre. Si hubiera dormido mal, tal vez no hubiese tenido el valor de visitarlo.

La clínica Americana está a pocas cuadras de la casa de mis padres, en el barrio de Miraflores, y cerca de ella merodean compradores de ropa usada con quienes solía tener una intensa relación comercial en los años en que vivía intoxicado. Al pasar manejando lentamente, echo una mirada a esas caras inquietas que me conminan a detenerme, pero no reconozco a ninguno de los que, hace veinte años, me compraban pantalones, sacos, corbatas y zapatos (ropa que a veces no era mía, sino de mi padre), para luego, unas cuadras más allá, en la avenida La Mar, aprovisionarme de unas bolsitas que me hacían reír, o de otras que me endurecían y hacían hablar la noche entera.

La puerta de la habitación está cerrada y me da miedo golpearla. He hecho una promesa a mis hijas. No puedo defraudarlas.

Mi madre me abraza. Mi padre estira la mano para saludarme, pero prefiero darle un beso en la frente. Hacía muchos años que no lo besaba. Está delgado, envejecido, pero no tan mal como imaginé. Se lo digo: «Estás fuerte. No pensé que estarías tan fuerte.»

Luego hablamos de cualquier cosa que no sea dolorosa: de la fiesta sorpresa que le daremos a Camila esa noche, de las cosas que me quitaron en el control del aeropuerto en Miami, del hurón de Lola, que se suicidó, de las pequeñas novedades familiares.

En algún momento, mi madre dice: «Te felicito por tu programa, lo vemos siempre.» Mi padre la corrige: «Yo no lo veo. Es muy tarde para mí. Me quedo dormido». Se hace un silencio. Mamá interviene: «Pero has visto algunos.» Papá responde: «Bueno, sí, pero no me gustaron las preguntas que hizo, me parecieron fuera de lugar.» Se hace otro silencio. Trato de no tomarme las cosas a pecho, como por desgracia me las tomé siempre, y digo: «Mejor que no veas el programa. Mucho mejor que duermas.» Luego cambio de tema: lo que hago en televisión ha sido siempre una fuente inagotable de conflictos con mis padres, y no parece la ocasión propicia para reavivarlos.

Antes de irme, beso a mi padre en la frente y le digo: «Me voy mañana, pero cuando regrese a Lima vendré a visitarte.» Papá me corrige: «No vengas a la clínica. El lunes regreso a la casa. Allí te esperamos.» Le digo: «Me alegro de verte tan lúcido y tan fuerte.» Pero no me atrevo a decirle lo que hubiera querido: «No debí dejar de verte tanto tiempo. No hay rencores. Cada uno hizo lo que pudo. Está todo bien.»

Esa noche, tratando de conciliar el sueño, recuerdo el momento más feliz que viví con mi padre. Yo tenía nueve o diez años. Papá me llevó de viaje en su auto nuevo, americano, solos los dos, un viaje de hombres. Yo contaba los kilómetros al pie de la carretera. Papá escuchaba rancheras. En algún momento, cantamos juntos una ranchera y él me miró, creo que con amor.

Son las cuatro de la mañana. El avión vuela en círculos. La gente a mi lado duerme o intenta dormir. El capitán anuncia con acento centroamericano que no podemos aterrizar en Buenos Aires porque una densa niebla se ha apoderado del aeropuerto de Ezeiza y por eso desviará el vuelo a Rosario, donde aterrizaremos en veinte minutos.

Algunos pasajeros protestan, piden que el capitán aterrice en Aeroparque, se quejan de que otras aerolíneas aterrizan con niebla en Ezeiza, exigen una explicación, pero es en vano, pues las dos señoritas centroamericanas contestan con su curioso acento que ellas no saben nada y que el capitán ya ha tomado una decisión y que es por el bien de todos.

El avión se detiene por fin en Rosario, abren la puerta, todos nos ponemos de pie, impacientes por salir, pero el capitán nos informa que debemos permanecer en el avión porque aún no hay escalera para bajar, no hay oficiales de migraciones que puedan recibirnos en tierra y no ha decidido cuánto tiempo nos quedaremos allí, pues cabe la posibilidad de que en una hora o poco más volvamos a Buenos Aires y aterricemos en Aeroparque.

Ciertos pasajeros se exasperan, protestan, maldicen a la línea centroamericana, exigen una explicación razonable o unas disculpas, pero las dos azafatas no parecen aptas para calmarlos o convencerlos de nada y por eso el capitán se ve forzado a salir de la cabina y enfrentar el creciente motín a bordo. Los argentinos son quienes vociferan con más firmeza. Le exigen al capitán que nos lleve a Aeroparque. El capitán responde con evasivas. Dice que quiere pero no puede porque no tiene permiso. Le preguntan quién debe darle el permiso. Responde que alguien en la base en San José, Costa Rica. Nadie parece creerle. Le preguntan por qué otras aerolíneas aterrizan con niebla en Ezeiza y esta aerolínea es incapaz de hacerlo. El capitán responde que carece de los equipos o los seguros o la instrucción o los permisos, no se entiende bien. Le dicen que la compañía debería informar a los pasajeros, antes de venderles los boletos, que tiene esas limitaciones técnicas, que no puede surcar la niebla, atravesarla. El capitán se pone nervioso, pide permiso y, apenas traen la escalera, abandona la nave, lo que no parece una buena señal.

Un rato más tarde, sube un tipo en saco y corbata y anuncia que nos quedaremos en Rosario cuatro o cinco horas hasta que la niebla se disipe en Buenos Aires. Los pasajeros, sobre todo los argentinos, protestan airadamente, pero el tipo, que parece entrenado para soportar estos trances amargos, permanece con gesto helado, inescrutable, y ofrece unos vales para tomar desayuno en el aeropuerto.

El tipo a mi lado, que es el más virulento en la protesta y que anuncia a gritos que nunca más subirá a un avión de esta aerolínea incompetente en casos de niebla, me dice que nos tendrán en Rosario hasta mediodía, que hace dos semanas le pasó lo mismo, que alquilará un auto y se irá manejando a Buenos Aires, lo que, calcula, no le tomará más de tres horas. Por un momento pienso decirle que quizá podemos ir juntos, pero lo veo tan crispado y sudoroso, tan enojado con esta curva inesperada del destino, que lo imagino hablando como un energúmeno las tres horas en la carretera, quejándose de algo o de alguien, y por eso me quedo callado y me limito a desearle buena suerte.

La señora o señorita de migraciones, que tiene el pelo pintado de rubio, me sella el pasaporte, bosteza largamente, me pregunta si es verdad que alguien quiere fusilarme en Perú, se ríe conmigo y me dice «bienvenido a Rosario».

Nunca había estado en Rosario. Un vuelo desviado o

un capitán inepto o una emboscada del clima ha reparado ese error. No parece razonable quedarme esperando horas en el aeropuerto y desairar la invitación que, de madrugada, me ha tendido el azar, la de conocer esta ciudad de la que nada sé.

Son las cinco de la mañana cuando tiro el vale del desayuno a la basura, subo a un remise y le pido al conductor que me lleve a un hotel tranquilo, no necesariamente lujoso, pero tranquilo, en el centro de la ciudad. El chofer se llama Hugo. Como casi todos los choferes argentinos, es simpático y no parece a gusto cuando se instala un precario silencio.

Hugo toma una autopista, llama por el celular a alguien, le dice «Raúl, levantate ya, paso por vos en cinco», luego corta y me dice que, camino al hotel, si no me molesta, pasaremos por su casa a recoger a su hijo, que estudia en una universidad cerca del hotel al que me llevará, así Raúl se ahorra el viaje en colectivo y llega temprano, si no me molesta. Sorprendido, me resigno a decirle que no me molesta, lo que, por supuesto, es mentira. Hugo se detiene frente a una casa que puede ser su casa o puede no ser su casa y toca el timbre para que salga Raúl, que puede ser su hijo o puede no ser su hijo. El barrio es de casas modestas, pobremente iluminadas. Un perro ladra. Hugo baja del auto y grita «¡Raúl, apurate, nene!». Pienso que estoy en peligro, que debí quedarme en el aeropuerto, que una sucesión de eventos desafortunados me ha traído a este barrio inhóspito de Rosario y que ahora estoy a merced de Hugo y Raúl, que quizá me robarán o quizá no, sólo ellos saben.

Se enciende una luz dentro de la casa. Como no hay cortinas, puedo ver a un hombre joven, en calzoncillos, vistiéndose, buscando algo, poniéndose la camisa blanca, ajustándose el cinturón. Decido no oponer ninguna resistencia y dejarlo todo en manos del destino. Si son gentes de mal vivir, supongo que me entenderé fácilmente con ellos. No creo que, cuando me reconozcan como uno de los suyos —sólo que de otra nacionalidad y con otro acento—, insistan en hacerme daño.

Pero Raúl sale de la casa, besa a su padre en la mejilla, se acomoda a mi lado en el asiento trasero y entonces me siento a salvo. Raúl es o parece un buen chico, mucho mejor que yo con seguridad.

Camino al centro, mientras ya amanece en Rosario, Hugo y Raúl me hablan de fútbol, que es de lo que siempre hablo con los taxistas argentinos, y me dicen que son de Central, que el Pato Abbondanzieri salió de Central, que el Chelito Delgado salió de Central, que los más grandes salen siempre de Central, que si me hago de Newell's no me hablan más.

Bajo frente a un hotel antiguo, me registro a pesar de que no tengo reservas, me meto en la cama cuando ya es de día, pienso que a esa hora debería estar durmiendo en mi cama de Buenos Aires, pienso que no estaría mal perderme un día o dos en Rosario, pienso que nada en la vida tiene sentido salvo el azar. Curiosamente, siento que ha sido un accidente afortunado que el vuelo se desviase a Rosario. No estoy molesto, estoy agradecido, estoy inquieto, estoy excitado, tanto que no puedo dormir. Por eso bajo a tomar desayuno.

Estoy tomando un jugo de naranja y leyendo el diario cuando se acerca alguien cuyo rostro me resulta extrañamente familiar. Me saluda, me pregunta si lo recuerdo, no le digo que odio que me pregunten eso, le digo que, por favor, me ayude a recordarlo. Me dice que es Coqui, Coqui Lara, Jorge Lara, que estuvo conmigo el último año del colegio en Lima. Lo recuerdo enseguida, a pesar de que no nos hemos visto desde entonces. Nos damos un abrazo. Le digo que recuerdo lo bien que jugaba al fútbol, que nadie en toda la clase o la promoción jugaba mejor que él. Acepta el halago con naturalidad, se sienta, pide un café, me pregunta qué hago en Rosario, le digo que no sé qué hago en Rosario, le cuento el percance del avión que debió llevarme a Buenos Aires y me dejó en Rosario, me dice que nunca viaje en esa línea centroamericana, que es un desastre. Le pregunto qué hace él en Rosario. Me dice que sus padres son rosarinos, que vivieron un par de años en Lima a principios de los ochenta porque su padre era militar y fue en misión diplomática, pero luego volvieron y él ahora trabaja como gerente de ese hotel. Le digo que estoy alojado allí por pura casualidad, porque el taxista lo decidió por mí, y me dice que no hay mejor hotel en Rosario, que se ocupará de que me pasen a una suite y me atiendan como a un príncipe, pero le digo que no se moleste, que así está bien, que me da fiaca —uso esa palabra, fiaca— moverme de habitación.

Coqui Lara y yo hablamos de los compañeros del colegio, de los que murieron, de los que se fueron a países lejanos —que puede ser otra manera de morir—, de los que, a diferencia de nosotros, nunca consiguieron dejar las drogas, de los que triunfaron inesperadamente, del amigo que terminó siendo candidato a presidente. Luego, esto fue inevitable, hablamos de las elecciones peruanas, de la incertidumbre, de la desesperanza, del pesimismo, de esas cosas de las que siempre se termina hablando cuando se habla del Perú. Pero, sobre todo, hablamos de fútbol, de los partidos memorables que jugamos, de las grandes combinaciones que urdimos en la media cancha del colegio él, Ivo John Alzamendi y yo, de lo felices que fuimos en cada pichanguita de cada recreo de cada tarde en ese colegio religioso de Lima, donde Coqui, a pesar de ser argentino, o precisamente por ser argentino, era el ídolo indiscutido, el mejor zurdo que había pisado nunca esas canchas de pasto y cemento, ante la mirada atónita o lujuriosa —sospecho que lujuriosa— de ciertos curas agustinos, que nos enseñaban cosas aburridas que bien pronto olvidamos. Pero el fútbol, la pasión por el fútbol, eso por suerte no lo olvidamos. Porque Coqui, antes de irse, que lo esperan en la gerencia, me dice:

—Mañana jugamos al fútbol con los amigos. ¿No te animás?

Duermo toda la tarde, salgo a caminar, me meto en un cine viejo, compro dos libros de Fontanarrosa, llamo a mis hijas, llamo a mi chico en Buenos Aires, contrato un remise para que me lleve al día siguiente hasta San Isidro. Esa noche sueño con fútbol, con los partidos del recreo, con los pases certeros, envenenados, insidiosos, que metía al corazón del área Coqui Lara, donde yo la esperaba para empujarla sin dificultad y salir corriendo a abrazarme con él y festejar un gol más de esos goles que eran mucho menos míos que suyos.

A la mañana siguiente, estimulado por tantas jugadas hermosas que me inventé en sueños, por todos esos goles sobrecogedores que no sé si metí en el colegio o soñé que metía, cancelo el viaje en remise a Buenos Aires, llamo a Coqui al celular, le confirmo que iré a la cancha, voy a una tienda deportiva, compro un pantalón corto, medias blancas y zapatillas y me visto para jugar fútbol después de años de rigurosa abstinencia, desde aquella tarde de sábado en Lima cuando jugué con mis hermanos y terminé muy lastimado, tanto que no pude caminar casi un mes. Entonces juré no jugar más, retirarme de las canchas, aceptar los años, la panza, la lentitud, la puntería extraviada, la respiración acezante, pero ahora el azar me emboscaba con una tentación —la de volver a jugar de memoria con Coqui, armar paredes con él y esperar sus pases de alquimista— a la que no podía resistirme.

No fue un gran partido, no fue siquiera un buen partido, fue mediocre a secas. Los doce hombres de corto y en zapatillas, divididos en dos equipos de seis, todos argentinos salvo yo —que, en cierto modo, siempre lo fui también, y ahora más—, éramos, sin excepción, cuarentones o poco menos, ventrudos o poco más, pesados, cautelosos, fatigados, machacados por la vida, no tan ganadores como soñamos ser, no tan ricos como hubiésemos querido, no tan musculosos, atléticos o rápidos como hace veinte años, cuando nos salían las jugadas que ahora, sistemáticamente, la torpeza, la propia torpeza, nos escamoteaba una y otra vez.

Yo no era el mejor de la cancha, porque el mejor era Coqui Lara, que, aunque estragado por los años y las decepciones y la buena vida, seguía haciendo maravillas con esa zurda sibilina, pero me consolaba darme cuenta de que tampoco era el peor, lo que, estando entre argentinos, que son naturalmente dotados para este juego, era ya un pequeño triunfo personal.

Todo discurría por ese cauce previsible de pereza, mediocridad y una cierta habilidad extraviada en las brumas del tiempo, hasta que, de pronto, como hace veinticinco años en el colegio de Lima, Coqui me buscó con la mirada bucanera, se encendió, me la puso seca, precisa, a la espera de la devolución inmediata, y la pared me salió justa, cargada de malicia y sorpresa, y él amagó entonces disparar, pero yo ya sabía que era un embuste, que me la tocaría de regreso, que esas dobles paredes nunca fallaban en el colegio y ahora tampoco podían fallar, y en efecto burló a los defensores con esa promesa incumplida de sacar el zapatazo, y me la dejó suave, mansa, cortita, como hacía sin mirarme en el colegio, y yo le metí un puntazo canallesco, vicioso, esquinado, y el arquero se quedó como una estatua y la vio entrar pasmado, y Coqui y yo nos confundimos en un abrazo eterno, y él me dijo como antes «sos Leopoldo Jacinto Luque, el rey de los puntazos», y yo le dije «sos el Beto Alonso, maestro, poeta de la zurda», y fue como estar de nuevo en el colegio, como ser fugazmente los dos amigos quinceañeros, como si aquel gol tardío, inesperado, nos hubiese redimido de todos los fracasos de nuestras vidas grises y cuarentonas y nos hubiese devuelto a la distraída felicidad de aquellos años perdidos.

Poco después, mientras seguía tratando de jugar como antes —sólo para comprobar que ya nada era igual, que ahora era lento, torpe, previsible y barrigón, y que los pases salían chuecos y los disparos, pusilánimes—, me pregunté si no sería una buena idea quedarme un tiempo en Rosario, encontrar una casa tranquila para escribir y jugar fútbol con Coqui y sus amigos todos los miércoles, a ver si volvía a salirme una doble pared preñada de gol como la que me hizo gritar esa tarde en Rosario con una euforia que pensé que ya no habitaba en mí.

Llegando a Buenos Aires, voy a cenar con Blanca al restaurante alemán de San Isidro. Esa tarde, agotado por el viaje, he dormido una siesta y soñado con ella. Aunque ha pasado bastante tiempo sin que me acueste con una mujer, o por eso mismo, soñé que Blanca y yo hacíamos el amor. En realidad, nunca he tenido esa clase de intimidad con ella y me resigno a pensar que nunca la tendré.

Blanca es una amiga espléndida, guapa, divertida. Estuvo casada con un hombre muy rico, del que se divorció (sin pedirle dinero, un detalle que la enaltece) porque se aburría con él. No tiene hijos, es rubia y delgada, de risa fácil, encantadora, y acaba de cumplir treinta años. Yo no sé si la deseo o si deseo ser ella o si ambas cosas son posibles a la vez. No hace mucho fuimos a un restaurante elegante, del que salí con hambre porque las raciones eran microscópicas, y le regalé una novela con una dedicatoria cursi pero honesta: «Para Blanca, la mujer que no pude ser.»

Aunque lo disimula bien, Blanca está triste porque su novio la ha dejado cuando ya habían comprado un departamento (en realidad, lo compró ella) y tenían planes de casarse. Hace dos meses, el novio, Lucas, un joven encantador, con gran talento para los negocios (que va a los mundiales de fútbol sin tener entradas y consigue entrar a los partidos de la Argentina), desapareció de su vida sin decir palabra, al parecer porque ella le pidió que se comprometiera a casarse, y desde entonces no ha llamado, no ha escrito, no ha contestado los correos de Blanca y ni siquiera ha pasado por el departamento para llevarse su ropa.

Blanca ha decidido irse a vivir a Madrid. Ya alquiló un piso. Dice que necesita vivir la aventura española y olvidarse de Lucas. Pero hay un problema: no sabe qué hacer con toda la ropa que dejó Lucas, que no es poca. Yo no me atrevo a decirle que sería un lindo gesto que me regalase la ropa, aunque lo más probable es que no me quedaría, porque Lucas es de porte atlético y yo el único ejercicio diario que practico es esforzarme denodadamente para ponerme las medias (un estiramiento que me resulta cada vez más arduo).

Con una serenidad que tal vez proviene de su noble sangre austríaca o, más probablemente, del vino dudoso que hemos bebido, Blanca me dice que la ropa de Lucas quedará pulcramente ordenada y colgada en su casa, y que si él de pronto reaparece y reclama dicha ropa, ella le contestará desde Madrid que tendrá que esperar a que vuelva a Buenos Aires para recuperarla. Le digo que, en cualquier caso, lo que debemos evitar es un desenlace tropical que consista en arrojar la ropa por la ventana, quemarla, rasgarla o enviársela en valijas con una nota despechada. Ella, que es tan sabia y elegante, no podría estar más de acuerdo.

Al salir del restaurante, le cuento que esa tarde soñé con ella y se ríe halagada y me dice que le encanta ser parte de mis sueños. Pero cuando llegamos a la puerta del edificio y le digo si quiere subir a tomar una copa más, ella, muy prudente, me dice que ya es tarde, que mejor se va a su casa, y yo me quedo sin la bella y esquiva Blanca, sólo con mis sueños.

La noche siguiente, Nico viene al departamento a fumarse un porro. Nico es un muchacho estupendo. Me gusta que fume porros y me cuente su vida. Yo no lo acompaño porque la marihuana me da dolor de cabeza al día siguiente, aunque, en realidad, todo me da dolor de cabeza al día siguiente, incluso si no hago nada.

Nico ha renunciado a su trabajo y se va a vivir a Bariloche. Quiere una vida tranquila. Está dolido y furioso con Tamara, su novia, porque descubrió que se acostaba con otro. Al principio, ella lo negó, pero, ante las evidencias, terminó admitiéndolo. Dice que no pudo evitarlo, que tuvo una «conexión mística» con ese hombre. «Conexión mística, las pelotas», dice Nico, y luego me cuenta que fue a encararlo al tipo que se acostó con Tamara, porque lo conoce, trabaja en un quiosco cerca de su casa. Nico llevó todas las monedas de diez centavos que tenía, que eran muchas, como treinta, y se las dio a su enemigo y le pidió caramelos, unos caramelos chiquitos de tres por diez centavos, y se quedó mirándolo fijamente. «Si me decía algo, le partía la cara», me cuenta, los ojos chinos, los brazos todavía tatuados con el nombre de la mujer que lo traicionó. Pero el tipo del quiosco contó las monedas, contó los caramelos, le dio como noventa caramelos y no dijo una palabra. «Lo cagué», dice Nico.

Lo peor vino entonces. Antes de irse con los caramelos, Nico advirtió que su enemigo tenía puesta una remera que se le había perdido. «Era mi remera. Tamara me la robó y se la regaló», dice, derrotado. Le digo que podía ser una remera igual, que quizá era una desafortunada coincidencia. «Imposible. Era mi remera. Nunca la voy a perdonar a Tamara», se enfurece.

Extrañamente, Nico está furioso con Tamara y dice que no la perdonará, pero, una vez por semana, la lleva a uno de esos hoteles de decoración rococó donde las parejas se aman furtivamente y, quizá para vengarse, quizá para humillarla, quizá porque todavía la ama, se entrega a unas sesiones de sexo con ella, en las que se entremezclan la rabia, el deseo, el despecho y lo que quedó del amor. Después se quedan en silencio y comen los caramelos de tres por diez centavos que le vendió el tipo del quiosco que llevaba su remera.

Unos días después, voy caminando por la calle y un hombre me saluda y me ofrece unas remeras que ha desplegado sobre una mesa, allí en la calle, en plena 25 de Mayo, a la salida de la farmacia. «Las mejores son las Lacoste», me informa. Cuestan treinta pesos. «Son Lacoste truchas», me advierte, pero de la más alta calidad. Sin dudarlo, le compro cuatro remeras, dos azules, dos verdes, pensando en Martín, que por suerte me ha perdonado. El tipo me da la mano y me dice «siempre te veo en la tele», lo que a todas luces es mentira, una mentira amable. Llego al departamento y le digo a Martín que he comprado cuatro remeras muy lindas, Lacoste imitación, para que se las regale a su padre, sus dos hermanos y su cuñado, el jugador de rugby. Martín mira las remeras y me dice, indignado: «¿Sos boludo? ¿Vos pensás que le voy a regalar estas remeras pedorras a mi familia? ¿Vos pensás que somos inferiores a tu familia? ¿Vos le regalarías estas remeras truchas a tus hermanos?» Le pido disculpas, le digo que no tengo buen ojo para la ropa, nunca sé qué ropa comprar y siempre tiendo a comprar ropa barata, usada, con tara, fallada, de imitación o en liquidación.

Descorazonado, pensando que la ropa sólo trae problemas, voy a mi cuarto, me pongo una remera con el cocodrilo ilegítimo y me siento a escribir. Luego pienso que quizá un escritor no debería usar nunca prendas de vestir que cuesten más de lo que cuesta un libro suyo.

Aquella noche, la noche en que peleamos, Ana y yo fuimos a comer a un restaurante alemán en la esquina de Libertador y Alem, en San Isidro, y yo le conté los conflictos sentimentales que viví con Martín, y ella me escuchó en silencio, sin que me diese cuenta de que estaba aburriéndose, y luego me acompañó caminando a casa, me abrazó y se fue en taxi, y una hora después me envió un correo electrónico agradeciéndome por haberla invitado a cenar para aburrirla hablándole de Martín. Herido en mi vanidad, y avergonzado de haber hablado tanto de un asunto que a ella, como debí suponer, poco o nada le interesaba, le respondí enseguida, pidiéndole disculpas y diciéndole que no se preocupase, porque no volvería a aburrirla más, dado que no volvería a verla más.

Dejamos de vernos largos meses, quizá un año. Ana siguió trabajando en la librería, viendo a sus amantes a escondidas, cuidando a su perra con más amor que el que reservaba para cualquiera de sus amantes y ocultando el tatuaje con mi nombre que se hizo en la espalda poco antes de que nos peleásemos. Luego volvimos a escribirnos. Nadie se disculpó ni aludió a aquella noche desafortunada. Ella, como siempre, me hablaba de los libros que le habían gustado, y yo me quejaba de algo o de alguien, lo de siempre.

Una noche de verano en Miami, Martín se sentó a la computadora de casa y leyó mis correos, que por descuido habían quedado abiertos, entre ellos los últimos que me había escrito Ana, en los que, al final, pese a todo, me decía «te amo». Martín se molestó. Me dijo que no entendía que ella me amase, y entendía menos que yo le respondiese diciéndole «te quiero» y prometiéndole que la vería cuando volviese a Buenos Aires. «No entiendo que quieras tanto a una persona que me odia», dijo. Le dije que Ana no lo odiaba, pero fue inútil, no logré convencerlo.

Ana y Martín siempre se llevaron mal. Cuando salíamos a comer los tres en Palermo, hacían un esfuerzo notorio para fingir que no estaban incómodos. Martín me decía luego que Ana estaba loca, obsesionada conmigo, que era capaz de matarme si yo dejaba de verla. Me pedía que tuviera cuidado, me decía que ella le hacía recordar al personaje de Kathy Bates en *Misery*. Ana me decía que Martín no me quería de verdad, que era un oportunista, que estaba conmigo sólo para sacarme dinero.

Desde entonces, empecé a ver a Ana a escondidas, mintiéndole a Martín, hasta la noche aquella del restaurante alemán, en que cometí el error de hablarle tanto de él.

Pero ahora habían pasado los meses y yo estaba de regreso en Buenos Aires, y Ana me había pedido que nos viésemos porque tenía algo importante que contarme, algo que prefería decirme en persona. Decidí no mentirle a Martín: le dije que me iba a tomar el té con Ana en una cafetería cerca de casa y que volvería en un par de horas.

Ana llegó tarde, corriendo, muy abrigada, con libros de

regalo para mí, y me abrazó con fuerza, después de casi un año sin vernos, y pidió un té, una coca-cola y dos empanadas, y después de besarnos y decirnos esas cosas cursis que sólo deberían decirse, si acaso, al oído, le pedí que me contase aquello que no había querido decirme por correo electrónico.

«Estoy enamorada de una chica», me dijo.

La chica se llamaba Sol. Vivía en Belgrano, con sus padres. Era joven, muy linda. No se había acostado antes con una chica, era su primera vez. Se consideraba bisexual. Ya habían comprado los pasajes para irse a México, de vacaciones.

Luego hubo un silencio y Ana confesó: «Pero hay un problema. Me he enamorado de otra chica.»

La otra chica se llamaba Paloma. Vivía sola, en San Telmo. Era muy linda, quizá más que Sol. Se asumía como lesbiana. Había tenido otras novias. Fumaba marihuana.

Le pregunté si le gustaba más estar con Sol o con Paloma. «A Sol me encanta cuidarla, protegerla, es muy sensible. Paloma es más loca, más divertida», respondió.

Le aconsejé que, si no podía elegir a una, se quedase con las dos, sin que ninguna supiese de la otra. Me dijo que eso no era posible, porque estaba sufriendo mucho. Tenía que dejar de mentirles. Tenía que elegir a una. No quería irse a México con Sol. Tampoco quería romperle el corazón cancelando el viaje. Quería seguir durmiendo con Paloma en San Telmo. Tampoco estaba dispuesta a dejar de acostarse con chicos. Y a Paloma le molestaba que Ana dijese que era bisexual: le pedía que se olvidase de los chicos y se quedase sólo con ella. «Tú sabes que eso no se puede», me dijo Ana.

Poco después sonó su celular. Era Sol, llorando, porque su padre acababa de morir de un infarto.

Ana se quedó muy seria. No lloró. Le dije que debía ir a

verla enseguida. Me dijo que iría en un momento. Admiré su serenidad. Le dije que lo peor de una muerte así, tan repentina, debía de ser la tristeza o la culpa de no haber podido despedirse y decirle a esa persona ciertas cosas importantes. «No creas», me corrigió. «Si no le has dicho esas cosas toda la vida, ¿por qué deberías decírselas sólo porque va a morirse?»

Luego me contó algo que le dijo su padre unos meses antes de morirse, hace años, cuando ella tenía apenas diecinueve. Su padre era matemático, profesor de la universidad, amante de los libros. Ella le preguntó si Dios existía. «Creo que no, pero no estoy seguro», le dijo él. Ella le reprochó que no estuviese seguro. Su padre le dijo: «Nunca estés muy segura de nada. Duda siempre. No dejes de dudar.»

Ana me abraza y se va a ver a Sol.

Julieta me escribe un correo electrónico. Dice que trabaja en una revista argentina. Me pide una entrevista. Dice que ha leído mis libros y que le gustan. Puede que esté mintiendo, pero es una mentira amable, de aquellas que se agradecen.

Le digo que sólo estaré en Buenos Aires un par de días más y le daré la entrevista con una sola condición: que no me haga fotos. En realidad, con dos condiciones: que venga hasta San Isidro, donde vivo.

Julieta acepta, no sin quejarse. Acordamos hacer la entrevista en el restaurante alemán al que voy a comer todos los días. Me pide que sea tarde, a las once de la noche. Llamo al restaurante y hago la reserva.

El día de la entrevista, Julieta me manda varios correos,

contándome cosas de su vida. Vive sola. Tiene treinta años. Odia a su padre. Fuma marihuana. Tiene novios y novias. Quiere ser escritora. Pero todo le da pereza. Usa una palabra argentina: todo le da fiaca.

Le digo que me mande alguna foto para reconocerla cuando llegue al restaurante. Me manda dos fotos. Es muy linda. En una foto está echada en un sofá lleno de ropa desordenada, viendo la televisión, viéndome a mí en la televisión. En la otra foto está en una playa, con el pelo mojado, en traje de baño, el pecho descubierto, mirando hacia abajo, con aire triste. Tiene un cuerpo estupendo, y ella lo sabe.

A la noche, intrigado por sus fotos y la extraña crudeza de sus correos, camino al restaurante alemán. Por desgracia, está lleno. Es viernes, los viernes siempre está lleno. Me siento a la mesa que ocupo cada tarde a las tres y me traen lo de siempre, dos jugos de naranja recién exprimidos. He llevado un par de revistas, por si la chica se demora en llegar. San Isidro no le queda cerca: viene desde Palermo.

Suerte que llevé las revistas: Julieta no aparece y ya son las once y media. Pido una sopa de cebollas. Le aseguro a Silvia, la dueña, una alemana muy delgada, encantadora, infatigable, que mi amiga llegará pronto. Pero Julieta, que en realidad no es mi amiga, no llega, no todavía. Así que sigo leyendo las revistas y pido un lenguado con alcaparras.

Cuando veo que ya son las doce de la noche, comprendo que Julieta no llegará. No llevo celular. Tengo la teoría (que no puedo probar) que los celulares me hacen daño, me dan dolor de cabeza, me quitan años de vida. Pero como se trata de una emergencia, le pido a Silvia su celular. Ella me lo presta encantada y me mira con cierta lástima. Llamo a Julieta. Escucho su voz en el contestador. Tiene una voz triste, como sospechaba. Sólo repite su número y dice: «Ya sabés lo que tenés que hacer.» Le digo: «No sé qué hacer, porque son las doce y no llegas. Por favor, escríbeme un mail para saber que estás bien. No quiero leer en el diario de mañana que te pasó algo malo.»

Pago la cuenta, pido disculpas por haber ocupado a solas una mesa grande y regreso caminando a casa. Escucho los mensajes del contestador, leo mis correos electrónicos: no hay noticias de Julieta. Vuelvo a llamarla. No contesta. No dejo mensaje.

A la mañana siguiente, leo *Clarín* y *La Nación*, pero, por suerte, no aparece, entre las desgracias del día (choques, secuestros, robos, violaciones), el nombre de Julieta. Es un alivio saber que no le ha pasado algo malo, aunque luego pienso que si le pasó algo malo, quizá los diarios ya habían cerrado y por eso no recogieron la noticia.

Esa tarde, antes de salir al aeropuerto, leo deprisa mis correos. Me ha escrito el dueño de un canal de televisión de Miami. Me ha escrito mi madre. Y me ha escrito Julieta. Aunque estoy tarde y el taxista me espera para llevarme a Ezeiza, leo los correos. Julieta me dice: «Te pido perdón. Soy una cobarde y una tarada. No pude ir. Me dio miedo. Estaba muy tensa. Me fumé un porro, me colgué, me fui al cine y me olvidé de vos. Supongo que no me escribirás más.» Mi madre me dice: «Tu papi está peor. Le han salido varios tumores más. Ya no podemos seguir con la quimioterapia. Rézale a la Virgen de Guadalupe.» El dueño del canal me dice: «Te espero el martes en mi oficina para firmar el contrato.»

Escribo rápidamente las respuestas. Le escribo al hombre de televisión: «Nos vemos el martes en Miami. Gracias por confiar en mí.» Le escribo a mi madre: «Lo siento. No creo que la Virgen de Guadalupe pueda salvarle la vida.» Le escribo a Julieta: «Estás mal de la cabeza. Me gustas por eso. Tienes un cuerpo delicioso.»

Salgo corriendo al aeropuerto. Hago las filas y trámites de rigor. En el salón de espera, tras pasar los controles, echo una mirada a mis correos. Julieta me dice: «¿Me estás amenazando, peruano del orto? ¿De qué Virgen me hablás, boludo?» Mi madre me dice: «Qué lindo mi Jaimín, gracias por invitarme a Miami, ¿dónde nos vemos el martes, en el aeropuerto? Mi amor, yo siempre voy a confiar en ti.» El dueño del canal me dice: «No sabía que te gusto. No creo que pueda verte esta semana. Me voy a Cannes.»

Lola cumple años y estoy en Lima para acompañarla.

La veterinaria que visita la casa todos los días ama a los animales de Lola, pero probablemente ama más a Lola, porque gracias a ella se gana la vida. La veterinaria baña a los perros, vacuna a los conejos, da vitaminas a los gatos, sosiega y educa a los ratones, agiliza el paso de las tortugas. Con una autoridad inapelable, dictamina que un canario está deprimido, un gato, perdiendo la vista, una tortuga, con dolor de pecho o una cacatúa, aquejada de estreñimiento, y enseguida convence a Lola de que debe sanar al animal afligido, mientras mi hija, sin mucho esfuerzo, con sólo sonreír, me convence de pagar el tratamiento.

Como era de esperar, la veterinaria le ha regalado a Lola una perra por su cumpleaños. Es un regalo y, al mismo tiempo, una inversión: en efecto, parece altamente probable que la perrita sufra en los próximos días de una misteriosa crisis de salud y la veterinaria le salve la vida con unas inyecciones muy costosas de un líquido transparente (que las empleadas y yo sospechamos que es agua con azúcar).

No es el único animal que le regalan en su cumpleaños. El timbre de la casa suena sin tregua y van llegando, en cajas o jaulas o bolsas de plástico, pollitos, ratones, conejos, gatos siameses, peces de colores, un par de gallinas chilenas, un loro que habla. Lola se entusiasma, contempla maravillada a sus animales, los alimenta y los deja en la casa, mientras yo intento escribir.

He intentado querer a los animales de mi hija, pero casi nunca lo consigo. Sólo quiero a los conejos, porque son animales bellos, pacíficos, inofensivos, que respetan el silencio y nunca molestan. Las tortugas y los peces tampoco hacen ruido, pero es fastidioso cambiarles el agua cada cierto tiempo, y cuando, conminado por mi hija, lo he intentado, se me han resbalado algunos peces por el escurridizo lavadero de la cocina, no quedándome más remedio, ante la imposibilidad de rescatarlos de ese agujero negro, que prender el triturador y convertirlos en cebiche.

Mientras Lola juega con sus amigas en el jardín, yo hago esfuerzos por escribir, pero es en vano, porque el ratón enjaulado hace un ruido agobiante dando vueltas en su rueda metálica como un demente, el loro que en teoría habla no dice una palabra pero lanza unos chillidos que me enervan, los pollitos atrapados en una caja de leche agujereada no cesan de piar en busca de alguna forma de auxilio o compasión que yo no puedo procurarles, la perrita lloriquea y trata de sacarse el suéter de lana que le han puesto, y las gallinas chilenas, de un plumaje amarillento, se pasean por la casa quejándose o protestando en la forma de un eterno cacareo.

Amo a mi hija, y respeto su amor por los animales, pero he dormido mal, me duele la cabeza, no puedo escribir y este zoológico en casa es demasiado para mí.

Despierta entonces el mal bicho que habita en mis genes: desesperado, libero a los pollitos en la terraza donde pasean los gatos, suelto al ratón enjaulado, le arrojo agua fría al loro y correteo a las gallinas chilenas hasta que consigo dejarlas en el jardín posterior, a merced de los perros. En cuanto a la perrita llorona, la dejo en el cuarto de la empleada y cierro la puerta.

Un silencio glorioso, largamente anhelado, se instala en la casa. A lo lejos, en la terraza, los conejos blancos me miran, impávidos, sin sospechar la crueldad de la que soy capaz.

Poco después, el silencio se interrumpe brevemente: las gallinas chilenas lanzan un último chillido, antes de ser desplumadas por los perros. Y no es culpa, remordimiento o vergüenza lo que siento, sino una secreta euforia al saber que mis enemigas se han acallado, que alguna oscura forma de justicia ha prevalecido. Y recuerdo entonces aquella mañana de domingo, cuando era niño y vivía en una casa muy grande: mi padre furioso, trastornado, incapaz de seguir tolerando los ruidos que hacían las decenas de palomas que habitaban en el techo de tejas de la casa, y luego él con una escopeta en la mano, la mirada turbia, vengativa, y poco después el estruendo de los disparos que dejaron una alfombra de palomas muertas en la terraza.

Y me doy cuenta, ya tarde, de que, con los años, he terminado pareciéndome a mi padre mucho más de lo que hubiese querido.

Lunes por la mañana. Es feriado en Buenos Aires. No hay tráfico en la autopista. Martín me espera despierto porque han cambiado la cerradura de la puerta del edificio. Baja a abrirme en ropa de dormir. Me cuenta que el vecino del piso de arriba se ha vuelto a quejar por un escape de gas del departamento y ha amenazado con enjuiciarnos si no hacemos nada por resolver el problema. «Me van a matar, vamos a volar todos si no arreglan el escape de gas», le dijo el vecino a gritos. «Hacé lo que quieras», le dijo Martín, y le cerró la puerta en sus narices.

Lunes por la tarde. Mientras duermo la siesta, Martín compra un calefón y contrata a Lucas para que lo instale. Lucas retira el calefón viejo que está perdiendo gas e intoxicando al vecino de arriba. Al tratar de instalar el nuevo (una operación que resulta más complicada de lo que había calculado), se le cae por la ventana una pieza de metal, que rompe el techo de vidrio del jardín de invierno de la vecina del primer piso. Minutos después, la vecina toca el timbre de nuestro departamento. Está furiosa, hemos dañado su techo de vidrio. Martín le abre la puerta. La mujer, de ojos saltones y nariz aguileña, le dice a gritos que le hemos roto su techo de vidrio. Martín le pide que no grite. La mujer no le hace caso, sigue gritando. «Sos un amanerado», le dice, y hace una mueca de asco. «¿De dónde has salido, amanerado?», se pregunta. Martín se siente insultado y le dice que no tiene derecho de gritarle de esa manera. La mujer le dice que es él quien no tiene derecho de romperle el techo. «Sos un loco, un maleducado», le dice. «La maleducada es usted», responde Martín. «Además, yo sé que su jardín de invierno es ilegal, lo ha construido sin permiso», le dice, y ella se repliega, como si la hubieran pillado en falta. En ese momento aparece el vecino del piso de arriba, víctima del escape de gas. Está en bata y pantuflas. Defiende a la vecina, vuelve a quejarse por el escape de gas y dice que Martín es un grosero y un irresponsable porque no hace nada por resolver el escape de gas. Martín se defiende a gritos. Salgo de mi habitación. Pido disculpas. Les explico que fue un accidente. Le digo a la mujer que pagaremos la reparación de su techo de vidrio. Le digo al vecino de arriba que cambiaremos el calefón y acabaremos con el escape de gas. Les recuerdo que por eso se rompió el techo, porque están reparando el escape de gas. El vecino me dice su nombre, poniendo énfasis en que es licenciado. Noto que está fumando. Le digo: «Si hay un escape de gas, tal vez conviene que deje usted de fumar.» Se queda en silencio, sin saber qué decir. Se retira unos pasos y apaga el cigarrillo.

Martes por la mañana. No hay agua caliente. Me ducho en agua helada. Es una sensación dolorosa y reconfortante.

Miércoles por la tarde. Lucas, su padre y su hermano cambian el techo de vidrio de la vecina del primer piso. La vecina queda encantada. Toca el timbre, se disculpa con Martín, le explica que el lunes tuvo un mal día. Martín acepta sus disculpas pero sigue odiándola. No le perdona que le haya dicho: «Sos un amanerado.» Imagina distintas maneras de vengarse. Quiere rociar aceite hirviendo por debajo de su puerta o echarle cucarachas. La madre de Martín quiere ir a decirle cuatro cosas por insultar a su hijo.

Jueves por la mañana. Seguimos sin agua caliente. Me ducho en agua helada. Es una sensación odiosa y estimulante. Es la única cosa viril que hago en todo el día, y sólo porque no tengo otra opción.

Jueves por la tarde. Estoy tomando el té en John Bull. Una paloma defeca sobre mi cabeza. No tengo valor para bañarme de nuevo en agua fría. Voy al hotel del Casco, pago una habitación y me baño largamente en agua tibia.

Viernes por la mañana. Dejo chocolates y tarjetas de disculpas en la puerta del departamento del licenciado y la vecina del primero. Les explico que no hubo mala intención, que el escape de gas y el daño en el techo fueron accidentes desafortunados. Les prometo que en pocos días estará resuelto el problema del gas. Les pido disculpas por los ruidos que provocará la instalación del calefón nuevo.

Viernes por la noche. Pongo agua a hervir, vacío la tetera en un balde y me baño echándome agua tibia con una taza de Starbucks que Martín compró en Washington.

Sábado por la tarde. Lucas y su padre golpean la pared para instalar el calefón nuevo (una operación que resulta más ardua de lo que habían calculado). El vecino del piso de arriba, conocido ya como el Licenciado, toca el timbre del departamento. Le abro. No me agradece los chocolates ni la tarjeta. Está en bata y pantuflas, las mismas del lunes feriado. Tiene mala cara. Me dice a gritos que somos unos desconsiderados porque no paramos de hacer ruido, siendo un sábado a la tarde, día en que la gente decente (pone énfasis en esa palabra, *decente*, como si yo no lo fuera) aprovecha para descansar. Le explico, tratando de no enfurecerme, que Lucas y su padre están haciendo ruido porque están cambiando el calefón para que él no sienta el escape de gas. Me dice a gritos que está prohibido hacer ruidos el sábado y domingo, que el reglamento del edificio (que seguramente no he leído) dice que no puede hacerse obras el fin de semana. Le pido disculpas, le digo que ya falta poco, le prometo que esa misma tarde terminarán las obras y se acabará el escape de gas que él siente que lo está matando. Me dice que está harto del gas y ahora el ruido, que si no acabamos con eso me va a denunciar. «¿A denunciar por qué?», le pregunto. «Por poner en peligro mi vida, por atentar contra mi vida», me dice, como si yo quisiera matarlo. Luego hincha con cierto orgullo la panza que su bata esconde mal. «Quien atenta contra su vida es usted mismo, por fumar», le digo, porque de nuevo está fumando. Tira el cigarro al suelo y lo pisa con una pantufla. Antes de que se vaya, le pregunto: «Licenciado, ¿en qué es usted licenciado?» Me responde, gravemente: «En Artes y Humanidades.» Le digo: «Caramba, qué honor, lo envidio.» Al mismo tiempo, pienso: No se nota, cabrón.

Sábado por la noche. Lucas y su padre han terminado la obra. Ha vuelto el agua caliente. El Licenciado habla a gritos por teléfono en su departamento, tanto que yo lo oigo como de costumbre en el piso de abajo. De pronto tocan el timbre. Es él, siempre en bata y pantuflas. Me pide disculpas, dice que tuvo un mal día, que le tiraron una piedra en la autopista y le rompieron el parabrisas, que estuvo a punto de matarse. Le digo que está todo bien, que no se preocupe. Nos damos la mano. «Adiós, Licenciado», le digo. Sonríe con orgullo. Le gusta que le digan Licenciado.

Sábado por la noche. Me ducho en agua fría. Puedo hacerlo en agua caliente, pero prefiero el agua fría. Es un raro y placentero momento de virilidad.

Camila quiere ir a una fiesta con sus amigas del colegio. Es sábado.

—Puedes ir, pero sólo hasta las nueve de la noche —dice Sofía.

—¡Es muy temprano! —protesta Camila—. Todas mis amigas se van a quedar hasta las doce.

—De ninguna manera te quedas hasta las doce —dice Sofía—. Tienes permiso hasta las nueve.

—¡Entonces no voy! —se molesta Camila—. Si me vienen a buscar a las nueve, voy a quedar como una tonta.

—Sólo tienes trece años —le dice Sofía—. No puedes quedarte hasta las doce.

—Sofía, no seas tan estricta, deja que se quede hasta las once —intervengo.

—No —dice Sofía—. Hasta las once, de ninguna manera. Máximo, hasta las diez.

—Bueno, entonces paso a buscarte a las diez —le digo a Camila.

—¡No! —dice Camila, furiosa—. ¡O me dan permiso hasta las doce o no voy a la fiesta!

Luego, como en las películas, camina deprisa a su cuarto y cierra bruscamente la puerta.

Trato de convencer a Sofía para que le dé permiso hasta las once, pero es en vano.

Entro al cuarto de Camila. Está llorando. Trato de que acepte el permiso hasta las diez, le prometo que a esa hora iré a buscarla y si está divertida convenceré a su madre de que se quede un rato más en la fiesta, pero está furiosa y me dice que no irá a la fiesta, que no quiere hablar con nadie, que la deje en paz.

Más tarde, Sofía va a una reunión con sus amigas. Abro el celular de Camila, llamo a Cristina, una de sus mejores amigas, y le pido que venga a buscar a mi hija, sin decirle que yo la llamé. Cristina, un amor, acepta encantada. Media hora después, llega y entra al cuarto de Camila y la encuentra viendo televisión. La abraza, la anima y la convence para ir a la fiesta. Las llevo en la camioneta. Camila está feliz. Me mira como sólo ella sabe mirarme. Antes de bajarse, me da un beso y me dice:

—Yo sé que tú la llamaste. Gracias.

—Vengo por ti a las diez —le digo—. Pero si te aburres, llámame y vengo antes.

Vuelvo a la casa. Son las seis de la tarde. Ya ha oscurecido. A las siete o poco más, llama Camila. Quiere que vaya a buscarlas. Están aburridas. Van a irse a otra fiesta. Pero no debo decirle nada a Sofía. Le digo que voy enseguida.

—Ven rápido, que estamos aburridas —me dice.

Salgo sin demora. Manejo a toda prisa por una avenida recién remozada. De pronto, un auto frena bruscamente porque el semáforo pasa a rojo sin que aparezca la luz amarilla. Voy demasiado rápido. Hundo mi pie en el freno. Es tarde. La camioneta chilla, quema neumáticos, patina un poco y se estrella contra la parte trasera del auto. Bajo, ofuscado. Es un auto viejo, de colección. Es un auto matrimonial. Hay una novia en el auto.

—No puede ser —me digo—. Qué mala suerte. He chocado el auto de una novia.

El chofer baja malhumorado, me grita un par de cosas, me reconoce, se calma un poco, le pido disculpas, le digo que pagaré todos los daños.

—Cómo le hace esto a la novia, oiga —me dice él, muy elegante, de traje y corbata.

La novia golpea la ventanilla. Hace señas al chofer. Quiere bajar. Me temo lo peor.

El chofer le abre la puerta. La novia está sola. Me mira, sorprendida. Está llorando. Las lágrimas se deslizan como pescaditos por el maquillaje.

—Te pido mil disculpas —le digo—. Soy un imbécil. No me di cuenta, venía distraído y frené tarde.

Ella saca un pañuelo y se alivia delicadamente la nariz. Es una mujer joven, guapa, de pelo negro y ojos almendrados, muy delgada, con un aire ausente, melancólico, como si fuera a desmayarse.

—No te preocupes, Jaimito —me dice—. Todo pasa por algo.

Me sorprende y alivia que me llame así, en diminutivo, pero más me sorprende que trate de encontrarle algún sentido a ese accidente tan terriblemente inoportuno.

Luego rompe a llorar, cubriéndose el rostro con las manos.

—No llores —la consuelo, y me inclino hacia ella y le

tomo levemente la mano—. Por favor, no llores. Todo va a estar bien.

—Qué barbaridad, cómo le malogra su noche a la novia, oiga —dice el chofer.

—Fíjate si arranca el auto —le digo.

La novia sigue llorando, desconsolada. No entiendo por qué llora tanto. Es sólo un choque menor. Debe de estar abrumada por las circunstancias. Es normal que una novia esté muy nerviosa, pienso. No es para menos.

El chofer trata de encender el auto, pero no lo consigue. Maldice su suerte. Me advierte que la reparación va a costarme una fortuna.

—Bueno, entonces llévame tú —me dice la novia.

—Encantado —le digo, sorprendido.

Ella baja del auto, la ayudo con los pliegues interminables del vestido, algunos peatones miran con curiosidad. Sube a la camioneta, pero no al asiento trasero, como le ofrezco, sino adelante, a mi lado. Le doy mi tarjeta al chofer (por suerte tengo unas tarjetas nuevas que he mandado a imprimir hace poco), tomo nota de sus datos y le prometo que lo llamaré. El tipo se queja, no entiende nada, quiere llamar a alguien, pero le doy un billete y no le doy tiempo para decirme nada más. Subo a la camioneta, que por suerte enciende, y me alejo del lugar.

—¿Adónde vamos? —le pregunto a la novia, que ya parece más calmada.

—No sé —dice ella, con la mirada perdida.

—¿No sabes dónde te casas? —le pregunto, y la miro, y confirmo que es guapa.

—Sí sé —dice ella, sin mirarme—. Pero no sé si quiero ir.

Se hace un silencio. Ella baja la cabeza y vuelve a llorar. La tomo de la mano, la miro a los ojos húmedos y le digo:

—Si no quieres ir, no vayas.

—Es que no sé —dice ella—. Tengo miedo. No sé si real-

146

mente debo hacer esto. Y de repente chocamos. Es una señal. Todo pasa por algo. Es una señal de que no debo casarme. Por algo me chocaste.

No sé qué decirle. Me quedo callado. Ella sigue hablando:

—Él es bueno, lo quiero mucho, pero me ha presionado mucho para casarnos, y yo soy muy joven, no me siento preparada. Él quiere que nos casemos porque le han ofrecido trabajo afuera, en Caracas, y quiere que nos vayamos casados, pero yo no sé si quiero irme a vivir a Caracas.

—Yo a Caracas no iría ni loco —digo.

—Yo le digo que vaya él primero, que pruebe, que vea si le gusta, y después puedo ir a visitarlo, pero él no quiere, me ha presionado mucho, quiere que nos casemos y nos vayamos juntos, y para mí es mucha presión, hace días que no puedo dormir —se queja la novia y su maquillaje sigue diluyéndose entre lágrimas.

Se hace un silencio. Enciendo la música. Luego le digo:

—Yo te llevo a donde tú quieras.

Ella me mira como si ya lo hubiera decidido:

—A la iglesia no me lleves. Tú me has chocado por algo. Has llegado a salvarme.

Me río. Ella sonríe, por fin.

—Me alegro mucho de que el choque sirva de algo —le digo—. Perdóname por el mal momento.

—No me pidas perdón, Jaimito —me dice ella—. Me has hecho un gran favor.

La novia respira más tranquila. En los semáforos, los vendedores ambulantes me saludan y me hacen señas de aliento, suponiendo que es mi novia y que nos aguarda una noche de placeres desmesurados.

—¿Sabes adónde vamos? —le pregunto.

—No —dice ella—. Ni idea. Es problema tuyo.

147

Nos reímos.

—¿Te molesta si pasamos a buscar a mi hija, que me está esperando, y luego decidimos? —pregunto.

—No, para nada, Jaimito. Yo, feliz. Así conozco a tu hijita.

Poco después, me detengo en una calle tranquila, frente a una casa custodiada por hombres armados, y llamo a Camila por el celular.

—Ya salgo, pa —me dice ella.

Camila sale sola, entra a la camioneta y mira a la novia sin entender nada.

—Hola, china linda —le digo—. ¿Qué tal tu fiesta?

—Malaza —dice ella, con su adorable acento limeño.

—Te presento a mi novia. Nos vamos a casar. ¿Vienes con nosotros?

La novia, cuyo nombre ignoro, suelta una carcajada. Camila me mira asombrada, pero luego se ríe también, porque se da cuenta de que estoy bromeando.

—Bueno, ¿adónde vamos? —pregunto.

—Yo no sé —dice la novia, que ahora se ríe.

—Yo, a mi otra fiesta —dice Camila—. Ustedes si quieren van, se casan y luego vienen a buscarme a las doce.

La novia se ríe encantada y yo miro a Camila por el espejo y le digo con los ojos que la amo para siempre y luego miro a la novia y pienso que no sería mala idea casarme con ella esta noche, sólo por una noche.

—Bueno —digo—. Vamos a casarnos.

Y la novia se ríe de nuevo, aliviada, sabiendo que no perderá su libertad y que nadie la llevará a vivir a Caracas.

Llego de noche a Guayaquil. Me invitan a dar una conferencia en la feria del libro. Me suben a una camioneta y encienden el aire helado. Bajo la ventana, aspiro la brisa húmeda y pido que apaguen el aire. La señorita chaperona me mira con mala cara y baja el aire pero no lo apaga.

En el hotel, exhausto, llamo por teléfono a Martín y le pido que me consiga un siquiatra porque no sé decir que no y acepto todas las invitaciones que me llegan, por pintorescas o inverosímiles que sean, y me subo a un avión todas las semanas, lo que me está matando.

Despierto de un humor espléndido, tras largas horas de sueño, y me pongo a pensar qué debo decir esa tarde en la conferencia, pero no se me ocurre nada, o al menos nada original o gracioso, así que prendo la tele.

Cuando ya va siendo hora, me doy una ducha, me detengo a pensar sobre las cosas que debo decir en la conferencia, pero no se me ocurre nada todavía, y luego visto el traje azul y la camisa blanca, que han llegado bastante arrugados. A la hora de calzar las zapatillas negras (porque he decidido no llevar zapatos para aliviar el peso de mi maletín rodante), caigo en la cuenta de que no tengo medias negras, sólo dos o tres pares de medias grises polares que uso para dormir o para viajar, pero que de ningún modo puedo usar con un traje oscuro, pues se vería fatal, aunque, a decir verdad, ya se ve medio fatal eso de llevar traje y zapatillas. Alarmado por la súbita crisis de calcetines, me pongo las zapatillas sin medias y bajo a la recepción del hotel dispuesto a conseguir unas medias negras que me salven del apuro y me permitan llegar al salón de la feria del libro debidamente vestido, aunque sin nada que decir. Pueden faltarme ideas, pero que me falten medias ya sería mucho.

En la recepción, un botones amabilísimo me sirve un jugo de piña gratuito, que desde luego acepto y bebo en un santiamén, y me guía por un corredor hasta la galería comercial, donde, para mi fortuna, señala una casa de ropa masculina, de nombre italiano, y en apariencia elegante. Nada más entrar en la tienda, pregunto si tienen medias negras. La vendedora, que me ha reconocido, me saluda con cariño, me hace aspavientos o mohínes en señal de bienvenida, y me conduce al lugar donde se hallan las medias, que las hay azules, guindas, marrones, pero no negras. Sin perder tiempo, porque llevo apuro, elijo las azules y vamos a la caja registradora y entonces ella me sorprende:

—Son treinta y dos dólares.

Quedo estupefacto. Toco las medias, las contemplo aturdido, me pregunto si he oído bien.

—¿Treinta y dos dólares?

—Sí, señor Baylys. Son medias Bugatti, italianas, importadas, de seda pura.

—Pero es mucho dinero —me quejo—. ¿Será que vienen con un reloj adentro? —bromeo, pero ella no se ríe, así que abro mi billetera y descubro alarmado que no tengo sino un billete de cien, que le entrego, renuente.

Ella, muy digna, me dice que no aceptan billetes de cien, porque ya son muchos los casos de personas inescrupulosas que pagan con billetes falsos, y yo, algo herido en mi vanidad, le digo que no tengo otro billete, y entonces ella me sugiere que pague con la tarjeta. Desconfiado, porque no me gusta darle a nadie mi tarjeta, y menos en países latinoamericanos donde siempre sospecho que van a estafarme, se la entrego y ella la desliza por las ranuras negras de una maquinita y poco después frunce el ceño y me dice:

—No pasa. No hay autorización.

—¡Pero no puede ser! —protesto.

—Está bloqueada por seguridad —me dice ella, y me dirige una mirada que no sé si es de lástima o de desprecio o de ambas cosas—. ¿La ha usado mucho últimamente?

—Sí —confieso—. Salí de compras con mis hijas en Lima y la usé todo el día.

—Por eso está bloqueada —me dice—. Deben pensar que alguien se la ha robado.

Necesito esas medias aunque sean las más caras que he comprado en mi vida, pero no sé cómo pagarlas.

—Y ahora, ¿qué hacemos? —le pregunto.

—Bueno, si quiere, se las lleva, y más tarde viene a pagarlas, ¿hasta cuándo se queda?

—Hasta mañana, que salgo temprano a Bogotá.

—No hay problema, lléveselas y más tarde viene con la plata.

—Estupendo, muchas gracias, es usted muy amable.

Antes de salir de la tienda, la vendedora, que se llama Dora, me cuenta que hace poco estuvo comprando allí un hermano mío, y me enseña una revista en la que aparece ese hermano, y me pide que nos hagamos una foto para publicarla en esa revista. No me queda sino aceptar y sonreír como un tonto, mostrando las medias azules de seda que no he pagado y que pagaré más tarde.

Regreso corriendo a la habitación, me pongo las medias, siento un inexplicable placer por no haberlas pagado y quizá decido que no parece justo pagar un precio tan oneroso por esos calcetines de seda, pero, en fin, ya veremos luego. Y salgo y abajo me esperan mis anfitriones y me llevan a almorzar, y a continuación a una rueda de prensa, y después a una seguidilla de entrevistas individuales, y finalmente, cuando ya ha caído la noche en esa ciudad cálida, al Palacio de Cristal, bello escenario de la feria del libro, donde debo hablar durante una larga hora de algo de lo que todavía no tengo la menor idea, pero disimulo bien mi escasez de ideas (y en esto mucho ayuda mi corte de pelo).

Ya durante la conferencia, de pie frente a un público numeroso, consigo hablar durante una hora mientras sigo pensando en algo original o gracioso que decir, pero no se me ocurre nada, así que disimulo bien.

Al final, el público se acerca a un micrófono y hace preguntas. De pronto, una mujer de apariencia familiar se planta frente al micrófono y me dice:

—Buenas noches, señor Baylys. Soy Dora, la que le vendió las medias Bugatti. Ya cerramos la tienda en las galerías Colón y usted no vino a pagar, por eso me han mandado a cobrárselas acá.

La gente se ríe, pensando que es una broma, pero yo sé que la mujer va en serio.

—Mil disculpas, me olvidé, estuve atareado toda la tarde —le digo, con una voz contrita, afectada—. ¿Cuánto era que le debía, señorita?

—Treinta y dos dólares —dice ella, muy digna, muy en su papel de cobradora.

—Treinta y dos dólares, ¿por un par de medias? —exclamo, sorprendido.

—Así es, señor Baylys —dice ella—. Es que son italianas, de seda pura.

Un murmullo de asombro y reprobación recorre el auditorio, al tiempo que se oyen rechiflas, silbidos, expresiones de fastidio e irritación por el precio de esas medias que llevo puestas sin pagar.

—¿Y vienen con una sorpresa adentro? —pregunto, y el público se ríe por suerte, mientras Dora me mira con el rostro ofuscado por la cólera de saberme un timador y, peor, un comediante que repite su repertorio.

Ella no responde, se cruza de brazos, me mira furiosa.

—No se preocupe, que le pago al final —prometo.

—Acá lo espero —dice ella.

—¿Le puedo pagar con un libro mío? —digo—. Porque no llevo efectivo.

—No, señor —dice ella, muy seria.

—¿Me está diciendo que sus medias valen más que mi novela?

—Sí, señor —dice ella, muy seria.

De nuevo, el público pifia a la señora vendedora de medias que está en su justo derecho de cobrarme, pero que, al hacerlo, no ha caído en gracia al noble pueblo de Guayaquil, que me ha adoptado como uno de los suyos.

Terminado el acto, la señorita vendedora me espera, un rictus de amargura traspasando su rostro maquillado, los brazos cruzados. Muy avergonzado, le pido disculpas, le explico que sólo tengo el billete de cien dólares, le ruego que lo acepte, pero ella se niega, me dice que la casa no acepta billetes de cien. Le recuerdo que mi tarjeta está bloqueada. Uno de mis anfitriones se ofrece a pagarme las medias, pero lo detengo y le hago una oferta a la vendedora de ropa fina y sobrevaluada:

—Mire, le dejo tres libros míos de regalo, aquí tiene, y usted me deja las medias a cambio, ¿puede ser?

—No puedo aceptarle, señor Baylys —dice ella, inflexible—. Yo no leo, sus libros no me interesan. Y si no me paga, la que va a terminar pagando las medias Bugatti soy yo, porque me las van a descontar de mi quincena.

—Comprendo —digo, y dejo los libros en la mesa.

Un silencio inquietante se apodera de la escena.

—¿Cómo podemos hacer, entonces? —le digo.

—Si no puede pagarme las medias, tiene que devolverlas —me informa ella.

—¿Ahora mismo? —pregunto, sorprendido.

—Sí, señor. Ahora mismo. Porque usted se va mañana temprano, y la tienda abre a las diez.

Entonces, ante la mirada atónita de mis anfitriones, custodios y admiradoras trastornadas, me quito las zapatillas, retiro cuidadosamente de mis pies las medias más caras que he vestido nunca y las deposito en las manos ajadas de Dora, la cobradora invicta. Y ella se marcha presurosa y yo me quedo descalzo y miro mis libros y pienso abatido que no valen siquiera un par de medias.

Llego a Bogotá con un resfrío atroz. Saliendo del aeropuerto, le pido al taxista que se detenga en una farmacia y compro los jarabes, analgésicos y sedantes que me recomienda una mujer con mandil blanco. Harto de toser, me drogo masivamente en el taxi amarillo, viendo caer la lluvia y soportando de mala gana la cháchara del conductor. Llegando al hotel, aturdido por el cóctel de medicamentos, a duras penas puedo hablar con dos reporteras vocingleras de televisión, que sonríen en cualquier caso, inexplicablemente.

A la noche, todavía dopado, me llevan a la feria del libro. Las ferias de libros, como se sabe, tienen más de ferias que de libros. Uno se siente un objeto en exhibición, un producto en subasta, una mercancía rebajada, a precio conveniente. Mucha gente —sobre todo gente joven, pandillas de estudiantes revoltosos, jovencitas en uniforme escolar— recorre los pasillos, pero nadie o casi nadie compra libros. La gente va a pasear, a mirar, a fisgonear, a chusmear. En las librerías, el público puede tocar un libro, olerlo, hojearlo, palparlo. En las ferias, la gente hace lo mismo, pero también (y principalmente) con el autor: lo toca, lo huele, lo palpa, lo manosea. Aturdido y exhausto como estoy, la voz pedregosa y la cabeza pesada, dejo que me toquen, me palpen, me manoseen y me hagan fotos. Al final, pienso, derrotado: Si estos son mis lectores más leales y entusiastas, tengo que ser un escritor muy malo.

Quizá algún día dejaré de exhibirme en ferias de libros y me abstendré de dar tantas entrevistas inútiles y escabrosas en las que se habla de todo menos del libro. Pero ahora soy un rehén de la editorial, un escritor en campaña, un promotor incansable, afónico, sospechosamente amable, de mis propias mentiras. Por eso hablo de mi última novela frente a un público numeroso y variopinto, extraño y descorazonador, un raro amasijo de ex combatientes de guerra, adolescentes lujuriosas, señoras aburridas, borrachines zigzagueantes con ganas de seguir la juerga conmigo, poetas con sus poemarios sufridos y cursilones, diplomáticos peruanos, peruanos en general (que son infinitamente más confiables que los diplomáticos peruanos) y chicos suaves en busca de un poco de cariño (que sobreestiman mis capacidades amatorias y mis capacidades en general). Pienso: Puede que toda esta gente haya venido acá sólo porque está lloviendo y necesita guarecerse. Pienso: Puede que toda esta gente haya venido acá porque el acto —me resisto a decir: el espectáculo— es gratuito. Pienso: Está claro que nunca he escrito una gran novela y parece improbable que algún día lograré escribirla. Y luego hablo, es decir, miento. Si escribir una novela es ya mentir, hablar sobre una novela es mentir sobre mentiras. Ni yo mismo me creo las cosas que digo. Pero a ratos la gente se ríe y eso sirve de consuelo y mitiga la culpa del charlatán profesional.

De vuelta en el hotel, no consigo dormir. He tomado demasiadas pastillas y reboto en la cama. Estoy helado. El hotel carece de calefacción. Hay una chimenea en la habitación, lo que parece tan elegante como inútil. Llamo a la recepción y pido que la enciendan. Un botones vigoroso se arrodilla y prende el fuego ante mi mirada arrobada. Procura un calorcillo bienhechor pero fugaz, que apenas dura media hora o poco más. Me ocupo entonces de que no se apague el fuego, de avivar las llamas. No duermo ni lo intento siquiera, porque ahora me obsesiona que no languidezcan las brasas ardientes, que sigan crujiendo las leñas. Echo al fuego todo lo que puedo: periódicos colombianos, libros que me han regalado o que he comprado en la feria, la biblia de tapa verde de la mesa de noche, dos pantalones de pijama que ensucié torpemente al derramar sobre ellos la crema de tomate que me trajeron esa noche a la habitación. Todo arde y se abrasa y es útil a la causa justiciera de aliviar el frío bogotano. En algún momento de la madrugada, danzando insomne frente a la chimenea, consumidas ya las leñas y todas las páginas de la biblia —que nunca me auxiliaron más eficazmente—, se extingue el fuego y vuelve el frío, insidioso.

Luego recuerdo algo que leí en una novela. Voy al baño, abro la llave de agua caliente y dejo corriendo la ducha. Al rato, el baño se entibia, se llena de vapor, espanta el frío de la madrugada. Entonces jalo el colchón manchado de crema de tomate, lo arrastro por la alfombra hasta el baño y me tumbo sobre él, al lado de la ducha que no deja de caer, en medio del vaho caliente que se apodera de todo. Reconfortado, cierro los ojos y me voy quedando lenta, penosa, sudorosamente dormido.

Cuando despierto, no sé si todavía de noche o ya de día, porque la nube de vapor lo torna todo borroso, incluso el tiempo, alcanzo a distinguir, entre la niebla húmeda y calenturienta, a un botones uniformado que me pregunta si estoy bien y me dice, alarmado, que hay una filtración de agua que proviene del baño. Me quedo echado, mojado de sudor, sobre el colchón en el piso del baño. El muchacho, asustado, sin entender nada, quizá pensando que he hecho algo insensato, me pregunta por qué estoy durmiendo en el baño con la ducha prendida, en medio de un vapor sofocante. Le digo, la lengua trabada, la boca pastosa, lo único que se me ocurre: «Porque acá se duerme mejor.» Y él me mira con una mirada vacía, alunada, como si yo estuviese loco o como si él fuese uno de mis lectores. Luego apaga la ducha, me mira con cierta lástima y se va. Pero antes me dice, decepcionado, evocando tiempos mejores: «Yo veía su programa, señor Jaime Baylys.»

La vi por primera vez en el despacho de un ejecutivo de televisión, el hombre que tiempo después sería su marido. Hubo algo en ella, en su mirada de gato, en su aire insolente y perezoso, en su sonrisa de escritora frustrada, que me interesó enseguida. El ejecutivo de televisión, que me había ofrecido un programa, notó mi interés en aquella fotografía que colgaba de la pared.

—Es mi novia —me dijo—. Es cubana. Ha leído tus libros.

Le dije que me encantaría conocerla. No le dije que me encantaría conocerla a solas. No le dije que me encantaría conocerla aun si él no me daba el programa, o más aún si no me lo daba.

Cuando, semanas más tarde, me dijo que no me daría el programa porque no tenía presupuesto (una de esas mentiras elegantes o no tanto que se dicen en el mundo desalmado de la televisión), dejé de verlo, pasé a considerarlo mi enemigo y olvidé a la mujer de la foto. (Yo no quería que me diese el programa porque tuviese algo importante que decir o porque tuviese alguna curiosidad por entrevistar a alguien. Nunca he tenido nada importante que decir, tampoco ahora. Sólo quería ganar un dinero que me permitiese quedarme casi todo el día en casa, escribiendo. Es la misma razón por la que sigo haciendo televisión, después de todo.)

Dos años más tarde, a la salida de un teatro en Coral Gables, donde yo había presentado un monólogo de humor (la cosa más difícil que he hecho en mi vida: hablar hora y media tratando de hacer reír a un público que había pagado por verme), la mujer de la foto se me apareció de pronto, espléndida, con una falda verde y botas blancas, acompañada de una amiga, y me dijo que le había gustado el espectáculo, pero que no se había reído una sola vez.

Desde entonces empezamos a vernos los miércoles en una heladería de Miami Beach, en la que me citaba a las tres de la tarde, la hora en que su marido suponía que ella estaba con el siquiatra. Tomábamos chocolate caliente y me contaba su vida y a veces yo me animaba a tomarla de la mano y besarla en la mejilla, pero luego se ruborizaba o se asustaba de que alguien pudiese vernos.

Se llamaba Gabriela. Había llegado a Miami a los trece años. Venía con sus padres desde Caracas, donde vivieron un par de años, tras escapar de La Habana, la ciudad en que nació. Fue una adolescente infeliz. Su padre era muy violento, gritaba mucho, rompía cosas. Su madre toleraba todo en silencio, sufriendo. Cuando Gabriela cumplió dieciocho, se enamoró de una mujer de cuarenta y dos y se fue a vivir con ella. La amó. Fue muy feliz con ella. Pero un día se cansó de que la controlasen y se fue a vivir sola. Era muy pobre. Comía frijoles, atún, sardinas. Soñaba con ser escritora. Pero no escribía. No tenía tiempo. Tenía que trabajar para pagar la renta del departamento y las clases de periodismo. Apenas se graduó, consiguió trabajo en un canal de televisión. Allí conoció al hombre que sería su marido.

—Cuando me enamoré de él, conocí la armonía —me dice, tomando un té en la terraza del Ritz, en Coconut Grove.

Ahora es una mujer feliz, y no lo oculta. Vive en una casa espléndida, tiene dos hijas, cuenta con ayuda doméstica para no enloquecer, viaja a menudo con su marido (al que dice amar, y yo le creo), conduce un auto estupendo, no hace nada o, dicho de un modo más exacto, hace muchas pequeñas cosas más o menos leves y distraídas pero no tiene que trabajar para ganarse la vida, porque su esposo se ocupa de complacerla en todo, incluso cuando ella se queja sin razón, caprichosamente, y él, que es como un oso de peluche que habla en inglés (porque nació y se educó en Manhattan), la escucha con una paciencia sobrenatural.

En nuestros encuentros furtivos de los miércoles en la heladería, le sugerí alguna vez, o varias, que nos besáramos, que fuésemos a mi casa o a un hotel, pero ella me dijo que no podía hacerle eso a su marido, y que si lo hacía, tendría que decírselo, y que si se lo decía, correría el riesgo de echar a perder lo más precioso que había encontrado: la armonía.

Pero ahora, de pronto, hablándome del libro que le gustaría escribir, me ha dicho que le gustaría besarme, subir conmigo a una habitación del hotel, jugar un poco, no acostarnos del todo, no quitarnos toda la ropa, no dejarme entrar en ella, pero jugar un poco, sobre todo besarnos, que es algo que ella nunca me permitió o se permitió por temor a perder la armonía, esa cosa tan quebradiza y evasiva como ella misma.

Y yo naturalmente le he dicho que encantado, que subamos, pero que tiene que prometerme que, pase lo que pase allá arriba, no le dirá nada a su marido, porque eso sólo podría tener unas consecuencias catastróficas en su vida y en la mía. Y ella me ha dicho que antes era un tonta al pensar que debía contarle todo a su marido, que no le dirá nada, que es bueno guardarse algunos secretos.

Terminamos de tomar el té, pedimos la cuenta, ella paga, no me deja pagar, espléndida en su vestido verde y sus zapatos dorados, y caminamos en silencio a la recepción, a registrarnos. Y entonces suena el celular. Y es él, su marido. Y Gabriela balbucea un poco y no le miente, le dice que está conmigo. Y en ese momento comprendo que no subiremos, que no me dejará besarla hoy tampoco.

—Lo siento —me dice, cuando la acompaño a su auto y le abro la puerta—. No pude. Fue el destino.

Me mira con una mirada dulce y lunática, de bruja buena, de mujer herida, de escritora en celo, de reina del chachachá, y luego me dice:

—¿No me vas a besar?

Y apenas me acerco, se arrepiente:

—Mejor acá no, alguien podría vernos.

Y me da un beso en la mejilla y se va, siempre distante y misteriosa, la mujer que no se deja besar, la eterna mujer de la foto.

Un cantante de nombre improbable, uno de esos cantantes que están de moda porque farfullan un torrente de vulgaridades con poses de rufián y sobándose la entrepierna, está invitado a mi programa de televisión en Miami. No sé nada de él ni de su música, no he oído ninguno de sus discos, pero lo he invitado porque todos me dicen que es muy famoso y que los jóvenes lo adoran y bailan sus canciones ásperas y pendencieras.

El día del programa, que es en directo, el representante del cantante de nombre improbable me llama y me comunica con voz apesadumbrada que dicho artista, si podemos llamarlo así, no podrá asistir a la entrevista porque su esposa ha tenido un grave problema de salud y ha sido llevada de urgencia a un hospital y está muy delicada, y el cantante naturalmente está a su lado y no quiere separarse de ella en un momento tan contrariado.

A pesar de que faltan pocas horas para el programa y no tengo otro invitado, le digo al representante que entiendo perfectamente la cancelación, que lamento el infortunio, que el cantante hace bien en quedarse con su esposa, que no se preocupe, que le mande muchos saludos a su patrocinado, el muchacho de la gorrita de béisbol, los anteojos oscuros, las cadenas doradas y las posturas rufianescas.

Apenas corto el teléfono, pienso: ¿No será que me están mintiendo, que han enfermado a la esposa porque el cantante con aire de hampón neoyorquino está borracho o dopado o subido en un cocotero o planeando el asalto a un banco? ¿No suena a excusa dudosa eso de enfermar a un miembro de la familia para sacudirse de un compromiso odioso? Pero luego me digo: No, no pueden estar mintiendo, tiene que ser verdad, esta gente viaja mucho y duerme poco y tiene peleas sentimentales de gran ferocidad y lógicamente se estresa, se angustia, se enferma y termina en un hospital.

Por las dudas, esa noche digo en el programa que el cantante de nombre improbable debía presentarse conmigo, pero que desafortunadamente no pudo hacerlo porque su esposa está muy delicada de salud, internada de urgencia en un hospital, y luego, con la voz algo quebrada y una tristeza impostada, le envío a la esposa afligida un saludo muy cariñoso, muy sentido, deseándole una pronta recuperación.

Cuando termina el programa, mientras voy manejando de regreso a casa, suena el celular. Es el representante. Está muy agitado, al parecer molesto. Me dice que he cometido una locura, que no he debido decir que la esposa está en el hospital, que le he creado un problema considerable. Le digo que no ha habido ninguna mala intención en mis palabras, sólo el deseo genuino de que la pobre mujer se reponga de esa crisis de salud y que el cantante se sienta acompañado y comprendido por nosotros, lo que, por supuesto, es mentira. El tipo me dice que la esposa no está enferma, que no la han llevado a ningún hospital, que fue una excusa que tuvo que decirme porque el cantante se perdió con una novia jovencita, se escaparon a un hotel discreto en la playa, y no tuvo escrúpulo o pena alguna en cancelar todos sus compromisos, turbado por las comprensibles urgencias de ese amor clandestino. Le digo que lo siento mucho, que yo le creí, que por eso le mandé saludos a la esposa enferma. Me dice que la prensa lo está llamando, que le piden el nombre del hospital, le preguntan qué tiene la esposa, cuán grave está, y él no sabe qué decir. Y lo peor es que la esposa vio el programa, o una amiga lo vio y la llamó preocupada, y ahora está indignada, pidiendo una explicación. Le pido disculpas por mi imprudencia, pero en realidad estoy encantado.

Poco después me llama la esposa, que no sé cómo ha conseguido mi número, y se presenta, me dice su nombre, y está llorando, a duras penas consigue hablar. Entonces me doy cuenta de que estoy en problemas. Ella me dice que su esposo, el cantante de aire patibulario y abundantes tatuajes y cicatrices, está furioso, como un loco, rompiendo cosas (quizá una lámpara, un florero o un espejo, pero no sus discos lamentablemente), y que niega haber dicho que ella estaba enferma, pero ella quiere saber la verdad, quiere saber por qué dije lo que dije en la televisión. Le digo la verdad porque ya no cabe mentirle: que el representante me llamó faltando pocas horas para salir al aire y me dijo que el cantante no podía darme la entrevista porque ella estaba muy enferma, casi agonizando en el hospital. Ella grita un par de improperios caribeños, se olvida de despedirme o darme las gracias por mis saludos tan sentidos y corta o rompe el celular o lo tira por el balcón o se lo tira a su esposo.

Esa noche duermo con una sonrisa porque nada es más dulce que una venganza con aire tierno y modales afectuosos.

Pero la noche siguiente, cuando salgo del estudio a las once, encuentro mi camioneta con las llantas desinfladas, la pintura rayada, y una inscripción hecha con aerosol blanco sobre el vidrio delantero que dice: «Tienes un humor déspota. No me gusta tu *zarcazmo*. Vas a terminar en el hospital.»

Es muy caro salir a comer todos los días en algún lugar de la isla de Key Biscayne, donde inexplicablemente vivo. El problema es que no sé cocinar, ni siquiera un arroz con huevo frito, porque el arroz me sale mojado, y no tengo quien me cocine en casa, ni siquiera una buena mujer que me visite una vez por semana, porque cobran fortunas y creo que me van a robar algo o envenenarme siguiendo instrucciones de mi ex suegra.

Compro unas pechugas de pollo congeladas, veinte pechuguitas por cinco dólares, las meto en el horno, apiñadas en la bandeja, aprieto unos botones al azar y veo maravillado que el horno se enciende. Pienso: Desde hoy comeré en casa una pechuguita con plátano rebanado y mermelada de fresa.

Luego me voy al gimnasio, al banco, al correo, y me olvido de las pechugas en el horno.

Vuelvo a casa una hora después. Hay un camión de bomberos en la puerta. Suena una alarma aguda e intermitente. Un bombero con casco colorado, como los de las películas, me pregunta si es mi casa. Le digo que sí. Me dice que abra la puerta enseguida, que hay un incendio. Pienso: Que se queme todo, menos las fotos de mis hijas y mi pasaporte.

Abro la puerta torpemente, porque la llave siempre se atranca, y entro con los bomberos. La casa está llena de humo. Hay una pestilencia a carne quemada. La alarma no deja de sonar. Del techo caen inútiles ráfagas de agua. Por suerte no hay fuego, sólo una densa humareda.

—Es el pollo en el horno —le digo al bombero.

Abro el horno respirando a duras penas, saco la bandeja, me quemo la mano, doy un grito de dolor, las pechugas negras, carbonizadas, caen al piso, apago el horno, empiezo a toser y salgo corriendo al jardín porque allí adentro no se puede respirar.

Los bomberos verifican que nada se ha quemado, salvo las pechuguitas que ahora yacen en el suelo de la cocina como si hubiese practicado un oscuro ritual de santería, abren las ventanas y las puertas para que el humo se disipe, me amonestan cordialmente y se retiran a seguir vigilando la isla para que no arda entera por culpa de algún tonto como yo.

Dado que no puedo entrar en la casa, pues la humareda me lo impide, me quito la ropa y me meto en calzoncillos a la piscina y rescato a un sapito que estaba ahogándose y entonces me siento mejor. Curiosamente, no puedo ser compasivo con mis padres, pero sí con los sapos, arañas, escarabajos y lagartijas que caen en la piscina.

Como el humo se resiste a dejar la casa, tengo que entrar corriendo, subir a mi habitación, sacar mi ropa de televisión y salir corriendo al jardín para no morir asfixiado. Me pongo el traje azul, que apesta a humo o que apesta a secas porque tiene mil horas de televisión encima.

Al llegar al estudio, mis productores me dicen que huelo raro, a humo, a quemado.

—Estuve fumando una hierba colombiana —les digo, y no saben si reírse.

A las diez en punto comienza el programa. Poco después entrevisto (que es una manera de fingir interés a cambio de dinero) a una actriz que está de moda por una telenovela y por un enredo sentimental, o sea, por tomarse a pecho las telenovelas. De pronto nos interrumpe bruscamente una risa frenética, chillona, delirante, contagiosa, que brota de un micrófono colgado del techo, sobre nuestras cabezas. No podemos seguir hablando. Nos reímos de aquella risa impertinente, pero estoy irritado. Mando comerciales.

Nunca en mis veintitantos años de televisión en directo me había pasado algo tan extraño y cómico: que un muñeco anónimo, activado por unas manos perversas, se largue a reír escandalosamente en mi programa, sin que nadie pueda o quiera detenerlo. Pienso: El muñeco tiene toda la razón. Yo también me reiría como él. Mi programa es risible. Mi pelo es risible. Mis pechugas carbonizadas son risibles. Mi vida toda es risible. Es natural que un esperpento agazapado detrás de las cortinas no pueda dejar de reírse.

Después del programa, apestando a humo, humillado por las risas del nuevo muñeco Elmo, manejando con la mano izquierda porque la derecha la tengo lastimada por las quemaduras, pongo un disco de Calamaro y acelero porque me aburre manejar tan despacio como ordena la ley. Y entonces, para completar un día signado por el infortunio, veo relampaguear las luces del auto de la policía y me detengo, resignado. Y cuando la mujer uniformada me ilumina en la cara excesivamente maquillada con una linterna de alta potencia y me pregunta si sé por qué me ha detenido, le respondo:

—Sí, claro. Porque hoy es mi día de mala suerte.

Y ella me ilumina con saña y me pide mis papeles para ver si soy ilegal y puede deportarme.

Quería ser un escritor pero, como soy un pusilánime, me he resignado a ser un personaje menor de la televisión. Mi vida consiste en hacer televisión todas las noches en Miami y los domingos en Lima y ciertos días al mes en Buenos Aires. Soy un rehén de la televisión, un esclavo de las señoras mayores que me miran con cariño y procuran no leerme para no recordar que soy lo que ellas preferirían que no fuese. Me pagan bien pero mi trabajo me parece tonto y a veces despreciable y siempre que salgo del estudio me digo que debería dejarlo y dedicarme a escribir. El problema es que los libros no dejan suficiente dinero o yo no tengo suficiente talento para que me dejen suficiente dinero o la gente prefiere verme en televisión haciéndome el gracioso que leer mis libros. Es triste pero es mi vida.

Todo comenzó hace veinticinco años. Era noviembre, tenía dieciocho años y estaba aterrado porque al día siguiente tenía que salir en televisión por primera vez.

El dueño de un canal de televisión, después de leer mi columna en un periódico, me había pedido que hiciera comentarios en su canal.

Esos comentarios serían televisados en directo. No podía equivocarme. Si lo hacía, los errores saldrían al aire.

Por supuesto, no pude dormir esa noche. Me angustiaba la idea de hacerlo mal. Pasé la madrugada caminando en círculos, memorizando mis comentarios.

Al amanecer me bañé en agua fría. Mi abuelo me prestó un traje y una corbata. El traje me quedaba grande, pero él estaba orgulloso de que yo lo usara en televisión. «Te estaré viendo», me dijo.

Tomé un taxi y sentí que me estaban llevando al paredón. Repetía mis frases en silencio, me temblaban las piernas, me preguntaba por qué tenía que hacer esto que tanto miedo me daba.

Sólo quería demostrarle a mi padre que yo podía hacer algo bien, que no sería un peluquero como él me decía en tono burlón cuando tomaba mucho.

Llegué al canal, le entregué al jefe del programa mis comentarios escritos a máquina y, mientras él los leía, me maquillaron. Fue una sensación extraña. Me dio una cierta calma que me pintaran la cara. Sentí que esa máscara me protegía. Quizá la televisión era sólo un juego de disfraces, un carnaval, un baile de embusteros e impostores, y por eso convenía enmascararse.

Fingí aplomo cuando me pusieron el micrófono y sentaron frente a la cámara. De pronto tuve que ir corriendo al baño. Olvidé quitarme el micrófono y apagarlo. Cuando regresé, el técnico de sonido estaba riéndose de mí.

Esto comienza mal, pensé. Esto sólo puede terminar mal, me dije.

El jefe del programa se acercó entonces y me dijo que había escrito mis comentarios en el teleprompter y que yo debía leerlos de la cámara que me enfocaría. Le dije que no hacía falta, que me los sabía de memoria. Me dijo que de todos modos los pasaría en el teleprompter, por si me olvidaba de algo.

Me senté de nuevo frente a la cámara, encendieron los reflectores, mi corazón se aceleró y supe que en esos tres minutos al aire, en directo, me jugaría la vida. Si lo hacía bien, me darían un trabajo en ese canal. Si fracasaba, mi padre se reiría de mí y quizá yo terminaría siendo un peluquero.

A mi lado habían sentado a un viejo ciego. Era escritor y tenía fama de sabio. Cuando terminase su comentario, yo debía empezar el mío. El viejo tenía tres minutos para hablar y luego debía saludarme y darme la palabra.

Como era ciego, no podían hacerle señas, así que le amarraron un cordón blanco en la pantorrilla y le dijeron que tirarían del cordón cuando tuviese que empezar su comentario y volverían a jalar cuando se cumpliese su tiempo. El viejo aceptó de mala gana.

Yo estaba seguro de que todo iba a salir mal.

Poco después, llegó el turno del viejo, tiraron del cordón y comenzó a hablar. En tres minutos estaré al aire, pensé, y sentí el corazón golpeando con fuerza.

El viejo hablaba de cosas que yo no entendía, pero lo decía todo con admirable serenidad y fluidez. Tenía unas gafas gruesas y la cabeza se le caía hacia un lado, como si estuviera mirando al piso.

Luego me hicieron unas señas urgentes: en pocos segundos me tocaría hablar. Tomé aire y temí lo peor.

De pronto un asistente jaló el cordón, pero el viejo no pareció advertirlo porque siguió hablando. El asistente hizo un gesto de sorpresa, esperó un momento y volvió a tirar más fuerte. Fue inútil. El viejo siguió pontificando sin ninguna prisa. Furioso, el asistente volvió a tirar un par de veces más, pero el viejo no se calló.

Detrás de cámaras, los técnicos se hacían señas apremiantes y no sabían qué hacer para callarlo. Yo estaba aliviado pensando que el viejo no se callaría nunca y me salvaría de hacer el ridículo. Sigue hablando, pensaba. No les hagas caso.

Entonces el jefe del programa caminó unos pasos, tomó el cordón blanco y empezó a jalar fuertemente, tanto que el viejo y su silla negra giratoria empezaron a moverse, a correr a un lado, a deslizarse gradualmente entre las risas ahogadas de los camarógrafos, y mientras el viejo seguía hablando sin cesar, el tipo jalaba y jalaba y lo sacaba poco a poco del tiro de cámara. En cuestión de segundos, el viejo quedó fuera de cámaras, pero no se calló, siguió regocijándose con opiniones, y enseguida me hicieron señas para que comenzara a hablar.

Aterrado, empecé a decir mi comentario pomposo y predecible, pero todavía se oía la voz del viejo sabio perorando a pocos metros. Con gestos crispados, me pidieron que subiera la voz. Obedecí enseguida. Recién entonces el viejo comprendió que debía callarse.

Yo estaba tieso y decía mis palabras aprendidas como si en ellas se me fuese la vida. Como era previsible, el teleprompter quedó en blanco, dejó de funcionar. Quedé un instante en silencio, petrificado. No supe qué decir, cómo continuar. Por suerte, mi memoria me socorrió y pude retomar el hilo.

Faltando poco para concluir los tres minutos más largos de mi vida, alguien se acercó y arrojó un gato negro sobre la mesa con mis papeles. Me asusté, di un respingo y quedé en silencio, mientras el gato se estiraba y relamía en cámaras. Todos se rieron en el estudio. Alguien me hizo una seña desesperada, urgiéndome a seguir hablando.

El gato negro se quedó allí parado, mientras yo decía la parte final de mi comentario y me despedía con una sonrisa atribulada.

Después los camarógrafos y asistentes se acercaron riéndose, me felicitaron y me contaron que la broma del gato se la hacían siempre a los principiantes.

Cuando subí a un taxi, todavía maquillado, juré no volver más a la televisión, ese circo enloquecido.

Pero cuando llegué a casa, mi abuelo me dijo que su traje se había visto impecable y que le había parecido un toque muy elegante poner a un gato negro como parte del decorado, mientras yo hablaba.

Poco después sonó el teléfono. Era el dueño del canal.

—Pasaste la prueba —me dijo—. Estás contratado.

Supongo que no seré peluquero, pensé.

Cuando leímos en un periódico que los Pet Shop Boys darían un concierto en Miami, Martín me dijo con ilusión:

—No me lo puedo perder.

Al día siguiente fuimos al teatro a comprar las entradas. En la camioneta, discutimos. Me dijo:

—Si no querés venir, no vengas. Yo voy solo.

—Me provoca acompañarte —respondí—. Me gustan los Pet Shop Boys. Cuando era joven, escuchaba sus canciones.

Me miró inexplicablemente irritado y dijo:

—Contigo nunca se sabe. Nunca sé cuándo me decís la verdad y cuándo estás mintiendo.

Yo me quedé en silencio, sin argumentos para rebatir la acusación. Pensé: Yo tampoco sé cuándo miento, son tantas mentiras que ya se me confunde todo.

El día del concierto amanecí fatal. Me dolía la cabeza. A duras penas podía estar en pie. Tuve que quedarme en cama. Martín se enojó:

—Siempre que tenemos un plan, te enfermás. Seguro que no vas a venir al recital.

Salí a comprar la comida. Discutí con una odiosa señora venezolana que criticó mi programa. No debí contestarle. Pero estaba enfermo y fatigado y caí en la trampa de decirle:

—No me diga que es una «crítica constructiva», señora. Si no le gusta mi programa, no lo vea. Pero déjeme en paz. No me interesa su «crítica constructiva». Y no sé qué es lo que construye su «crítica constructiva».

Al volver a casa, me dio un ataque de tos. Martín me miró disgustado y dijo:

—Otro enfermo más en la familia.

Dijo eso porque Candy tenía cáncer.

Yo me quedé callado y volví a la cama. Al final de la tarde, me di una ducha y me vestí para el concierto. No podía estropear la noche. Me tomé dos coca-colas y pensé, como los toreros, que Dios reparta suerte.

Llegamos puntualmente. No fue complicado encontrar parqueo. Tampoco tuvimos que hacer muchas filas para llegar a nuestros asientos. Enseguida fuimos al bar. Pedí dos copas de vino blanco californiano.

—¿Vas a tomar? —se sorprendió Martín.

—Sí —dije—. Creo que voy a emborracharme.

Hacía mucho que no tomaba. Pero estaba tenso y necesitaba escapar un poco de mi cuerpo y volver al pasado, a aquellas noches en que me agité felizmente, en compañía de unos amigos que ahora estaban lejos o que ya no estaban o que ya no eran mis amigos, al ritmo de los Pet Shop Boys.

Fue un concierto memorable. Perdí la cuenta de las veces que regresé al bar por una copa más. No nos pusimos de pie, no bailamos, pero cantamos esas canciones y nos miramos sonriendo y nos burlamos de algunos vecinos exaltados y sentí que todo estaba bien, que, gracias al vino californiano, había sido una noche feliz.

Entonces cometí un error: la banda se despidió, el público pidió aplaudiendo que volviera al escenario, regresaron como era previsible y, seguro de que, ahora sí, era la última canción de la noche, le dije a Martín:

—Yo voy saliendo. Te espero en la camioneta.

Me miró irritado y dijo:

—¿No podés quedarte hasta el final?

—No me gusta salir con todo el gentío. Prefiero salir ahora. Pero tranquilo, no te apures, yo te espero en la camioneta.

Me puse de pie y, para mi sorpresa, Martín salió conmigo. Bajando por la escalera mecánica, dijo:

—¿Quién te creés que sos, Susana Giménez? ¿No podías salir al final, como todo el mundo?

—Pero yo no te dije que salieras conmigo —me defendí—. Quédate, yo te espero afuera, no hay apuro.

Ya era tarde. Martín estaba furioso:

—Tenías que malograrlo todo con tus caprichos de diva. Siempre hay algo que te molesta: el aire acondicionado, la gente, el ruido. Tenías que malograrlo todo.

Caminaba bruscamente. Yo tenía que apurarme para no perderle el paso. Le pregunté si quería comer. Dijo que no tenía hambre. Subimos a la camioneta. Seguíamos molestos. Martín dijo:

—No te aguanto más. Me voy a Buenos Aires. Hacía tiempo lo venía pensando.

—Nadie te obliga a quedarte. Eres libre. Haz lo que quieras.

—No puedo vivir con un tipo que está todo el día enfermo, en la cama.

—Lo siento. Pero yo no puedo fingir que no me siento mal sólo para hacerte feliz. Me sentía mal y aun así vine al concierto.

—No hubieras venido, Jaime. Mejor hubiese venido solo.

—Es la última vez que voy a un concierto contigo. Siempre termino arrepentido.

—No vengas. Quedate en la cama. Pero por tus hijas sí hacés cualquier cosa. Yo no quiero vivir con un hombre que tenga hijas.

—No te compares con mis hijas. Es un error. Son amores distintos.

—No te soporto más. Estás todo el día hablando de política. Te vestís todos los días con la misma ropa. No tenés amigos. No salís a ningún lado. ¿Creés que es divertido vivir contigo en ese aburrimiento mortal que es Key Biscayne?

Me quedé en silencio. Necesitaba una copa más.

Llegando a casa, cada uno se encerró en su cuarto. Pasé

la noche desvelado, recordando cada momento de la pelea, cada palabra hiriente. Al día siguiente hubo gestos amables que atenuaron el daño, pero Martín hizo sus maletas, llamó un taxi y partió a Buenos Aires. Antes de irse, me abrazó y dijo:

—Si querés, vuelvo en un tiempo.

Pero yo sentí que estaba mintiendo porque le daba pena verme llorar.

Cuando el auto se alejó, salí a comprar una botella de vino.

Al llegar al estudio, Guillermo, el guardia de seguridad, me cuenta un chiste como todas las noches y yo me río como todas las noches y le digo que se abrigue porque un frente frío se ha abatido sobre la ciudad. En el cuarto de maquillaje me espera la Mora, que está feliz porque acaba de conseguir el permiso oficial para abrir una escuela de maquillaje y se ha salvado de la última ola de despidos en el canal.

De pronto entra un hombre mayor, delgado, canoso, de anteojos, vestido con traje oscuro y corbata. Tras saludarnos, se sienta a mi lado, frente al espejo excesivamente iluminado por decenas de bombillos amarillentos que dan un aire a camerino de diva marchita, y espera su turno para ser maquillado por la Mora. El hombre ha sido invitado a un programa político que está por comenzar en quince o veinte minutos y que será emitido en directo, antes de mi programa. Al reconocerme, me dice que debería cortarme el pelo, que llevarlo tan largo me resta credibilidad como periodista. Le agradezco la sugerencia y le digo que no aspiro a ser periodista ni a tener credibilidad, pero él me mira muy serio y me dice en tono grave que esa noche va a soltar una bomba, y luego se aferra a un sobre amarillo, extrae de él con manos temblorosas unas fotos en blanco y negro, mal impresas, y me dice que esas son las pruebas de que el dictador está muerto. Miro las fotos (si a esas manchas podemos llamarlas fotos), sin que el caballero me permita tomar con mis manos aquellos papeles que, en su opinión, constituyen la prueba irrebatible de la primicia que se dispone a lanzar al mundo, que el longevo dictador ha muerto, y veo desilusionado lo que ya me habían pasado por internet, unas fotos mortuorias de él con los ojos cerrados dentro de un ataúd, y le pregunto cuándo, si acaso, murió el dictador, y él responde, sin ápice de duda, que el 8 de diciembre, y que desde entonces se ha contratado a un «doble» para que cada tanto aparezca haciendo precarios ejercicios en un buzo Adidas con el propósito de simular que vive aún. Le digo en tono risueño que su teoría me parece inverosímil, que esas fotos no prueban nada, que el dictador sigue vivo. El hombre se enfurece, se exalta, agita sus papeles, me llama ignorante, levanta la voz, dice a gritos que el dictador está muerto.

—¡Murió el 8 de diciembre, coño! —grita.

—Si usted tiene razón, que Dios lo bendiga o, como dicen en La Habana, que le dé un hijo macho.

—¡Está muerto, coño, y yo lo voy a demostrar! —grita, furioso porque no le creo y porque la Mora, a juzgar por su mirada maliciosa, que es su mirada de siempre, tampoco.

Entonces deja sus papeles, mira el reloj y pide un café, pero La Mora le dice que en el canal no hay cafetería, que tendrá que contentarse con agua. Como el hombre está impaciente y lleva apuro, le sugiero a la Mora que deje de maquillarme y lo atienda enseguida. Ella se desplaza con rapidez, mueve sus utensilios y empieza a pasar una esponja impregnada de base por el rostro ajado del panelista. De pronto, el hombre hace unos ruidos muy raros, guturales, cavernosos, como si fuera a toser o escupir, y cierra los ojos y se desmaya hacia un costado, de un modo tan violento que cae de la silla y se da de bruces contra el suelo de baldosas blancas por el que tantas veces hemos visto pasar roedores sigilosos. La Mora lanza un alarido sin soltar su esponja y yo me quedo sentado sin atinar a nada. El hombre yace en el suelo, inmóvil, la boca abierta, los ojos cerrados, la cara a medio maquillar, las fotos del dictador muerto desperdigadas a su alrededor. En ese momento entra el técnico de sonido y pregunta quién es el invitado para ponerle el micrófono y la Mora señala el cuerpo del panelista colapsado y dice:

—¡Llama al Rescue!

—¡Mejor llámalo tú, porque no tengo crédito en el celular! —responde el técnico.

—¡Ve a llamar a Ligia Elena! —le ordena la Mora.

El técnico sale corriendo, aterrado. La Mora se hinca de rodillas y, agitando las fotos del dictador, le echa aire al panelista, tratando de reanimarlo, pero, como no da señales de vida, deja los papeles, saca su esponja y sigue maquillándolo.

—¿Pero qué haces, Morita? —le pregunto, perplejo.

—Mejor lo termino de maquillar —dice ella, toda una profesional—. Si revive, ya está *ready* para el show de Ligia Elena. Y si se queda muerto, ya lo dejo preparadito para el velorio.

En medio de un barullo de voces, y rodeada de un séquito de productores y aspirantes a productores, aparece en el cuarto de maquillaje, agitada pero impecable, la famosa periodista Ligia Elena, cuyo programa está por comenzar. Al ver a su invitado tendido en el piso, ordena:

—¡Que venga el Rescue! ¡Y traigan una cámara y filmen todo esto!

Luego dice, como hablando consigo misma:

—Qué pena que esto no pasó en el programa. Tremendo *rating* hubiéramos hecho.

—¡Tres minutos para salir al aire, Ligia Elena! —grita alguien.

Ligia Elena se marcha presurosa, rumbo al estudio. Mientras comienza su programa, en el que no se hace alusión alguna al incidente del invitado desmayado, llegan los paramédicos e intentan reanimar al pobre hombre, pero los esfuerzos son en vano. Ha muerto. Ha muerto minutos antes de anunciar la muerte del hombre al que más ha odiado en su vida. Y ahora la Mora se inclina reverente, le pone colorete en los labios y un poco de polvo en las mejillas y cubre el rostro del finado con los papeles del dictador muerto.

Me invitan a dar una conferencia en Washington. Sólo pido dos cosas: que el billete de avión sea en ejecutiva —lo que no parece abusivo, porque nadie me considera un escritor ni menos un intelectual, sino un ejecutivo de los libros, alguien que ejecuta libros— y que el tema de la conferencia sea libre, impreciso, de modo que pueda hablar de cualquier cosa y de ninguna, que es mi especialidad.

Llego muy abrigado, pero el clima me sorprende y entusiasma: la primavera refulge en todo su esplendor, coronando los árboles de cerezas, y me invita a caminar lenta, morosamente, sin rumbo fijo, evocando los días lejanos en que viví en estas calles, mientras escribía —ejecutaba— mis primeros libros, mis primeras venganzas.

Nada es mejor que pasar toda la tarde y el principio de la noche viendo películas, una tras otra, en el multicines de Georgetown, habiendo pagado una sola entrada pero saltando clandestinamente de una sala a otra, no por tacaño sino porque tengo alma de corsario, con lo cual, más que viendo películas, termino asaltándolas, abordándolas, infiltrándome en ellas, un ejercicio pirata que, no cabe duda, multiplica el placer del cinéfilo haragán que soy.

El día de la conferencia, todavía medio dormido, con el pelo tan largo y desaliñado que mis anfitriones me conminan a ir a la peluquería, llego al auditorio principal de un banco en el centro de Washington, me reciben amablemente y me llevan a un salón donde una periodista de Televisa quiere entrevistarme, o finge que quiere entrevistarme, porque lo que de verdad quiere, no nos engañemos, es que le paguen su sueldo a tiempo.

La mujer de Televisa me hace unas preguntas esotéricas que no entiendo bien, quizá porque estoy medio dormido o porque no fui a la escuela de talentos de Televisa. Pero no le entiendo nada. De todos modos, sonrío como un tonto y contesto algo vago e impreciso.

Apenas termina la entrevista, el fotógrafo de Televisa me pide que me siente sobre una mesa para hacerme unos retratos rápidos. Nunca he sido bueno para decir que no y menos a los fotógrafos, que son tan autoritarios. Le obedezco, bostezando. Me siento, en efecto, sobre la mesa de vidrio. Son escasos, no más de tres o cuatro, los segundos que dicha mesa soporta el rotundo, abrumador peso de mis nalgas peruanas. Enseguida se parte y me hundo con ella y mi trasero se golpea contra la alfombra mullida y quedo sentado dentro de la mesa quebrada y sobre los vidrios rotos.

El fotógrafo, cruel, dispara un par de fotos, capturándome en ese instante bochornoso, y entonces, sólo entonces, se preocupa por socorrerme.

No ha sido gran cosa, sólo estoy abrumado por el ridículo que acabo de perpetrar ante las cámaras, y asustado por las fotos indecorosas que ese truhán me ha sacado en tan innoble postura, y resuelto a ponerme a dieta para rebajar el peso excesivo, insoportable para cualquier mesa de vidrio, de mi trasero.

Aunque siento una punzada dolorosa en las nalgas, simulo ser un hombre recio, me niego a ser revisado por un médico, exijo que no se cancele la conferencia y, minutos después, humillado, cojeando, avergonzado de mí mismo y mi horadado trasero, salgo a hablar. Y hablo, gallardo, de pie, frente a un numeroso auditorio de estudiantes y diplomáticos, procurando ignorar el dolor creciente en las nalgas y pensando que debo sobornar al fotógrafo para que me entregue los negativos de aquellas fotos tan crueles que me hizo apenas partí en añicos la mesa.

Al final, mientras contesto las inquietudes del público, alguien me pregunta qué siento cuando me critican como escritor, cuando dicen que soy liviano, frívolo, prescindible. Y entonces, creo que sangrando, porque creo sentir una gota fría que baja como una araña por mi muslo derecho, digo la única cosa cierta de la tarde:

—Siento como si tuviera un vidrio clavado en el culo.

Y la gente se ríe, pero no es broma.

Gabriela le dice a su esposo que va al siquiatra, que volverá en un par de horas. Es mentira. Viene a mi casa. Mientras tanto, yo la espero sin entusiasmo y pienso escribirle un correo electrónico cancelando el encuentro, pero no lo hago.

Si bien Gabriela ama a su esposo, con quien tiene dos hijos, no soporta que esté todo el día en la casa desde que lo despidieron del trabajo. Era feliz cuando él se iba a trabajar por la mañana y ella se quedaba en la casa con los niños y la empleada colombiana. Se sentaba horas frente a la computadora, tratando de escribir una novela sobre su infancia en La Habana. Pero ahora no puede escribir (o fingir que escribe, mientras pierde el tiempo en internet) porque su esposo está dando vueltas en la casa, hablando por teléfono, jugando con los niños, y su sola presencia la perturba e irrita secretamente.

Gabriela se despide de su esposo y sus hijos, sube a la camioneta que le regaló su esposo, conduce lentamente (porque sabe que conduce mal) y media hora después llega a mi casa. Son las once en punto de la mañana. Es una hora inconveniente para mí, que suelo dormir hasta pasado el mediodía. He puesto la alarma a las diez, me he levantado de mal humor, arrepentido de haber pactado esa cita furtiva, me he dado una ducha fría y he ordenado y limpiado un poco las cosas para que ella no me dé una reprimenda por vivir en condiciones tan descuidadas. Al salir de la ducha, he pensado llamarla y decirle que estoy enfermo, que no puedo verla, pero no he tenido valor para hacerlo y me he resignado, como suele pasar en mi vida, a que las circunstancias o el azar prevalezcan sobre mi voluntad.

Cuando veo a Gabriela en la puerta de mi casa, bajando de la camioneta, me digo a mí mismo: Menos mal que no cancelé la cita, había olvidado lo guapa que es. No nos hemos visto hace un mes o poco más. La última vez que nos vimos no pudimos besarnos o acariciarnos porque estábamos en su casa, celebrando su cumpleaños, y naturalmente allí se encontraba también su esposo, que es mi amigo o que al menos me tiene aprecio y nunca pensaría que estoy acostándome con su mujer, principalmente porque supone que me gustan los hombres (lo que es verdad) y sólo los hombres (lo que no es verdad).

Gabriela viste esa mañana unos pantalones ajustados y una blusa blanca. Yo me he puesto unos pantalones holgados y una camiseta ancha para encubrir mi barriga. Nos damos un beso. Pasamos a la cocina. Ella pide agua. No hay botellas de agua. He olvidado comprarlas. Le sirvo agua del grifo de la cocina. Ella se molesta y dice que sólo toma agua de botella. Le ofrezco jugo de naranja. Ella declina. Luego se levanta, coge un vaso y lo llena con agua del grifo. Cuando se dispone a beber el agua, hace un gesto de asco. El vaso está manchado con minúsculos pedazos amarillentos de naranja que han quedado impregnados, resecos, en el vidrio. Ella me dice que soy un cerdo, que los gérmenes de esas partículas putrefactas de naranja pueden dar cáncer. Hago un gesto resignado y digo que todo da cáncer, que seguramente lavar los vasos con detergente también da cáncer. Luego le sirvo uvas y pasta de guayaba y ella parece de mejor humor porque le encanta comer pasta de guayaba y dice que mis besos saben a guayaba y a veces cuando estamos en la cama me dice «méteme guayaba», que es una expresión que me encanta.

Gabriela me pregunta si he leído su novela, el borrador de la novela que me entregó la noche de su cumpleaños. Le digo que sí la he leído, que me ha gustado. No miento. Pero luego le digo que el título no me ha gustado y que el final podría mejorar. Ella come guayaba y escucha en silencio. Yo pienso que sólo nos queda media hora (porque la cita con el siquiatra supuestamente dura una hora) y que es una pena que estemos perdiendo el tiempo hablando de aquella novela que, si bien he leído con interés, creo que no merece ser publicada tal como está (pero eso no se lo digo). Luego le digo que el final es demasiado feliz, que los buenos finales nunca son tan felices porque la felicidad sólo produce mala literatura y porque además en la vida nunca nadie tiene un final feliz, todos se mueren. Ella dice que no pensó mucho el final, que simplemente se cansó de escribir.

Gabriela ignora el timbre de su celular. «Es mi marido, qué pesado», dice. Luego me dice que la otra noche me vio en la televisión y me odió. «Eres un tonto y un ignorante», me dice. Sonrío, la abrazo por detrás, le huelo el cuello, la beso. Ella me dice que no soporta verme en televisión, que no tengo gracia, que trato mal a mis invitados, que me creo más listo de lo que soy. Gozo extrañamente siempre que ella me critica (algo que ocurre con frecuencia) porque me recuerda que así nos conocimos, una noche, a la salida del teatro, donde presenté un monólogo de humor, cuando ella se me acercó y me dijo: «Devuélveme la plata, no me hiciste reír nada.»

Gabriela y yo pasamos a mi habitación. El celular vuelve a sonar, pero ella lo ignora. Luego se quita con dificultad el pantalón ajustado, pero no la blusa, porque no le gustan sus pechos, dice que se le han caído después de amamantar a sus dos hijos. Me saco el pantalón, pero no la camiseta, porque no me gusta mi barriga, me da vergüenza. Aunque voy al gimnasio de vez en cuando y hago abdominales, mi barriga no cede y amenaza con extender sus dominios. Nos besamos. Nos tocamos. En realidad, ella no hace nada, sólo se deja besar y tocar. Luego voy al baño y advierto que no tengo condones. Se lo digo: «Me olvidé de comprar condones.» Ella se queda tendida boca abajo en la cama y dice: «No importa.»

Cuando terminamos, vuelve a sonar el celular. Gabriela contesta y le dice en inglés a su marido que está saliendo de la consulta del siquiatra, que lo ama, que está en camino. Luego se viste deprisa, se echa un perfume que saca del bolso y camina hasta la puerta. La acompaño en calzoncillos. La beso, apenas rozo sus labios.

Antes de irse, Gabriela me mira con un brillo malicioso y me dice: «Yo sé que no me amas. Yo tampoco te amo. Te estoy usando. Voy a acostarme contigo hasta que me ayudes a publicar la novela. Después no me verás más.» Me río y la veo alejarse, pero sé que no está bromeando.

Todo comenzó con un correo electrónico. Al llegar a casa después del programa, me senté a leer mis correos, como todas las noches, y encontré uno cuyo encabezado o título era inquietante: «Soy tu fan.» Alarmado, abrí el correo. Lo había escrito Karina. Era venezolana, vivía en Miami, se había graduado de la universidad y estaba buscando trabajo. Decía que le gustaba mucho mi programa, que no se lo perdía, que lo veía todas las noches, que estaba leyendo alguna novela mía y que tenía ilusión de venir una noche al estudio para ver mi programa en vivo como parte de la audiencia. Contesté enseguida. No debí hacerlo. Le pedí que me dijera qué noche quería venir para anotarla en la lista de invitados y que me mandase una foto para reconocerla en el estudio. A los pocos minutos, Karina volvió a escribirme diciendo que quería venir al día siguiente si era posible y que vendría sola porque vivía cerca del estudio, en Aventura. No me mandó la foto. No insistí en pedírsela. Le escribí diciendo que la esperaba al día siguiente en el estudio a las nueve y media de la noche, le di la dirección y la anoté en la lista que entregaría al guardia de seguridad.

La noche siguiente conocí a Karina. Era bastante gorda, de unos treinta y tantos años, tenía el pelo pintado de rubio y estaba cargada de regalos para mí. Después de abrazarme con emoción y mirarme con ojos ardorosos, me entregó un libro de poemas que había escrito (titulado *La vida es bella y yo también*), una camiseta Ralph Lauren talla *extra large* (bastaba con que fuera *large*), un perfume Lacoste, una caja de chocolates Godiva y un disco de Arjona. A pesar de que faltaban pocos minutos para comenzar el programa, Karina me tomó del brazo, me clavó una mirada intensa y peligrosa, me dijo que ese era el momento más feliz de su vida y me aseguró algo que me dejó preocupado:

—Somos almas gemelas, papito.

No pude hacer bien el programa porque sentía su mirada sofocante, sus aplausos excesivos, su respiración agitada, su desmesurada felicidad instalada en esa silla precaria de metal. Al terminar, saltó sobre mí, haciendo crujir el tabladillo de madera, y me hizo firmar tres novelas mías. Como no quería repetirme, escribí «Para Karina, con todo mi cariño», «Para Karina, gracias por leerme» y (aquí me equivoqué gravemente) «Para Karina, con la ilusión de verte otra vez». Luego ella le pidió a un camarógrafo que nos hiciera fotos, me abrazó con virulencia y, mientras nos retrataban, me susurró al oído:

—Por fin he encontrado al hombre de mis sueños.

Todo esto naturalmente perturbó mis sueños esa noche. Como no podía dormir, bajé a leer mis correos y encontré varios de Karina, preguntándome si había leído sus poemas, si me quedaba bien la camiseta, si estaban ricos los chocolates. Fui a la cocina, abrí la caja de Godiva y descubrí que faltaba una trufa. Al parecer, Karina la había robado, víctima de un antojo comprensible. Me reí, comí un par de trufas y le escribí: «Gracias por tantos regalos, eres un amor.» Ella contestó enseguida diciéndome que estaba dichosa, que vendría al día siguiente al estudio con más regalos, que no me preocupase porque nunca más estaría solo, pues ella me cuidaría. Antes de despedirse, decía: «Te he buscado toda mi vida. Por fin te encontré. Te amo.» Solté una carcajada y no le contesté.

A la mañana siguiente encontré un correo de Karina que decía: «Hicimos el amor toda la noche. Eres todo un hombre, papito. Me has hecho gozar demasiado. Estoy loca por ti.» Asustado, le escribí diciéndole que no podría verla esa noche en el estudio porque ya no había cupo, que lo sentía, que ya nos veríamos en otra ocasión. No se dio por aludida. Escribió sin demora: «Tengo más regalitos para ti. Nos vemos esta noche, papichulo.»

Llegando al estudio, entregué la lista de invitados al portero y le dije que no dejara pasar a nadie más, sólo a quienes estaban en la lista. Por suerte, Karina no apareció en el estudio. La olvidé. Hice el programa tranquilo. Pero, al salir, estaba esperándome detrás de las rejas, en la puerta de su auto, acompañada del guardia de seguridad. Al ver que me esperaba, no pude escapar. Bajé de la camioneta, se abalanzó sobre mí y me abrazó de un modo brutal, romántico, calenturiento, que dejó pasmado al portero. Me disculpé por no dejarla entrar, alegando que ya no había sitio para ella. Karina no parecía ofendida: me dio más regalos (alfajores Suceso, chocolates venezolanos, un libro de Coelho, una corbata de flores), me dejó su tarjeta (era agente inmobiliaria, debajo de su foto había escrito «nada es imposible para mí») y me invitó a comer:

—Te voy a llevar a comer *chuchi*, papito.

Dijo «chuchi», no «sushi», lo que me dejó aterrado, y por eso me disculpé con los mejores modales, diciéndole que no tenía hambre, que prefería regresar a casa.

—Bueno, vamos a tu casa y nos tomamos un vinito —dijo encantada.

—No, no puedo —dije—. Tengo que escribir.

Se le torció la sonrisa, dio un paso atrás y dijo:

—Me había olvidado que eres un literato, papito. Anda nomás.

Entré a la camioneta, suspiré aliviado y la dejé atrás. Ya en la autopista, me pareció que un auto me seguía. Aceleré y confirmé mis sospechas. Era ella, Karina, la gorda loca, al timón de un auto japonés, persiguiéndome a una velocidad imprudente, a riesgo de su vida y de la mía. Recién entonces me asusté y me di cuenta de que estaba en apuros. Empecé a correr como un lunático, salí por un desvío cualquiera, me pasé varios semáforos en rojo, terminé en un barrio que no conocía pero conseguí perderla de vista. Al llegar a casa, me había escrito de su BlackBerry varios correos. En orden cronológico, decían: «No huyas de nuestro amor», «No tengas miedo, no muerdo, sólo chupo rico», «Yo te voy a sacar el hombre que siempre has sido» y «Cuando me pruebes vas a saber lo que es el amor». Irritado como estaba, escribí: «Ballena malparida, déjame en paz. Si vuelves a seguirme, llamaré a la policía.» No volvió a escribirme ni se apareció por el estudio.

Una semana después o poco más, mi madre me llamó por teléfono y me felicitó por mi nueva novia. Le pregunté de qué me estaba hablando. Me dijo que se había hecho muy amiga de Karina, mi novia venezolana, que la llamaba todos los días a Lima a contarle lo felices que éramos en Miami, lo bien que nos iba juntos. Me quedé helado. Le pregunté cómo Karina había conseguido el teléfono de su casa en Lima. Me dijo que ella no lo sabía, que pensó que se lo había dado yo, que un día llamó Karina y se presentó como mi novia y que le pareció una chica encantadora y que se notaba que me quería mucho porque llamaba todas las tardes a contarle cosas lindas de mí.

—Ojalá que puedas traerla a Lima para presentarme a tu Karinita, mi Jaimín —dijo mi madre, con ilusión.

Le dije indignado que no estaba con Karina, que era una loca peligrosa, que me seguía, que no le contestase más el teléfono, pero mi madre me dijo:

—Tú siempre tan misterioso, amor. Pero yo soy tu mami y te conozco mejor que nadie y sé que te mueres por tu Karina.

Apenas corté el teléfono, busqué la tarjeta de Karina y le escribí un correo. No pude evitar ser vulgar: «Loca de mierda, si vuelves a llamar a mi madre, te voy a romper el culo.» En cuestión de minutos, ella contestó: «Papichulo, rómpemelo cuando quieras, mi culo es tuyo. Te amo.»

Karina ha logrado lo que se propuso. No puedo dejar de pensar en ella. Cuando llego al programa, pregunto si está en el estudio, esperándome. Al salir, no dejo de mirar por el espejo para vigilar si me sigue. Llegando a casa, entro con miedo porque no sé si ella sabe dónde vivo y quizá una noche se mete por el jardín y la encuentro en la sala.

Anoche, desesperado, fui a la computadora y le escribí: «Soy gay. Tengo novio. Entiéndelo, por favor.» Ella no tardó en responder: «No te engañes, papichulo. Eres bien machito. A mí no me vas a tontear con tu marketing. Yo sé que me amas. Soy toda tuya. Soy tu futura esposa. Soy tu fan.» Furioso, respondí: «Estás loca. Déjame en paz.» Ella me escribió: «Sólo hallarás la paz cuando te cases conmigo.»

Llamo a mi madre por teléfono.

—Feliz día de la madre —le digo.

—Gracias, mi amor. ¿Vas a venir a almorzar?

—No, estoy en Miami.

—Qué pena. ¿Por qué te has quedado en Miami solito?

—Por trabajo.

—Amor, estoy preocupada. Leí en el periódico que estás deprimido, que no te gusta trabajar, que sólo quieres dormir.

—No te preocupes, mamá. Tú sabes que exagero.

—Pero estás mal, amor. Yo puedo darte la receta para la felicidad.

—No estoy mal. No te preocupes.

—Sólo tienes que rezar, amor. El camino de la felicidad es el camino de Dios.

—Ya, mamá. Lo tendré en cuenta.

—Me cuentan que te han dado un premio muy importante.

—Bueno, sí, me han dado un premio, pero no es importante.

—¿Qué premio te han dado, amor? ¿Es por tu programa o por un libro?

—No sé bien por qué me lo han dado.

—Pero ¿quién te lo ha dado?

—Un grupo de gays, lesbianas y transexuales.

—¿Un grupo de transexuales? ¿Qué es eso, amor?

—Gente que se cambia de sexo.

—¿Travestis?

—No. El travesti es un hombre que se viste de mujer. El transexual es una persona que se cambia de sexo.

—Pero eso no se puede, amor. Un hombre es un hombre, no puede volverse mujer.

—Bueno, parece que a veces sí se puede.

—Qué barbaridad, a lo que hemos llegado. ¿Y por qué te han premiado esos travestis?

—La verdad, no sé bien.

—Debe ser porque siempre los entrevistas en tu programa.

—El premio que me han dado es por Visibilidad. Hay otro premio que es por Valentía, pero ese lo ganó una cantante, India.

—Me parece muy mal, amor. A ti te han debido dar el premio Valentía, no a esa chica de la India.

—No es de la India, le dicen India.

—¿Es una india?

—No es india. Su nombre artístico es India.

—¿Y esa cantante india es travesti también?

—No que yo sepa.

—¿Y por qué tu premio se llama Visibilidad?

—No sé. Debe ser porque estoy gordo y eso me hace más visible. Hubiera preferido que me diesen el premio Invisibilidad.

—¿Y a quién le dieron ese premio?

—A nadie, creo.

—No, mi amor. Tú siempre tienes que ser muy visible. Tú eres un líder nato. Desde chiquito ya querías ser presidente. Me parece muy bien que te den el premio por ser visible, porque todo el mundo te ve en la televisión.

—Pero no me lo han dado por eso, ma.

—¿Entonces por qué te han dado el premio, amor?

—Bueno, por decir públicamente que soy bisexual.

—¿Cuándo has dicho eso, Jaimín?

—Hace tiempo, mamá.

—Pero no debes ir diciendo mentiras, amor. Tú no eres bisexual. Tú eres un hombre normal. Tú eres un hombre hecho y derecho.

—Gracias, mamá.

—Desde chiquito has sido muy hombrecito, amor. Acuérdate cómo estabas enamorado de Tati Valle Riestra.

—Sí, pues.

—Además eso de bisexual no existe, amor. Ese es un invento tuyo.

—¿Te parece?

—No, no me parece. Estoy segura. Tú eres muy hombre, Jaimín. Tú eres un líder nato. No sé qué estás esperando para lanzarte a presidente.

—Nadie votaría por mí, mamá.

—¿Cómo que nadie? Todas mis amigas votarían por ti.

—Pero son del Opus Dei. ¿Cómo van a votar por mí?

—Porque son mis amigas y si les pido que voten por ti, tienen que votar por ti.

—Gracias, mamá. Voy a pensarlo.

—No lo pienses tanto, amor.

—¿Te ha llamado el presidente esta semana?

—No, hace días que no me llama.

—¿Y de qué hablan cuando te llama?

—No te puedo decir, amor. Pero a veces me pide consejo y yo se lo doy.

—¿Hablan de mí?

—Eso es confidencial, amor. No puedo contarte.

—¿Por qué es confidencial? ¿Acaso se confiesa contigo?

—Lo que hablamos él y yo es privado, amor. No puedo contarte porque después tú lo publicas todo o lo cuentas en tu programa.

—Bueno, cuando hables con él, trata de convencerlo para que venga al programa.

—No es mi papel, amor. Yo tengo que convencerlo para que haga el bien.

—Y si viene a mi programa, ¿hace el mal?

—Yo no he dicho eso, amor. Pero él tiene que hacer lo mejor para el país, no para tu programa.

—Lo mejor para mi programa es lo mejor para el país.

—Eres un bandido. Y dime, ¿qué te dieron de premio los travestis?

—No eran travestis. Eran gays, lesbianas y transexuales.

—Bueno, es lo mismo. ¿Y cuál era el premio?

—Nada, una cosa simbólica, un pedazo de vidrio pesado con una placa.

—¿Y qué dice la placa?

—Dice: «Jaime Baylys, Visibilidad Award.» Suena horrible, ¿no?

—Sí, amor. No me gusta nada. Creo que debes devolverlo con una nota diciéndoles: «Señores travestis, se han equivocado, yo no soy bisexual, yo soy hombrecito, tengo mi pipilín y estoy contento así.»

—Pero mamá, no puedo hacer eso, sería un desaire.

—El desaire es que te premien por algo que no eres, amor.

—Pero yo soy bisexual, mamá.

—No, hijito, eso no existe, tú eres hombre y punto.

—Pero se puede ser hombre y también bisexual, mamá.

—No entiendo nada, Jaimín. Yo sólo sé que cuando naciste tenías un pipilín, no creo que ahora tengas dos.

—No, tengo uno nomás.

—Por eso te digo, amor.

—Pero el bisexual es el que puede desear a un hombre o a una mujer.

—Pero tú no deseas ser mujer, amor. Tú eres bien hombre.

—No deseo ser mujer, pero a veces puedo desear a un hombre.

—Eso no se puede, amor, porque no eres mujer.

—Sí se puede, mamá.

—Ay, Jaimín, estás muy confundido. Cuando vengas te voy a dar la receta para que seas muy hombre y muy feliz.

—Ya, ma. ¿Y cuál es esa receta?

—Te levantas a las seis de la mañana, corres tres kilómetros, te duchas en agua fría y vas a misa de ocho conmigo en María Reina todos los días. Vas a ver que así se te pasa todita la confusión.

—Qué graciosa eres, mamá.

—Pero no es broma, amor. Lo que pasa es que allá en Miami hay muchos travestis y eso te parecerá normal, pero no es normal, amor.

—Ya, mamá.

—Por eso te digo que debes regresar a vivir a Lima y lanzarte a presidente.

—Gracias, ma. Bueno, feliz día, que lo pases lindo.

—Gracias, Jaimín.

—Y finalmente, ¿vas a venir al programa en Lima? ¿Me vas a dar la entrevista?

—Me encantaría, amor, pero no puedo. Tus hermanos se oponen terminantemente. Me han prohibido que te dé la entrevista.

—No les hagas caso.

—No puedo, amor. No puedo hacerles eso.

—¿Y por qué están en contra?

—Porque dicen que no soy una persona pública y que salir en televisión es una cosa de mal gusto.

—Qué pena que lo vean así. Yo no creo, pero bueno. ¿Y el presidente qué dice?

—Él también se opone.

—¿Qué dice?

—Que una dama como yo no puede ir a un programa de televisión al que va gente de mal vivir.

—¿De mal vivir?

—Bueno, sí, esa gente rara que entrevistas tú.

—Entiendo. Ojalá que algún día me des la entrevista. Sería tan divertido.

—Pero yo tengo que hacer el bien, amor, no lo que es divertido.

—Claro, entiendo. Bueno, feliz día de la madre.

—Gracias, mi amor. Y ese premio que te han dado, rómpelo, amor. Tíralo a la basura. No dejes que el diablo se meta a tu casa.

—Besos, mamá.

—Besos, Jaimín.

Paso en Lima casi todos los fines de semana. El resto del tiempo suelo estar en Miami y en Buenos Aires. Sueño con retirarme a vivir en Buenos Aires, pero un presentimiento me dice que nunca llegaré a cumplir ese sueño, que antes me enfermaré y moriré, o que cuando por fin me mude a Buenos Aires, unos maleantes vestidos con camisetas de fútbol me pegarán un tiro en la cabeza para robarme cinco mil pesos a la salida de un cajero automático.

Un domingo en Lima almuerzo en casa de Sofía, que es una cocinera exquisita, y luego salimos a ver casas, en compañía de una agente inmobiliaria. Queremos comprar una casa. En realidad, es Sofía quien sueña con comprar una casa porque la casa en la que vive ya le queda chica (o eso dice ella) y nuestras hijas reclaman cuartos separados. Yo creo que se trata de un capricho, aunque no me atrevo a decírselo. No me parece necesario comprar una casa más grande para Sofía, pero ella y las niñas han insistido tanto, que, para no pelear, he acabado cediendo. Compraré la casa, la inscribiré a mi nombre, me reservaré un cuarto y ocasionalmente dormiré allí, aunque lo más probable es que, cuando pase por Lima, siga refugiándome en algún hotel discreto.

Sofía y yo recorremos varias casas, soportando a la agente inmobiliaria, que se empeña en describir minuciosamente todo lo que ya estamos viendo, hasta que, en un barrio cerrado, con severa vigilancia, sobre una colina desde la que la ciudad se ve más linda o menos fea (según quién la mire o según la densidad de la niebla), encontramos una casa moderna, luminosa, de tres pisos, con un diseño atrevido y original, que nos encanta. No lo pensamos más. Decidimos comprarla. Le prometemos a la agente que al día siguiente le daremos el cheque y cerraremos el trato. Sofía está feliz. Yo estoy preocupado: la casa es linda, pero, por supuesto, muy cara, y sé que, aunque la ponga a mi nombre, casi nunca dormiré allí, porque necesito esconderme en mi madriguera, donde nunca nadie pasa una aspiradora ni llegan invitados ni se sirven bocaditos o se toman pisco sours. Traté de llevar esa vida, la del marido diligente, optimista y querendón, pero fracasé y ahora ya lo sé bien y no me engaño. Pero, siendo lo que soy, un hombre a medias, soy también, o al menos intento serlo, un buen padre, y por eso he decidido comprar esa casa de tres pisos, para que mis hijas sepan que las amo sin reservas.

Cuando volvemos a casa de Sofía, nos sentamos a cenar con nuestras hijas. Las empleadas sirven pastelitos fritos de atún con cebolla. Las niñas hacen un gesto de asco, se quejan, dicen que odian el atún y la cebolla, que de ninguna manera van a comer esa comida asquerosa, que están hartas de que les sirvan cosas que ya deberían saber que no les gustan. Sofía les dice con firmeza que van a comer la tarta frita de atún, les guste o no. Las niñas responden a gritos que no van a comer esa asquerosidad. Sofía levanta la voz y les mete la comida en la boca. Las niñas lloran, escupen el pastelito de atún, insultan a su madre. Yo como en silencio, procuro no intervenir, pero no puedo más cuando veo a mis hijas llorando, atragantándose con la comida.

—No tiene sentido obligarlas a comer lo que no les gusta —digo—. Nadie debería comer algo que no le gusta.

—Esta casa no es un hotel —dice Sofía, furiosa.

—Pero tampoco es un cuartel —respondo.

—Es mi casa y yo decido lo que comen mis hijas —se impacienta ella—. Tienen que comer. Están demasiado flacas. No quiero que sean anoréxicas.

—Muy bien, que coman, pero algo que les guste —digo—. Que les hagan un pollito o una hamburguesa.

—¡Van a comer el atún, porque esa es la comida de hoy y esto no es un restaurante! —dice ella—. Y deja de quitarme autoridad delante de las niñas, por favor. Deberías apoyarme.

—No puedo apoyarte si me parece que estás equivocada —digo—. Es odioso obligar a alguien a comer algo que no le gusta. ¿Te gustaría que te obligasen a comer lo que no te gusta, por ejemplo un huevo frito? Yo odiaba, cuando era niño, que me obligasen a comer camarones, era horrible, después los vomitaba. No tiene sentido hacer eso.

—¡Van a comer el pastel de atún porque es mi casa y aquí mando yo! —grita Sofía.

Luego lleva violentamente la comida a la boca de las niñas.

No soporto más la innecesaria brusquedad de la escena. Me pongo de pie y digo:

—No voy a comprar ninguna casa mañana. Estás loca. No podemos sentarnos a comer los cuatro porque te conviertes en una dictadora y haces llorar a las niñas.

Luego beso a mis hijas y les digo que volveré el próximo fin de semana.

Entonces Sofía dice en inglés (porque las empleadas están cerca):

—Si no compras la casa mañana, te las verás con mis abogados.

Me río (pero es una risa falsa, porque estoy irritado) y respondo:

—¿Me estás amenazando?

Sofía dice (en inglés):

—Sí. Me vas a comprar la casa, aunque mis abogados tengan que obligarte.

Le digo (en español):

—Estás loca. No estoy obligado a comprarte ninguna casa.

Luego me marcho bruscamente, tanto que, al salir, raspo la parte trasera de mi camioneta con la puerta metálica que se abre con el control remoto.

A la mañana siguiente, voy en taxi al aeropuerto y tomo el vuelo a Buenos Aires. Duermo las cuatro horas, congelado en el avión, el rostro cubierto por una bufanda muy suave que me aísla de la insoportable tortura de viajar en esa cabina helada, hacinada de gente. Llegando al departamento, arrepentido de haberme marchado de Lima de un modo tan abrupto por culpa de una tonta pelea familiar, llamo a la agente inmobiliaria y le digo que tuve que viajar, pero que volveré en una semana y compraré la casa. Ella me responde que la casa se vendió esa tarde, porque no cumplí con pagarla como había prometido, y se presentó otro comprador que no vaciló en adquirirla.

Abatido, me siento frente a la computadora, abro mis correos y encuentro uno de Camila. Dice: «Papi, porfa, compra la casa. Sería lindo que cuando vengas a Lima te quedes a dormir con nosotros.»

Martín quiere tener un auto. Nunca lo ha tenido. Está harto de moverse en colectivo y en taxi. No quiere seguir subiéndose a colectivos hacinados de gente y a taxis cuyos conductores le hablan cuando quiere estar callado.

Hace años tuvo uno, pero no era suyo del todo: sus padres compraron un Ford K nuevo, color blanco, dos puertas, y se lo regalaron a Martín y a sus dos hermanas, Cristina y Candy. El día del estreno del auto, Candy quiso salir a pasear a Unicenter con Martín. Ella insistió en manejar. Saliendo de la cochera del edificio en retroceso, chocó contra una columna de concreto y dejó la parte trasera del K abollada. Martín lloró de rabia. Ya nada fue igual. El auto nuevo había perdido su esplendor, que tan poco le duró. Fue un presagio de lo que vendría: una seguidilla de problemas. Peleaban por los turnos, le robaron el equipo de música, nadie se ocupaba de ponerle gasolina, le robaron los faros. Ahora el K es un auto desvencijado, minusválido, plagado de heridas de guerra, que se mueve a duras penas, y a Martín no le interesa usarlo, y por eso sueña con tener un auto nuevo, suyo, completamente suyo, el auto que nunca pudo tener.

Hace poco Martín bajó de un taxi, harto de que el conductor le hablase a gritos de fútbol y mujeres (dos temas que no le apasionan), llamó a Miami y me dijo: «Ya no aguanto más, voy a comprarme un auto aunque me quede sin un peso en el banco.» Le dije: «Por favor, no te compres el auto. Yo te lo regalo. Espera a que llegue a Buenos Aires y lo compramos juntos.» Martín aceptó mi oferta. Por fin se daría el gusto de recorrer la ciudad en un auto nuevo, escuchando a las divas pop que tanto amaba, sin tener que soportar la conversación vocinglera de los taxistas.

Cuando llegué a Buenos Aires, le dije a mi chico que estaba dispuesto a comprar el auto (y por eso había llevado conmigo el dinero en efectivo desde Miami), pero con algunas condiciones que me parecían razonables, dado que yo sería quien pagase: el auto debía ser japonés, Honda o Toyota (pero en ningún caso argentino, pues desconfiaba de la industria local); debía ser automático (de ninguna manera manual, pues estaba desacostumbrado a los autos de transmisión manual); y de cuatro puertas, relativamente espacioso (pues quería que mis hijas pudiesen sentirse cómodas en él, cuando visitasen Buenos Aires). Martín aceptó las condiciones, aunque dijo que él hubiese preferido un Ford K o un Fox o un Citroën, que eran sus preferidos.

Luego vino lo peor, la pesadilla previsible: visitar los concesionarios de autos, negociar con los vendedores y tratar de entender el enrevesado sistema local, bien distinto al de Miami, donde uno llegaba, pagaba con un cheque o en efectivo y se retiraba una hora después con el auto elegido. Martín y yo fuimos a varias casas de autos, y en todas nos dijeron que teníamos que pagar la totalidad del vehículo (haciendo un depósito en una cuenta bancaria) y esperar como mínimo un mes a que el auto llegase al puerto, saliese de la aduana y llegase al concesionario. Me resigné a pagar y esperar, pero a Martín le pareció muy peligroso depositar el dinero en una cuenta del concesionario y recibir a cambio sólo un papel firmado y una promesa vaga. Como insistió en que era muy peligroso y podían estafarnos, me abstuve de hacer el depósito y acepté a regañadientes visitar otras casas de autos, aquellas en las que podían vender el coche que más le gustaba a mi chico, el Ford K. Resultó, sin embargo, que allí también debíamos pagar y esperar un mes, porque ese modelo estaba muy pedido.

Esa noche, exhausto, con dolor de cabeza, Martín maldijo su país y se echó a llorar, porque, si bien en Miami todo era más fácil y conveniente, él quería vivir en Buenos Aires, cerca de su hermana enferma y de su madre, a la que tanto amaba y con la que todas la tardes cumplía la ceremonia del té en una confitería de San Isidro.

En vísperas de mi partida (pues mis visitas a Buenos Aires eran siempre breves), fui a la casa Honda más cercana, negocié el precio con un vendedor, le entregué el dinero en efectivo, firmé los papeles, contraté el seguro y fui informado de que el Honda Fit, color gris plata, cinco puertas, automático, me sería entregado, con suerte (el vendedor puso énfasis en la palabra suerte), en dos semanas. Luego fui a una cochera en la calle Acasusso y contraté un espacio angosto en el tercer piso (porque el edificio donde vivíamos era tan viejo que no tenía cochera).

Un mes después (no las dos semanas prometidas: por lo visto, no hubo suerte), Martín salió manejando el Honda Fit del concesionario. El auto estaba a su nombre. Por fin podía darse el lujo de prescindir del transporte público. Puso un disco de Gwen Stefani, encendió el aire acondicionado y pasó a buscar a su madre y a su hermana para llevarlas a pasear. Estaba encantado. Era feliz (una cosa rara en él, que con frecuencia decía que la vida no tenía sentido y pensaba en matarse). No era el Ford K que él quería, pero tenía que reconocer que era mejor: más suave de conducir, más cómodo y espacioso.

Esa noche, tras recorrer la ciudad en el auto nuevo, Martín lo dejó en la cochera de la calle Acasusso, que le pareció deprimente, como todas las cocheras públicas, y caminó asustado hasta el departamento. A la mañana siguiente, perfumado y con linda ropa de verano, fue a la cochera a sacar al auto para manejar hasta Highland, donde jugaría fútbol en casa de su amigo Javier. Cuando vio el espacio vacío allí donde había dejado el Honda, pensó que se había equivocado de piso. Con el corazón que se le agolpaba en la garganta, corrió de un piso a otro y confirmó que el auto no estaba. Habló con el vigilante, que estaba viendo «Gran Hermano» en un televisor en blanco y negro, con la antena rota. El custodio no se hizo cargo de nada: le respondió secamente que ellos no respondían por robos, que eso era responsabilidad del cliente. Martín desconfió de él, quiso pegarle, estrangularlo. Ya era tarde. Le habían robado el auto nuevo.

Desesperado, me llamó a Miami y me contó la desgracia. Por suerte, lo tomé con calma. Me preguntó si el seguro cubría robo. Le dije que sí, que por supuesto, que no pasaba nada. Pero llamamos a la compañía de seguros y nos dijeron que habíamos contratado la póliza más económica, que no cubría casos de pérdida total.

Cuando Martín se enteró de que el seguro no pagaría nada, se metió a la cama, se tomó quince Alplax y esperó la muerte. Luego se durmió. Era un sábado por la tarde. Despertó muy relajado el domingo por la tarde. Se moría de hambre. Tenía la boca seca, pastosa. Se dio una ducha y salió a caminar. El barrio le pareció más lindo. Un sol espléndido le daba brillo a las cosas. Sonrió, sorprendido de estar vivo, y pensó que, después de todo, no estaba tan mal volver a ser un peatón.

Estoy caminando por el aeropuerto de Miami. Un hombre de inconfundible acento peruano me saluda y me pide una foto. Le digo que no llevo fotos para regalar. Me aclara que quiere tomarme una foto. Le digo que encantado y sonrío como un tonto. El tipo no toma la foto y me mira como un tonto. Le pido que tome la foto. Me aclara que quiere que alguien nos tome una foto. Le digo que encantado. El tipo le pide a una mujer que nos tome la foto. Luego me abraza y sonreímos como dos tontos encantados de conocernos. La mujer no sabe tomar la foto o no quiere tomar la foto. Lo cierto es que no toma la foto. Entonces me canso de sonreír como un tonto y mi sonrisa se desfigura, se hace menos creíble, se torna impostada. Por fin la mujer toma la foto. Es un alivio. Luego me dice con acento chileno que ha leído todas mis novelas y que la que más le ha gustado es sin duda *Mi mami es virgen.* Yo sonrío y pienso que me está tomando el pelo y le digo que quizá se refiere a *Yo amo a mi mami* o a *La noche es virgen,* pero ella me aclara que esas no le gustaron tanto, que más le gustó *Mi mami es virgen.* Luego dice que es una pena que no tenga en su cartera una copia de esa novela para que yo se la firme con mucho cariño. Yo le digo que sí, que es una pena, que muchas gracias por leer mis novelas, que ya nos encontraremos en otra ocasión y le firmaré con todo gusto un ejemplar de mi novela *Mi mami es virgen*. Ella no parece confiar en que el azar nos volverá a reunir y, por las dudas, me pide un autógrafo. Acepto encantado y le pregunto a qué nombre debo escribírselo. «Al mío», me dice, como si fuera obvio, pero olvida decirme su nombre, así que le pregunto nuevamente cómo se llama y recién entonces me dice Carola. Escribo: «Para Carola, con amor, de tu ex esposo que todavía te quiere.» Le doy el papelito y ella lo guarda sin leerlo, mucho mejor, y me da un beso seco, comedido, y antes de irse me dice que le encantó mi entrevista con Pablo Milanés en la CNN. Le agradezco con una sonrisa humilde, es decir, falsa, y prefiero no decirle que nunca he trabajado en la CNN ni entrevistado a Pablo Milanés. Luego se acerca el peruano de la foto y me dice que va a pegar nuestra foto en la portada de *Un mundo para Julius*. Le pregunto sorprendido por qué va a pegarla en ese libro y me dice: «Porque es tu mejor novela, Jaimito.» Me quedo pasmado, no sé qué decirle. «He leído todas tus novelas y esa me encantó», añade, muy serio. Sonrío como un tonto y le digo que en realidad yo no he escrito esa novela, que ya me hubiera gustado escribirla. El tipo se ríe, como celebrando una broma, palmotea mi espalda con aire condescendiente y dice: «Claro que la escribiste tú, Jaimito, no te hagas el humilde, yo he leído todas tus novelas y esa es la mejor, compadre.» Le digo que sí, que tiene razón, que en realidad es mi mejor novela. El tipo me da un abrazo excesivo y me voy caminando. Luego se acerca un señor en traje y corbata, muy serio, que me saluda con acento caribeño, no sé si dominicano o venezolano, creo que dominicano, y me pregunta a quemarropa cómo está mi papá. Le digo que muy bien, gracias. Supongo que es amigo suyo y que le mandará saludos. El tipo me pregunta si mi papá está escribiendo algo nuevo. Me sorprende, porque mi papá no escribe nada, ni siquiera e-mails. «No que yo sepa», le digo. El tipo sonríe y me pregunta si mi papá está viviendo en Londres o en Madrid o dónde. «No, no, sigue viviendo en Lima», le digo, y él asiente y me dice que ha leído todos los libros de mi papá, todos, completitos, y que el mejor le pareció *La ciudad y los perros* y me pide, por favor, que le mande saludos porque es un gran admirador suyo. No le digo que no soy hijo de Vargas Llosa, no vale la pena, no quiero desencantarlo. «Muchas gracias, le daré sus saludos a mi padre», le digo, y el tipo me da la mano y me dice: «Buen viaje, Álvaro.» Sigo caminando, me detengo en un quiosco y trato de hojear unas revistas, pero un joven ecuatoriano, de Guayaquil, me saluda con cariño y me cuenta que está estudiando actuación en Santiago y que le encantaría actuar aunque sea como extra en la película *Mi hermano es una mujer*, basada en una novela mía del mismo título, que él leyó y le encantó, y me entrega una tarjeta y me pide que, por favor, lo llame, que está dispuesto a actuar sin cobrar, sólo porque le encantan mis libros y porque además «yo soy el *fans* número uno de Verónica Castro», me dice con orgullo, y no dice «fan», dice «fans», que es, supongo, una manera más enfática y plural de ser fan de alguien, y yo no entiendo por qué me ha dicho que adora a Verónica Castro, pero él añade enseguida que, según ha leído, ella va a ser la estrella principal de la película *Mi hermano es una mujer*, ¿verdad? Y yo naturalmente le digo que sí, que así se llama la película y que Verónica Castro hará el papel principal y que no le prometo nada pero al menos trataré de buscarle un papel de extra para que pueda darse el gusto de salir en la película y quizá incluso conocer a la diva mexicana, y él sonríe emocionado y me abraza con cariño y me dice «gracias, señor Baylys» y por suerte no me dice «yo soy su *fans*, señor Baylys», porque ya sería mucho. Subo al avión algo aturdido y la azafata argentina me recibe con una sonrisa y me dice: «Yo a usted lo conozco», que es una manera peligrosísima de saludar a alguien. Luego se queda en silencio, como haciendo un esfuerzo por recordarme, y entonces sonríe, orgullosa de su perspicacia, y me dice que ya sabe quién soy, que le encantaba mi programa de televisión, que no se lo perdía, cómo era que se llamaba, «El perro verde», claro, y ya recuerda mi nombre, Jesús Quintero, porque soy español, ¿no? Yo le digo que sí, que así me llamo, Jesús Quintero, cómo no, «El loco de la colina», claro, y le hablo como español, con las zetas bien marcadas y una cierta tosquedad simpática, y le digo que soy de Sevilla, andaluz a mucha honra, coño, qué ciudad tan maja, qué pedazo de ciudad, y ella me dice que le encantó mi entrevista con Miguel Bosé y yo le agradezco por recordarla con cariño y sigo hablando como español y entonces sonrío como un tonto y me despido de ella y cuando llego a mi asiento ya no sé quién soy.

Entro a una librería de Miami, camino con aire distraído y busco mis libros en la mesa de los más vendidos. Para mi sorpresa, no los encuentro. Luego miro entre los títulos recomendados por la librería, pero tampoco están allí. Preocupado, compruebo que ni siquiera están en los estantes de autores latinoamericanos. Me acerco entonces a un vendedor y le pregunto si mis libros están agotados.

—No están agotados —me dice—. Lo que se ha agotado es la gente que los compraba.

Sonrío de mala gana y le pregunto dónde están mis novelas.

—Allá atrás, en la mesa de saldos —dice, con una sonrisa burlona.

Encajo el golpe y, procurando preservar la dignidad, me dirijo a la mesa de liquidaciones, al lado de los servicios higiénicos, allí donde, en medio de una cierta pestilencia a ácido úrico, se apilan desordenadamente los libros caídos en desgracia, las novelas incomprendidas, fallidas, huérfanas de lectores. Es triste ver mis novelas confundidas en esa mesa fantasmal.

Esta es una conspiración, pienso, angustiado. Mis enemigos se han conjurado contra mí. Tengo que hacer algo para defenderme. Enseguida llevo discretamente doce de mis libros, uno a uno, hasta la mesa de los más vendidos, y, sin que se den cuenta de mi picardía, los dejo encima de los títulos de mis enemigos, de modo que en pocos minutos lucen esplendorosos, muy destacados, convenientemente exhibidos, encaramados sobre las montañas de los títulos más vendidos. Me marcho con una sonrisa, pensando que, por fin, el triunfo literario será mío.

Al día siguiente vuelvo a la librería y, nada más entrar, noto que mis libros han desaparecido de la mesa de los más vendidos. Sonrío, encantado. Claro, se vendieron todos, pienso. La treta funcionó.

Sin perder tiempo, me dirijo a la mesa de saldos, encuentro otra docena de libros míos y, en varios recorridos, los llevo a la mesa de los más vendidos. Esta vez, sin embargo, un vendedor me pilla.

—¿Se puede saber qué está haciendo? —me pregunta.

—Sólo estaba ordenando los libros —miento.

—Sus libros no pueden estar en esta mesa —dice.

—¿Por qué? —pregunto.

—Porque nadie los compra —responde.

—Bueno, pero quizá no los compran porque no los ven —me defiendo.

—Por favor, lleve sus libros a la mesa de saldos —dice el vendedor.

—No sea malo —le ruego—. Todos merecemos una segunda oportunidad.

—Si no lo hace usted, lo haré yo —dice el vendedor, con rudeza, y lleva mis libros de regreso al gueto.

Indignado, le digo:

—¡Esto es un complot! Ayer dejé doce libros míos en la mesa de bestsellers y se vendieron todos.

—No —dice él—. No se vendió ninguno.

—¿Entonces dónde están? —pregunto.

—En el baño —responde secamente.

—¿Cómo? —doy un respingo.

—Bueno, los libros que ni siquiera se venden en la mesa de saldos, los llevamos al baño para que con suerte los lean los clientes que van a hacer sus necesidades —dice.

Quedo en silencio y me retiro al borde de las lágrimas.

Esa noche juro que no me dejaré abatir. A la mañana siguiente, voy a la librería, compro todas mis novelas y, tras pagar esos treinta y dos libros en pena, le digo al cajero, impostando la voz:

—Este es un escritor maravilloso, de un talento exquisito, un verdadero maestro.

—Si usted lo dice —dice él.

Luego pago en efectivo y, cuando ya me marcho, oigo que el cajero me dice:

—Adiós, señor Baylys.

Unos amigos músicos me invitan al concierto de despedida que darán en Miami. Acepto encantado porque me gustan sus canciones.

Es junio y Miami arde de calor, pero no me quejo porque amo los veranos de esta ciudad.

Mis amigos me invitan a pasar unos días en un hotel estupendo en South Beach, frente al mar. No me viene mal escapar un fin de semana de Key Biscayne. El chico del *valet parking* es peruano, me saluda con cariño, me dice que no se pierde mi programa.

En la piscina del hotel hay una cantidad asombrosa de mujeres de pechos enormes y traseros estupendos y de hombres musculosos, arrogantes, cubiertos de líquidos grasosos, en trajes de baño muy ajustados. Quedo aturdido. Echado en una tumbona a la sombra, me cubro con varias toallas porque todavía me queda algo de pudor y no quiero estropearles el día a los bañistas.

A la noche no puedo dormir. En el cuarto vecino, una pareja —o más de una pareja— se halla abocada a un virulento y ruidoso combate amatorio. Hablan en inglés, gritan groserías, ronronean, gimen, chillan, aúllan, suplican, rompen copas o vasos (pero algo se cae y se rompe), exigen posturas, servicios, sumisiones, probablemente mienten (quién no miente en la cama). Como la refriega sexual no tiene cuándo acabar, enciendo el televisor. Es inútil. Debo soportar casi una hora esos ruidos guturales, ese dialecto lujurioso y estridente, ese comercio de voces cavernosas.

Lo peor viene después. Acabada la gimnasia, al parecer extenuados o satisfechos, los amantes encienden la música y lo hacen con el mismo espíritu comunitario con el que se entregaron al sexo, es decir, comparten la música, si eso puede llamarse música, con sus vecinos de piso. Mi cama tiembla, se estremece al ritmo de unas cadencias electrónicas que machacan, una y otra vez, un persistente martilleo metálico.

Harto de tantos ruidos indeseables, salgo de la habitación en ropa de dormir y toco la puerta de mi vecino. Es hora de que alguien ponga las cosas en su lugar. No soy un hombre valiente, pero tampoco estoy dispuesto a dejarme atropellar por estos vándalos. Espero, gallardo, desafiante.

Abren la puerta. Un sujeto enorme, negro, desnudo, con un colgajo gigante que parece una boa constrictora, me mira, no sé si drogado o naturalmente atontado, mientras el cuarto expulsa un rotundo olor a marihuana y esa música acanallada sigue violentando la noche.

—¿Qué quieres? —me pregunta, en inglés.

—¿Necesita algo del minibar? —le pregunto, también en inglés, con toda la delicadísima cortesía que me enseñaron en Lima.

—No —responde, y cierra la puerta en mis narices.

Regreso abochornado a mi cama y recuerdo que soy un idiota, siempre lo seré, no debo olvidarlo, es peligroso olvidarlo.

Al día siguiente, en la piscina, paso al lado del negro aventajado, que está tomando sol en una perezosa. Me reconoce, me llama de un grito y me pide que le lleve una cerveza.

—Enseguida, señor —le digo, y camino hacia al bar, le pido al camarero que le lleve una cerveza a ese patánn gigante, y escapo luego a la calle, riéndome del malentendido.

El chico peruano del *valet parking* me saluda con cariño y me pregunta si he notado que hay muchas mujeres atractivas en el hotel. No lo dice así, en realidad. Dice:

—Jaimito, ¿has visto qué tales hembrones hay en el hotel?

Le digo que sí, que estoy sorprendido.

—Es que hay una convención porno en el hotel —me dice él, con una mirada traviesa.

Luego me explica que esas mujeres de pechos como globos y traseros memorables, y esos hombres exhibicionistas, arrogantes, con bañadores muy ajustados, son en realidad actrices y actores de la industria pornográfica norteamericana, reunidos en el hotel en que estoy alojado. Eso explica varias cosas: la insólita duración de la batalla amorosa de mis vecinos de la otra noche, la impudicia con que proclamaban el placer, la abusiva genitalidad del negro a quien fui a reñir y terminé sirviendo tragos en la piscina, y lo que me dijo Tatiana, la chica rusa de la recepción, cuando me registré al llegar:

—Bienvenido, señor. Lo felicito por sus películas.

Ingenuo yo, pensé que Tatiana había visto *No se lo digas a nadie* o *La mujer de mi hermano*, pero ella, tan rusa, con esa belleza torva que tienen las rusas, me confundió con un actor porno más.

Esa noche voy al concierto de mis amigos los músicos y me escondo en una esquina detrás del escenario, lejos de los fumadores y los bailarines, y me deleito con esas canciones que evocan tantos momentos felices, por ejemplo a mis hijas cantándolas.

A la mañana siguiente, el chico del *valet parking* me da las llaves de la camioneta y me dice con una sonrisa:

—Jaimito, no me vas a creer, me has traído suerte, me voy a vivir a Las Vegas.

—¿Cómo así? —le pregunto, sorprendido.

—Me han contratado para hacer varias pornos —me dice, con orgullo.

Es un chico joven, guapo, moreno, musculoso, vestido todo de blanco, con esa pujanza admirable que tienen los chicos que se van lejos de casa, a un país cuyo idioma desconocen, a ganarse la vida como sea, sin quejarse, sin dejar de sonreír.

—Me hice amigo de uno de los productores de películas porno, que está acá en el hotel. Me pidió que le enseñara la cuestión y me contrató ahí mismo. Para que veas, Jaimito: he dejado bien alto el nombre del Perú.

Luego se ríe, le doy un abrazo, lo felicito, le digo que se cuide, que ahorre, que aproveche la oportunidad, que haga una gran carrera en Las Vegas, que no se pierda, que me escriba e-mails de vez en cuando, que ya iré a visitarlo y celebraré sus hazañas fílmicas.

—Si me despiden de la televisión, me voy a Las Vegas yo también —le digo.

El chico del *valet parking* me devuelve la propina. Ahora es actor porno. No necesita los dólares. Sonríe, jubiloso. Las Vegas lo espera.

Había esperado ese momento muchos años, siete para ser exactos. Tenía que rendir un examen de conocimientos básicos sobre los Estados Unidos con un oficial de inmigración de ese país. Si pasaba la prueba, sería ciudadano norteamericano.

Esperé mi turno pacientemente. La noche anterior me había desvelado estudiando. Podía decir los estados de la unión con sus respectivas capitales, los eventos históricos más importantes del país, todos los presidentes en orden cronológico, los nueve jueces de la corte suprema, las bases del ordenamiento jurídico, el número de senadores y representantes y muchos otros datos de esa índole. Mi cabeza estaba atiborrada de información que no recordaría una semana después.

Tras una larga espera, dijeron mi nombre. Cuando me senté a solas frente a mi examinador, leí su nombre en la placa que colgaba de su camisa celeste: Phil. Era gordo, mofletudo, de pelo negro, cejas espesas y ojos fatigados.

Phil me preguntó en inglés si estaba listo y le dije que sí. Luego me miró, leyó unos papeles y me miró más intensamente, como si me conociera o intentase recordar la circunstancia en que me había conocido. A continuación me preguntó si había nacido en el Perú y si era periodista y escritor. Le dije que sí. Entonces sonrió y dijo:

—¡Jaimito, hermano, qué haces tú por aquí!

Esto último lo dijo en un español cuyo acento era indudablemente peruano, de modo que comprendí que estaba frente a un compatriota o ex compatriota o nuevo compatriota.

—¿Eres peruano? —pregunté, sorprendido.

—¡Claro, pues, compadrito! —dijo él, poniéndose de pie—. ¡Peruano como el ceviche!

Me puse de pie y Phil me dio un abrazo. Luego dijo:

—¡El Niño Terrible! ¡Te pasas, oye, Jaimito! ¡Yo desde chico veía tu programa! Y mi señora madre, que en paz descanse, mucho se reía con tus locuras.

—Hombre, muchas gracias, Phil —dije, abrumado por tanto afecto—. Qué suerte la mía que justo un peruano me tome el examen.

—Entre peruanos tenemos que ayudarnos —dijo él.

—No te preocupes, que he estudiado —dije—. Pregúntame lo que tengas que preguntarme.

—Pero el que haces las preguntas eres tú, pues, hermanito —dijo él, juguetón.

Luego, imitando mi tono de voz, dijo: «Buenas noches, bienvenidos al programa» y soltó una carcajada que yo secundé.

—¿Llevas tiempo viviendo por acá? —pregunté, apenas volvimos a sentarnos.

—Más de veinte años —dijo él, compungido—. Me fui porque allá no había trabajo.

—Comprendo —dije—. ¿Y te hiciste ciudadano?

—Claro, Jaimito —respondió, muy serio—. Ya tengo años como ciudadano.

—Te felicito —dije—. ¿Y de qué parte del Perú eres?

—De la selva, de Oxapampa —dijo, con orgullo.

—Nunca fui, pero dicen que es lindo —mentí.

—Es bellísimo mi pueblo —dijo Phil—. Sueño con volver allá cuando me retire.

—Qué curioso que te pusieran Phil en Oxapampa —dije, corriendo un cierto riesgo.

—No, no —se rió él—. Yo me llamaba Filomeno pero acá no conviene, pues, hermano. Por eso cuando me hice gringo me puse Phil nomás. Porque los gringos no podían decir Filomeno.

Nos reímos y luego Phil dijo:

—Tengo que hacerte algunas preguntas, flaco.

—Cómo no —dije, muy serio—. Todas las que sean necesarias.

Phil tomó aire y preguntó:

—Dime, hermanito, ¿cómo está nuestro querido Perú?

No imaginé que esa sería la primera pregunta del examen. Me tomó por sorpresa. Me apresuré en responder:

—Bueno, tú sabes, igual que siempre.

—¿Has estado por Lima ahora último? —preguntó.

—Sí, hace una semana —respondí.

—¿Cómo están las cosas? —preguntó.

—No muy bien —dije—. La gente no está contenta con el gobierno.

—Oye, Jaimito, y tú que eres un conocedor de la política, ¿quién crees que se la lleva en las elecciones? —preguntó.

—Bueno, la cosa está difícil, todavía no se ve un claro favorito —respondí.

—Dime una cosa, flaco —dijo él—. ¿Tú crees que vamos al mundial de fútbol?

—No, imposible —dije.

—¡Pero ese entrenador es una desgracia, pues! —se impacientó Phil—. ¡Y cobra una fortuna! ¡No hay derecho, hermano!

—No hay derecho —repetí.

Phil levantó el teléfono, marcó un número y dijo:

—Rosita, mi amor, adivina quién está acá conmigo.

Miré incrédulo.

—Adivina, pues, chola —dijo Phil.

Luego añadió:

—El Niño Terrible.

Yo sonreí como si estuviera orgulloso de que me llamasen así.

—Acá te paso con Jaimito —dijo Phil.

Luego susurró:

—Es Rosita, mi señora, de Chachapoyas, tu hincha número uno, flaco.

Tomé el teléfono y dije:

—Hola, Rosita, qué gusto saludarte.

—¡Jaimito! ¡Qué emoción! —dijo Rosita—. ¿Qué haces con el Filomeno?

—Acá, dando el examen —dije.

—Ay, flaquito, qué bueno que te hagas gringo, es lo mejor para tu futuro, porque con nuestro país nunca se sabe, oye.

—Sí, pues —dije.

—Oye, Jaimito, pero tengo que decirte algo.

—Sí, dime, Rosita.

—Has engordado, oye. No me gusta que salgas así con tanta papada en televisión.

—Voy a hacer dieta, Rosita —prometí.

—Oye, Jaimito, por favor, mándales saludos en tu programa a mis hijitas Rosemary, Kimberley y Britney Purificación.

—Ya, Rosita. Mañana les mando saludos. Acá te paso con Phil —dije.

Phil le dijo a Rosita:

—Ya, cholita, hazme un buen ají de gallina para cuando llegue a la noche.

Luego colgó y dijo:

—Oye, Jaimito, buena gente eres, bien sencillo, no pensé que eras así, en televisión pareces más sobrado.

—Gracias, Phil —dije.

—Flaco, mándales saludos a la chola y a mis cachorritas, pues. Te pasarías, hermano. Ellas son tus fans.

—Seguro, Phil, cuenta con eso —dije.

Luego se puso de pie y dijo:

—Listo, Jaimito, aprobaste el examen.

Me levanté y pregunté, sorprendido:

—¿Pero no vas a preguntarme nada?

Phil se puso muy serio y dijo:

—Sólo una pregunta.

—Listo —dije.

—¿Cuál es la ciudad más bella del Perú?

—Oxapampa —dije.

—Aprobado, Jaimito —dijo Phil, y me dio un gran abrazo.

Luego añadió, sonriendo:

—*Welcome to the United States of America.*

El avión de Lima a Buenos Aires sale de madrugada y llega a las siete de la mañana. Un viajero desprevenido podría pensar que la parte más odiosa del viaje son las casi cuatro horas de vuelo soportando las flatulencias de los vecinos o los inevitables trámites burocráticos que debe sortear hasta salir del aeropuerto de Ezeiza. Pero recién allí comienza el tramo más lento y contrariado de la travesía: por muy presuroso que sea el conductor de taxi, por muy diestro que sea para abrirse paso, quedará empantanado en una ciénaga de autos viejos que es la avenida General Paz. Y es allí, bajo el sol impiadoso de la mañana, cuando el viajero, estragado por la mala noche, tratando de bloquear los rayos de sol con una bufanda que cuelga de la ventana, hablando en piloto automático con el chofer lenguaraz al que no se atreve a pedirle un momento de silencio, se prometerá una vez más (sabiendo que es mentira) que pasará un año sin viajar, un año entero sin subirse a un avión más. Una hora y media después (que es lo que demora el trayecto en taxi entre el aeropuerto y el barrio de San Isidro), el viajero llegará a casa desesperado por callarse y tumbarse en la cama a dormir todo lo que no ha dormido en muchas noches breves.

Que es exactamente como llegué el lunes al departamento en la calle Roque Sáenz Peña, con vista al campo de rugby, al barrio laberíntico de casas antiguas y al río marrón que invita a la melancolía.

Fue entonces cuando ocurrió la primera emboscada del destino, porque los contratiempos precedentes estaban todos más o menos calculados, dado que un lunes de cada mes llego a Buenos Aires a morir un poco en la General Paz: después de despedirme del taxista deseando no verlo más, traté de abrir la puerta de calle del edificio, pero mis esfuerzos, un tanto crispados por la fatiga del viaje, resultaron inútiles y algo patéticos, pues al cabo de unos minutos de forcejear con la cerradura, acabé gritando palabrotas, pateando la puerta, timbrando desesperadamente al portero, que al parecer había salido o estaba dormido. Evidentemente, habían cambiado la cerradura y, como Martín estaba de viaje, no podía entrar.

Extenuado como me hallaba, hice rodar mi maleta por las seis cuadras empedradas que separaban aquel edificio de un hotel de San Isidro, el hotel del Casco, frente a la catedral, donde había dormido no pocas noches. A pesar del cansancio, me asaltó inesperadamente un ramalazo de alegría al caminar por esas calles y reconocer las caras inconfundibles del barrio: la pareja de lesbianas de la bodega, el gordo parlanchín del lavadero, los remiseros en corbata, el viejo cegatón del quiosco, las chicas en mandil que fuman en la puerta de la farmacia, la camarera que me ve en la tele y sabe todos los *ratings*. Es aquí, me dije, donde quiero venir a morir. Y seguí haciendo rodar la maletita, en busca de una cama que me hiciera olvidarme de mí mismo por unas horas.

Tuve suerte: el recepcionista del hotel me dijo que tenía libre la habitación que más me gustaba, la del segundo piso, con una vista esquinada a la catedral recién remozada. El joven, muy educado, no hizo preguntas (lo que siempre se agradece), me ayudó con la maleta y me recordó que en media hora retirarían el desayuno, por si quería comer algo antes de dormir.

Traté de dormir, pero el recuerdo del espléndido desayuno que servían en ese hotel conspiró contra tan noble propósito, así que me eché agua fría en la cara, tomé dos analgésicos para mitigar el dolor de cabeza y bajé al patio a darme un atracón de medialunas, quesos, jamones, frutas y yogures, uno de esos desayunos que te dejan sin hambre el día entero y con la sospecha de que nunca nadie volverá a desearte. Pocos son los placeres ciertos, indudables, y comer bien sigue siendo uno de ellos, y devorar el desayuno de un hotel que viene incluido en el precio de la habitación puede que sea uno de los placeres más subestimados en los tiempos modernos.

En ese trance me hallaba, comiendo mucho y sin hambre, sacando un provecho mezquino del desayuno gratuito, cuando alguien me saludó:

—Jaimito, dónde venimos a encontrarnos.

Era Carlos García, Carlitos, el mejor amigo que tuve en los años de la universidad, argentino, hijo de argentinos, residente en Lima en los ochenta hasta que sus padres se fueron a vivir a los Estados Unidos y él se fue con ellos y dejé de verlo desde entonces, desde que se mudó a Denver, Colorado. Hombre noble y bueno si los hay, cultor del ocio creativo o del ocio a secas, enemigo del trabajo en cualquiera de sus formas, cuarentón como yo, Carlitos fue quien me inició en el amor por la marihuana, el rock argentino y la vida argentina en general.

Protegido por unas gafas oscuras, y con los sosegados modales que siempre le conocí, Carlitos me dijo que estaba en Buenos Aires porque su madre había muerto. Lo dijo con naturalidad, sin hacer ningún drama, casi disculpándose por darme una mala noticia a esa hora de la mañana:

—Se murió mi mamá. Tenía cáncer. Sufrió mucho. Vinimos a enterrarla acá, como ella quería. Este fue su barrio de niña. ¿Te acordás cuando vinimos y nos quedamos en la casa de mis abuelos?

Aquel fue, con apenas veinte años, uno de los mejores viajes de mi vida, un mes en Buenos Aires con Carlitos, instalados en una gran casa de sus abuelos maternos cerca del río, comiendo excesivamente, fumando marihuana con fervor religioso, durmiendo juntos en una vieja cama que chirriaba y nos hacía reír, mientras sus abuelos, maravillosos anfitriones, dormían recatadamente en un cuarto lleno de imágenes religiosas y retratos familiares entre los que sobresalía, bella, radiante, angelical, la señora Milagros, madre de Carlitos.

Al terminar el desayuno, fuimos a su habitación y encendió un porro. Hacía algún tiempo que yo no fumaba; parecía la ocasión propicia para corregir ese descuido. Fumamos juntos, como en los viejos tiempos, en una cama vieja de una casona vieja de un barrio al norte de Buenos Aires. Luego me sorprendió:

—¿Vamos a la catedral a rezar por mi madre?

Naturalmente, lo acompañé. Solos los dos en una banca de la catedral, vi a Carlitos arrodillarse, persignarse, cerrar los ojos y orar en silencio. Confortado por los auxilios de aquella hierba matinal, y sospechando que mis plegarias serían desatendidas, recé por la madre de Carlitos, por sus abuelos también fallecidos, por mi padre enfermo, por la santa de mi madre, por el doble milagro de mis hijas, por la bella Sofía, por Martincito, por su hermana Candy, por su hija Catita.

Ana me envía un correo electrónico que dice: «Sos malo.» Me lo dice porque hace días que no le escribo.

Le contesto: «Soy malo para que me quieras, si fuera bueno te aburrirías de mí.» Se lo digo para que no deje de escribirme.

Ana me escribe: «¿Cuándo venís? ¿Cuándo voy a verte?»

Le respondo: «Puedes verme los sábados a la noche en canal 9.»

Se molesta: «Sos malo y además cruel, sabés que no soporto verte en la tele, odio tus entrevistas, parecés un nabo atómico, entrevistás a gente que casi nunca te interesa realmente, no quiero que salgas en la tele, te hace mal como escritor, no te conviene.»

Le escribo: «Te amo cuando me dices esas cosas, estás loca pero tienes razón, yo tampoco soporto verme en la tele.»

Me escribe: «Entonces dejá la tele y escribe, sólo escribe.»

Le escribo: «No puedo, la tele paga bien, los libros dejan poca plata, tú sabes que a mí me gusta vivir bien.»

Me reprocha: «Un verdadero escritor no tiene miedo a ser pobre.»

Me defiendo: «Entonces no soy un verdadero escritor, nunca he podido ser nada completamente verdadero, ni siquiera un hombre verdadero.»

Me escribe: «Sí lo sos, sólo que no creés suficientemente en vos.»

Le respondo: «Al menos creo suficientemente en ti.»

Me amonesta: «Tampoco creés en mí, porque no querés verme, siempre encontrás una excusa para no verme, voy a borrarme el tatuaje que me hice con tu nombre.»

Le digo la verdad: «Sabes que te amo, pero no sé si quiero verte, porque la última vez que nos vimos terminamos discutiendo de política.»

Me escribe: «Entonces no hablemos de política, pero veámonos, no seas malo.»

Le escribo: «Estoy en tu ciudad, llegué ayer, esta tarde tengo que grabar dos programas, termino a las siete con suerte, ¿puedes verme a las siete y media en Palermo?»

No tarda en responder: «Sí, decime dónde.»

Le escribo: «En el albergue transitorio de Juan B. Justo, pasando Santa Fe, ¿te parece?»

Me escribe: «Nos vemos allí a las siete y media, esperame en el cuarto si llegás antes que yo.»

Le escribo: «Dale, te espero en el cuarto.»

Podríamos habernos dicho esto por teléfono y no por correo electrónico, pero Ana no usa celular y cuando estoy en Buenos Aires yo tampoco, y nunca la llamo a la librería donde trabaja y ella no me llama a casa porque nuestros muy esporádicos encuentros tienen siempre esa naturaleza furtiva.

Esa tarde, apenas termino de grabar, tomo un taxi, me bajo en Juan B. Justo, entro al albergue transitorio (que anuncia su condición con un cartel en letras rojas fosforescentes), le pago cincuenta pesos por dos horas a un joven en la recepción que escucha *La extraña dama* de Valeria Lynch en la versión estupenda de Miranda!, subo a la habitación, me despojo del saco, la corbata y los zapatos, me tiendo en la cama y espero a Ana.

Estoy dormido cuando suena el teléfono. El chico de la recepción me dice que ha llegado Ana. Le digo que puede subir.

Ana me abraza y me regala un libro de Coetzee, *Desgracia*.

—Estás más flaco —me miente.

Vuelvo a la cama, me meto debajo de las sábanas. Ana no se desviste, se mete a la cama conmigo. Enciendo la tele y voy cambiando de canales hasta que encuentro un partido de fútbol que no puedo perderme.

—¿Vas a ver la tele? —se molesta ella.

—Sólo faltan quince minutos para el entretiempo —le digo—. Apenas termine el primer tiempo, podemos jugar nosotros.

—Odio la tele —dice ella, y me da la espalda—. Siempre preferís la tele y me dejás esperándote.

No digo nada porque no quiero discutir y tampoco quiero perderme el fútbol.

Cuando termina el primer tiempo, apago la tele, me acerco a Ana y veo que se ha dormido. Mejor, pienso. Así puedo ver tranquilo el segundo tiempo. Llamo al joven de la recepción y le digo que voy a quedarme dos horas más.

Ana duerme o finge dormir mientras veo el segundo tiempo. Parece estar dormida de verdad, porque ronca un poco y a veces hace unos movimientos raros con su pie derecho, unos temblores suaves y repentinos, como si estuviera relajándose profundamente.

Veo el fútbol sin volumen. No bien termina, apago la tele. Estoy cansado. No sé si quiero tener un revolcón con ella. No quiero despertarla. Cierro los ojos. Respiro al mismo ritmo que Ana.

Cuando despierto, miro el reloj. Es la una de la mañana.

Ana sigue dormida. Llamo al joven de la recepción y le digo:

—Creo que me voy a quedar toda la noche.

—Pero te va a salir más caro —me dice amablemente—. La gente no viene acá a dormir.

—Comprendo —le digo—. Pero mi chica se ha quedado dormida, así que pasaremos la noche acá.

—Bueno, te haré un descuento —me dice.

—Gracias, estupendo —le digo.

A la mañana siguiente nos vamos sin desayunar del albergue transitorio. Estamos contentos, a pesar de que no hemos hecho el amor o debido a eso.

Solía jactarme de no llevar un teléfono celular, hasta que las mediocres circunstancias que rodean mi vida me obligaron a comprar uno en Miami.

Compré un aparato caro y sofisticado, ultraliviano, de color negro, con un número de funciones que nunca sería capaz de comprender, y, a pesar de la insistencia de la vendedora venezolana, me negué a firmar un contrato con la compañía. Preferí adquirir el teléfono, cargarlo con una tarjeta de cien dólares y continuar usando esa modalidad, la de comprar tarjetas cuando el crédito estuviese por expirar, pues ese sistema, conocido como «prepago», me concedió el dudoso placer, en medio de la vergüenza y el fastidio que me asaltaron al convertirme en un rehén de la cultura celular, de sentirme algo menos prisionero.

Me resultó enormemente difícil elegir el tono musical que debía sonar cuando me llamasen, la imagen que serviría como telón de fondo en la pantalla, el idioma en que aparecerían las palabras (estuve tentado de usar el mandarín) y el nombre del usuario (siempre me ha parecido que

Jaime es un nombre chato, desangelado, lo que por otra parte me hace justicia y revela cuán perspicaces fueron mis padres en adivinar mi carácter).

Semanas después, llegué con mis hijas a Buenos Aires. El viaje consistió en dos tramos que duraron casi lo mismo: Lima-Buenos Aires, en avión, y Ezeiza-San Isidro, en taxi, por la avenida General Paz, a las siete y media de la mañana. Esa tarde, tras descansar unas horas, fuimos caminando a una tienda de telefonía móvil y compramos un «chip» que nos permitiese usar mi celular también en Buenos Aires, con un número local y cargándolo con tarjetas. Me maravilló que mi vida hubiese dado ese salto tecnológico alucinante. Luego llamé a mi productor en Miami, me contó apesadumbrado que una entrevista que dejé grabada había salido sin audio, provocando la indignación del público, y recordé las minúsculas, bochornosas dimensiones de mi existencia.

Del mismo modo que en Miami, sólo usaba el celular en Buenos Aires cuando era estrictamente inevitable, pulsando la tecla de altavoz y alejándolo todo lo posible de mi cabeza, pues estaba convencido de que las ondas que irradiaba ese adminículo impertinente me provocaban dolores de cabeza, a menos que usara el altavoz y lo mantuviese a cierta distancia de mis oídos.

El jueves, Día de Acción de Gracias, mis hijas, Martín y yo fuimos a los bosques de Palermo, caminamos por el rosedal y decidimos dar un paseo en bote por el lago de aguas verdosas. Tras pagar quince pesos y embutirnos en unos chalecos rojos salvavidas, subimos al botecito de madera y empezamos a remar con tanta torpeza como alegría. Fue un momento de intensa felicidad. Nos hicimos fotos cegados por el sol de la tarde, alimentamos con dos alfajores Jorgito a un pato, remamos chapuceramente a ninguna parte, las niñas dijeron vulgaridades que me hicieron reír y, cuando nos cansamos de remar, dejamos que las aguas mansas se ocupasen de mecer el precario botecito, mientras Camila me pedía que viniésemos a vivir un tiempo a Buenos Aires.

Luego volvimos al muelle con ganas de tomar un helado. Mis hijas bajaron con agilidad, tomadas de la mano por Martín, siempre tan amoroso con ellas. Cuando llegó mi turno, me puse de pie, el bote se encabritó un poco, hamacándose peligrosamente, y conseguí dar un salto al muelle. Al hacerlo, algo se deslizó del bolsillo de mi pantalón, rebotó en el borde mismo del muelle y, caprichosamente, pudiendo haber quedado de nuestro lado, sobre los tablones de madera, cayó al agua ante la mirada atónita de mis hijas y Martín.

—¡Tu celular, papi! —gritaron ellas.

Pero ya era tarde. El aparato se hundió en esas aguas misteriosas y desapareció para siempre.

—Un celular más que se cae al lago —dijo el administrador—. No sabés cuántos he visto hundirse. Debe haber como mil millones allá abajo.

Mis hijas lamentaron el incidente, me prometieron que me regalarían un celular nuevo, pero yo me sentía extrañamente aliviado y feliz, como si algún designio superior hubiese obrado un pequeño y oportuno milagro, el de arrebatarme ese aparato innecesario, recordándome las ventajas del silencio y, de paso, restaurando una cierta armonía que el celular, con sus constantes interrupciones, había quebrado.

—No volveré a comprar un celular —dije, mientras comíamos helados a la sombra—. He comprendido el mensaje del lago.

—Eres un tonto —me dijo Camila—. No hay ningún mensaje. Se te cayó porque no lo guardaste bien. No le eches la culpa al lago.

Al final de la tarde, fuimos a los cines de la esquina de las calles Bulnes y Beruti, vimos una película y luego, para celebrar el Día de Acción de Gracias, cenamos pavo con puré en un hotel, rodeados de comensales que hablaban en inglés y cuidaban con celo sus carteras y reían escandalosamente.

Al llegar al departamento, pasada la medianoche, había un mensaje de Sofía en el contestador. Decía que la salud de mi padre había empeorado, que a duras penas podía hablar, que estaba en la clínica con él llamándome para que hablásemos un ratito, que me había llamado varias veces al celular pero nadie contestaba, que, por favor, llamase de vuelta porque mi padre quería hablar conmigo y no quedaba mucho tiempo.

El lago de Palermo se tragó esa conversación, que pudo ser la última.

Tan pronto como llegué a Lima con las niñas, mi madre me llamó por teléfono y, con admirable tranquilidad —la paz de los que tienen fe, una paz que siempre me fue esquiva—, me dijo que mi padre quería verme, que estaba preguntando por mí, que debía darme prisa porque la situación era grave y le quedaban pocos días de vida. Asustado, fui a la clínica al día siguiente. Mi padre tenía la muerte dibujada en el rostro. A duras penas podía hablar. Hizo un gran esfuerzo para sostener una breve conversación conmigo. Se interesó por mis asuntos con una generosidad que me impresionó. Al parecer, estaba orgulloso porque una cantante famosa me había saludado en público en su concierto en Lima y había dicho que somos amigos. La bella cantante hizo ese milagro: que mi padre se sintiera vagamente orgulloso de mí. También veía con simpatía que hubiese apoyado a un amigo suyo en las elecciones a la alcaldía de San Isidro. Cuando le conté que tenía un pequeño problema de salud, se interesó vivamente, me hizo preguntas (ignorando a la enfermera que le pedía que no hablase) y me recomendó que me atendiese con un médico amigo suyo. Me impresionó el esfuerzo que hizo para describir el tratamiento que debía seguir para aliviarme de esa molestia. Por eso le dije:

—Qué bueno ver que estás tan bien de la cabeza.

Mi padre me guiñó el ojo, sonriendo, y dijo:

—El lunes estaré en la casa.

Fue sorprendente que me guiñase el ojo con tanto afecto, como nunca antes lo había hecho. Fue un momento entrañable, que me conmovió. A pesar de que su cuerpo estaba casi paralizado por la enfermedad, con sólo mover levemente un ojo me había dicho que todo estaba bien entre nosotros, que no estaba molesto, que tal vez, al final, después de tantos desencuentros y extravíos, se sentía orgulloso de mí, o al menos en paz conmigo, y que esa complicidad que existía entre nosotros cuando me llevaba al colegio y me daba un dinero diciéndome que era un «fondo de emergencia» por si me pasaba algo malo (sabiendo que gastaría ese dinero en un helado a la salida, una emergencia que se repetía cada tarde) y el cariño que había en su mirada cuando me decía «sólo gástate la plata si tienes una emergencia» (sabiendo que a la mañana siguiente me diría lo mismo) todavía nos unían, a pesar de todo.

Poco después, la enfermera le pidió que comiese algo y él dijo que no tenía hambre, pero, como ella insistió, él pidió un helado de chocolate y una coca-cola. La enfermera recomendó que comprásemos una coca light, pero mi padre me hizo saber con la mirada que prefería la coca-cola de verdad. Bajé a la cafetería con Javier, mi hermano, y compramos un helado de fresa, porque no había de chocolate, y dos coca-colas, una regular y otra light. Mi padre, por supuesto, bebió la coca-cola más fuerte, a escondidas de la enfermera. Cuando mi madre le dio el helado en la boca, no pude evitar pensar cuántos helados le debía a papá, cuán tardío e insuficiente era este último helado.

Un día antes de que muriese, nos quedamos un momento a solas y le pedí perdón por no haber podido ser el hijo que él merecía. Mi padre ya no podía hablar.

El lunes, como él me dijo, volvió a su casa, pero ya estaba muerto. Al día siguiente, en el funeral, me incliné y besé el ataúd.

El avión del magnate mexicano nos espera en un aeropuerto privado en las afueras de Miami. Llego puntualmente, cargado de caramelos. Los pilotos y el mecánico, todos mexicanos, me saludan con cierta frialdad porque no me conocen, verifican que estoy en la lista de invitados y siguen tomando café como si fueran extras de un culebrón de Televisa.

Estoy preocupado porque en mi maleta de mano llevo champú, pasta de dientes, colonia y desodorante, cosas que con seguridad me quitarían en el aeropuerto de vuelos comerciales, pero que, como es la primera vez que vuelo en avión privado, no sé si me dejarán llevar conmigo o confiscarán al pasar algún control de seguridad. No comparto esa inquietud con los pilotos mexicanos porque no quiero delatar mi condición de advenedizo y debutante en las grandes ligas aéreas.

Los otros invitados, ocho en total, debidamente anotados por alguna asistenta del magnate, van llegando sin atropellarse, distraídamente, como quien llega a la casa de un amigo a fumarse un porro y jugar billar, y llevan consigo equipajes minúsculos, ultralivianos, porque siempre hay alguien que les carga la ropa en un vuelo regular. Todos se entretienen manipulando un aparato pequeño, negro, en el que reciben y envían correos electrónicos, al mismo tiempo que escuchan canciones en sus iPod, no sé si canciones de ellos porque algunos son cantantes famosos. Yo no tengo iPod ni BlackBerry ni *laptop* ni equipaje ultraliviano, yo viajo a la antigua, con dos maletas impresentables de cuarenta dólares compradas en liquidación en la avenida Collins, los periódicos del día, un libro y un ejemplar de la revista *¡Hola!* Pero ninguno de ellos tiene caramelos de limón o fresa o manzana verde y yo sí, y eso me hace extremadamente popular, eso y el hecho curioso, incomprensible, celebrado por todos, de que llevo puestos cinco pares de calcetines y cinco suéteres de la misma talla y color, como si estuviésemos viajando a Alaska cuando en realidad nos dirigimos a Panamá.

En el avión, todos van ensimismados en sus asuntos, preparando discursos, revisando agendas, firmando afiches, camisetas y gorros, leyendo libros con un audífono (es decir, escuchando la voz de un relator que lee el libro por ellos) y recurriendo a mí cuando quieren otro caramelo de manzana verde, los favoritos. Sólo hay dos breves momentos de tensión: cuando uno de los famosos quiere encender un cigarrillo y el piloto lo amonesta y le dice que está prohibido fumar y entonces él lo ignora con una gracia de veras poética y se va a fumar al baño; y cuando el peluquero de una de las famosas, un italiano canoso y delgado, insiste en cantar a gritos las canciones que escucha en su iPod, lo que provoca que su clienta y protectora, que intenta dormir arropada bajo una manta, le pida suavemente, con los mejores modales, que nos dé tregua y deje de canturrear, que es algo —la sola idea del silencio— que al parecer provoca cierto grado de sufrimiento o agonía interior en el alma del peluquero italiano. Pero, fuera de esos dos momentos de tensión en verdad muy menores, el vuelo es un agrado, a pesar de que voy en un asiento de espaldas a los pilotos, como nunca antes había viajado en un avión, es decir, mirando la cola (del avión, y ocasionalmente también de los famosos), y gracias a que nadie decomisó mis artículos de higiene personal.

De pronto, el avión es sacudido por una turbulencia inoportuna y todas las luces se apagan y esa joya voladora que vale no sé cuántos millones se desliza por los aires como si estuviese planeando con los motores muertos y por unos pocos segundos que parecen eternos todos nos miramos aterrados en medio de la oscuridad y pensamos que ha llegado el momento final, que nos espera una muerte horriblemente brusca y glamorosa, que varias leyendas de la música pop acabarán despanzurradas en algún paraje agreste de la selva panameña y que (si esto sirve de consuelo) saldremos todos juntos (yo también, aunque sin foto) en el próximo número de *¡Hola!* Espero la muerte con gallarda resignación y hasta con gratitud, porque no podría imaginar una manera más bella, cinematográfica y perfecta de morir, rodeado de celebridades, en el avión de un magnate, tarde en la noche, hojeando *¡Hola!*, en algún punto incierto del Caribe y en medio de un viaje benéfico para ayudar a los niños. Por suerte, las luces y los motores se encienden y todos recobramos el aliento y nos miramos aliviados y algunos interrumpen sus rezos y yo reparto más caramelos. Luego les recuerdo una escena de *Almost famous*, cuando el avión de los roqueros está a punto de caer y todos gritan sus últimas confesiones (uno revela que es gay), pero luego el avión no se cae y más de uno se arrepiente de haber contado sus secretos más bochornosos. Y entonces jugamos a que cada uno cuente algún secreto y yo me resisto a contar el mío, que debajo de los suéteres tengo una camiseta con el bello rostro de una de las criaturas famosas que vuelan en ese avión, y termino contando algo desatinado que no debí decir: que no me sé la letra de ninguna de las canciones de ninguno de los artistas famosos que viajan esa noche conmigo, porque nunca pude aprenderme una canción completa. Y entonces se instala un silencio ominoso y alguien dice que está bien, que no pasa nada, que nadie en ese avión (ni siquiera el peluquero italiano) ha leído mis libros, con lo cual estamos a mano. Y en ese instante quiero que se caiga el avión, pero ya es tarde. Y enseguida comprendo que nunca más subiré a un avión tan lindo, invitado por mis amigos famosos. Y dos días después, en un vuelo de Copa, sentado al lado de una señora que viaja con la tapa de un inodoro sobre sus piernas, lloro porque no hay justicia en esta vida y porque en lugar de ser escritor debí ser cantante (o al menos escritora).

Saliendo del cine de Lincoln Road, Martín quiere ir al baño. Me detengo a esperarlo. Entra al baño, pero sale enseguida con mala cara y dice que hay mucha gente, unas colas horribles, y que mejor irá al baño del Starbucks de Alton Road, que está a una cuadra, mientras yo saco la camioneta del estacionamiento.

Poco después, detengo la camioneta en la puerta del Starbucks y Martín sube con su café y un jugo para mí. Tiene mejor cara. Pudo ir al baño. Está más tranquilo.

No mucho más allá, paso por dos huecos en Alton Road. La camioneta se zarandea un poco. Martín derrama el café en sus manos y sus piernas. No le había puesto la tapa de plástico. Se quema las manos. Grita. Me detengo. Tira el café a la calle, se seca las manos en el pantalón manchado, me dice que sigamos, que es su culpa por no poner la tapa. Tiene mala cara.

Antes de entrar a la autopista, dice que le hubiera gustado quedarse paseando por Lincoln Road, que no entiende por qué debemos regresar a la casa tan pronto, siendo un sábado en la noche. Le digo que no me provoca pasear por esa calle un sábado en la noche porque suele estar muy congestionada, pero que, si quiere, lo dejo un par de horas, y luego regreso a buscarlo. Me dice que no, que no le provoca quedarse solo. Le pregunto si está seguro. Me dice que sí. Pero tiene mala cara. Tiene cara de estar harto de mí.

Ya en la autopista, saco el celular y llamo a Sofía, que está en Lima, en la playa. No la encuentro. Dejo un mensaje. Le digo que la extraño, que en dos semanas estaré con ella y las niñas para pasar una semana en la playa y que luego vendremos a Miami.

Guardo el celular. Martín me mira con mala cara y me dice que no entiende por qué soy tan cariñoso con Sofía. «Porque es la madre de mis hijas», respondo. «Pero me odia», afirma él. «Y no deberías querer tanto a una persona que me odia», añade. «No te odia», le digo. «Quizá te tiene celos. Quizá te ve como un rival. Pero no te odia.» «Sí me odia», se enfurece él, y me mira con mala cara. «Me odia. No lo niegues. Y vos la seguís tratando como si fuera una reina. No te importa que la gente me odie, vos igual te llevás bien con ellos. Como con tu amiguito Manuel o con tu novia Ana, que me detestan, hablan mal de mí y vos como si nada, son tus grandes amigos, te da igual, no me defendés.» «Exageras», le digo. «Nadie te odia, Martincito. Estás viendo fantasmas.» Se hace un silencio. Tiene mala cara.

«No me regalaste nada por Navidad», dice luego. Me quedo sorprendido por el reproche. «Pero fue un acuerdo, tú mismo me dijiste que mejor no nos regalaríamos nada», le digo. «Sí, pero después me arrepentí y te regalé una cartera de cuero que me costó un montón de plata», me recuerda, furioso. «Y vos no me regalaste nada, te dio igual», añade. «Pero a ella, a Sofía, a tu ex, que me odia, le diste no sé cuántos regalos, ¿o no?» «Bueno, sí, pero eso no tiene nada que ver contigo, pasé las fiestas en Lima con ella y mis hijas y era natural que les diese regalos a las tres, ¿o querías que llevase regalos a mis hijas y no a la mujer que me dio a mis hijas?» Martín me mira con mala cara y dice: «¿Y yo qué? ¿No podías darme aunque sea un regalito?» «Lo siento», le digo. «Pensé que no tenía tanta importancia. Fue un error. Mañana mismo te daré tu regalo de Navidad.» Martín me mira con mala cara. «¡Ya no quiero un regalo!», se enfurece. «¡Ya no es Navidad!», me recuerda. «Todos los días son Navidad», le digo, a ver si se ríe, pero no se ríe.

Luego me equivoco gravemente. «Además, tú me dijiste que tu regalo de Navidad podía ser el pasaje para que vinieras a Miami», le digo. Martín me mira con mala cara. «¿Ese fue tu regalo? ¿Un vulgar pasaje en económica a Miami? ¿Por qué yo, tu amante secreto, tengo que volar en económica, y a tu ex la hacés volar en ejecutiva? ¿Hasta cuándo me vas a mandar atrás, como si no estuviera a la altura de Sofía? ¿Por qué a ella no la mandás atrás también? ¿No ves que a ella la tratás como a una reina y a mí como a una puta barata? ¿Creés que me hace gracia viajar en económica, cuando vos y Sofía viajan siempre en ejecutiva?» Me quedo callado. No tengo defensa. «Lo siento», le digo. «Fue un error no darte un regalo por Navidad y mandarte el boleto en económica. No volverá a ocurrir.» Digo «no volverá a ocurrir» y pienso «porque es mejor que te quedes en Buenos Aires y no vengas a verme». Pero eso no se lo digo.

Llegando a la casa, Martín se encierra a hablar por teléfono. No sé con quién está hablando porque habla en voz muy baja, para que no pueda oírlo. Para no sufrir (o para sufrir de otra manera), voy al gimnasio. Trotando en la faja, pienso que es mejor que él regrese a Buenos Aires y se quede allá y no venga a verme de vez en cuando. Luego paso por la farmacia y le compro el perfume que más le gusta y pido que lo envuelvan con papel de regalo. Cuando llego a casa, le doy el perfume pero él tiene mala cara, me agradece secamente, no me da un beso y sigue escribiendo en la computadora y me mira como diciéndome que estoy interrumpiéndolo, así que me retiro en silencio.

Tarde en la noche, cuando él duerme, bajo a la computadora y descubro que ha estado chateando con Jorge Javier, un amante que tuvo o tiene en Madrid. Es fácil descubrirlo porque ha dejado el chat abierto, quizá por descuido, o más probablemente para que yo lo lea y sufra. Martín le dice a Jorge Javier que está harto de mí, que lo trato mal, que es como si todavía estuviera casado con la mujer que me dio dos hijas, que nunca me voy a casar con él, que lo trato como si fuera una amante de paso. Y que ya no aguanta más mi frialdad, mis caprichos, mis desplantes.

Luego descubro que ha estado viendo pornografía en internet. Es fácil descubrirlo porque ha dejado varias ventanas abiertas, seguramente con la intención de que yo las vea.

A la mañana siguiente, encuentro en mi escritorio el perfume que le compré, con una nota que dice: «No todos los días son Navidad.»

Llegando a Lima al amanecer, manejo cien kilómetros por la autopista al sur. No he dormido en el avión. Enciendo la radio y bajo la ventana para mantenerme despierto.

No tengo dinero peruano al pasar el peaje de la autopista. Por suerte aceptan dólares. Tengo que dejar dos dólares, uno por el peaje y otro para el cobrador.

Más allá me detiene la policía. El oficial me pide mi licencia de conducir. Le entrego la licencia de Miami. Me pide la licencia peruana. Le digo que no la tengo conmigo. Me pregunta por qué no la llevo conmigo. Le digo la verdad, que no tengo licencia peruana. Me pregunta por qué no he sacado una licencia nueva. Le digo la verdad: «Debido a mi carácter pusilánime, oficial.» Lo bueno de usar palabras raras es que te dan un cierto prestigio. El policía me pide un autógrafo. Firmo: «Para mi querido amigo Henry García, por estos años manejando indocumentado.» El oficial me corrige. Es Jenry, con jota.

Cuando llego a la casa, me voy a dormir. Despierto bruscamente tres horas después. Alguien ha tirado un huevo a la ventana de mi cuarto. Salgo a la terraza, pero no hay nadie a la vista. Los chicos malos de la playa se divierten tirándome huevos.

Bajo a la playa. Está desierta. Me zambullo en el agua. Salgo con la cara llena de arena porque el mar está muy arenoso. Entonces veo que se acerca un hombre en pantalón y camisa, descalzo, a paso vacilante, zigzagueando casi, como si estuviera borracho o muy cansado. Mira el mar con una mezcla de júbilo y asombro. Al pasar a mi lado, me pregunta con la lengua pastosa y los ojos alunados si soy la persona a cargo de alquilar las sombrillas y las tumbonas. Le digo que no, pero que, como no hay nadie en la playa, puede buscar la sombra y la comodidad que mejor le convengan, sin pagar nada. Me reconoce enseguida. «Mis repetos, don Jaimito», me dice, y me da un abrazo despanzurrado que es casi una manera de echarse a dormir en mis brazos. Le siento el aliento áspero a alcohol. Es un hombre pobre, mal vestido, sin zapatos, y no se sabe de dónde ha venido ni cómo ha llegado a esta playa, pero parece extrañamente feliz de estar allí, un lunes a mediodía, hablando a solas con el mar, contemplándolo con reverencia y excitación, como si fuera el cuerpo de la mujer más bella que hayan visto nunca sus ojos fatigados que navegan en aguardiente.

El borracho feliz no tarda en meterse al mar sin sacarse la ropa, con el pantalón que se le cae y la camisa raída, y grita de frío o de felicidad o de ambas cosas, y luego ejecuta una danza alucinante, los brazos al cielo, lanzando gritos incomprensibles, mientras yo lo miro con envidia, porque nunca había visto a nadie más feliz en esa playa ni en ninguna.

Sin entender por qué lo asalta tanta alegría, por qué da esos brincos y alaridos, quién es este extraño visitante alcoholizado que ahora se emborracha con cada ola que le baja los pantalones y le descubre el culo, me acerco a él y le pregunto si no querrá ponerse protector de sol o tomar un refresco. El tipo me dice: «Mis respetos, don Jaimito.» Luego sigue chapoteando como un niño. No puedo más y le pregunto:

—¿Por qué está tan feliz, caballero?

El tipo se sube el pantalón que se le cae de todos modos y responde:

—Porque recién lo conozco al mar.

Luego salta y se echa más agua. Le pregunto de dónde viene. Me dice que de las montañas, de muy lejos, y que su sueño fue siempre conocer el mar.

—¿Y qué te parece el mar? —le pregunto.

Se queda pensativo un momento y responde:

—Es algo de la granputa, ingeniero.

Enseguida se baja el pantalón y comienza a orinar con toda naturalidad.

He venido a esta casa de playa al sur de Lima no porque me guste la playa o esta playa en particular, que se llama Asia, sino para evitar que venga mi ex suegra. Debería estar en Miami, ocupándome de mis asuntos, pero ningún asunto me parecía más urgente que mantener vivo el rencor contra ella y su esposo, frustrar sus planes de fin de año, librar una rápida guerrilla familiar y demostrar, por si me subestiman, que soy un soldado con una misión, y esa misión es azuzar el odio literario contra ellos, que me echaron de su casa con insultos y amenazas cuando publiqué cierta novela.

Estoy solo en la casa de playa, porque ellos, mis enemigos, sorprendidos por mi astucia (pues pensaban disfrutar en mi ausencia de esta casa), no permiten, en represalia, que mis hijas vengan a visitarme, alegando que deben montar a caballo, tomar clases de baile, visitar a la tutora de ortografía o jugar con sus primos, que han venido desde Oslo, donde viven. Estar solo, como se sabe, tiene ciertas ventajas, por ejemplo hacer lo que a uno le dé la gana sin dar explicaciones a nadie, pero, cuando se está en una casa de playa y se pretende bajar al mar sin sufrir una insolación, hace falta alguien que se ocupe de echarle a uno protector de sol en la espalda. Y a eso se reduce entonces el problema de estar solo en la playa: a que no sé cómo echarme protector en la espalda, y después de intentarlo con un cuchillo de cocina, con una espátula de madera, con una botella plástica de tamaño familiar y con un aerosol, me doy por vencido y me resigno a buscar a un amable vecino, curioso o espontáneo que me saque del apuro.

Es entonces cuando entra en escena Candela.

Candela es un joven bajo, de tez morena y ojos chispeantes, uniformado con una camiseta celeste y un pantalón corto azul, que aparece en la terraza para vigilar que los motores de la piscina estén funcionando correctamente, que el agua esté en la temperatura y el nivel adecuados y que no falte una pequeña dosis de cloro para purificarla. Candela cumple su misión en silencio porque ha sido advertido de que nunca debe perturbar la paz de los residentes de esta playa. Por eso, cuando le invito un helado de chocolate y le digo que se siente un momento a conversar conmigo, se sorprende, pero, vencida esa primera reacción de timidez, acepta la invitación y come el helado sin hacer el menor ruido. Una vez que me ha contado algunas cosas de su vida (que se llama Candela, que vive en el pueblo cerca de la playa, que tiene una hija llamada Sheyla para quien me pide un autógrafo a pesar de que la niña tiene apenas trece meses de nacida, que uno de sus sueños es tener una piscina propia y aprender a nadar), me animo a pedirle, de la manera más viril y respetuosa, que, por favor, me eche protector en la espalda, porque quiero bajar a la playa a darme un chapuzón. Algo sorprendido, pero acostumbrado a atender en todo lo que sea posible a los habitantes de esa playa, Candela acepta cumplir tan innoble y peligrosa tarea, la de cuidarme la espalda de los rigores del sol.

Ahora estamos Candela y yo de pie, él en su uniforme playero, yo en un traje de baño de flores que me queda grande, y Candela abre sus manos y yo deposito en ellas sendos chorros de protector número setenta, el más resistente y grasoso de todos, y luego me doy vuelta y Candela empieza a frotar sus manos por mi espalda con una seriedad y un esmero indudables. Aquel momento en que Candela me masajea la espalda con sus manos recias y grasosas, curtidas por el cloro, el agua salada y el sol, es, con mucha diferencia, el más memorable de cuantos he pasado en estos días atrincherado en la playa, y así se lo hago saber con el debido respeto:

—Lo haces estupendamente, Candela. Por favor, échame un poco más y no dejes ninguna parte sin protector, que odio la erisipela.

—Con mucho gusto, señor —dice él, y estruja el frasco plástico para extraer más protector setenta.

Para mi mala fortuna, cuando Candela se halla frotándome la espalda ya con más confianza aunque no por ello con menos dedicación, pasan caminando frente a la terraza, rumbo a la playa, dos señoras en traje de baño y sombrero, muy elegantes, bañadas por supuesto en protector, y al ver a un muchacho uniformado sobando una y otra vez mi espalda tantas veces sospechada, comentan algo en voz baja, se persignan con estupor y una dice:

—Cómo se ha maleado esta playa.

Al parecer, tan pías y honorables damas han caído en el error de pensar que Candela está acariciándome, llevado por la lujuria, y no echándome loción contra el sol, y que dicho joven uniformado y yo nos hemos entregado con descaro, y a la vista de quienes deseen mirar, a las más bajas pasiones, que, como se sabe (aunque tal vez ellas no lo saben), suelen ser las más placenteras. Pues no es así, nobles señoras: no es que ame a Candela, es que soy un hombre solo y odio la insolación.

Candela se marcha poco después, agradecido porque le he servido bebidas y bocaditos y le he prometido mandarle saludos en el programa, y yo bajo a la playa, desafiando las miradas hostiles de las damas cuya sensibilidad he herido sin querer, y me doy un baño de asiento en las aguas heladas y arenosas del Pacífico. Y como no parece ser mi día de suerte, una ola chúcara me golpea por detrás y me desacomoda el traje de baño, y mis amigas, escandalizadas, alcanzan a capturar visualmente, en el luminoso horizonte de bufeos y gaviotas, un pedazo de mi trasero tantas veces sospechado, que, puedo jurarlo, no ha tocado ni tocará nunca Candela, aunque ellas no me crean, porque, cuando paso a su lado, bañado en agua salada, una comenta en voz baja, aunque no tanto como para que no pueda oírla:

—Qué desperdicio este muchacho.

Camino a la casa de su hermano Bobby, que la espera para salir a navegar, mi madre se detiene un momento a visitarnos en la playa. Cuando regreso de correr, la encuentro sentada en la terraza, conversando con Sofía y mis hijas, que han llegado esa mañana, escapando de mi ex suegra. Se ve estupenda, guapa, delgada. Ya no viste de negro por la muerte de mi padre. No quiere tomar nada porque se siente un poco mareada por los cien kilómetros que ha recorrido en compañía de un chofer y un custodio que la esperan en la sombra con las flores que llevan para su hermano, el legendario Bobby. Está serena y feliz, sorprendentemente serena y feliz. Dice que mi padre está ahora en un lugar mejor y que algún día ella se reunirá con él y podrán abrazarse como nunca pudieron abrazarse cuando estuvieron de paso por acá. «Ojalá», le digo. «Ojalá, no: así será», me corrige ella, con su sonrisa infinitamente bondadosa. Luego me cuenta que el año pasado hizo muy provechosas inversiones en la bolsa de valores, en ciertas compañías mineras cuyas acciones multiplicaron su valor. Quedo asombrado con la solvencia y naturalidad con que mamá habla de sus astutas movidas bursátiles. Ha ganado dinero, aunque pudo ganar mucho más de no haber vendido a destiempo en un par de ocasiones, mal asesorada por ciertos financistas asustadizos (menciona a uno de apellido Solano), que pensaron que cierto candidato de izquierda ganaría las elecciones. La escucho en silencio, admirado. Es una mujer distinguida, de modales suaves y apariencia delicada, incluso frágil, pero hay en ella una voluntad de hierro, una fuerza escondida, cierta inquebrantable perseverancia que nace, supongo, del ejercicio diario de la fe. Mi madre me anima a invertir en la bolsa con ella. Ya no me anima a ir a misa con ella. Es una manera ingeniosa de buscar alguna forma de complicidad conmigo. Le prometo que seguiré sus consejos financieros, que compraré y venderé lo que ella me diga, que nos haremos muy ricos y me retiraré por fin de la televisión. Me dice riéndose que ella tiene tanta suerte en la bolsa porque en realidad, bien miradas las cosas, no es suerte, es que cuenta con la asistencia y el auxilio de Dios Todopoderoso, que la ilumina en la lenta pero segura expansión de su portafolio. Luego nos deja varios regalos (manás, chocolates, sobres con billetes para las niñas, un saco que era de mi padre para mí) y prosigue su viaje por la autopista al sur, donde, doscientos kilómetros más allá, en la bahía de Paracas, la espera su hermano Bobby, el navegante solitario, legendario por el poder de su inteligencia y la fineza de su humor, que la ha invitado a pasar el fin de semana en su espléndida casa que yo todavía no conozco.

Unos minutos después, mientras estoy probándome con algún temor el saco marrón que fue de mi padre, escucho sorprendido que mamá ha regresado. Nos cuenta, riéndose, que ha ocurrido un percance curioso, que no vamos a poder creer: el chofer y el custodio han cerrado el baúl del auto, dejando las llaves adentro, y ahora no pueden abrir el baúl ni encender el auto. Le pregunto cómo pueden haber dejado las llaves en el baúl y luego cerrarlo. Me dice que, al acomodar de vuelta en la maletera las flores que ella le lleva a su hermano y que habían sacado de allí para que no se estropeasen con el calor, uno de ellos, el chofer, dejó las llaves sin darse cuenta y luego cerró la puerta. No tienen copia de la llave, han forzado la cerradura pero no encuentran manera de abrirla, así que caminarán al pueblo con la esperanza de encontrar a algún cerrajero que les permita recuperar la llave extraviada y seguir viaje hasta la bahía de Paracas. Mamá está encantada: Dios ha querido que se pierda la llave en la maletera para que pueda pasar más tiempo con nosotros. Es una señal o un mensaje que ella acata con resignación y alegría. Llama a su hermano Bobby por el celular, le comunica las malas noticias (que para ella más parecen buenas) y le dice que, si no encuentran un cerrajero en el pueblo, es probable que tenga que quedarse a dormir con nosotros. Apenas corta la llamada, la llevo a un cuarto de huéspedes y le pregunto si le provoca descansar. Me dice que ya se siente bien, que ya le pasó el mareo, que lo que de verdad le provoca es darse un baño de mar. Poco después, sale en un traje de baño negro de una pieza, muy conservador como corresponde, con sombrero de paja y bañada en protector. Mis hijas, encantadas, le echan protector en la espalda. Antes de bajar a la playa, mamá ve en el jardín las pequeñas tablas de goma o espuma de las niñas (que ellas llaman «morey» o «pititablas») y me pregunta si puede usar una «para correr olitas». Sorprendido, me río y le cargo la tabla hasta llegar al mar. «No te olvides que yo, de joven, corría olas a colchoneta en La Herradura», me dice ella, sonriendo, acomodándose el sombrero. «Y me metía más adentro que todos los hombres y corría las olas más grandes que ellos no se atrevían a correr.» Yo había oído esos cuentos desde que era chico y pensaba que eran fantasías o exageraciones, pero cierta vez, hace ya veinte años, conocí a un periodista sabio y encantador, que fue mi maestro, el gran Manuel d'Ornellas, y él me contó una tarde, almorzando en un restaurante japonés, que, cuando era joven, corría olas en colchoneta con mi madre en La Herradura y que ella bajaba esas olas con una destreza, un arrojo y una habilidad inexplicables que dejaba pasmados a todos los muchachos que corrían con ellos y que no se aventuraban a bajar ciertas olas portentosas que mamá conquistaba sonriendo en una colchoneta azul.

Ahora mi madre se echa sobre la tabla amarilla y se aleja de mí, haciéndome adiós, siempre sonriendo, y sobrepasa con pericia unas olas medianas y luego espera y espera y espera, mientras mis hijas y yo la observamos remojándonos las piernas desde la orilla, y de pronto Lola grita «¡olón!», y algo revive y se agita en la mirada de mi madre, y entonces ella bracea, patalea, se acomoda y, ante nuestros ojos asombrados, se instala en la cumbre de la ola, la posee sin mediar duda alguna y, una vez que la ha conquistado y hecho suya, la baja, recorre, zigzaguea y disfruta como si fuera una de las viejas olas de La Herradura que corría cincuenta años atrás en su colchoneta azul. Mis hijas la aplauden, maravilladas de tener una abuela que todavía corre olas y que las corre mejor que ellas y sus amigas, y yo le pregunto a mi madre si está bien, si no tiene miedo de meterse tan adentro, y ella me mira con sus ojitos santísimos, llenos de bondad, y me dice «no tengo miedo porque Dios es mi tabla, amor, y yo bajo todas las olas con Él». Y yo beso a mi madre en sus mejillas saladas y la quiero más que nunca.

Llego a Buenos Aires a pasar una semana con Martín. No nos hemos visto en algún tiempo. Al llegar al departamento, trato de no hacer ruidos, pero Martín se despierta de todos modos. Nos abrazamos. Martín quiere hacer el amor.

Yo sólo quiero dormir. Ha sido un vuelo largo, estoy extenuado. Martín se queda triste, siente que ya no es como antes, cuando nos conocimos.

Duermo todo el día. A la noche, de mejor humor, digo que quiero ir al cine. Martín dice que hace frío, que mejor nos quedamos viendo el programa de bailes en la televisión. Digo que prefiero ir al cine, que en ese caso iré solo. Martín se alista y me acompaña. Vamos en taxi. Todavía no ha salido del taller, de un servicio de rutina, el nuevo auto que hemos comprado, a riesgo de que nos lo roben también. Martín odia ir en taxi, odia que yo hable con los conductores. Yo lo sé y por eso voy callado. Vemos en función de medianoche una película policial, la historia de un asesino en serie. Martín odia la película, dice que le da miedo, que le recuerda a su hermana enferma, a la muerte. Quiere irse del cine, pero le pido que se quede hasta el final. Al salir, subimos a un taxi. El chofer estornuda, tose, carraspea. Martín se cubre el rostro con el suéter. «Es un asco, me está tosiendo en la cara», dice. «No exageres, no es para tanto», le digo. Llegando a la casa, le digo que hubiera preferido ir al cine solo. Martín cierra bruscamente la puerta de su cuarto y se va a dormir sin despedirse.

Al día siguiente hace más frío. Despierto cansado, de mal humor. Voy al oculista, necesito anteojos nuevos. Martín me acompaña, me dice: «No sé para qué venís a verme, si estás todo el día de mal humor.» Me quedo en silencio, no le hablo. Martín se va sin despedirse. A la tarde, después de la siesta, caminamos al cine. Quiero ver una película sobre un hombre que le dispara a su mujer. Martín no parece muy animado. Mientras caminamos, me pregunta si algún día vamos a dejar de vernos esporádicamente y vivir juntos. Le digo que no lo sé, que ya se verá más adelante. Martín se molesta y, llegando al cine, dice que prefiere irse. Se va sin despedirse. Veo la película a solas y la disfruto. Saliendo del cine, encuentro a Martín, que me espera. Nos abrazamos.

La noche siguiente, Martín ya tiene el auto recién salido del taller. Propongo ir al cine a una función de medianoche. Quiero ver una película francesa. Martín dice que hace frío, seis grados, cuatro de sensación térmica. Le digo que nunca ha podido saber la diferencia entre la temperatura oficial y la sensación térmica y que, aunque haga frío, iré al cine de todos modos. Como tiene el auto recién afinado y limpiado, Martín decide acompañarme. Cuando llegamos a la cochera, suena una alarma escandalosa. No sabemos desactivarla. No podemos sacar el auto. Lo intentamos varias veces, pero la alarma nos espanta. Nos marchamos derrotados. Vamos caminando a un restaurante oriental. La comida es cara y nos cae mal. Me quedo triste, pensando que la noche se frustró porque con el auto todo es más complicado. La vida era más simple cuando nos movíamos en taxi, pienso. Ahora hay que pagar cocheras, seguros, patentes, alarmas. Pero no digo nada porque no quiero otra pelea con Martín.

El jueves quiero ver un partido de fútbol en televisión pero no puedo porque tengo que ir a un casamiento con Martín. Es la boda de una amiga, que se casa en el hotel más elegante de la ciudad. Me niego a ir a la iglesia. No estoy dispuesto a hacer ese teatro religioso. Vamos a la fiesta. Tenemos suerte: llegamos tarde, pero justo en el momento en que están sirviendo el primer plato. La cena es espléndida. Converso con mis vecinos de mesa, a quienes acabo de conocer. Martín está encantado. Me dice que algún día le gustaría casarse allí conmigo. Le digo que no me voy a casar de nuevo. Martín se queda triste, toma vino blanco, no habla con nadie. Hablo con unos diseñadores de modas. Cuando ponen música disco, Martín dice para ir a bailar. Le digo que bailar es una vulgaridad. Martín me dice que soy un tonto. Va a bailar solo. Lo miro y pienso que baila lindo.

El viernes almorzamos con Blanca, que ha llegado de Madrid. Le regalo una de mis novelas porque ella cumplirá años en pocos días. No sé qué firmarle. Ella nos ha contado que le divierte una expresión española: «Total-sensacional.» Le escribo: «Eres total-sensacional. Con todo mi amor, J.» Martín lee la dedicatoria y piensa que no he debido escribir la palabra «amor». Le molesta que esté siempre tratando de seducir a las mujeres guapas, no importa si son sus amigas. Cuando Blanca se va, me lo dice, me dice que no era apropiado escribirle «con todo mi amor» a una amiga. Le digo que no exagere, que es un amor de amigo, no un amor sexual. A la noche, después de la siesta, digo que quiero ir a ver la película francesa que no pudimos ver la otra noche. También digo que estamos invitados a un musical. Martín dice que prefiere ir al musical. No tengo ganas de ir a un musical, pero cedo. Vamos en el auto, escuchando el nuevo disco de Bosé. Llegando a la calle Corrientes, sufrimos para encontrar estacionamiento. Entramos al teatro. Le digo que, si el musical es aburrido, nos iremos en media hora. Martín acepta. Pero, al comenzar, una de las actrices me saluda, me ha reconocido desde el escenario. Le mando un beso volado. Luego susurro al oído de Martín: «Nos jodimos, tenemos que quedarnos hasta el final.» El musical dura dos horas. Nos aburrimos. Pienso que debí ir a ver la película francesa, que hice una concesión a mi chico y ahora me arrepiento. Saliendo del teatro, comemos algo deprisa. Insisto en ir a ver la película francesa a la una de la mañana. Martín tiene frío y está cansado, pero cede. Ya en la sala, se queja, se mueve mucho, bosteza, dice que está quedándose dormido. A mitad de la película, digo que mejor nos vamos. Martín acepta encantado. Pero me quedo triste porque no puedo terminar de ver la película. Subimos al auto. Prefiero manejar porque Martín se cae de sueño. Manejo rápido, demasiado rápido para mi chico, que se queja. No le hago caso, voy a toda prisa. Martín está en silencio, ofuscado.

Llegando a la casa, Martín se va a dormir. Nos despedimos fríamente. Hago maletas, llamo un taxi, duermo apenas una hora y salgo al aeropuerto. Antes de salir, escribo una nota que dice: «Gracias por todo. Nos vemos en un mes. Besos.»

Camino al aeropuerto, le digo al chofer que me lleve a un hotel en el centro. Voy a quedarme unos días secretamente en la ciudad. Quiero estar solo. Quiero ver muchas películas. No quiero hablar con nadie.

Una semana de invierno en Lima puede parecer un año. Las noches son heladas y culposas; en las mañanas una niebla espesa lo difumina todo, incluso la certeza o la esperanza de que me iré pronto; las horas y los días pasan con una lentitud sañuda, exasperante, como si uno estuviese privado de su libertad, confinado en una cárcel de techo gris en la que nació, de la que siempre quiso escapar y a la que acaba volviendo resignadamente, porque no queda más remedio.

Debo pasar una semana en Lima porque Camila cumple años un miércoles (y nada, ni siquiera mi condición de reo o presidiario en esta gran mazmorra polvorienta a orillas del Pacífico, justifica ausentarme de su fiesta) y porque tengo que grabar unos programas para irme con mis hijas un mes de vacaciones a los Estados Unidos, el país donde ellas nacieron, donde escribí casi todas mis novelas y donde somos vulgarmente felices cuando nos bañamos en la piscina, bajo las sombras que nos conceden las palmeras.

Las celebraciones de Camila se dividen sabiamente, porque así lo ha dispuesto ella, en una fiesta adolescente con sus amigas y amigos del colegio, en un inevitable té familiar (que ella espera con cierta resignación, aunque con la curiosidad de ver cómo me tratarán algunas personas de la familia que me detestan cordialmente) y en un desayuno con su hermana y sus padres, a una hora cruel para mí, las siete de la mañana, en que abre bostezando sus regalos (todos los cuales ella ha comprado por internet, enviado a mi casa en Miami y visto a escondidas conmigo, apenas llegué a Lima) fingiendo sorpresa y alegría.

Su fiesta es un éxito ruidoso y eso me provoca alarma. Un número inesperadamente alto de muchachos inesperadamente altos desborda la pista de baile: muchos de ellos no han sido invitados y se han metido a la casa haciendo trampa, mintiendo, burlando al hombre de seguridad, diciendo nombres que no son los suyos pero que están en la lista de invitados, lo que confunde al pobre guardia, que nunca sabe quién es el invitado y quién, el impostor, y por eso, aturdido y humillado por los modales prepotentes de esos jovencitos de otros colegios que ni siquiera conocen a mi hija, los deja entrar a todos. Camila quiere echar a los intrusos, pero yo le aconsejo que no lo haga, que se olvide de ellos y disfrute de la fiesta. Uno de los intrusos se burla de la fealdad de una chica (le grita «Betty, Betty», por *Betty la Fea*) y ella se harta y le da una bofetada. Todas las canciones, si podemos llamarlas así, pertenecen a ese género esperpéntico y atroz llamado reggaeton, que Camila adora y baila con frenesí, pero que a mí me parece una agresión acústica insoportable, lo que provoca las justificadas quejas de los vecinos, hartos de esas letras pendencieras, obscenas, que los parlantes del jardín expulsan a un volumen despiadado y no los dejan descansar. Le pido al hombre que hemos contratado para que se ocupe de la música que, por favor, ponga algo decente, pero él responde a los gritos, con cara de trastornado, que sólo tiene reggaeton, que mi hija sólo quiere reggaeton, que si no pone reggaeton lo van a echar a patadas. Me siento en una esquina, los pies al lado de la estufa, y veo a lo lejos a mi bellísima Camila bailando esos ritmos grotescos con una gracia y una aparente felicidad que le dan sentido a todo, incluso a la creciente sospecha de que las señoras que comen sanguchitos me odian en silencio y muy educadamente porque digo en televisión que me gustan los hombres y porque me permito decir incluso los hombres que me gustan o me han gustado, lo que para ellas, que comen tan atropellada y felizmente esos sanguchitos que yo he pagado para que sigan engordando sus lindas pancitas, es una cosa de un mal gusto atroz, aunque no tanto como moverse al ritmo del perreo.

El té familiar resulta inesperadamente divertido. Mi ex suegra me saluda con sorprendente cariño. Luce bella, delgada y encantadora. Atribuye su eterna juventud a ciertas raíces, aceites, brebajes, semillas y hojas de la Amazonía que se aplica religiosamente y no duda en recomendar, a riesgo de aumentar la potencia sexual de los consumidores de dichas maravillas curativas. Sofía luce bella, delgada y encantadora. Se ha liberado de un conjuro malvado que alguien tramó contra ella. Sospecha de una mujer que la envidia. Ha visitado a un chamán o curandero, un hombre de corta estatura, aliento alcohólico y mirada extraviada, y le ha pedido que rompa el conjuro, que neutralice la emboscada de su enemiga, que la proteja y purifique del hechizo torvo. El curandero le ha pedido que se desnude. Sofía ha preguntado, con comprensible alarma: «¿Del todo?» El chamán ha respondido, con comprensible rigor: «Del

todo, mamita. Si no te calateas, no puedo pasarte el cuy.»
Sofía se ha tendido desnuda en una camilla maloliente. El
curandero ha frotado por su espalda y sus nalgas un cuy
vivo, pequeño roedor andino de pelambre marrón. De
pronto, ha gritado: «¡Carajo, se ha muerto el cuy!» Luego
ha explicado que el pobre roedor ha expirado por absor-
ber toda la energía negativa depositada dentro del cuerpo
de Sofía, como consecuencia del conjuro urdido maléfica-
mente contra ella. Sofía ha sospechado (y yo la he acompañado en esa sospecha) que el curandero ha estrangulado
al cuy, sólo para impresionarla y probar de ese modo his-
triónico su discutible eficacia. Luego, el hombre, tras des-
hacerse del animal, ha echado agua con pétalos de rosas
sobre el cuerpo de Sofía. Ella ha creído ver que algo, no
precisamente un cuy, se abultaba y movía entre las piernas
del chamán. Después le ha pagado y se ha sentido radiante, liberada del hechizo maléfico, purificada y optimista,
como debió de sentirse cuando se divorció de mí con un
buen gusto irreprochable.

Al día siguiente, muy temprano, mis hijas y Sofía han
salido al aeropuerto, rumbo a Miami. Nos veremos allá en
pocos días. Me he quedado en Lima con el espíritu avinagrado, soportando de mala gana la niebla, la garúa, la conmovedora idiotez de los patriotas y los moralistas, los ladridos de los perros de mis hijas, que esperan que les tire más
salchichas. Desolado, he abierto la agenda de Sofía, he llamado al curandero y le he pedido que me pase el cuy.

Martín me dice que está harto de la ola de frío en Buenos
Aires y que necesita desesperadamente el sol de Miami.

El problema es que Sofía y mis hijas están en Miami. A

Sofía no le gusta quedarse en mi casa, prefiere quedarse en casa de sus tíos, que son encantadores y tienen una casa más grande y más linda que la mía, con un yate en el muelle.

Le pido a Martín que no viaje todavía, que espere a que Sofía vuelva a Lima. No quiero correr riesgos. Sofía y Martín no se conocen y no tienen ganas de conocerse. Sofía no tiene una buena opinión de él (le parece un joven interesado, oportunista, que quiere aprovecharse de mi dinero) y Martín no tiene una buena opinión de ella (le parece una mujer intolerante y conservadora, que no está dispuesta a que pase mis vacaciones con mis hijas y mi amante). Martín acepta de mala gana que tendrá que esperar a que Sofía vuelva a Lima para que pueda tomar el avión que lo llevará al sol de Miami que tanto necesita.

Todo parece estar en orden: las niñas pasarán la mitad de sus vacaciones con su madre, y luego conmigo y Martín.

El azar, sin embargo, se ocupa de enturbiar esos planes.

La madre de Sofía decide viajar a Miami y se queda en casa de los tíos. Sofía y su madre se pelean porque ninguna quiere dormir en el sofá cama. Sofía cree que es injusto que su madre la desplace del cuarto de huéspedes y la mande al sofá. Le ofrezco mi casa. Sofía hace maletas y viene con nuestras hijas a mi casa. No es la primera vez que pelea con su madre, ocurre a menudo. Bajo la temperatura del aire acondicionado y enfrío la casa, sé que a Sofía y mis hijas les gusta la casa bien fría.

Sofía decide que la casa está inmunda y que conviene limpiarla. Me encierro en mi estudio a escribir, mientras mis hijas y Sofía se divierten limpiando la casa con un entusiasmo que encuentro admirable e inexplicable a partes iguales. De pronto, Sofía encuentra tres bolsas negras, bolsas de basura, en mi clóset, con ropa de hombre que ella no reconoce. La mira, la despliega, la huele. Va a mi estudio y me pregunta de quién es esa ropa. Sabe que no debería preguntarlo, pero no puede evitarlo. Me siento pillado (aunque sé que no he hecho nada malo, me ruborizo) y respondo que la ropa es de un amigo. Sofía me pregunta por qué la he escondido. Le digo que no sé cuándo volveré a ver a ese amigo y prefiero que no esté colgada en uno de los roperos. Miento. La he escondido porque es la ropa de Martín y no quería que Sofía la encontrase. La he escondido como he escondido mis fotos con Martín. La he escondido porque le tengo miedo a Sofía, tengo miedo de que se lleve a las niñas a Lima si descubre que Martín llegará en pocos días. Sofía no hace más preguntas, se va contrariada, no es tonta y sabe que escondo algo y lo escondo mal.

Pasado el incidente de la ropa, vuelve la calma. Las llevo de compras, les doy plata para que compren todo lo que quieran, las trato como lo que son, las tres mujeres que gobiernan mi vida y de las que me siento un súbdito feliz. De noche duermo mal porque la casa está helada, tengo toda clase de pesadillas, pero me consuelo pensando que las chicas están contentas.

El azar, de nuevo, se encarga de conspirar contra la precaria armonía familiar.

Una noche vamos al supermercado y Sofía ve un tabloide que ha publicado en la portada una foto mía con un titular sobre mi sexualidad («Jaime Baylys: ¡Amo a un hombre!»). Hace entonces lo que tal vez no debió hacer: abre el tabloide, busca la página, lee mis declaraciones (que yo aseguro que son falsas), ve las fotos de Martín (que dice «tenemos un cuasi matrimonio»), y lo deja en el estante dándole vuelta para que las niñas no vean a su padre en esa curiosa circunstancia. Más tarde, en la casa, entra al estudio, cierra la puerta para que las niñas no oigan y me pregunta si Martín vendrá pronto. Miento con descaro, digo que no, que me quedaré solo con mis hijas. Sofía no me cree, pero no tiene pruebas. Luego me pregunta qué es ese aparato gris que tengo en el baño. No sé de qué está hablando. Vamos al baño. Ella me lo muestra. Parece un consolador. Ella ha pensado que lo es. Pero no lo es: es un aparato eléctrico, de punta redondeada, para depilarse los pelos de la nariz. Sofía me cree cuando hago una demostración de la dudosa eficacia del aparato. Luego me pregunta si he vuelto a tomar cocaína. Me sorprendo, le digo que no, que no tomo cocaína hace años. Sofía me lleva al estudio y me enseña unos polvos blancos sobre la mesa. Le digo que es el azúcar en polvo de unos alfajores que comí la noche anterior, tratando de escribir la novela. No miento. Es azúcar en polvo. Me comí todos los alfajores, veinte, uno tras otro. Después no escribí una línea.

En vísperas de que Sofía vuelva a Lima, llamo a Martín a Buenos Aires y le pido que postergue su viaje una semana más porque tengo ganas de estar un tiempo a solas con mis hijas, no quiero que Sofía se vaya una noche y él llegue al día siguiente. Martín se enoja, levanta la voz, me dice que está harto de cambiar de planes por culpa de Sofía, que está harto de esconderse de ella. Le pido disculpas, le digo que fue una mala idea, que viaje como estaba planeado. Pero Martín está dolido y ya no quiere viajar, odia que yo le cambie los planes de un modo tan egoísta y caprichoso, odia que le dé prioridad a mi ex esposa sobre él. Esa noche me manda un correo electrónico y me dice que no va a viajar, que no lo llame por un tiempo.

Me quedo solo con mis hijas. Vamos al supermercado. Compramos alfajores. Ellas ven el tabloide escandaloso, ven mi foto y se ríen: ya están acostumbradas a mis escándalos y les divierte burlarse de mí. Llegando a la casa, nos metemos en la piscina. Las chicas parecen felices. Como un alfajor más (qué importa engordar, si ya no vendrá Martín), miro a mis hijas riéndose y pienso que, después de todo, soy un hombre con suerte.

Martín ha llegado de visita. Es un viaje breve porque Candy sigue muy enferma. Volverá en una semana a Buenos Aires para acompañarla en su cumpleaños.

Martín, mis hijas y yo vamos a una tienda de ropa. Camila dice, al llegar:

—La última vez que vinimos acá fue con Manuel.

No se da cuenta de que ha dicho algo que tendrá unas consecuencias devastadoras sobre el ánimo de Martín. Tendría que haber recordado lo que le he contado: que Martín y Manuel se detestan, que Martín odia que yo vea a Manuel.

Le había prometido a Martín que no vería más a Manuel, pero ahora se ha enterado de que no hace mucho salimos de compras con él, y se siente traicionado, siente que soy un mentiroso, que no puede confiar en mí.

Martín me pregunta si es verdad lo que ha dicho Camila, que hace poco fuimos a esa tienda con Manuel, y, mientras mis hijas miran ropa con aire distraído, me resigno a decir la verdad:

—Sí, vinimos con Manuel cuando estabas en Buenos Aires.

—¿Y por qué no me lo contaste? —me pregunta Martín.

—Porque tú odias a Manuel y no quería tener una pelea contigo —me defiendo.

—Me mentiste. Me dijiste que no verías más a Manuel.

—No puedes prohibirme que vea a un amigo al que aprecio. No tiene sentido que odies a Manuel. No te ha hecho nada malo.

—Manuel me odia. Te habló mal de mi libro. Me tiene celos. Le gustaría ser tu chico, por eso me odia.

—No puedes estar seguro de eso.

—Estoy seguro. Es obvio que ese tipo está obsesionado con vos. Es tu *stalker*. ¿No te das cuenta de que quiere que nos peleemos para que él pueda ocupar mi lugar?

—Eso es imposible, y él lo sabe. Yo lo conocí mucho antes de conocerte y nunca pasó nada entre nosotros y le dije que sólo podíamos ser amigos, que no me gustaba.

—Ya no sé si creerte, Jaime. Mentís tanto que ya no sé si creerte.

—No te mentí. No te conté que salimos con Manuel para no lastimarte. Pero no decir algo no equivale a mentir.

—Pero me dijiste que no verías más a Manuel. Sabés que ese pibe me odia y no te importa verlo. Si de verdad me quisieras, no saldrías con un tipo que habla mal de mí.

—A mí nunca me habla mal de ti.

—Da igual. Ya me cansé de tus mentiras. No sé para qué vine. Quedate con tu Manuel. Yo me vuelvo a Buenos Aires mañana.

Esa noche, Martín llama a la línea aérea y adelanta la fecha de su viaje de regreso. Le pido que no se vaya, que no haga esa locura. Le explico que no hice nada contra él, que sólo vi a Manuel y no se lo conté, pero Martín está dolido, siente que soy un mentiroso, que soy desleal, que soy capaz de ser amigo de personas que lo detestan, como Manuel, como Ana, la chica que se hizo un tatuaje en la espalda con mi nombre.

—Yo jamás podría ser amigo de alguien que te odia —me dice—. Y vos sabés que Manuel y Ana me odian. Y te chupa un huevo. Y seguís viéndolos igual. Y te escriben tres mails diarios. Y les escribís otros tres mails diarios. Y te dicen que te quieren, que te aman. Y les decís que los querés, que los amás. Y los ves a escondidas. Y me decís

251

que sólo son tus amigos, pero contigo nunca se sabe, Jaime.

—Te prometo que no veré más a Manuel ni a Ana —le digo—. Pero, por favor, no te vayas mañana. No tiene sentido pelearnos por algo tan ridículo. No me has encontrado en la cama con Manuel.

Manuel y yo nos conocimos en una farmacia de Key Biscayne, hace diez años o más. Yo no conocía a Martín. Manuel y yo nunca fuimos amantes, sólo amigos de vernos ocasionalmente. Hice que Martín y Manuel se conocieran en un restaurante de la isla, hace cinco años. Se reunieron pocas veces más. Fue evidente desde el principio que no se entendían, no se veían con simpatía, se rechazaban naturalmente. Siempre que hablábamos de él, Martín me decía:

—Ese pibe es un nabo atómico. No sé qué hace viviendo solo en Miami. Debería volver a Santiago y conseguirse un novio.

Pero ahora Manuel se ha convertido en una causa de guerra para Martín, en la razón para irse bruscamente a Buenos Aires, en el fantasma que agita sus propias dudas y temores sobre la conveniencia de seguir conmigo: ese hombre mayor, gordo, cansado, predecible, aburrido, ensimismado, que se pasa los días tirado en la cama, durmiendo, tratando de dormir, hablando de lo mal que ha dormido, de lo bien que dormía antes de conocerlo.

—Todo esto me pasa por ser demasiado bueno —le digo, exhausto, con dolor de cabeza, a las tres de la mañana, mientras mis hijas duermen y pienso si debo tomar el Alplax para asegurarme siete horas de sueño sin interrupciones—. Debería pasar mis vacaciones solo con mis hijas.

—Por eso me voy mañana —dice Martín—. Para no ser un estorbo en tu vida familiar.

A la mañana siguiente, todos hemos dormido bien. Es un milagro. Lo atribuyo a mi laboriosidad: bloqueé las salidas del aire acondicionado en mi cuarto y mi baño, pegando una servilleta de tela y una lámina de papel platino con cinta adhesiva, de modo que los cuartos de las niñas y Martín se mantuviesen fríos, como a ellos les gusta, pero el mío, tibio, como necesito para no dormir tan mal.

Abrazo a Martín, lo beso en la mejilla, le pido perdón, le digo que lo amo, que es el chico de mis sueños, que, por favor, no se vaya. Martín tiene las maletas hechas, dice que tiene que irse a la noche. Pero lo convenzo de ir a almorzar al restaurante mexicano que tanto le gusta. Comemos fajitas, quesadillas. Tomamos cerveza. Nos emborrachamos levemente. Vamos luego a comer helados. Martín se ríe, borracho y feliz, con sus bermudas holgadas y sus sandalias de jebe y su camiseta sin mangas que muestra los brazos bien trabajados en el gimnasio, y yo siento que nunca he amado ni amaré a nadie como amo a ese chico alto, flaco, frívolo, depresivo, callado y caprichoso, ese chico que algunas señoras confunden con mi hijo y al que de ninguna manera dejaré ir esa noche al aeropuerto, aunque tenga que pedirle perdón y prometer que nunca más veré a Manuel ni a Ana ni a nadie que él, Martincito lindo, el chico de mis sueños, odie con razón o sin ella.

Hace años, llego a Montevideo a presentar una novela. Hablo con cierta desfachatez, cuento historias que estoy seguro de haber contado antes, me dejo retratar por fotógrafos de eventos sociales y despliego mis dudosos encantos para seducir a los invitados que me acompañan en ese hotel de lujo.

En medio de tantas sonrisas y halagos falsos, conozco a una mujer. Es guapa, el pelo negro, la mirada chispeante, el perfil aguileño, pero no es tanto su belleza como su insolencia lo que llama mi atención. Ella se presenta, me da la mano suavemente, dice su nombre, Dolores, y me pregunta:

—Si te gustan los hombres, ¿por qué te casaste con una mujer?

La pregunta no está hecha en tono agresivo. Hay en ella una cierta complicidad. Quedo sorprendido, no sé qué contestar. La miro a los ojos y le digo:

—Te lo cuento más tarde, si dejas que te invite a cenar.

Esa noche, cuando todos se marchan, Dolores y yo bajamos al restaurante del hotel, espantamos a unos músicos que intentan cantarnos casi al oído, bebemos champagne y nos contamos algunos secretos. Ella me cuenta que está casada pero que ya no ama a Daniel, su marido argentino, y que ha tenido y tiene algunos amantes escondidos, y que su pasión es la fotografía, hacer fotos, hacerse fotos ella misma. Yo le cuento que estuve casado con Sofía porque amé y en cierto modo todavía amo a esa mujer, pero que también me gustan los hombres, que me gustaría enamorarme de un hombre (todavía no he conocido a Martín). Ella me cuenta que también es bisexual, que le gustan más los hombres pero que ocasionalmente puede gustarle una mujer, aunque nunca se ha enamorado de una. Cuando terminamos de cenar, me propone subir a la habitación a fumar un porro, tiene marihuana en el bolso. No he fumado hace meses, pero esa noche no encuentro razones para negarme. Fumamos. Luego suena el celular. Es Daniel, su esposo. Ella le miente, dice que está con una amiga, y se va.

Al día siguiente, vuelve al hotel y me pide hacerme fotos. Estamos en mi habitación. Ella me pide que no sonría, que mire a la cámara con seriedad, sin forzar una sonrisa. Luego me pide que me quite la ropa, que me quede en calzoncillos, aunque me promete que sólo tomará fotos hasta el ombligo, no más abajo. Obedezco, me dejo guiar, encuentro un extraño placer sometiéndome a la voluntad de esa mujer que me hace fotos. Ese juego o encuentro de vanidades me produce una cierta crispación erótica que no consigo disimular. Ella naturalmente lo advierte, deja la cámara y, siempre al mando, me hace el amor.

Desde aquella tarde, nos hacemos amantes. Ella lee los libros que he publicado. Yo contemplo maravillado las fotos que ha exhibido, los retratos que ha hecho de sí misma.

Como está casada y debe ocultarle a su marido los encuentros conmigo, diseña un plan: decirle a Daniel que soy su amigo, pero que no tiene por qué preocuparse, pues soy gay y tengo novio. Me cuenta el plan. Me dice que es perfectamente creíble, porque ya circula por esa ciudad el rumor de que me gustan los hombres, sólo tiene que inventarme un novio, el novio que no tengo todavía pero que estoy buscando discretamente. Aunque con ciertos temores, acepto el plan. Dolores me recuerda:

—Cuando estés con Daniel, tenés que ser muy loca. Así no va a sospechar.

Dolores organiza una cena en su casa en mi honor. Invita a amigas actrices, modelos, fotógrafas; a amigos escritores, periodistas, actores. Conozco a Daniel. Lo saludo de un modo muy afectado, tratando de acentuar mi lado femenino. Le cuento que tengo un novio en Miami (un cubano joven y pujante, al que conocí en el gimnasio) y otro a escondidas en Lima (un actor con fama de mujeriego). Todo es mentira, pero Daniel parece convencido de que soy un homosexual feliz. Al final de la noche, Dolores le pide permiso para llevarme al hotel. Como está borracho y hablando con sus amigos, acepta sin problemas. Dolores me lleva al hotel, sube al cuarto y me hace el amor. Es un momento perfecto. Hemos encontrado la manera de ser amantes sin que nadie lo sospeche. Ella regresa rápidamente a casa.

En los meses siguientes, vuelvo con frecuencia a ver a Dolores. No puedo vivir lejos de ella. Necesito sus besos, sus caricias, sus bromas insolentes, la educación sentimental y musical a la que me somete. La invito de viaje. Daniel, el esposo confiado, aprueba los viajes de su mujer, la fotógrafa, y su nuevo amigo, el escritor homosexual. Dolores y yo vamos a Buenos Aires, a una feria de arte. Casi no salimos del hotel. Nada nos divierte más que fumar porros, beber champagne, hacer el amor y tomarnos fotos impúdicas. En otra ocasión vamos a Lima y Cuzco. Todo lo que recuerdo de ese viaje es que, estando arriba, en las alturas de unas ruinas famosas, tuvimos ganas de orinar y meamos al aire libre, en medio de las montañas, extasiados por el paisaje, y al hacerlo sentí algo parecido a la felicidad. También viajamos a Miami y Nueva York. Ella parece feliz engañando a su marido. Yo me siento culpable de abusar de la confianza de Daniel, que me parece un hombre encantador, pero eso no me impide disfrutar del amor extraño e improbable que he encontrado en esa mujer que a veces seduce a otras mujeres tan lindas como ella y que a menudo me anima a buscarme un chico guapo para que no me aburra con ella.

He pensado que ese amor durará todo lo que me quede de vida. Pero una mañana, estando en la ducha en Miami, suena el teléfono. Contesto. Es ella. Está llorando. Me dice que está embarazada. No sabe si el bebé es de Daniel, de mí o de un actor uruguayo. Me quedo mudo, no sé qué decir. Le pregunto si va a tener el bebé. Dice que sí, que no puede abortar. Ya tiene tres hijos con Daniel, ama ser madre, no puede interrumpir una vida sólo por cobardía, por no saber quién es el padre. La apoyo, le digo palabras dulces, le prometo que estaré con ella, pase lo que pase. Pero ella me sorprende: me dice que va a tener al bebé, pero va a decirle a Daniel que es suyo. Le digo que es un error, que no debe mentirle, que debe tenerlo y hacer discretamente pruebas genéticas y, si resulta siendo de Daniel, se queda callada y no dice nada, pero si es hijo mío o del actor, entonces tiene que decir la verdad. Dolores no está de acuerdo. Se enfurece. Discutimos. Me dice que no puede hacerle eso a Daniel, que si tiene al bebé diciéndole que es suyo, no puede decirle un buen día que no es suyo, que eso traería mucha infelicidad. Le digo que la entiendo, pero que está equivocada, que debe ser más valiente.

Unos días después me llama y me dice llorando que ha abortado, que no podemos vernos más, que va a tratar de ser feliz con Daniel. Le digo que la entiendo, que la apoyo, que le deseo suerte.

Pasan los meses y no sé nada de Dolores. No vuelvo más a Montevideo. No quiero estar en esa ciudad sin ver a mi chica. No pisaré más Montevideo. Todo en esa ciudad me recuerda a ella.

Dos semanas con mis hijas en Miami, sin viajes ni programas de televisión en la agenda, sin empleadas que las sirvan ni familiares que las amonesten, sin horarios ni obligaciones de ningún tipo, son una promesa segura de ocio feliz para mí, no sé si para ellas también.

Debo dar gracias a quien corresponda por el hecho afortunado de que las niñas heredasen de mis genes, y no de los de su madre, que es una mujer hacendosa y emprendedora, una cierta disposición natural a la vagancia, a asociar el placer con el ocio, la felicidad con la vida sedentaria y la pereza con la virtud.

No por eso dejamos de hacer un número de planes antes de llegar a la casa en Miami, pero, como no tardaría en manifestarse nuestro espíritu haragán y una fatiga crónica que al parecer viene desde muy lejos, presumo que desde mis bisabuelos irlandeses que llegaron embriagados a las costas peruanas, esos planes no pudieron hacerse realidad, porque para ello hacían falta una energía y una laboriosidad de las que carecíamos por completo.

Dijimos que iríamos a Washington a visitar los museos, los parques, el hospital donde nació Camila, las casas donde vivimos, pero les dije que no debíamos correr tan alto riesgo porque en las noticias de la televisión habían advertido que los terroristas estaban tramando un nuevo atentado y parecía imprudente, casi suicida, subirnos a un avión o acercarnos a un aeropuerto.

Dijimos que iríamos un fin de semana a los parques de diversiones de Orlando, pero les dije que en julio hace tanto calor que la gente se desmaya, y las filas de gente esperando los juegos son tan largas que los que no se desmayan por el calor lo hacen por esperar horas de pie, y los que sobreviven al calor y a las filas y consiguen entrar a los juegos a menudo se desmayan o incluso mueren de asfixia, vértigo, taquicardia o ataques de pánico, según pude leer en los periódicos, que contaban que alguien murió en la montaña rusa y alguien más en la casa del terror, con lo cual mis hijas entendieron que era casi una certeza estadística que, si cometíamos la imprudencia de visitar los juegos de Disney, uno de los tres no regresaría vivo.

Dijimos que iríamos a un parque acuático al norte de la ciudad, pero les dije que ese parque había sido clausurado porque muchos niños murieron ahogados allí. Nunca supe de qué parque hablaban mis hijas ni dónde quedaba, pero les conté tantas historias truculentas que perdieron todo interés en deslizarse por los toboganes gigantes y jugar con las olas artificiales.

Dijimos que iríamos al gimnasio todas las tardes, un gimnasio en el que estoy inscrito y por cuyo uso he pagado un año entero, pero no fuimos una sola tarde porque podía llover y no teníamos paraguas y además había demasiados mosquitos que podían picarnos en el camino.

Dijimos que saldríamos a montar en bicicleta, pero las bicicletas tenían las llantas desinfladas y les dije que era demasiado esfuerzo llevarlas al grifo, pues no cabían todas en la camioneta y había que llevarlas en varios viajes, una idea que me resultaba extenuante, de modo que las bicicletas quedaron tiradas, con las llantas bajas y las cadenas oxidadas.

Dijeron que verían a sus amigas que también estaban de vacaciones en la ciudad, pero yo dejaba el teléfono desconectado sin que ellas se enterasen y así nunca sonaba el teléfono y nadie las invitaba a ninguna parte y ellas no entendían por qué se habían vuelto tan impopulares y yo les decía que la vida es así, un desengaño tras otro, y que ninguna amistad dura para siempre.

Dijimos que iríamos a la playa, pero yo les decía que era más seguro quedarnos en la piscina de la casa, porque no hacía mucho una raya clavó su aguijón venenoso en los pies de un amigo que estaba metiéndose en el mar de la isla donde vivimos, y ellas recordaban que el último verano en el que fuimos a la playa nos encontramos nadando a pocos metros de un manatí y salimos aterrados, así que nos convencimos de que era mejor refrescarnos en la piscina y enterarnos de la fascinante vida marina viendo los documentales de la televisión.

Dijimos que saldríamos a pasear en un yate alquilado, pero les dije que, debido al aumento del precio de los combustibles, nos costaría una fortuna, así que ellas salieron a pasear en el yate de sus tíos, quienes, por suerte, muy generosos, pagaron la travesía, lo que multiplicó mi cariño por ellos.

Puede decirse entonces, sin exagerar, que no hicimos ninguna de las actividades o excursiones que habíamos planeado, que la prudencia y la pereza conspiraron contra todos los eventos familiares que imaginamos antes de viajar. Pero reconocer que esos planes quedaron en palabras y no se ejecutaron, ni siquiera uno solo, no nos entristeció: al contrario, nos confirmó que fueron unas vacaciones completamente inútiles y, al mismo tiempo, completamente felices.

Sería atropellado saltar a la conclusión de que mis hijas y yo no hicimos nada memorable en las semanas que pasamos juntos. Es verdad que todos nuestros planes fueron desechados, pero no es menos cierto que, dadas las circunstancias, supimos improvisar, apegándonos siempre a dos leyes básicas del haragán: no te agites y respeta la rutina.

Lo que ahora mismo, al final del verano familiar, recuerdo con más orgullo, porque me confirma que no se puede conseguir nada sin una cierta disciplina, es el ahínco o tesón adolescente que depositaron mis hijas en la empresa común de dormir todos los días hasta las dos de la tarde como mínimo, lo que nos permitía levantarnos tan embriagados o dopados de sueño que, luego de un breve desayuno, volvíamos a la cama a descansar del cansancio de haber dormido tanto.

No puedo olvidar la alegría que sentíamos mientras nos burlábamos, criticábamos o imitábamos a nuestros parientes, la euforia que me provocaba arrojarle piedras o agua con cloro al gato del vecino y la gratificante sensación del deber cumplido que nos invadía al ver los libros del colegio que debían leer y no habían leído ni pensaban leer porque yo me encargaría de leerlos por ellas.

Como buen padre, me ocupé de cocinar para ellas, procurándoles una dieta balanceada, consistente en leche con cereales de desayuno, pan con jamón y queso de almuerzo, y pan con queso y jamón de cena, acompañados de cocacola, todo en platos y vasos de plástico desechables para no tener que lavar la vajilla.

Si me preguntasen qué podrían haber aprendido mis hijas en estas vacaciones, tal vez diría unas pocas cosas: que si duermen hasta tarde los días suelen ser más placenteros, que el pan con jamón y queso no facilita la digestión y que la felicidad a veces consiste en inventarse un buen pretexto para no salir de casa.

Regreso a Buenos Aires después de cinco semanas. Los diarios anuncian días helados. No me preocupa demasiado. Al pie de la cama tengo una estufa portátil que sopla aire caliente (robada de un hotel chileno y a la que llamo «soplapollas»), que es como mi mascota y me previene de resfriarme.

Le digo al chofer que me lleve a San Isidro, pero no por la General Paz, que a esa hora, las ocho de la mañana, suele ser un enredo intransitable, sino por una ruta alternativa, Gaona y Camino del Buen Ayre. El chofer me dice que me costará veinte pesos más. Le digo que no importa y que acelere. Me dice que nos pueden tomar una foto y multarnos. Le digo que en ese caso pagaré la multa. Salvo el cansancio, nada me exige llegar pronto a casa. Pero llevo la prisa del viajero frecuente, que, sin pensarlo, impulsado por una antigua costumbre, quiere ser el primero en salir del avión, pasar los controles, subir al taxi y llegar a casa, como si fuese una competencia con los demás pasajeros o con uno mismo, como si quisiera batir una marca personal. Después, al llegar a casa, desaparece esa premura y puedo pasar una hora frente a la computadora, leyendo diarios y correos que tal vez no debería leer.

Duermo pocas horas. Sueño con celebridades. Es una extraña y alarmante costumbre la de soñar con celebridades. Al despertar, llamo al restaurante alemán, digo que estaré allí en quince minutos y pido la comida. De todos los restaurantes que he visitado, es el que más feliz me ha hecho. Se llama Charlie's Fondue. Está en Libertador y Alem. Cuando estoy en San Isidro, almuerzo allí todos los días, y a veces también voy a cenar.

Después de almorzar, voy a cortarme el pelo con Walter. Atiende en Walter Pariz, con zeta, en la calle Martín y Omar, casi esquina con Rivadavia. Me hice su cliente en otra peluquería, pero tuvo el valor de abrir su propio negocio y no dudé en acompañarlo. Es un joven amable y emprendedor. Me habla de su hija, me muestra fotos de ella. Me habla de San Lorenzo, su otra pasión. Me corta el pelo mejor que ningún peluquero de Miami o Nueva York. Me cobra doce pesos, veinte incluyendo la propina. Le digo que nos veremos en tres semanas, cuando regrese al barrio.

Paso por la clínica San Lucas. Me acompaña Martín. Su hermana Candy sigue batallando contra un cáncer que no cede. Entramos a la habitación. Sus padres me saludan con cariño. Candy está muy delgada. Tiene un calefactor encendido a su lado, en la cama. Me impresiona su lucidez. Hablamos de viajes, del que hizo a Río con Martín, a Sudáfrica con su hermana, a Londres con su padre. La televisión está prendida en un programa de chismes. De pronto, se queja de estar así, postrada y entubada en un sanatorio, con sondas y sueros y toda clase de dolores y molestias inenarrables por los que una mujer de su edad, apenas treinta años, no debería pasar. Sin quebrarse ni compadecerse de su propia suerte, con una firmeza y un coraje admirables, dice: «Quiero que me saquen todo esto y me dejen volver a casa. Si me voy a morir, prefiero morirme antes. No tiene sentido vivir así, para que puedan venir a visitarme.» Se hace un silencio. Nadie sabe qué decir. Al despedirme, le doy un beso y le digo que la quiero mucho.

Los días siguientes grabo mis entrevistas de televisión. No deja de ser una ironía que aparezcan en un programa de modas y glamour, dos asuntos que desconozco por completo. Voy con la misma ropa todos los días, el mismo traje, la misma corbata, los mismos zapatos viejos de liquidación. Llevo tres pares de medias, por el frío, que no da tregua. Lo que más me gusta de ir a la televisión es conversar con las señoras de maquillaje. Son tres y poseen extrañas formas de sabiduría, además de un número no menor de chismes. Me cuentan el más reciente: una diva, harta de esperar a una actriz joven, que demoró una hora en llegar a las grabaciones, entró al cuarto de maquillaje, le gritó a la actriz joven: «¡Sos una negra culosucio!» y la abofeteó. Ellas, que presenciaron la escena, le dan la razón a la diva. Lo que menos me gusta de ir a la televisión argentina es que me maquillen con esas esponjas sucias, trajinadas, olorosas, impregnadas de cientos de rostros célebres y ajados, bellos y estirados, falsos y admirados. Me digo en silencio que en mi próximo viaje llevaré mis propias esponjas, pues parece riesgoso que a uno le pasen por la cara tantas horas de televisión, tantas partículas diminutas de tantos egos colosales que terminan confundidas en mi cara de tonto, junto con la base, el polvo y la sonrisa más o menos impostada.

Pero los mejores momentos no son los que ocurren en la televisión sino en mi barrio de San Isidro, por el que, a pesar del frío y una llovizna persistente, me gusta caminar sin saber adónde ir, dejando que me sorprenda el azar. Voy al almacén de la esquina a comprar cosas que no necesito, sólo para conversar con las chicas empeñosas que allí atienden. Paso por la tienda de discos a comprar discos que no voy a escuchar, sólo para hablar con los chicos suaves que me saludan con cariño. Entro a la tienda de medias polares y me quejo del frío y me llevo varios pares más, deben de pensar que voy a esquiar. Compro champús franceses, sólo para darme el placer de preguntarle a la señora francesa muy mayor, que no para de fumar, qué champú le vendría mejor a mi tipo de pelo, y ella da una bocanada, echa humo, tose, pierde felizmente un poco de vida, me toca el pelo grasoso y recomienda el Kérastase gris, que es el que peor me va, pero el que me llevo obediente, porque me encanta que me toque el pelo con sus viejas, viejísimas manos. Me detengo en el negocio de computadoras y me siento a imprimir unos cuentos innecesarios, prescindibles, sólo porque quiero mirar a, y conversar con, el chico tan lindo que despacha tras el mostrador. Estos son los momentos caprichosos y felices que, cuando me voy de Buenos Aires, echo de menos, sin contar, por supuesto, los que paso con Martín.

De madrugada, todavía a oscuras, subo al taxi, rumbo al aeropuerto. El chofer me cuenta que tiene diez hijos y hace poco nació uno más, todos con la misma mujer. Le digo que debe de ser muy lindo tener una familia tan numerosa. Me dice: «No. No es lindo. Pasa que llego a casa tan cansado, a las siete de la mañana, que siempre me olvido de ponerme forro.» Nos reímos. Hay en su risa enloquecida una extraña forma de sabiduría. Sólo en Buenos Aires uno encuentra gente así. Por eso quiero irme a vivir a esa ciudad.

Cuando era niño, robaba dinero de la billetera de mi padre, mientras él se duchaba. No lo hacía porque necesitase el dinero (aunque tampoco venía mal para comprarme dulces en el quiosco del colegio). Robaba por puro placer.

Nunca me pilló, nunca me dijo que le faltaba dinero, nunca sospechó de mí (o, si lo hizo, no me lo dijo). Cuando llegábamos al colegio, después de un viaje largo y enredado por carretera, que duraba una hora o poco más, sacaba su billetera si estaba de buen humor y me daba dinero por si me pasaba algo malo. Yo me sentía mal porque ya tenía escondido en las medias el billete que le había robado.

Mi padre no era un hombre rico pero vivía como si lo fuera porque así lo habían acostumbrado desde niño sus padres, que tenían dinero gracias a su habilidad para los negocios y una disciplina de hierro. Vivíamos en una mansión de película en las afueras de la ciudad, una casa de jardines interminables sobre diez mil metros cuadrados, que mi padre no había comprado, pues le fue regalada por su padre. Antes habíamos vivido en un departamento frente al club de golf, que mi abuelo también le regaló.

Cuando me preguntaban en el colegio a qué se dedicaba mi padre, yo decía: «Es gerente.» Lo decía porque esa palabra sonaba bien y porque era verdad. Fue gerente de una compañía de autos norteamericana, la General Motors, hasta que la compañía decidió irse del Perú. Fue gerente de un banco; de una compañía sueca de autos, la Volvo; de una fábrica de explosivos; y de un club hípico, el Jockey. Ya enfermo de cáncer, trabajó en una compañía minera gracias a la generosidad de su cuñado, el legendario tío Bobby, un hombre de inmensa fortuna que tuvo la nobleza de ayudarlo en aquellos momentos difíciles, a pesar de que en otros tiempos habían tenido ciertos desencuentros.

No siendo mi padre un hombre de espíritu empresarial, pues tal vez carecía de confianza en sí mismo para correr riesgos y fundar un negocio propio, era honrado, disciplinado y laborioso, virtudes que sus jefes no tardaban en reconocer, y contaba con un apellido de prestigio en el mundo de los negocios, que le había sido legado por su padre, que se llamaba como él y era muy respetado por los banqueros y empresarios de la ciudad.

Al morir su padre, no pudo recibir, como hubiera querido, la parte de la herencia que le correspondía. Tuvo que esperar a que su madre, una mujer bondadosa, que lo quería mucho, muriese también. Recién entonces pudo heredar el dinero que necesitaba para sentirse más tranquilo y no tener que ir a trabajar todas las mañanas como gerente de alguien.

Nadie esperó que hiciera lo que hizo: dividió la mitad de su herencia en diez partes iguales, la repartió entre sus diez hijos y anunció que seguiría trabajando como gerente porque no quería quedarse todo el día en la casa, aburrido de no hacer nada. Sus hijos, sorprendidos, recibimos ese dinero como «adelanto de herencia», así lo llamó mi padre.

En aquel momento yo vivía en Washington, estaba escribiendo mi primera novela y no quería saber nada de mi padre, no contestaba sus llamadas, estaba furioso con él. Sin embargo, depositó en mi cuenta bancaria la parte de la herencia anticipada que había decidido regalarme. No le agradecí.

Algún tiempo después, mi novela salió publicada. Gracias al dinero que me regaló mi padre, pude terminar de escribirla. Irónicamente, él fue uno de los principales damnificados de la novela, pues uno de los personajes se le parecía mucho. Sin leerla, me había pedido que no la publicase. Sabía que sería un escándalo que él quería ahorrarle a la familia. Quería salvar el prestigio del apellido que yo estaba a punto de mancillar.

Años más tarde, mi padre fue acusado, como gerente del Jockey Club, de firmar unas facturas sobrevaluadas. Lo enjuiciaron. Negó que hubiera hecho algo indebido. Dijo que se limitó a firmar los papeles que le pidieron que firmase y que nunca obtuvo un beneficio ilícito a cambio de eso. Enterado de sus dificultades, lo llamé y le ofrecí la ayuda de mi abogado, un amigo muy querido. Nos reunimos con varios abogados, ante los cuales mi padre tuvo que pasar por el trance bochornoso de explicar, sentado a mi lado, los enredos de las facturas sospechosas, y finalmente decidió contratar los servicios de mi amigo. Le dije que yo pagaría los honorarios de su abogado, durase lo que durase su defensa legal. Me agradeció, conmovido. No nos abrazamos. Nunca nos abrazamos. Pero quizá en ese momento estuvimos cerca de abrazarnos.

El juicio fue largo y lleno de ramificaciones complicadas. Al final, gracias a la astucia de su abogado, mi padre fue absuelto de todos los cargos. Fue un gran triunfo para él. Me sentí en parte responsable de esa victoria.

Ya no recuerdo cuál fue la naturaleza del escándalo que volvió a distanciarnos, pero probablemente tuvo que ver con mi renuencia a esconder o disimular mi bisexualidad, un tema que le incomodaba y del que prefería no hablar (quizá porque sentía que yo no era tal cosa y hacía alarde de ella para humillarlo). Lo cierto es que, tras largo tiempo sin hablarnos, me escribió un correo electrónico contándome que había vendido la mansión de mi infancia y preguntándome si quería que me devolviese el dinero que le había pagado a su abogado por prestarle esos valiosos servicios.

Debí decirle que ese dinero había sido una contribución desinteresada y que no tenía que devolverme nada. Pero, como estaba ofuscado con él, le escribí diciéndole que me parecía justo que me devolviese la mitad de lo que le había pagado a su abogado y que debía entregarle esa suma a Sofía.

A los pocos días, me escribió diciéndome que mi madre no estaba de acuerdo con lo que yo había pedido, pues ella pensaba que los honorarios del abogado no habían sido un préstamo sino una contribución generosa de mi parte y por lo tanto no cabía que me devolvieran nada. Aunque no me lo dijo (y eché de menos que lo dijera), pareció que él estaba de acuerdo con ella. Desde entonces, y hasta los días previos a su muerte, dejamos de hablarnos.

Ahora creo que fue una mezquindad pedirle que le diese a Sofía la mitad de lo que yo le había pagado a su abogado. No necesitaba ese dinero, como no lo necesitaba cuando lo sacaba de su billetera antes de ir al colegio. Sólo quería que, en ese largo forcejeo de orgullos y vanidades que fue nuestra historia, él, por una vez, cediera ante mí.

Tres días antes de morir, en la cama de una clínica, mi padre pidió un helado. Bajé a comprárselo y lo llevé a su cama. Mientras lo saboreaba lentamente, me miró con cariño y me preguntó: «¿Te debo algo?» No me debía nada, por supuesto. Era yo quien le debía el abrazo que nunca pude darle.

Un tal Gonzalo Brignone me escribe un correo electrónico que dice: «Sólo necesito que me expliques hasta dónde llegó tu relación con mi mujer. Espero honestidad de tu parte por respeto a mis hijos.»

No sé quién es Gonzalo Brignone. No lo conozco. Si lo conocí, no lo recuerdo. No sé quién es su mujer. Si la conocí, tampoco la recuerdo. Si no los conozco o no los recuerdo, mi relación con la mujer de Gonzalo Brignone no existió, salvo en la imaginación afiebrada de Gonzalo Brignone, o si existió no llegó a ninguna parte, o a ninguna de las partes que, envenenado por los celos y el rencor, imagina el pobre Gonzalo Brignone.

Por la dirección de su correo electrónico, puedo suponer que Gonzalo Brignone es chileno, aunque podría no serlo o podría incluso no llamarse así.

Como no sé quién es Gonzalo Brignone ni a qué mujer alude, y como parece penoso que invoque a sus hijos para investigar la conducta íntima de su mujer, y como además parece abusivo que me escriba sin conocerme pidiéndome una confesión sobre mi vida sexual o mis supuestos amores furtivos, decido no escribirle.

Pero Gonzalo Brignone está poseído por la fiebre de los celos, esa enfermedad miserable y humana, que suele ensañarse con los más débiles, y no quiere o no puede tolerar mi silencio. Por eso vuelve a escribirme en ese tono seco y agresivo que es el suyo: «Explícame esto. Esto me sorprende dado [sic] tu condición de homosexual o bisexual. ¿Tuviste sexo con mi mujer? Espero tu respuesta.» Luego reproduce dos correos: uno que me escribió Francisca Costamagna, su mujer, y otro que yo le escribí a Francisca. Al leerlos, descubro por fin quién es la mujer de Gonzalo Brignone, la mujer que él sospecha que se acostó conmigo. La conocí hace años en Santiago de Chile. Trabajaba en televisión. Era simpática, ocurrente, un poco loca. Quería escribir un libro de cuentos. Me había leído. Le di mi correo electrónico. Me escribió.

Gonzalo Brignone copia uno de esos correos que me escribió Francisca, su mujer: «Mi entrañable y más querido guapo: El embarazo me tiene invernando. No voy a lugares de moda y cada día me da más pereza aparecer en la tele. El matrimonio como siempre en altos y bajos. A veces pienso que mi marido es un ángel por su paciencia. Créeme que a veces no le hablo, le ladro. No porque no lo quiera, sino porque soy mañosa y lo reconozco. Pero lo extraño de esta relación es que cuando me siento enamorada, con ganas de tirar rico, es él quien se aleja, se abstrae. Pero cuando yo me alejo, no quiero estar con él y me cae realmente mal, anda baboso detrás de mí. El mundo anda al revés y, al parecer, estoy condenada a una relación inestable. Ahora te toca a ti. Dónde estás, cuándo vienes, qué escribes y cuánto me quieres. Te extraño mucho, muchos besos, Fran.»

Enseguida Gonzalo Brignone copia un correo que le escribí a su mujer: «Mi niña: Estoy en Lima. Llegué esta madrugada con mis hijas y regreso esta noche a Miami porque quiero seguir con la novela. Hace un mes que no escribo y eso me inquieta. Ando medio aturdido por el viaje, pero sólo quiero decirte que te quiero. Besos.»

Gonzalo Brignone cree o quiere creer que su mujer y yo fuimos amantes y esos dos correos le sirven como prueba. Su mujer me dice «mi más querido guapo» y «dime cuánto me quieres». Yo le digo «mi niña» y «te quiero». Estoy condenado. Gonzalo Brignone ha espiado los correos de su mujer (quién podría reprocharle esa humana debilidad) y parece convencido de que su mujer lo engañó conmigo.

Aunque sé que sería mejor no escribirle y mantenerme al margen de esa triste querella doméstica, le escribo: «Estimado Gonzalo: Lamento el tono y la urgencia de tus correos porque supongo que estás pasándola mal. Sólo una persona que ama con desesperación (como a veces inevitablemente es el amor) haría lo que has hecho tú, que es escribirme con una aspereza innecesaria, pidiéndome unas explicaciones que no tendría por qué darte, pero que elijo darte porque no quiero que sufras más de lo que en apariencia ya estás sufriendo. No, nunca tuve ninguna aventura sexual con Francisca. Fuimos brevemente amigos de escribirnos mails cariñosos, nada más que eso. Creo que no debiste escribirme en ese tono tan violento, pero no pasa nada, el amor es así y uno hace locuras a veces. Te deseo lo mejor. Espero que encuentres serenidad y sabiduría para comprender y perdonar los defectos de los otros, que a veces son más pequeños que los nuestros. Que pase el mal momento. Abrazos.»

Pensé que Gonzalo Brignone me agradecería por escribirle unas líneas amables que bien podría haberme ahorrado. Me equivoqué. No tardó en escribirme: «Creo que actuaste de forma justa al responderme. De todas formas obras mal al aprovecharte de tu fama haciéndote dueño de la debilidad de algunos. Sacas lucro de esto sin medir los daños para familias e hijos que no tienen por qué vivir la inmundicia de mundo en el cual te manejas. Quizá para ti son actos furtivos sin mayor importancia pero para el resto es la vida. Mídelos porque tarde o temprano alguien te pasará una cuenta muy cara que no podrás pagar. Espero nunca más ni yo ni Francisca sepamos de ti.»

Ofuscado porque su respuesta me confirmó que no debí responderle, le escribí: «Me dices que mi vida es "una inmundicia". En efecto, lo es. Nunca limpio las casas en las que vivo. Si algún día quieres ayudarme a limpiar la inmundicia que me rodea, prometo comprar dos escobas, una para ti y otra para mí. Te espero con todo mi cariño y mi inmundicia.»

Por fortuna, Gonzalo Brignone no volvió a escribirme. Pero Francisca, su mujer, que no me había escrito en años, me sorprendió: «Disculpa el malentendido. Me avergüenza, sobre todo al tener la certeza de que nuestros mails fueron sólo de cariño, e incluso más mío que tuyo. Además, hace tantos años que no sé de ti. Como te podrás imaginar las cosas por mi lado no andan tan bien como me gustaría y tú no tienes nada que ver en este baile. En fin, te pido disculpas nuevamente.»

No pude evitar la tentación de amonestar a Francisca. Por eso le escribí: «No te preocupes, no es culpa tuya. Pero una persona inteligente, o cuando menos bondadosa, no escribiría las cosas que este pobre hombre me escribió. Puedo entender los celos, pero no la estupidez. Lo siento por ti. Besos, todo lo mejor.»

Francisca me escribió de vuelta: «Nuevamente me avergüenza todo esto. La verdad es que él perdió la perspectiva de las cosas. Nadie tiene derecho a referirse de esa manera a tu persona. Te pido disculpas.»

Gonzalo Brignone no ha vuelto a escribirme. Es una lástima. Mi vida es todavía más inmunda cuando él no me escribe.

Mi madre no sabe que tengo un novio hace años. No sabe que amo a Martín. No lo sabe porque no se lo he contado y porque no me lo ha preguntado. No se lo he contado porque no quiero causarle un disgusto más. No me lo ha preguntado porque no quiere hablar de ciertas cosas que le duelen. No lo sabe porque tal vez prefiere no saberlo.

Sofía no sabe que tengo un novio o se hace la que no sabe. Tal vez lo sabe pero no me lo pregunta porque prefiere no hablar de eso. Es una pena porque creo que ella y Martín podrían llevarse bien si no fuera porque yo estoy en el medio envenenando las cosas.

Mis hijas conocen a Martín pero no saben que es mi novio, creen que es mi mejor amigo. No les he contado que mi mejor amigo es también mi mejor amante, o que es mi mejor amigo debido principalmente, si no exclusivamente, a que es mi mejor amante, de modo que mi amistad por él resulta siendo del todo interesada. No sé si conviene decirles todo eso a mis hijas. Les he contado que me gustan las mujeres y también los hombres, pero creo que ellas no me hacen mucho caso y piensan que soy un poco loco o un poco tonto o ambas cosas a la vez y que nada de lo que les diga debe ser tomado en serio. Me da miedo que algún día me reprochen que no les dijera a tiempo que mi mejor amigo, a quien ellas tanto aprecian, es también mi mejor amante.

Martín no sabe que soy feliz cuando estoy con él pero que también soy feliz cuando no estoy con él, aunque tal vez sea injusto asociar la felicidad con él, porque mi felicidad depende principalmente, si no exclusivamente, de lo bien o mal que he dormido, es decir, de si he tomado o no la pastilla para dormir que me recetó el siquiatra, que es por consiguiente la pastilla de la felicidad. No sabe que yo sé que él también es feliz cuando no está conmigo, cuando me dice que me extraña y a la vez disfruta de mi ausencia. No sabe que tengo miedo de irme a vivir con él pero más miedo tengo de perderlo y de que él se vaya a vivir con otro hombre que lo ame mejor que yo. No sabe que mis sueños eróticos son extrañamente con mujeres y que a veces todavía tengo ganas de acostarme con una mujer. No sabe que puedo ser toda una mujer con él y todo un hombre con una mujer. No sabe o no cree que puedo disfrutar de ambos ejercicios amatorios, aunque nunca tanto como con él. No sabe que a veces me escribo con mujeres y les prometo citas furtivas y caricias ardientes y que no llego ni llegaré nunca a esas citas porque tengo miedo de no estar a la altura de las expectativas, tengo miedo de defraudarlas, de no ser todo lo hombre que ellas creen que soy, todo lo hombre que, contra toda evidencia, obstinadamente, todavía creo que soy.

Mi madre no sabe cuánta plata tengo en el banco y no le importa porque nunca le importó la plata y por eso la quiero tanto. Sofía tampoco lo sabe o lo sabe sólo a medias y tiene la fineza de no preguntármelo porque ante todo es una dama y por eso la quiero tanto. Martín lo sabe vagamente pero no me lo pregunta porque tiene muy buenos modales y ante todo es una dama y por eso lo amo tanto. Sabe, sin embargo, que si muero repentinamente, como le he dicho que voy a morir, no podré dejarle nada porque he escrito en mi testamento que todo será para mis hijas. Me conmueve que me diga que así está bien, que todo lo poco que tengo, que no lo he ganado trabajando sino fingiendo que trabajo (lo que no deja de ser un trabajo, la trabajosa simulación de un trabajo), debo dejárselo a mis hijas, en compensación por la considerable dificultad que debe de entrañar la ardua tarea de ser mis hijas.

Mi amiga Blanca, que está en Madrid, no sabe cuánto la deseo. No se lo digo porque tiene novio y porque soy un cobarde y no quiero que su novio me dé una paliza. Cree que le escribo porque la quiero como amiga. Siendo eso verdad, que la quiero como amiga, también lo es que la deseo, que sueño con ella, que a menudo me encuentro pensando que tal vez con ella podría ser el hombre a medias que todavía no me he atrevido a ser, un hombre con novia a la que ama y posee y con novio al que ama y se entrega. No le digo nada de esto porque Martín es su amigo y su novio es mi amigo y porque Martín se molesta cuando le cuento que Blanca es la mujer que más deseo.

Mi amigo James, que está en Londres, no sabe cuánto lamento no haberlo besado cuando estuvimos juntos en una cama de Madrid y le dije que prefería seguir siendo su amigo y sólo su amigo. Tampoco sabe cuánto me indispuso contra él, y contra aquel beso nunca consumado, el aire viciado que dejó en el baño antes de echarse en la cama a mi lado.

Mi amiga famosa no sabe cuánto sueño con ella, cuánto gozamos juntos en mis alucinaciones culposas de madrugada, cuánto me erizo en esas películas afiebradas de las que soy pasmado espectador y protagonista gozoso cuando la veo acostada a mi lado y la siento mía, cuánto me arrepiento de no haberla llevado al cine a ver aquella película del naufragio cuando ella no tenía novio y yo tampoco, cuando ella me miraba intensamente y yo trataba de mirarla con pareja intensidad pero probablemente ella sentía que yo, más que desearla, lo que quería era ser como ella.

Mi otra amiga famosa no sabe que la otra noche soñé que era mi novia y que nos íbamos a casar y que se la presentaba a mi madre y mamá naturalmente quedaba sorprendida, si no consternada, porque esa amiga famosa tiene tantos años como ella o quizá dos años menos o incluso dos más. Esa amiga famosa no sabe que yo sé que el libro que le regalé dedicado no lo leerá nunca y así está bien porque hay tantos libros mejores.

Mi padre, que está muerto, y a quien no creo que volveré a ver en ninguna de las otras vidas que prometen los predicadores, no sabe cuánto lamento haber escrito las cosas insidiosas que escribí pensando en él cuando lo odiaba y no sabía que uno se pasa media vida odiando a las personas que más quiere, sólo para descubrirlo cuando ya no están.

Dos días antes de morir, Candy despertó de un sueño profundo, ya bajo los efectos de la morfina que le era suministrada en dosis crecientes, miró a Martín y le dijo: «Qué lindo te has vestido.» Luego cerró los ojos y siguió durmiendo. Esas fueron las últimas palabras que le dijo.

Tuve la suerte de despedirme de ella una tarde en que todavía estaba lúcida en su habitación de la clínica San Lucas, en San Isidro. Sabía que le quedaba poca vida. No se engañaba. Lo dijo, en un momento inesperado: «Si me voy a morir en dos semanas, prefiero que me lleven a casa.» No lo dijo llorando, molesta o quejándose. Lo dijo con una serenidad admirable. Estaba harta de las humillaciones a las que el cáncer no dejaba de someterla. Le pregunté por los viajes más lindos que había hecho. Quería sacarla de allí, viajar con ella imaginariamente, llevarla a los lugares donde había sido feliz. Habló de un viaje que hizo a las sierras de Córdoba con Maxi, su esposo. Sentí que por un momento su espíritu se liberaba de las miserias del cuerpo, escapaba de la habitación y sobrevolaba aquellos paisajes que habían quedado registrados en su memoria como escenarios de la felicidad. Luego pidió té y tostadas. Antes de irme, le di un beso en la mejilla y le dije al oído: «Te quiero mucho.» Ella me dijo: «Yo también.» Sentí que esa era nuestra despedida y así fue.

Cuando regresé a Buenos Aires, Candy estaba agonizando. Ya casi no podía hablar, raramente estaba despierta. No tuve coraje para ir a verla. No quería verla destruida por la enfermedad. No quería quedarme con ese recuerdo de ella. Era la hermana de Martín. Era mi hermana.

Esa tarde, en la ducha, sentí que alguien llamaba a Martín para darle la noticia. Apenas salí, le pregunté: «¿Llamó alguien?» Me dijo que nadie había llamado. Minutos después, sonó el teléfono. Tuve el presentimiento de que era la llamada. Martín contestó. Su padre le dijo: «Ya está.» Martín vino hacia mí, me abrazó y no lloró. Luego se fue caminando a la clínica. No pude acompañarlo porque tenía que ir a grabar mis entrevistas. En el taxi, rumbo a Palermo, lo llamé. Estaba llorando, no podía hablar. Se había encerrado en un cuarto de cuidados intensivos, en el quinto piso, para llorar a solas. No quería llorar frente a otra gente. Caminó por toda la clínica buscando un lugar donde pudiera estar solo. Cuando lo encontró, se sentó en el suelo y se abandonó a llorar.

Mientras grababa mis entrevistas con una modelo y un actor, me preguntaba en silencio, ocultando mi tristeza, por qué la vida tenía que ser tan miserable, por qué tenía que ensañarse con una mujer joven e indefensa que sólo quería proteger a su hija y darle algunas alegrías más, por qué su hija de apenas tres años tenía que quedarse sin una madre, qué le dirían a ella, a Catita, qué harían con ella el día del funeral.

Después de una seguidilla de días grises y lluviosos, esa mañana, la del funeral, salió el sol. Yo casi no había dormido, era muy temprano, las nueve en Buenos Aires, las siete en realidad para mí, porque mi hora es siempre la de Lima, aunque casi no viva en esa ciudad. Martín dijo que no se pondría corbata, se vistió sin ducharse y se fue en el auto a buscar a sus padres. Yo le dije que prefería ir en taxi. No quería invadir ese momento de intimidad familiar, Martín con sus padres en el auto, rumbo al cementerio.

Llegué al memorial de Pilar cuando la misa había comenzado. El padre dijo unas palabras sencillas y afectuosas. Dijo que Candy estaba ahora en un lugar mejor, que estaba con Dios, que había vuelto a nacer, que había nacido para toda la eternidad, que en algún momento nos reuniríamos con ella. Me hubiera gustado creer todas esas cosas. No recé. No le pedí a Dios por Candy. Pensé que era absurdo suponer que, si Dios existía, cuidaría mejor de ella sólo porque yo se lo pidiese. Cerré los ojos y le dije a Candy que siempre la quise mucho, que la iba a extrañar y que me disculpase por no haberla llevado al Costa Galana cuando fuimos juntos a Mar del Plata y por tacaño preferí un hotel más barato. Mientras rezaban unas oraciones que ya casi no recordaba, yo sólo pensaba eso: Qué idiota fui de no llevarla al Costa Galana.

Después de la misa, Martín me buscó y saludó con discreción. Luego caminamos por los senderos del memorial, surcando el pasto todavía mojado, en medio de los árboles altos y añosos de Pilar, bajo el sol espléndido de la mañana, siguiendo el ataúd. Había mucha gente de todas las edades, gente joven especialmente. Cuando depositaron el ataúd en el pedazo de tierra que lo acogería y echaron las últimas flores, Martín abrazó a su madre y lloró con ella. Luego descansó su cabeza en mi hombro y lloró sin que importasen las miradas, mientras yo acariciaba su espalda. No había palabras que aliviaran esos momentos de dolor. Yo repetía: «Tranquilo, tranquilo.» Pero era inútil.

Inés, la madre de Candy y Martín, que me acogió en su familia con enorme cariño, me dijo, cuando la abracé: «Qué pena hacerte levantar tan temprano.» Me sorprendió que se preocupase por mí, cuando acababa de perder a su hija. Ella siempre fue así conmigo, cuidándome el sueño, haciéndome citas con médicos, preocupándose por mi salud. No supe qué decirle. Le dije que lo sentía mucho. Debí decirle algo más: «Eres una gran madre.» Porque el modo en que acompañó a su hija durante la enfermedad, hasta el último momento, tomándola de la mano y ayudándola a morir en paz, fue admirable y conmovedor. Y porque a mí, que no soy su hijo, me ha querido como si lo fuera.

Al llegar a casa, abrí mis correos y leí el último que me escribió Candy: «Hola, cómo está todo por esos pagos? Este mail es para decirte una vez más GRACIAS!!! por todo. Martín le compró una tele a Cata y sé que fue con tu ayuda, así que mil gracias. Eso es todo, espero que pronto nos veamos, así me llevan a pasear en su súper auto nuevo, no vas a tener excusa, se escribe así? En fin, te mando un beso graaaaaaande grande, te quiero mucho, no sé por qué pero así lo siento, de verdad sos un amigo del alma y de esos yo no tengo muchos, cuidate. Disfruta de tus hijas y nos vemos pronto, Candy.»

Hace años, una tarde lluviosa de agosto en Buenos Aires, Martín va a casa de Juan a hacerle una entrevista. Martín es editor de una revista de modas. Juan es un famoso periodista argentino de radio y televisión. Martín es muy joven, tiene apenas veintitrés años, y admira a Juan, aunque no se lo dice por pudor. Juan es guapo, inteligente y exitoso y tiene sólo treinta años.

Martín le pregunta si no le molesta que un famoso periodista de radio, Fernando, diga en público, una y otra vez, con su habitual espíritu provocador, que Juan es homosexual.

—No soy puto —le dice Juan, con una sonrisa—. Soy re puto.

Por primera vez, Juan reconoce en una entrevista que le gustan los hombres. Es una liberación, un acto de afirmación personal. Nunca más tendrá que fingir o simular que es lo que en verdad no es. Durante más de dos horas, le cuenta a Martín, ya emancipado del temor de decir la verdad, cómo descubrió, siendo adolescente, que le gustaban los hombres, cómo intentó en vano desear a ciertas mujeres con las que salió como novio atormentado, cómo se impuso rotundamente sobre su destino la oscura y melancólica certeza de que era homosexual. Martín escucha conmovido y, a ratos, levemente estremecido por una bien disimulada crispación erótica.

Cuando la revista aparece en los quioscos, estalla el escándalo. La prensa del espectáculo no se ahorra detalles.

Todos se enteran de que Juan es homosexual, que está muy a gusto siéndolo y que ya estaba harto de vivir en la penumbra del armario, mintiendo, escondiéndose, ocultando esa verdad que tanto lo define frente al mundo. Curiosamente (y esto quizá sorprende a Juan y a los mojigatos que lo critican), luego de salir del armario, su carrera periodística no entra en crisis ni decae su audiencia, sino que, por el contrario, el público que lo sigue se multiplica y su prestigio profesional se consolida.

Un año después, una tarde lluviosa de agosto en Buenos Aires, Martín, que sigue siendo editor de esa revista de modas, va a un hotel en el centro a entrevistarme. Por entonces, ya no oculto que me gustan los hombres. Martín todavía lo oculta, no ha salido del armario. Lo seduzco. Nos enamoramos. Martín pierde el miedo y se asume como homosexual. Se lo cuenta a sus padres, a sus hermanos, a sus amigos, a sus compañeros de la revista. Todos reciben la noticia con naturalidad y buen humor. Nadie parece demasiado sorprendido.

En abril del siguiente año, me instalo un par de meses en Buenos Aires para presentar un monólogo de humor en un teatro de la calle Corrientes. La obra, si podemos llamarla así, es una visión ácida y atormentada sobre el tardío descubrimiento de mi homosexualidad, mi salida del armario con novela bajo el brazo y las repercusiones escandalosas que provocó en mi familia y en la ciudad donde nací. Es otoño en Buenos Aires. Alquilo un departamento en la calle Gutiérrez, esquina República de la India, frente al zoológico.

Con el propósito de llevar gente al teatro, concedo entrevistas. En una de ellas, la presentadora de un programa de televisión me pregunta cuál es mi tipo de hombre. Menciono a Juan, el famoso periodista de televisión. Minutos después, Juan, que al parecer estaba grabando en un estudio contiguo, aparece sorpresivamente en el programa, me abraza, me despeina el flequillo. El encuentro provoca cierto escándalo en la prensa del espectáculo, que reproduce en cámara lenta las escenas afectuosas (Juan despeinándome el flequillo, yo abrazándolo, besándolo en la mejilla) y sugiere que ha nacido un romance entre nosotros.

Esa noche, recuerdo que años atrás entrevisté a Juan para un programa piloto que se grabó en Buenos Aires y nunca salió al aire. En aquella entrevista, deslumbrado por su belleza, por sus ojos verdes, rocé sutilmente el tema del amor entre hombres y él, valiente como siempre, no lo esquivó. Después, al salir de la grabación, le di mi teléfono, esperanzado en volver a verlo, pero no me llamó.

En vísperas del estreno de mi monólogo teatral, y todavía divertido por los chismes que se dicen en la televisión tras el encuentro con Juan en el programa de variedades de la tarde, recibo una llamada. Es él. Quiere verme. Quiere entrevistarme para su programa de televisión. Acepto encantado.

Juan y yo nos reunimos en un restaurante de Palermo, una tarde de abril. Él viste una camiseta negra ajustada que pone énfasis en sus músculos. Está acompañado de su novio, que también viste ropa ajustada y una cadena llamativa. Yo me he vestido de un modo descuidado, como siempre, y llego con Martín. Tomamos unos tragos. Hace calor. Nos sentamos en la terraza. Los técnicos acomodan las luces, los cables, los micrófonos. Juan y yo nos sentamos uno frente al otro. Nuestros novios observan en silencio. Juan luce bello y atormentado, bello y nervioso, bello y angustiado. Me pregunto por qué parece tan inquieto, tan sobreexcitado. Intuyo la razón. He oído rumores. He tomado esos polvos cuando era joven. Sé reconocer sus efectos.

Durante una hora o poco más, Juan me somete a un cuestionario inteligente y atrevido, que casi siempre roza el tema de la homosexualidad. Liberado años atrás de los miedos y vergüenzas que impone la triste vida en el armario, cuento con franqueza cómo me casé, cómo tuve dos hijas, cómo me divorcié, cómo me enamoré de Martín. Al terminar la entrevista, invito a Juan y su novio al teatro, al estreno de mi monólogo. Prometen ir a verme.

Por razones que nunca conocí ni probablemente conoceré, la entrevista no llegó a ser emitida en televisión. Quizá Juan, al verla, se vio demasiado turbado o estimulado. Quizá le parecí aburrido o un idiota. Quizá pensó que esas confesiones íntimas eran todo menos novedosas. Lo cierto es que nunca salió al aire.

El día del estreno, aterrado frente a una sala llena que había pagado para reírse, sintiendo que nunca había tenido tanto miedo en mi vida como aquella noche que debía hablar solo durante dos horas sin olvidarme de nada y haciendo reír a la gente, me alegré de ver entrar, ya comenzada la función, a Juan y su novio. Poco duró la alegría. Diez o quince minutos después, se pusieron de pie y se retiraron bruscamente, sin dar explicaciones, al parecer decepcionados por la calidad del espectáculo, y ante la mirada incrédula de Martín, que no podía creer tamaño desaire.

Aquella noche fue la última vez que lo vi: Juan poniéndose de pie y retirándose deprisa del teatro, yo preguntándome qué había hecho tan mal para que mi amigo se marchase a los diez minutos de haber llegado.

Meses después, en febrero, despierto en la habitación de un hotel en Ámsterdam. Hace frío. Enciendo la computadora y entro a la página de *La Nación*. No puedo creerlo: Juan ha caído del balcón de su departamento en Palermo y está en coma. Muere al día siguiente, con sólo treinta y tres años. Enciendo un porro, me siento en el piso del baño y lloro recordando a ese hombre bello y torturado que salió del armario para caer del balcón.

Es sábado. Hace calor en Buenos Aires. Martín, su madre Inés, su hermana Cristina y su sobrina y ahijada Catalina van a comer una parrilla al bajo de San Isidro, cerca del río. Cristina elige un restaurante que a Martín no le gusta pero se queda callado y acepta la decisión de su hermana. Catita está contenta porque Martín le ha regalado tres pares de zapatillas de colores: blancas, rosadas y celestes. En el auto se ha puesto las blancas. Pero, en medio del almuerzo, mientras su abuela, su tía y su padrino comen más grasa de la que deberían (tienen una debilidad por las papas fritas), decide cambiarse de zapatillas y ponerse las rosadas. Martín celebra la decisión y la ayuda a cambiarse. Cristina se opone de un modo enfático. Martín dice que no tiene nada de malo que la niña use las zapatillas blancas y luego las rosadas. Cristina dice que no puede tolerar esa conducta, que la estarían educando mal si permiten que se cambie de zapatillas en el restaurante.

—Hay que fijarle límites —dice—. No puede hacer lo que quiera. Si se puso las blancas, se queda con las blancas. Si quiere usar las rosadas, tendrá que esperar hasta mañana.

Catita llora a gritos porque no la dejan usar las zapatillas rosadas. Su tía Cristina se mantiene firme y no cambia su opinión. Martín odia a su hermana, no entiende por qué tiene que ser tan estricta con la niña por un asunto menor, sin importancia. Si es feliz cambiándose de zapatillas, que se las cambie, piensa. Pero se queda callado y respeta la decisión de su hermana mayor, mientras su madre contempla la escena con aire ausente, como si no le quedaran ya energías para discutir, y los comensales de las mesas vecinas miran con mala cara, disgustados por el llanto de la niña en medio del restaurante.

Es sábado. Hace frío en Lima. He llegado esa madrugada en un vuelo largo y agotador. No he podido descansar bien, el frío me lo ha impedido. Estoy fatigado, de mal humor, cansado de viajar tanto. Paso la tarde con Lola, que está enferma, mal de la garganta. Camila está en casa de alguno de sus muchos amigos. Lola y yo nos sentamos a comer algo. Ella no tiene hambre, pide un yogur y cereales. Yo como sin ganas lo que me sirve Aydeé. De pronto llega Sofía. Se queja porque Camila está con sus amigos y no sabe qué amigos son. Le digo que se tome las cosas con calma, que la niña ya tiene catorce años, es inteligente y sabrá cuidarse. Sofía me dice que no debemos ser tan permisivos, que la niña hace lo que le da la gana, que debemos fijarle límites para educarla correctamente. Le digo que no creo en los límites, que los límites sólo sirven para traspasarlos, que lo mejor es darle cariño y confianza y dejar que ella decida lo que es mejor para ella. «Pero es una niña», protesta Sofía. «No, no lo es, ya es una mujer», digo. «Tiene catorce años», se exalta Sofía. «Tiene catorce años, pero ya es una mujer», digo. Luego añado una frase que la encoleriza: «Si quiere tener un enamorado y acostarse con él, es problema suyo.» Sofía dice a gritos: «¡No puede tener un enamorado a los catorce años! ¡No puede acostarse a los catorce años! ¡No puedes fomentarle eso a tu hija!» Me defiendo: «Por mí, que tenga enamorado cuando se enamore y que se acueste con él cuando le provoque, no me importa la edad que tenga, me da igual, yo confío en ella.» Sofía no podría discrepar más enérgicamente: «¡No tiene edad para eso! ¡Tenemos que ponerle límites! ¡No puede hacer lo que le dé la gana!» Discrepo: «Lo hará de todos modos, con tu consentimiento o a escondidas. Yo prefiero que lo haga en mi casa, con mi aprobación y mi complicidad, sin que me tenga que mentir ni esconderse para estar con su chico.» Sofía afirma: «¡Yo no voy a tolerar que ella haga esas cosas en mi casa con su enamorado! ¡No voy a permitir eso de ninguna manera!» Digo: «Entonces lo hará en otro lado, pero no dejará de hacerlo si tiene ganas. Y te mentirá, como ya te miente porque eres demasiado estricta con ella.» Sofía dice: «¡No puedo creer que te parezca bien que tu hija de catorce años tenga relaciones sexuales!» Pregunto, ofuscado: «¿Y a partir de qué edad se supone que debemos darle permiso para que tenga relaciones sexuales?» Sofía no lo duda: «A partir de los dieciocho años, antes no.» Me río con aire burlón y digo: «Eso es un disparate. Ella hará lo que quiera con quien quiera antes o después de los dieciocho años, y tú ni te enterarás. Pero si le dices que antes de los dieciocho no puede acostarse con su enamorado, te odiará y lo tomará como un abuso y se morirá de ganas de hacerlo sólo para sentirse dueña de su cuerpo y de su libertad frente a ese límite tan caprichoso y arbitrario que le estás poniendo.» Sofía dice: «Bueno, esta es mi casa y acá no le voy a permitir que esté con su enamorado encerrados en un cuarto hasta que tenga dieciocho años. Es una cuestión de respeto.» Digo: «Muy bien, tienes derecho a eso. Pero en mi casa, yo sí se lo permitiré. Así que si no la dejas ser libre acá, se irá a mi casa y allá hará lo que quiera con su enamorado o su enamorada o con los dos a la vez, y contará con mi absoluta complicidad.» Sofía se pone de pie y grita: «¡No puedo creer que seas tan estúpido y hables tantas tonterías!» Luego se va con los labios pintados de un color rojo muy oscuro a una comida de la que regresará tarde. Se va tan ofuscada, golpeando el piso de madera con los tacos, que olvida su celular, uno de sus varios celulares. Me quedo con Lola. Nos reímos. Ella me da la razón. Dice que su hermana tendrá enamorado cuando ella quiera, no cuando nosotros lo decidamos. Aydeé, que ha presenciado la discusión, sonríe a medias. Ya está acostumbrada al carácter risueño y libertino del «joven Jaime», a las discusiones con la señora Sofía por cuestiones morales. Le pregunto qué opina de ese asunto espinoso del sexo y la edad. Ella, que es muy lista, dice: «Lo importante es que le enseñen a cuidarse, joven, porque ahora las chicas rapidito nomás aprenden.» Me río y le pido una limonada más. Luego voy a la cama con Lola, la abrazo, espero a que se quede dormida y me quedo con la cabeza recostada en su espalda, escuchando los latidos de su corazón.

Lunes, ocho de la mañana. Las niñas se fueron al colegio. Paolo, el chofer, me recuerda que las llantas de la camioneta están muy gastadas y hay que cambiarlas. Le pregunto cuánto me va a costar. Me enseña un papel con la cifra. Le digo que no llevo esa cantidad conmigo, que le daré el dinero en una semana, cuando regrese. Subo al taxi y voy al aeropuerto.

Miércoles, medianoche. Sofía está manejando mi camioneta porque ha dejado la suya en el taller. Una llanta se revienta. La camioneta está a punto de volcarse. Ella consigue evitarlo. Queda tan asustada que no se detiene, sigue manejando con la llanta reventada. Llama a su amiga Laura y pide que le hable todo el camino hasta la casa. Llegando a la casa, me escribe un correo: «Tengo que hacer cambios en mi vida, tengo que irme de esta ciudad.» Me pregunto si quiere volver a París con Michel. Pero las niñas no quieren irse de Lima. Les encanta Lima, el colegio, las fiestas todos los sábados con sus amigas. No quieren alejarse de esa vida predecible y feliz.

Jueves, cuatro de la tarde. Camila me cuenta el incidente de Sofía y la llanta reventada. Me dice que debí cambiar las llantas cuando el chofer me lo sugirió. Le digo que no imaginé que era tan urgente, que pensé que podía esperar una semana más. Le pregunto qué debo hacer. «Vende las camionetas y compra dos nuevas», me dice ella. «Pero las camionetas están buenas», le digo. «Sólo hay que cambiar las llantas.» «No», me dice ella. «Están cagadazas las camionetas. Tienes que cambiarlas.» Me gusta cuando mi hija dice palabras vulgares. Siento que confía en mí, que no me miente, que somos amigos. Yo a mis padres nunca les dije una palabra vulgar. Le digo a mi hija que mi camioneta tiene apenas cinco años de uso y está bien. «No», me dice ella. «Le suena todo. Tiene pésima acústica.» Me hace gracia que use esa palabra, «acústica». «¿Y qué camioneta crees que tiene buena acústica?», le pregunto. «No sé», dice ella. «Pero la tuya no.»

Jueves, seis de la tarde. Le escribo un correo a Sofía que sé que no debería escribirle. «Por favor, cuéntame qué pasó con mi camioneta ayer.» No escribo «la» camioneta, escribo «mi» camioneta, que ya es una señal de hostilidad. Ella me responde desde su BlackBerry. Dice que la llanta se reventó en la autopista, que pudo ser un accidente peor, que se dio un gran susto, que no me preocupe porque pagará por la llanta si es necesario. Le escribo diciéndole que yo pagaré por las llantas nuevas. Le pregunto por qué estaba manejando mi camioneta y no la suya y por qué no me contó el incidente y tuve que enterarme cuando llamé a mi hija. Me responde que su camioneta estaba en el taller y que no me escribió porque tuvo un día complicado.

Jueves, medianoche. Regreso del estudio. Llamo a Martín. Me cuenta que tuvo un día complicado. Pasó por la casa de sus padres y fue testigo de una discusión familiar. Su madre estaba acariciando a la perrita *Lulú* que Martín había lavado con champú esa tarde. Su padre le dijo a su madre que últimamente ella le hacía más caso a la perrita *Lulú* que a él. Su madre le respondió que la perrita *Lulú* era mucho más cariñosa con ella que él. Le dijo también que a él sólo le interesaba el rugby. «Pero estamos jugando el mundial», le explicó él. «Sí, claro, pero nunca me llevás a pasear, sólo te interesa el rugby», dijo ella. «Bueno, es mi pasión y no tiene nada de malo», dijo él. Luego añadió: «Todos tenemos un tendón de Aquiles, y el rugby es mi tendón de Aquiles.» Su madre le dijo riéndose: «No es el tendón de Aquiles, es el talón de Aquiles.» Su padre porfió: «No, Inés, es el tendón, eso es lo que le falló a Aquiles, el tendón, y por eso lo mataron.» Su madre insistió: «No seas tonto, fue el talón, no el tendón, le tiraron una flecha envenenada al talón de Aquiles.» Su padre replicó: «Estás mal. La flecha le cayó en el tendón, se le hinchó el tendón, por eso lo mataron.» Su madre no pudo más: «¡Es el talón, no el tendón, boludo!» Estaban a los gritos cuando Martín se fue sin despedirse.

Viernes, mediodía. Martín me dice que ha recibido un correo anónimo lleno de insultos. Me lo reenvía. Alguien le dice que es un niño parásito, una señorita mantenida, una prostituta barata. Me indigna que lo insulten de esa manera tan cobarde. Es triste que alguien piense así de él, sin saber lo delicado y cuidadoso que es conmigo en ese sentido, el del dinero, que nunca le ha importado, y en todos los demás. Pero lo que más me molesta es que ese calumniador anónimo le diga a Martín que yo soy un gordo. Es verdad, por supuesto, pero me duele que me llamen así: el gordo. Llamo a Martín y le pido disculpas por tener que leer las groserías que le escriben los idiotas que lo odian porque yo lo amo. Por suerte se ríe y me dice que le hizo gracia el correo insultante. Le pregunto si quiere acompañarme a una fiesta en Los Ángeles. Me dice que no quiere viajar a ninguna parte, que odia los aviones, que en Buenos Aires está bien. Lo envidio. Le digo que pronto me iré a Buenos Aires a vivir con él y no me moveré más de allí. Sé que no estoy mintiendo.

Viernes, tres de la tarde. Camila ha salido temprano del colegio. Me pregunta si iremos pronto a Buenos Aires. Le digo que sí, que iremos de todas maneras. Se alegra, le gusta esa ciudad como a mí. Le digo que cuando termine el colegio en Lima debería irse a vivir a Buenos Aires conmigo, que allá las universidades son buenas, baratas y sobre todo divertidas. Me dice que estoy loco, que de ninguna manera irá a la universidad en Buenos Aires. «Yo me voy a estudiar a Nueva York o Londres», dice. Tengo que seguir ahorrando, pienso. Luego me pregunta a qué edad fue mi primer beso. Le digo que a los dieciocho años, en la universidad. «Mentiroso», me dice. «Te juro, es verdad, fue con Adriana, una chica linda.» «¿A los dieciocho años?», dice ella, sin poder creerlo. «Eres un huevas tristes», me dice. Me gusta que me diga palabras vulgares. Yo no le pregunto si ella ya dio su primer beso. Sé que no le gustan esas preguntas.

Sábado, tres de la mañana. Voy a la computadora y le escribo al anónimo que insultó a Martín: «Sé quién eres. Sé dónde vives. Si vuelves a insultar a mi chico, contrataré un par de matones para que vayan a buscarte. Y si vuelves a llamarme gordo, haré que te maten.»

Sábado, tres de la tarde. Sofía me escribe un correo que dice: «Gordi, ya cambiamos las llantas.»

Sábado, tres y media de la tarde. Martín me escribe: «Gordito rico, te extraño muchito.»

Sábado, cuatro de la tarde. El anónimo me escribe: «Flaco no eres.»

Mi madre vive sola en una casa grande con muchos cuartos vacíos que eran de sus hijos, que ahora ya no están porque se casaron o se fueron a otros países.

Sin embargo, no se siente sola porque es atendida risueña y amorosamente por dos jóvenes a su servicio, Lucy y Manuel, que se conocieron en esa casa y ahora están enamorados y han anunciado que pronto se casarán en una iglesia que todavía están buscando, lo que hace muy feliz a mi madre, que los quiere como si fueran sus hijos y que tal vez dejaría de quererlos si se casaran civilmente y no bendecidos por la religión que tanto la ha confortado a ella.

Mi madre está llena de amor. Ama a su Creador, el Altísimo, cuya casa visita cada mañana antes de desayunar y a quien a veces, al elevar una plegaria, llama Flaquito, Papito o Cholito, pues son ya muchos años de encendidas pláticas con Él y es casi natural que de tan antigua familiaridad surja ese trato de confianza, salpicado de diminutivos afectuosos. Ama a su esposo, que ya no está, a quien imagina en el cielo, gozando de la paz que le fue esquiva entre nosotros. Ama a sus hijos, a todos sus hijos, aunque comprensiblemente ama de un modo más parejo y consistente a aquellos que comparten su fe religiosa y de un modo más atormentado, pero no por eso menos intenso, a cierto hijo díscolo que, poseído por la soberbia, ese venenillo que le inocula el Diablo en su astucia infinita, se declara agnóstico y se burla del cardenal. Ama a sus empleados domésticos, a los que suele bautizar, confirmar y educar en el camino de la santidad, un camino que ella ha recorrido sin desmayar. Ama a las cajeras del supermercado, a las vecinas pedigüeñas, a los tullidos que la esperan después de misa, al presidente converso, a sus amigas del colegio, a todos los habitantes del país que la vio nacer y del que nunca quiso irse. Y últimamente ama a *Miguelito*, con quien desayuna, almuerza y cena todos los días.

Miguelito es un pollo pálido y amarillento que nació hace dos meses y llegó a esa casa en compañía de sus cuatro hermanos, metidos en una caja de cartón. Uno de mis hermanos le dijo a mi madre que tenía que viajar y le pidió que cuidara a los pollos mientras estuviera de viaje. Ella aceptó encantada, sin saber que en pocos días morirían de hambre, frío o tristeza cuatro de los cinco pollos, los que fueron enterrados en ceremonia laica, exenta de rezos, en el jardín de la casa.

Sólo uno sobrevivió, *Miguelito*. Mi madre pensó que también moriría, pues no quería comer, temblaba y caminaba a duras penas. «Estaba deprimido», asegura ahora, acariciándolo. Entonces decidió amarlo sin reservas, adoptarlo como si fuera un hijo más. Lo llamó *Miguelito*, en un acto de amor a uno de sus hijos, Miguel, que tan feliz la hacía, un muchacho bondadoso, de gran corazón, que la llenaba de besos y regalos y la hacía reír como ella nunca había imaginado que una señora podía reírse, tanto que pensaba que esas risas podían estar reñidas con el ejercicio adusto de la fe. Lo llevaba a misa en su cartera, lo hacía dormir a sus pies (pues *Miguelito* rehusaba dormir en la alfombra y trepaba a la cama), le rezaba el ángelus, le cantaba avemarías y hasta lo dejaba picotearle el rosario, le disparaba aire caliente con la secadora y lo sentaba en su regazo cuando comía. Pero *Miguelito* no mostraba interés en comer.

Hasta que un día mi madre vino a descubrir accidentalmente lo que *Miguelito* quería comer, aquello que le salvaría la vida y lo haría crecer hasta convertirse en un pollo robusto y trepador, que no se resignaba con vivir a ras del suelo y saltaba a los zapatos de su protectora y escalaba luego hasta sus faldas. Harta de tantas polillas en su cuarto, cogió un matamoscas y aplastó a una sin misericordia. Tan pronto como los restos de ese bicho cayeron en la alfombra, *Miguelito* corrió hacia ellos y los devoró con una determinación que mi madre no había visto nunca en él. Entonces siguió matando polillas y viendo a *Miguelito* comérselas sin vacilar. Esto cambió la vida del pollo, que empezó a engordar y crecer, como cambió también las vidas de mi madre y Lucy y Manuel, que ahora pasan horas cazando polillas con matamoscas.

A la noche, antes de meterse en la cama, mi madre se obliga a matar diez polillas. Para evitar que *Miguelito* se las coma al caer, lo encierra en el baño y lo oye piar con un desgarro que la conmueve. Pero ella necesita matar diez polillas para meterlas luego a la pequeña refrigeradora de su cuarto y estar segura de que, al despertar, cuando *Miguelito* salte de la cama, podrá servirle un desayuno fresco y reparador, consistente en diez polillas refrigeradas, que él comerá sin hacer ascos, aunque sin duda preferiría comerlas «fresquitas», como dice mi madre, es decir, recién emboscadas y machucadas.

Uno de mis hermanos le ha dicho que es una locura que lleve a *Miguelito* a misa en su cartera, que rece el rosario con él, que le sirva diez polillas frías cada mañana. Pero mi madre le ha contestado que ella quiere a *Miguelito* como si fuera su hijo, que es un pollito muy sufrido que no conoció a su madre y vio morir a sus cuatro hermanos y que nada de malo tiene amarlo como ella ama a ese pollo con ínfulas humanas.

Como nadie está libre de ganarse enemistades, *Miguelito* las tiene también, y son las palomas del barrio que, apenas ven que le sirven sus bichos acompañados de maíz, arroz y pan (lo que varía según las instrucciones que da mi madre: «Sírvanle pan con polilla a *Miguelito*» o «sírvanle polilla con arroz para que no se aburra»), bajan impacientes, lo asustan a aletazos, alejándolo del plato, y se disputan esa comida que no era para ellas.

Al ver a las palomas comiéndose la comida de su *Miguelito* adorado, mi madre no ha dudado en subir al cuarto de su marido que ya falleció, sacar la escopeta, meterle dos cartuchos, apuntar desde la ventana y descargar una lluvia de plomo sobre ellas. Nunca imaginó, declarada enemiga de las armas y la violencia, que sentiría tanta felicidad matando palomas.

Ahora, todas las tardes, después de alimentar a su *Miguelito* en el comedor de la casa (pues en el jardín el pobre se trauma al ver una paloma y pierde el apetito), mi madre le pide a Lucy que lleve a *Miguelito* a dormir la siesta, saca la escopeta, se sienta en la terraza y espera pacientemente a que alguna paloma se pose sobre las ramas de los árboles del jardín. Cuando eso ocurre, se encomienda al Creador, apunta a la paloma, dispara, siente un ramalazo de euforia al ver la explosión de plumas volando por los aires y dice, encantada:

—Una cagona menos.

Luego manda a Manuel a recoger la paloma muerta y arrojarla por encima de la pared a la casa del vecino.

Lucía tiene veinte años y estudia filosofía en la universidad. En realidad no estudia, se aburre en la universidad, detesta ir a clases. Está harta de levantarse temprano, manejar hasta la universidad en medio del caos y quedarse semidormida en la clase de algún profesor que le parece incomprensible y arrogante. Me pregunta qué le aconsejo. Le digo que no tuve una buena experiencia en la universidad, que me aburría en las clases, que las lecturas que perduran no son las que a uno le imponen sino las que uno elige, que los profesores de entonces eran muy tramposos porque te mandaban a leer los libros que ellos mismos habían escrito y no aquellos que desafiaban sus puntos de vista, que si no le interesa lo que está estudiando debe dejarlo y ya, que no insista, que no sufra, que la vida es corta y hay que pasarla bien, incluso cuando se es tan joven, especialmente cuando se es tan joven.

Lucía regresa al departamento de sus padres, se pone su pantalón con puntitos rosados y sus pantuflas atigradas (lo que ella llama su «ropa de payasa» y con la que a veces sale a caminar sin saber adónde ir y sin prestar atención a las miradas libidinosas de los transeúntes que se inflaman al ver su cuerpo estupendo, la belleza de su rostro) y les dice a sus padres que ha decidido dejar la universidad, que no terminará ese ciclo, que no puede más con los exámenes parciales de filosofía. Su madre le pregunta qué va a estudiar. Lucía le responde que por el momento nada, que no quiere estudiar filosofía ni literatura ni nada. Su padre le pregunta si piensa trabajar. Lucía le responde que no tiene ganas de trabajar. Su madre le recuerda que si no estudia ni trabaja no tendrá dinero. Lucía le responde que no necesita dinero para ser feliz. Su padre le pregunta qué es lo que en realidad quiere hacer con su vida, dado que no quiere estudiar ni trabajar. Lucía responde la verdad:

—Quiero dormir hasta tarde, caminar por el malecón y escribir.

—¿Escribir qué? —le pregunta su padre.

—No sé —responde ella.

Sus padres aceptan la decisión aunque dejan constancia de que no están de acuerdo y le dicen lo que ella ya sabía, que si no irá más a la universidad ni tiene planes de trabajar, dejarán de darle dinero. Lucía les dice que ella es feliz caminando por el malecón sin un sol en los bolsillos de su pantalón de payasa.

Cuando Lucía me cuenta todo esto, le digo que está loca y que la admiro y que presiento que ha tomado la decisión correcta. Le digo que dormir hasta tarde y caminar por el malecón parecen dos buenas maneras de organizar una vida, cualquier vida, y que lo que se construya sobre esos dos pilares sólo puede ser algo bueno y perdurable.

Lucía sale a caminar por el malecón con Tomás, su novio. Están juntos hace cinco años. Se conocieron en una playa cuando eran adolescentes. Corrían olas juntos. Descubrieron juntos, pasmados, los secretos del amor. Se quieren tranquilamente, sin ambiciones ni promesas. Tomás ama las motos. Tiene una moto. Le gusta competir en carreras de motos. Cada tanto se cae y se rompe un hueso y le ponen yeso y le promete a Lucía que nunca más subirá a la moto. Pero cuando le quitan el yeso, no puede evitarlo y regresa a la moto. Lucía ya se ha resignado a que Tomás nunca dejará la moto. Ella sabe que Tomás es feliz montando en moto y ha comprendido que no tiene sentido tratar de combatir esa forma enloquecida de felicidad que a ella le provoca tantos desasosiegos, porque a veces sueña que Tomás se cae de la moto y pierde la vida.

Lucía regresa al departamento de sus padres y encuentra un panorama desolador: su padre está borracho, su madre llorando en la cama. Lucía odia que su padre se emborrache, sabe que cuando está borracho sale lo peor de él, se vuelve malo, mezquino, cruel. Su padre la llama a gritos, le dice que es una vergüenza que ella tenga el cuarto tan desordenado, hecho un caos. Lucía no le responde, sabe que cuando está borracho no debe responderle, lo mejor es quedarse callada. Su padre le dice a gritos que ordene el cuarto inmediatamente, que si no aprende a ser ordenada tendrá que irse a vivir a otra parte. Lucía obedece. De pronto su madre se encierra en el baño. Lucía presiente que algo malo está pasando allí adentro. Le pide a su madre que abra, pero es en vano. Lucía sabe que su madre ha tratado de suicidarse varias veces y teme que esa noche lo intente de nuevo, por eso le ruega que abra, pero nadie responde. Con paciencia y coraje, manipula la cerradura de la puerta hasta que consigue abrirla. Encuentra a su madre tragando pastillas para dormir con el rostro lloroso y desencajado. Le arrebata el frasco de pastillas, la lleva de regreso a la cama, trata de calmarla, le hace cariño en la cabeza, le canta canciones y la deja durmiendo. Su padre, mientras tanto, se ha quedado dormido viendo un partido de fútbol con un vaso de vodka en la mano que se le ha derramado en el pantalón.

Lucía sale del departamento, sube a la azotea, me llama y me cuenta lo que ha pasado. Está tranquila. Se ríe. Me dice que su vida es una locura pero que no la cambiaría por ninguna otra. Ama a sus padres a pesar de todo. Los entiende. Sabe que son buenos. Comprende que están heridos. A su madre le han rebajado el sueldo, la han humillado, de nada le sirvieron tantos estudios, maestrías y doctorados. Su padre se ha enterado de que van a despedirlo la próxima semana y por eso ha vuelto a tomar. Le digo que es una chica muy linda, muy suave, muy deliciosamente loca y perturbada, que hay algo en ella, en su manera de escribir, de caminar, de mirar pasmada el caos, que me hace quererla de un modo que pensé que ya no existía en mis entrañas. Le ofrezco mi ayuda, una beca literaria, una pensión de viuda, una reparación civil por todo lo que ha sufrido injustamente. Me dice que no quiere dinero, que lo único que ella quiere es que yo sea su amigo muy gay y que sólo de vez en cuando la deje besarme las tetillas.

Lucía regresa al departamento y descubre que no tiene llaves para entrar. No toca el timbre, sabe que sus padres están dormidos y que no conviene traerlos de vuelta a la realidad. Sale a caminar con sus pantuflas atigradas y su pantalón con puntitos rosados y la chalina amarilla de su abuela rodeándole el cuello. Los hombres la miran de mala manera, le gritan cosas vulgares, se relamen los labios al verla pasar. Ella los ignora. Va escuchando música, tiene el iPod puesto, sólo ve las miradas, las lenguas, los labios que se hinchan y le mandan besos cochinos. Ella mira sus pantuflas atigradas que van poniéndose negras con cada paso. No sabe adónde va. Le gritan loca. Sabe que es verdad, que está loca. También sabe que yo la quiero precisamente por eso.

Cuando me fui a vivir a Miami, hace casi veinte años, descubrí el programa de televisión de David Letterman y me hice adicto a él.

Entonces Letterman tenía bastante más pelo que ahora, no usaba anteojos, solía ponerse medias blancas y todavía no le habían hecho un quíntuple *by-pass* en el corazón ni había tenido un hijo. Yo soñaba con hacer un programa que tuviera esa mirada cínica y burlona sobre todas las cosas. Nadie era tan bueno como Letterman haciendo entrevistas sorprendentes, impredecibles, mezclando a un ritmo arrollador preguntas serias con disparates cómicos. Nadie era tan bueno como él diciendo monólogos de humor sobre la actualidad, burlándose de los famosos, haciendo escarnio de sí mismo, jugando con el público.

Durante años, traté de copiarlo con éxito en la televisión peruana y en la de Miami, pero no lo conseguí.

Cuando comprendí que no sería nunca la versión latina de mi ídolo, me resigné a una idea más modesta, pero de todos modos estimulante: visitar el teatro Ed Sullivan, en la avenida Broadway y la calle 53 de Manhattan, y, confundido entre el público, ser testigo de la grabación de su programa. Soñaba con ver a Letterman en acción y, con mucha suerte, salir fugazmente, dos o tres segundos, en su programa, riéndome o aplaudiendo desde mi butaca.

Por eso, apenas llegué a Manhattan, corrí al teatro y me puse en la larga fila de personas que deseábamos presenciar esa tarde, poco antes de las cinco, la grabación del programa. Fui advertido de que mis posibilidades de entrar eran remotas, pero no me moví de la fila. Hora y media después, ya a punto de entrar, una mujer de modales bruscos anunció que el teatro estaba lleno y que debíamos irnos. Me acerqué a ella y le pregunté quién era el invitado principal del programa. Me dijo que Ben Stiller.

Volvía descorazonado al hotel cuando recordé que a veces Letterman sacaba una cámara a la calle y la hacía fisgonear y fastidiar en una bodega a espaldas del teatro, el Hello Deli, de Rupert Jee, un comerciante oriental, hijo de inmigrantes chinos, que se había convertido en uno de los personajes pintorescos del programa. Caminé un par de cuadras, entré en la bodega (que, como suele ocurrir, se veía mucho mejor en la televisión que en la vida real), le pedí un autógrafo a Rupert, su ya famoso dueño, quien me lo firmó con cierta renuencia o desdén, y me quedé esperando, junto con otras personas de distintas partes del mundo, a que de pronto apareciera la cámara, guiada por Letterman desde el estudio, para hacer travesuras. Si tenía mucha suerte, podía aparecer un segundo en el programa, saludando desde la puerta del Hello Deli, o incluso podía ser llamado a jugar uno de los juegos tontos que Letterman solía proponerle a Rupert, el bodeguero oriental.

Desgraciadamente, no era mi día de suerte: cuando ya el camarógrafo estaba listo para hacer su recorrido callejero, algún percance ocurrió, y entonces el camarógrafo hizo señas desesperadas a un productor, advirtiéndole que su cámara estaba fallando, y el productor avisó enseguida al estudio y se canceló el segmento con Rupert. Desde la calle, los espectadores comprendimos que no saldríamos esa noche en el programa de nuestro ídolo, ni siquiera desde el Hello Deli, y nos dispersamos, abatidos, pero dispuestos a encender el televisor a las once y media de la noche para renovar nuestra lealtad al comediante de Indianápolis.

Ya me iba caminando a solas, hundida la mirada en el asfalto de Broadway, cuando un chorro de agua me dio en la cabeza y la espalda, sacándome de golpe del estado melancólico en que me hallaba. Me detuve, miré a mi alrededor, no pude descubrir el origen de la agresión acuática y, tras secarme un poco, seguí caminando, triste y mojado, hacia Central Park.

Esa noche, ya en el hotel, puse el programa de Letterman, envidié a los espectadores que pudieron entrar al teatro y, como siempre, me reí con los excesos, desafueros y transgresiones del anfitrión. De pronto, vi que anunciaba un segmento nuevo, que consistía en emboscar a ciertos peatones incautos, mojándolos con un chorro de agua que salía desde algún lugar furtivo. Luego la cámara mostró a un peatón moroso, zigzagueante, algo regordete, indudablemente tonto o confundido, se diría que de humor sombrío, y Letterman decidió que ese peatón merecía ser desasnado con un buen baño de agua y entonces apretó un botón y un latigazo de agua cayó sobre el transeúnte y el público se rió a carcajadas y Letterman también.

Por supuesto, ese peatón tonto y mojado era yo.

Fue un momento glorioso. Había cumplido uno de mis sueños, salir en el programa de David Letterman. No fue como lo había soñado, pues quedé como un idiota, pero quizá fue incluso mejor, porque logré, sin proponérmelo, que el gran Dave se riera de mí. El azar dispuso de ese modo curioso que se hiciera justicia y que, tarde y mal, le pagara a mi ídolo por las muchas, incontables risas que le debía.

Nueve de la mañana. Estoy en Lima. Suena el celular. He olvidado apagarlo. Contesto. Es mi madre.

—¿Estás resfriado, amor? —me pregunta.

—No —le digo—. Vengo despertando.

—Te llamo porque a mediodía vamos a ir a rezarle al Señor de los Milagros —dice ella.

Quedo perplejo.

—Vamos a ir todos en la familia —prosigue—. Y no puedes faltar tú, Jaimín.

Sigo en silencio.

—Tu tía Chabuca nos ha conseguido entrada en Las Nazarenas para estar media hora solitos con el Señor de los Milagros —se emociona.

—Qué suerte —le digo—. Pero no creo que pueda ir.

—¿Por qué, amor? —pregunta ella.

—Tengo un compromiso a mediodía —miento.

—Cancélalo —me aconseja—. Nadie es más importante que el Señor de los Milagros. Él puede hacer milagros en tu vida.

—Comprendo, mamá. Pero no creo que pueda ir, lo siento.

—No lo sientas, amor. Ven con tu mami que tanto te quiere. ¿Te acuerdas cuando eras chiquito y nos íbamos a rezarle a la Virgen?

—Mamá, yo ya no rezo.

—Por eso estás como estás, Jaimín.

—¿Cómo estoy, mamá?

—Estás triste, amor. Te veo como mustio.

—¿Mustio?

—Ya vas a ver los milagros que te va a hacer el Cristo Morado si vienes a rezarle. Van a estar todos tus hermanos. No puedes faltar tú, que siempre has sido el más devoto de mis hijos.

—Mamá, soy agnóstico —le digo.

—¿Qué es eso, amor? —se alarma ella—. ¿Estás enfermo?

—No, estoy bien —digo—. Pero no sé si Dios existe. Dudo de la existencia de Dios.

Me siento una mala persona luego de decirle eso. Por suerte ella se ríe y dice:

—Ay, Jaimín, qué gracioso eres, tú siempre me haces reír.

—Pero no es broma —insisto—. De verdad no quiero rezar.

—Tú no eres agnóstico, amor. Tú eres católico de toda la vida, el más católico de mis diez hijos.

Me quedo en silencio.

—¿Te acuerdas cuando hiciste tu primera comunión y me dijiste que querías ser sacerdote?

No digo nada. Ella continúa:

—Me acuerdo como si fuera ayer. Eras tan espiritual que te ponías a llorar cuando rezabas.

—Mil gracias, mamá. Eres un amor.

—¿Entonces nos vemos a las doce en Las Nazarenas?

—Sí, mamá, ahí nos vemos —le digo, sabiendo que no voy a ir.

—Si puedes ponte una camisa morada —me recuerda ella—. Tu tía Chabuca va a estar feliz de verte.

Esa noche viajo a Buenos Aires.

—No puedo tener un novio que está conmigo una semana y luego desaparece tres semanas —dice Martín, al recibirme.

Estamos en el departamento de San Isidro.

—No puedo quedarme a vivir en Buenos Aires —le digo—. Sólo puedo venir una semana al mes.

—No me gusta vivir solo —dice él—. No me gusta dormir solo. Quiero un novio a tiempo completo, que duerma conmigo.

—Yo no puedo ser esa persona —le digo.

—Entonces dejá de venir, dejá de llamarme —me dice.

—No tiene sentido pelear por eso —le digo—. Sigamos siendo amigos. Y si quieres un novio que duerma contigo, búscalo, yo no tengo problemas.

—¿O sea que somos amigos? —pregunta él—. ¿No somos novios?

—No sé lo que somos —respondo—. Da igual lo que somos. Lo importante es pasarla bien.

—Yo no puedo más. Quiero terminar.

—¿Terminar qué?

—Lo nuestro.

—No seas tonto. No terminemos nada. Cuando encuentres al novio que quieres, me lo cuentas y nos acomodamos. Pero yo no quiero dejar de quererte.

—No te conviene —dice él—. Mejor seamos amigos distantes.

—¿Y eso qué significa? —pregunto.

—Que no me llames todos los días.

—Está bien, no te llamaré todos los días —le digo, pero sé que seguiré llamándolo todos los días.

Una semana después regreso a Lima y voy a casa de mis hijas.

—Muérete, imbécil —le dice Lola a Sofía.

Lola está furiosa porque Sofía le ha dicho que no puede volver a la casa de su amiga, donde ha pasado la noche, y que tiene que acompañarla a un almuerzo en el club de polo.

—¿Qué has dicho? —pregunta Sofía, sorprendida.

—Que te mueras —responde Lola.

Al borde de las lágrimas, Sofía me dice:

—Jaime, dile a tu hija que me pida disculpas.

Miro a Lola a los ojos, tan linda ella, y le digo:

—Lola, pídele disculpas a tu madre.

Lola me mira desafiante y dice:

—Jódete, mierda.

Suelto una carcajada. Me hace gracia que sea tan insolente y grosera.

—No te rías —me reprende Sofía—. No podemos permitirle que hable así.

Pero yo sigo riéndome, mientras Lola me mira, terca, valiente, aguerrida, dispuesta a insultarme de nuevo si la obligo a ir al club de polo. Sofía se va sola. Llevo a Lola a la cama, me echo con ella y se queda profundamente dormida.

Es un viernes de otoño en esta isla apacible cercana al centro de Miami. Sofía ha llegado desde Las Vegas, una ciudad que no le ha gustado nada. Inquieto por su llegada, he despertado más temprano que de costumbre. No he tenido fuerzas para ir a buscarla al aeropuerto, he preferido mandar a un chofer. Sofía llega con dos maletas, vestida como si viniera de una fiesta. Poco después llegan los jardineros —dos jóvenes salvadoreños que manejan una camioneta roja— y empiezan con su concierto de ruidos insoportables. Le sugiero a Sofía que salgamos para evitar esa agresión acústica, casi tan odiosa como los incesantes ladridos del perro del vecino.

Sofía y yo nos sentamos en un restaurante de la isla. Ella pide una ensalada; yo, el menú: sopa de lentejas y pollo con arroz. Sofía dice que Las Vegas le pareció horrible, que el hotel era viejo y feo, que le disgustó que en los casinos se pudiese fumar, que la gente era espantosa. Escucho sin agitarme, estoy fatigado, he dormido mal. Luego dice que no está contenta trabajando en la compañía de sus padres, que está pensando cambiar de trabajo. No le aconsejo nada, ya sé que mis consejos son inútiles. Sofía se impacienta cuando habla de su trabajo y de su casa, quiere cambiar de trabajo, de casa y quizá de país, no parece feliz con su vida. No hay nada que pueda hacer, salvo escucharla con cariño e invitarle más lentejas de la sopa, que está deliciosa.

Cuando volvemos a la casa, se han ido los jardineros. Dejo a Sofía en la planta baja y me voy a mi cuarto a descansar. Antes, desconecto el teléfono para evitar que interrumpa la siesta. Despierto cuando ya oscurece, más cansado todavía. Bajo a la cocina. Sofía está echada en el sofá, viendo televisión. Me pregunta si he llamado a la aerolínea para confirmar su asiento en el vuelo de esa medianoche. Conecto el teléfono, llamo a la aerolínea, confirmo su asiento, llamo luego al chofer y le pido que venga a buscarla a las once de la noche. Cuelgo. Estoy a punto de desconectarlo nuevamente cuando suena el teléfono. Contesto. Es Martín, desde Buenos Aires. Quedo sorprendido. Es muy raro que me llame. Sofía está a mi lado, en el sofá de la cocina.

—¿Qué hacés? —pregunta él, con voz cariñosa.

Hemos hablado a mediodía, antes de que Sofía llegase. Yo lo llamé, como de costumbre. No le recordé que Sofía pasaría la tarde en mi casa, no quise decírselo porque él y ella no se quieren.

—Nada, viendo las noticias —digo.

Es verdad, el televisor está encendido en las noticias. Martín nota que mi voz es fría y distante. No puedo hablarle tan cariñosamente como quisiera porque Sofía está a dos pasos, mirándome, preguntándose quién me llama, por qué me ha incomodado tanto esa llamada.

—Te llamo porque estoy saliendo a la fiesta de Tito y Matías —me dice Martín.

En Buenos Aires son dos horas más que en Miami. Es el cumpleaños de Matías, un amigo de Martín. Matías es dentista, es gay, es un chico encantador, es novio de Tito.

—¿Eso está confirmado? —le pregunto, y me siento muy tonto por haber dicho esas palabras tan raras e inesperadas, que le dan a la conversación una seriedad absurda, forzada, que Martín nota enseguida:

—Ya me di cuenta de que no pódes hablar. Ya sé por qué no pódes hablar.

Ahora hay un tono de fastidio en su voz. Le ha molestado que no sea cariñoso con él, que le hable con una voz distante porque mi ex esposa, la madre de mis hijas, la mujer que lo detesta, está sentada a mi lado.

—¿Te molesta si te llamo después? —le pregunto.

—No me llames —dice, furioso—. Hasta luego.

Cuelgo el teléfono. Sofía pregunta:

—¿Problemas en el trabajo?

—No te preocupes —digo—. Nada importante.

No he tenido valor para decirle que era Martín. No he tenido coraje para decirle que ya es hora de que ella acepte que ese hombre es parte de mi vida y que si no le interesa preguntarme nunca por él, yo no estoy dispuesto a seguir escondiéndolo de ella por temor a sus furias y represalias, por miedo a que no me deje viajar con mis hijas en las próximas vacaciones.

Me siento mal de haberme puesto tan tenso cuando llamó Martín. Hubiera querido ser valiente y hablarle con cariño sin importarme que Sofía estuviera a mi lado. No pude. Le tengo miedo a Sofía, a sus ataques de celos, a sus rigores morales, a su incapacidad de aceptar mi sexualidad sin que eso la haga sufrir, sin que sea a sus ojos algo así como una derrota vergonzosa, humillante. No quiero hacerla llorar más. Por eso evito hablarle de Martín, de esos temas que todavía le duelen.

Mientras camino solo por el parque de noche, llamo varias veces al celular de Martín pero no me contesta, sé que no me va a contestar. Sé que está odiándome, piensa que soy un cobarde. No me entiende. No entiende que un miedo que no pude controlar se apoderó de mí cuando oí su voz en el teléfono, con ella a dos pasos.

Antes de irme a la televisión, le recuerdo a Sofía que el chofer vendrá por ella a las once. Ya en la camioneta, llamo de nuevo a Martín pero es en vano, no contesta. Vuelvo a casa a medianoche, exhausto. Encuentro un correo de Martín que dice: «¿Así que no me podés hablar porque está Sofía en la casa? Yo no soy amante de nadie, ¿ok? NO ME LLAMES NUNCA MÁS.»

Por supuesto, llamo a Martín. No contesta. Tras varios intentos, ya muy tarde, consigo hablar con él. Le pido disculpas, le digo que no puedo hablarle con el cariño de siempre cuando Sofía está a mi lado, le ruego que me entienda.

—Si querés seguir conmigo, vas a tener que hablar con Sofía de mí —me dice—. Estoy harto de que me escondas. Estoy harto de que no puedas hablarme cuando ella está con vos. Estoy harto de no poder contestar el teléfono cuando estamos con las nenas.

Trato de defenderme, pero tiene razón. Debería ser valiente, enfrentar a Sofía, decirle la verdad: que cuando viajo con nuestras hijas suele acompañarnos Martín y que si ella viene a mi casa tiene que acostumbrarse a la idea de que él puede aparecer en persona o por teléfono y en ese caso no ocultaré el cariño que le tengo.

Tras una larga y extenuante conversación en la que no faltan los reproches, cuelgo el teléfono y subo a mi cama. Ha sido un día malo, desafortunado. Martín no pudo llamar en un momento más inoportuno. Sofía pasó unas horas en mi casa y a él, que nunca me llama, se le ocurrió llamar precisamente esa tarde. Me he quedado sin palabras. Tal vez debería decirle a Sofía que Martín es mi chico y más vale que se vaya acostumbrando. Tal vez debería decirle a Martín que no quiero un novio, una pareja, que quiero vivir solo y encontrar en él a un amigo, no a un amante posesivo. Tal vez debería desconectar el teléfono del todo.

Sabía que ese domingo no era un día bueno. Habían pasado varias cosas desafortunadas y no era improbable que el destino me emboscara de nuevo. Desde que llegué a Lima de madrugada, las cosas empezaron a enredarse. Nada más salir del aeropuerto, el taxi que había reservado no estaba esperándome. Tuve que aguardar media hora a que llegase. Cuando entré al hotel y me dejé caer en la cama, comprendí que no podría dormir porque, a pesar de que eran las nueve de la mañana, estaban haciendo una obra en el piso de arriba y no paraban de martillar las paredes. Aturdido por el viaje, fui a la farmacia a comprar alguna pastilla que aliviase el dolor de cabeza. En la puerta, una mujer me pidió dinero. Le di un dólar. Me miró decepcionada y dijo: «Con esto no me alcanza para nada.» Más tarde, en la casa de mis hijas, Sofía salió en su camioneta y pisó sin querer la pata de *Simba*, una perra que estaba bastante ciega y sorda.

Esa noche fui de malhumor a la televisión. No tenía ganas de hacer televisión ni de estar en Lima. Lo que ocurrió en el programa, que se emitió en directo y fue visto por toda la gente que como yo quería irse de esa ciudad pero que ya no podía porque las obligaciones domésticas la habían vencido, pareció una suma de pequeñas maldades que yo había planeado fríamente, pero en realidad fue obra del azar, una sucesión de casualidades insidiosas, de accidentes felices o desafortunados, según la relación que uno tenga con la víctima, mi ex suegra.

Me encontraba entrevistando a una fogosa dama, congresista ella, amiga de un ex presidente caído en desgracia, cuando, como es habitual, interrumpimos la entrevista para anunciar publicidad. En ese momento, fuera de cámaras o fuera del aire, la señora, muy encantadora, me contó que había estudiado en el colegio con mi ex suegra. Quedé sorprendido. Me contó que habían sido compañeras de clase en un colegio religioso y que todos los años, o casi todos, se encontraban en las reuniones de ex alumnas.

Apenas volvimos al aire, creo que la sorprendí preguntándole si era amiga de mi suegra o ex suegra, una condición que no quise precisar, la de suegra o ex, para que pareciera lo que en efecto pareció: una venganza. La congresista dijo que, si bien habían estudiado juntas en el colegio religioso, nunca habían sido amigas, lo que se dice amigas. Le pregunté por qué. Dijo que ella era muy deportista, muy sencilla, muy campechana, y en cambio mi ex suegra era, bueno, digamos, un poquito... No encontró la palabra precisa para definirla. Traté de ayudarla: «¿Pituca?» Ella se entregó, después de los vanos rodeos de la cortesía: «Bastante pituca.» El público se rió, intuyendo lo que venía. Enseguida le pregunté por qué le parecía que era bastante pituca. Ella contestó: «Porque no se juntaba con las cholas como yo y tampoco con las gorditas.» El público volvió a reírse. Me pregunté si mi ex suegra estaría viendo el programa. La congresista contó, ya más en confianza, que en el colegio se llevaban mal porque mi ex suegra, cuya lengua podía llegar a ser tan venenosa como la mía, les decía «cuerpo de aceituna» a las gorditas y «brownies» a las que no eran tan rubias y blanquitas como ella. Le pregunté si se habían visto recientemente. Dijo que se habían encontrado en una reunión de ex alumnas y que mi ex suegra le había hablado mal de mí («ese chico ha contado todos los secretos de la familia, no tiene moral»), pero ella me había defendido («ese muchacho es bien macho, se hace el mariposón pero todo es puro cuento, no te preocupes que ya va a entrar en vereda»). El público celebró esas confesiones, aunque no tanto como yo, que de pronto me encontré hablando de mi ex suegra en la televisión nacional, lo que parecía una curiosa manera de terminar el día.

Las cosas, sin embargo, se torcieron una vez más, y yo no tuve la prudencia de enderezarlas a tiempo.

De pronto, a la vuelta de otros comerciales, asalté a la congresista con una pregunta miserable sobre la edad que roía sus huesos y ella respondió, al parecer honradamente, que nunca había ocultado sus años y que, bien contados, sumaban ya sesenta y dos. Por si no había quedado suficientemente claro, y en un acto innoble, le pregunté si esa era también la edad de mi ex suegra, que en tan pobre estima me tenía, y ella respondió, sin esquivar el riesgo, que efectivamente podía calcularse en sesenta y dos, o incluso uno más, los años vividos por tan distinguida dama (quince de los cuales, quince ya, nada menos, había tenido la suerte yo de conocerla, desde que su hija, mi novia entonces, nos presentó y ella me preguntó qué colonia me había puesto y yo le dije Brut y ella sentenció: «Esa es colonia de cholos»). Así las cosas, dicha la edad de mi ex suegra en televisión, sentí que era un buen momento para terminar la entrevista y despedir a mi invitada, no sin antes arroparla con los acostumbrados elogios.

Durante la tanda publicitaria, una compañera de promoción de la congresista llamó al canal de televisión y habló con una de mis asistentas y le aseguró que su amiga, la congresista, había mentido, pues no tenía sesenta y dos sino sesenta y cinco años, si no más. Mi asistenta corrió a su computadora, entró a los registros públicos y verificó que la congresista se había rebajado tres añitos que no son nada. Luego cedió a la tentación de escudriñar el documento de identidad de mi ex suegra, expuesto también en esos registros públicos, y descubrió que había cumplido ya sesenta y seis.

Tan pronto como fui informado por mi asistenta de las imprecisiones en las que había incurrido la congresista, y agitando las fotocopias de ambas cédulas de identidad en las que constaban sus fechas de nacimiento, pasé por el trance amargo —pero estaba en juego mi reputación como periodista— de comunicarles a los televidentes, entre quienes se encontraba desde luego mi ex suegra, que había sido despertada por una amiga chismosa, quien la conminó a ver mi programa porque «están rajando de ti», que la congresista había mentido coquetamente sobre su edad, pues no tenía sesenta y dos sino sesenta y cinco años cumplidos y bien cumplidos. Pude no añadir lo que dije luego con poca elegancia, pero sentí que, puestos a ajustar cuentas, había que llegar hasta el final: que una compañera de colegio, amorosa ella, nos había llamado para aclarar también la edad de mi ex suegra, que ascendía a sesenta y seis años cumplidos y bien cumplidos, y si alguien tenía alguna duda al respecto, podía entrar a los registros públicos y corroborar dicha información.

Nunca imaginé que esa noche terminaría diciendo la edad de mi ex suegra en televisión. Tampoco imaginé lo que ella me dijo por teléfono, comprensiblemente ofuscada: «Tú no vas a llegar a mi edad porque te vas a morir de sida.» Alcancé a decirle: «Bueno, eso ya lo veremos en veinticuatro años.» Pero ella ya había cortado.

Nunca me gustaron los perros. Nunca imaginé que caminaría por esta casa con un perro blanco siguiéndome a cada paso y echándose a mi lado cuando me siento a escribir, a leer el periódico o a ver televisión. Nunca pensé que terminaría compartiendo las pechugas de pollo a la plancha que me sirven a la hora del almuerzo con ese perro que espera que le arroje pequeños pedazos furtivamente, sin que me vean mis hijas o las empleadas, que me tienen prohibido darle de comer nada que no sea su comida balanceada.

Ese perro blanco que se pasea por esta casa como si fuera suya, subiéndose a las camas y los sofás y lloriqueando si lo dejamos solo, fue comprado a un precio en dólares que me pareció desmesurado, teniendo en cuenta que quien lo vendió pertenece a mi familia directa (pero ya se sabe que el espíritu de lucro quiebra con facilidad las lealtades familiares), y fue llamado *Bombón* por Lola, la responsable de que ese inquieto animal llegase a la casa, a pesar de que su madre, su hermana y yo nos oponíamos de un modo enfático, alegando que ya teníamos cuatro perros en el jardín y no queríamos vivir con un perro dentro de la casa. Lola sólo tuvo que llorar un poco para acallar las discusiones, imponer su voluntad y obligarnos a comprar un perro de la raza, el color y el sexo que había elegido: bichon frisé, blanco, macho.

Si bien es formalmente de ella, yo siento que ese perro me quiere más a mí, aunque no ignoro que su amor es interesado y tiene precio: lo he comprado a escondidas, cada vez que le dejo caer un pedazo de pollo, de jamón, de lomo, de queso. Cuando llego a la casa de algún viaje, el perro hace unos mohínes escandalosos, ladra con una histeria calculada, me lame los dedos de las manos y mordisquea mi pantalón hasta que consigue lo que se propuso: abro la refrigeradora y, sin que me vean las niñas, que creen que lo quiero matar con una salchicha barata de la bodega, le doy un poco de buena comida, lonjas de jamón o pollo, no esa comida balanceada que lo obligan a tragar para que sus deposiciones sean bien sólidas y no apesten.

No podría decir que el cariño que ese animal siente o finge sentir por mí (todos exageramos a menudo nuestros afectos para comer bien) me resulte incómodo en modo alguno. Me hace gracia que me siga a todas partes, incluso al baño; que llore cuando no lo subo al sofá, como si se sintiera humillado por estar en la alfombra; que cuando lo miro fijamente, sin hablarle, me sostenga la mirada, como si tratara de decirme que en realidad soy tan vago como él aunque un poco más idiota; y que me muerda el pantalón para llevarme de regreso a la refrigeradora, donde sabe que se esconde la felicidad, esa felicidad que le resulta esquiva cuando estoy de viaje.

Afuera, en el jardín, sólo quedan tres perros chow chow, dos marrones, uno negro, perros chinos, perros leones, porque *Simba*, la más vieja, la primera chow chow que llegó a esta casa como un regalo para Camila, hace ya catorce años, ha muerto hoy en la mesa de operaciones de una veterinaria (curiosamente también de origen chino), que trató de que se recuperase del accidente que ocurrió hace pocos días y acabó por costarle la vida.

Antes del accidente, sabíamos que a *Simba* le quedaba poca vida y por eso la cuidábamos especialmente. Según mis hijas, que saben mucho de estas cosas o se las inventan, los chow chow suelen vivir entre diez y doce años y ella tenía ya más de catorce, caminaba a duras penas y parecía sorda y ciega, pues no respondía cuando la llamábamos y los pedazos de salchicha le rebotaban en el hocico cuando yo se los arrojaba y luego no podía encontrarlos en el piso y los otros perros se los comían antes de que ella pudiera olfatearlos a tiempo. Esa tarde, un sábado, *Simba* dormía a la sombra de la camioneta azul, Sofía encendió la camioneta, *Simba* al parecer no oyó el motor o no pudo reaccionar a tiempo o no vio nada, Sofía retrocedió y *Simba* lanzó un alarido cuando la llanta posterior hizo crujir su cadera. No pudo levantarse más. No volvió a caminar. Quedó tendida en un charco de orín, gimiendo de dolor. Una semana después, murió de un infarto, anestesiada, en la mesa de operaciones.

Yo no quería que la operasen y así se lo dije a la veterinaria, a mis hijas y a Sofía. Yo sugería que la pusieran a dormir.

—No es justo que sufra tanto —dije, cuando la veterinaria nos comunicó que debía hacerle tres operaciones para que, con suerte, volviera a caminar.

—El que está sufriendo eres tú, porque no quieres pagar la operación —me dijo Lola.

La operación a la cadera costaba quinientos dólares. Luego, si sobrevivía, la operarían en la columna, por otros quinientos, y en no sé qué huesos desviados o dañados, por trescientos más.

—Me parece una locura gastarnos tanta plata en operar a una perra vieja, ciega y sorda, que igual se va a morir pronto —dije.

La veterinaria me lanzó una mirada de fuego, no sé si por amor a la perra o porque quería ganarse la plata. Lola dijo:

—La vamos a operar.

—Se va a morir en la operación —dije.

Luego le pregunté a la veterinaria:

—Si se muere, ¿nos va a cobrar por la operación?

La mujer, en su uniforme verde, no lo dudó:

—Sí, señor.

Enseguida añadió en tono compasivo:

—Pero si la perra fallece, se le hace un descuento.

—¿De cuánto? —pregunté, soportando las miradas hostiles de mis hijas.

—De un cincuenta por ciento —dijo ella.

—Entonces haga todo lo posible para que se muera

—dije, pero la mujer no se rió y me miró con un aire de desdén o superioridad moral que me obligó a retirarme.

Esta tarde, mientras trataba de escribir con *Bombón* dormitando a mis pies, sonó el teléfono. La veterinaria nos había dicho que la operación duraría unas horas y que nos llamaría apenas concluyese. Era temprano para que llamase. Era ella, sin embargo. Sofía se puso al teléfono. La mujer le dijo:

—Señora, lamento informarle que la perra ha fallecido.

Sofía le agradeció, colgó y me dio la noticia. Mentiría si dijera que fue una mala noticia. Le pedí que me dijera las palabras exactas que le había dicho la veterinaria. Repitió:

—La perra ha fallecido.

Me reí. Supongo que soy una mala persona porque no me apenó que hubiese muerto. Sólo pensé que la operación me costaría la mitad y que ya no oiríamos más sus gemidos. Sofía sonrió conmigo, aliviada. Supongo que es una mala persona. Supongo que por eso me enamoré de ella.

Ahora mis hijas duermen sin saber que la perra está muerta. Sofía y yo hemos pensado que la enterraremos en el jardín, allí donde ella se comía las palomas que atrapaba. Cuando yo muera, quiero que me entierren en ese jardín, con *Bombón* a mis pies, y que la veterinaria pronuncie este breve discurso fúnebre:

—La perra ha fallecido.

Enrique, el padre de Martín (con quien Martín se lleva mal, siempre se llevó mal), interna a su tía Otilia, una anciana, en una clínica geriátrica en las afueras de Buenos

Aires, obtiene de ella un poder para disponer de su patrimonio, vende el departamento de Otilia en Palermo, mete el dinero en efectivo en una mochila y le promete a la anciana que le pagará el geriátrico hasta que se muera. No le dice lo que tal vez está pensando: que le conviene que se muera pronto.

Inés, la mujer de Enrique, encuentra la mochila llena de dinero en el cuarto de huéspedes de su departamento, saca unos billetes furtivamente y compra un mueble moderno. Va a mudarse pronto a un departamento que Martín ha comprado para ella, a tres cuadras del que ahora ocupa, en el que ha vivido los últimos veinte años.

Enrique descubre que faltan unos billetes en la mochila y se lo dice a Inés en tono airado. Ella reconoce que los sacó sin decirle nada y le pide disculpas. Enrique se enfurece, dice que ese dinero no es suyo, es de su tía y está reservado para pagarle el geriátrico hasta que se muera. Inés se ríe y le dice que no es para tanto, que sólo fue una travesura.

Inés y Enrique discuten. Inés se queja de que él no la quiere, no la lleva nunca al cine o a pasear. Le pide que se vaya de la casa. Enrique no lo piensa dos veces: se va con la mochila, dando un portazo. Inés piensa que volverá al día siguiente, que se trata de una pelea más, una de las muchas que han tenido en los treinta y cinco años que llevan casados. Enrique no vuelve. Inés lo llama, le pide que tomen un café, le dice que la casa sin él se siente rara. Se reúnen a media tarde en un café de la calle Chacabuco que se llama Cosquillas. Inés le pide perdón, se emociona, llora discretamente. Enrique le dice que está harto de ella, que no va a volver, que quiere vivir solo y cumplir sus sueños. Inés queda sorprendida, no esperaba eso de su esposo de toda la vida, siente que ese hombre no es el que ella creía conocer. No entiende a qué se refiere cuando habla de cumplir sus sueños.

Enrique alquila un departamento no muy lejos de su barrio de siempre. Pasa los días en el club de rugby con sus amigos. Se siente libre. Algunos lo miran mal por haber dejado a su mujer en ese momento tan delicado, después de la tragedia que se abatió sobre la familia al morir Candy, pero a él no le importa. Inés lo extraña, se arrepiente de haberlo echado de la casa, se da cuenta de que con él no estaba bien, pero sin él está peor. Se consuela con el afecto de su perra *Lulú*, que duerme en su cama y le lame los dedos de la mano.

Martín lleva a Inés a un siquiatra en Recoleta, el doctor Farinelli, que le receta unos antidepresivos más potentes. Inés los toma, pero igual está triste y llora. Martín está furioso con su padre, le parece que no debió dejar a su madre de esa manera, meses después de la muerte de Candy. Quiere que su madre se enamore de un hombre rico que le consienta todos sus caprichos.

Fumando en el balcón de su departamento, Enrique tal vez piensa: Me conviene cambiar a mi tía Otilia a un geriátrico más barato. Me conviene que la vieja se muera cuanto antes.

Acariciando a su perra *Lulú*, Inés tal vez piensa: ¿Vendrá Enrique a la comida de Navidad? Si no viene, me voy a morir de la pena.

Trotando en la faja del gimnasio, Martín tal vez piensa: El tarado de mi padre se va a gastar toda la plata de la mochila y va a regresar con el caballo cansado, pero cuando eso ocurra lo voy a echar, porque mamá va a vivir en el departamento que he comprado para ella y ni en pedo dejo que el boludo vuelva a joderle la vida.

Echado en un asiento del avión sin poder dormir, pienso: Voy a comprar la peluquería de Walter.

Estaba cortándome el pelo un lunes a la tarde en el barrio de San Isidro cuando Walter me contó que estaban vendiendo la peluquería y que él no la podía comprar y por eso tendría que irse pronto a buscar otro local, lo que sería muy malo para su negocio, pues corría el riesgo de perder parte de su clientela. Me interesé en el negocio, pregunté el precio de la peluquería, conseguí que el vendedor hiciera una rebaja sustancial y entregué un dinero —una «seña», en lenguaje argentino— para reservar la primera opción de compra. Walter me prometió que me pagaría una renta superior a la que pagaba. Pensé que sería divertido ser dueño de una peluquería por varias razones: parecía un buen negocio, ayudaría a Walter —a quien consideraba un excelente peluquero— y podría decir que me había retirado de la televisión para dedicarme, junto con Martín, a un asunto más provechoso, el de la peluquería en la calle Martín y Omar.

Recibo un correo electrónico que dice «urgente» en mayúsculas y con varios signos de exclamación. Lo ha escrito Gladys, una señora que trabaja como empleada doméstica en casa de mi ex suegra. Gladys me pide un préstamo para comprarse una casa. Es una cantidad considerable, que me sorprende: más de lo que cuesta la peluquería de Walter. Gladys dice que no aguanta más a la patrona, que necesita irse de esa casa en la que ha vivido los últimos veinte años casi como esclava, trabajando duramente a cambio de un salario modestísimo, y que quiere comprarse una casa de tres pisos y ocho habitaciones en el barrio de Salamanca, no muy lejos de la casa de su patrona, de la que quiere irse para no volver más. Gladys me promete que me pagará en diez años, alquilando algunas de las habitaciones de la casa. No le contesto. Le tengo cariño a esa mujer noble y hacendosa, de firmes convicciones religiosas, pero parece imprudente prestarle tanto dinero y esperar diez años a que ella, con suerte, si alquila todas las habitaciones de la casa, me lo devuelva. De paso por Lima, me veo obligado a decirle que no le prestaré el dinero porque me parece que ella no podrá pagarlo. Gladys se siente humillada. Todos los bancos le han dicho que no le prestarán ni un centavo y ahora el joven Jaime le niega el dinero de su casa de Salamanca con ocho cuartos de los que ella pensaba alquilar seis.

Abrazada a su osito negro de peluche, Gladys tal vez piensa: El joven Jaime es bien malo, qué le costaba ayudarme, yo en diez años todito le hubiera pagado y tendría mi casa propia.

Manejando despacio una camioneta a la que ya le suena todo, pienso: Tengo miedo de que me secuestren en esta ciudad.

Contando los días para que compre la peluquería, Walter tal vez piensa: Cuando venga el peruano Jaime Baylys, ¿le cobraré doce pesos por corte o no debería cobrarle nada porque ahora es el dueño?

Maquillándose levemente antes de ir a un recital de su amiga Sandra, Martín tal vez piensa: Si Jaimito me quiere, pasará la Navidad conmigo en Punta del Este, como me prometió.

Comiendo empanadas frente al televisor, Inés tal vez piensa: Enrique no me quiso nunca, si me quisiera no me hubiera dejado llorando en el café Cosquillas.

Fumando en el bar del club, Enrique tal vez piensa: Pude haber sido un buen jugador de rugby, el matrimonio me jodió la vida.

En el baño del avión, pienso: Quiero pasar la Navidad con Martín en Punta del Este.

Poco antes de las dos de la tarde de un viernes soleado de diciembre, llego a un restaurante de la isla y me siento a esperar a mis amigas cubanas, a las que he invitado a almorzar para despedir el año.

Todavía me sorprende que mis chicas cubanas, que tanto me hacen reír y a las que veo casi todas las noches, sean tan mayores: dos son bisabuelas y una, abuela.

No tarda en llegar la menor, Thais. Guapa, elegante, distinguida, vestida de blanco, con un collar de piedras rojas, carga un bolso en el que trae regalos para mí, para Martín que está en Buenos Aires (con quien ella intercambia correos electrónicos a menudo), para Catita, la sobrina de Martín.

A pesar de que no le gusta manejar, Thais ha venido manejando desde su casa en Coral Gables. Cumple setenta y un años por estos días, pero parece que tuviera sesenta o menos, tal vez porque todas las mañanas va al hotel Biltmore y hace aeróbicos acuáticos en la piscina. Está casada con un médico que ama la ópera, tiene tres hijos, se divierte haciendo collares y dice que estaba deprimida hasta que me conoció. Me vio una noche en televisión, vino a verme al estudio, me trajo regalos, me contó que había perdido a un hijo cuando él tenía apenas veinticinco años, me enseñó fotos de su hijo, me dijo que yo le recordaba a él y desde aquella noche nos hicimos amigos.

Todos los lunes, Thais me lleva al estudio una bolsa llena de cosas ricas para que no me falte comida toda la semana y no tenga que ir al supermercado. Desde que la conozco, creo que he engordado. Tiene una debilidad por los chocolates y yo tampoco sé resistir esa tentación que ella estimula en mí.

Poco después llegan al restaurante Esther y Delia. Son inseparables, van a verme al estudio casi todas las noches. Esther es alegre, de risa fácil, siempre de buen humor; Delia es más tímida y callada. La que maneja el pequeño auto coreano («mi máquina», lo llama ella) es Esther. Delia camina con cierta dificultad, apoyada en un bastón. Esther tiene ochenta años, pero, como se ríe todo el tiempo, parece de setenta, una niña que ha envejecido sin dejar de ser una niña. Delia ya cumplió ochenta y tres. Yo le digo que nunca conocí a una mujer de esa edad tan despierta, tan curiosa, tan atenta a todo, tan joven. Las admiro a ambas, siempre llenas de energía y vitalidad, siempre diciéndome cosas amables y riéndose de cualquier cosa.

Mis chicas cubanas y yo pedimos la comida. Thais elige la milanesa de pollo; Esther y Delia, el bacalao. Me cuentan cómo llegaron a Miami, jovencitas las tres, Thais enamorada, dispuesta a casarse con el hombre que todavía hoy es su esposo, Esther ya casada, con hijos, huyendo de la dictadura, Delia también casada, con hijos, sin hablar inglés, sin saber cómo se ganarían la vida. Tuvieron que pasar por toda clase de privaciones y sacrificios, eran pobres, trabajaban como enfermeras, como vendedoras de almacenes, limpiando baños, multiplicándose para cuidar a sus hijos, acompañar a sus esposos y ganar dinero. Dejaron atrás un país, un buen pasar, unos recuerdos, una vida llena de promesas. Nada de eso las hizo duras o amargadas ni las envenenó de rencor. Han tenido vidas tremendas, sorteado adversidades brutales, peleado sin descanso para sacar adelante a sus familias y no por eso han dejado de ser buenas, cálidas, traviesas, coquetas, juguetonas. Yo les digo que son mis chicas cubanas y ellas se ríen y Esther me dice «¡cállate!» y yo me río con ellas y las quiero porque me siento feliz con ellas, olvido mis problemas, comprendo que son nada comparados con los que esas mujeres alegres y aguerridas han tenido que enfrentar y de los que han sabido salir airosas.

Las tres perdieron hijos y me lo cuentan con tristeza pero al mismo tiempo con serenidad, resignadas a las maldades con las que nos golpea el destino. El hijo de Thais se llamaba Héctor y murió de sida a los veinticinco años. Me enseña fotos en blanco y negro. Era guapísimo, parecía un actor de cine, vivía como un príncipe en Manhattan en los tiempos de Studio 54. Adoraba a su madre y ella moría de amor por él, aún hoy muere de amor por él, lo recuerda cada día, lo cuida en sus pensamientos y oraciones, cree ver cosas de él en mí. Soy en cierto modo ese hijo que ella perdió y ella es en cierto modo mi madre cubana, una de mis madres cubanas, y así se lo digo siempre que puedo.

Esther tenía un hijo muy lindo que se llamaba Jorge. Era un adolescente, tenía apenas catorce años, la edad que tiene ahora mi hija mayor. Me enseña una foto de Jorge, un chico bellísimo, la mirada inocente de un ángel. Un día él y sus amigos fueron a la playa. Jorge se arrojó al mar desde cierta altura, se golpeó la cabeza y murió allí mismo. Esther me lo cuenta sin quebrarse, sin llorar, sin sentir compasión por sí misma, con una fortaleza admirable, como si me estuviera contando la vida de otra persona. Estuvo casada casi cincuenta años con Bebo, un cubano del campo, un hombre bueno. Me enseña la foto de Bebo, ya me la había enseñado antes. Bebo murió a poco de que cumplieran las bodas de oro. Vivían en un apartamento cerca de la línea del tren, a Bebo le gustaba el silbido del tren, sentía que estaba en el campo. Esther está orgullosa de sus hijos. Me habla de su hijo Luis. Sus palabras están cargadas de amor. Me cuenta que Luis tiene un compañero, Juan, el español. «A Juan lo quiero como a un hijo», dice. Cuando dice eso, admiro la sabiduría de esa mujer que cree en Dios pero también en la alegría y en el amor, en todas las formas del amor.

Delia es más tímida y callada y sólo interviene cuando le hago preguntas. Eso me gusta de ella, que sabe escuchar. Es inteligente, aguda, refinada en sus bromas y observaciones. Como Thais y Esther, perdió a un hijo y me lo cuenta con enorme dignidad. Se llamaba Mario, tenía cuarenta años o poco más cuando murió de sida. Delia lo cuidó y acompañó hasta el final, como la madre ejemplar que es. Me enseña una foto de él, un hombre guapo, de traje y corbata, sonriente. Me enseña su tarjeta, con una dirección en Coconut Grove. Me habla de su Mario con una ternura y una devoción que me conmueven. Todo en ella es suave y delicado, y el modo en que evoca a su hijo lo es también.

Mis tres chicas cubanas comen panqueques con dulce de leche y me piden que llame a Martín. Saben que está en Buenos Aires y que yo lo amo. Cuando voy a verlo todos los meses, le mandan cartas y regalos. Saben que Martín perdió a su hermana Candy y por eso lo quieren más y se preocupan por él. Llamo a Martín. Le digo que estoy con mis chicas cubanas. Martín se ríe, me dice que estoy loco. Le digo que ellas lo quieren saludar. Mientras veo a Thais, a Esther y a Delia hablando con Martín, diciéndole cosas lindas y animándolo a que venga pronto a Miami, pienso que soy más feliz desde que conozco a esas tres mujeres adorables y pienso también que es así como me gustaría que mi madre me quisiera.

Me veo obligado a dejar el hotel frente al campo de golf porque los ruidos que hacen los jugadores de la selección de fútbol, alojados en los pisos de arriba, y los chillidos histéricos, inflamados de un patriotismo de corta vida, de sus admiradoras reunidas frente a la puerta del hotel, me impiden dormir.

Escapo unos días a Buenos Aires. No sé de qué escapo, supongo que de la vida pública de Lima, de las obligaciones familiares. Me refugio en el departamento de San Isidro, donde usualmente consigo dormir bien. No tengo suerte en esta ocasión. Están haciendo obras en el departamento de arriba. No hace mucho murió su dueña, una señora mayor, y los hijos están refaccionándolo. El ruido es agobiante y comienza a las nueve de la mañana. Cuando suspenden los trabajos a las cinco de la tarde, tomo un ansiolítico y duermo unas horas para no enloquecer.

Me refugio en un hotel en el campo, a la altura del kilómetro sesenta de la autopista a Pilar. Es una casona antigua, de dos pisos, con habitaciones grandes y bien dispuestas, una piscina de buen tamaño y un amplio jardín por el que a la noche, después de cenar, caminamos Martín y yo. El teléfono de Martín no para de timbrar. Es Inés, su madre, que está muy triste porque Enrique, su esposo, la ha dejado. Martín ama a su madre, le tiene paciencia, la escucha, le da consejos. Pero el teléfono suena y suena. Martín me dice que llevará a su madre a pasar la Navidad en ese hotel en el campo para alejarse del bullicio insoportable de las fiestas y para que ella sienta menos la ausencia de Enrique.

Un día de sol abrasador, vamos a comer a un restaurante del centro comercial de Pilar. En la mesa vecina, un sujeto habla a gritos en inglés. Parece un turista de la India o Pakistán. Parece orgulloso de hablar inglés y tal vez por eso lo habla en ese tono ofensivo, vulgar. Quien lo escucha y asiente dócilmente (quizá porque es su empleado) es un tipo que parece argentino y chapurrea un inglés trabado. No soportamos los gritos y pedimos que nos cambien de mesa. La camarera, una rubia que seguramente piensa que algún día triunfará como actriz y nos mira con cierto desdén, dice que no podemos cambiarnos de mesa porque aquel sector al fondo, lejos del parlanchín odioso, «no está habilitado». Le pregunto quién tiene que habilitarlo, sino ella misma, que, por lo visto, se resiste a caminar unos pasos más. No me responde. Nos vamos del restaurante odiando al gritón y alegrándonos de no haber ido nunca a la India ni Pakistán.

Al día siguiente nos invitan a una fiesta en el Alvear. No podemos resistirnos a los encantos de ese hotel. Martín maneja a toda prisa, le pido que vaya más despacio. Escuchamos un disco de Mika. Martín canta eufórico. Es un momento feliz.

En el salón del hotel hay tanta gente que no se puede caminar. Aparecen unos mariachis y un cantante argentino, suben al escenario, estalla la música. Entre las muchas conversaciones más o menos mentirosas que se funden en el ambiente y el estruendo alegre de los mariachis, a duras penas se puede hablar. Hablo con un diseñador que tiene caballos en Palm Beach. Hablo con el dueño de un restaurante famoso, que me invita a comer al día siguiente. Hablo con una amiga actriz y su novio, que se van a casar en el otoño. Hablo a gritos y todo o casi todo lo que digo es mentira, pero unas mentiras más o menos encantadoras, dichas con absoluta convicción. Al cabo de una hora, cansado de tanto gritar, me voy con Martín al restaurante del hotel. Está lleno, no tienen una mesa libre. Sin embargo, nos acomodan en un ambiente privado. Martín está precioso, toma champagne. Es otro momento feliz.

A mediodía del jueves tengo cita con la masajista. Es una señora gorda, mayor, de anteojos. Martín dice que le da asco imaginar que esa señora lo toca. La mujer me dice que me tienda boca abajo. Obedezco. Masajea mi espalda sin el rigor que yo quisiera. No quiero que me hable. Me habla. Me pregunta qué me pareció el discurso de la presidenta. Le digo que no lo vi. Me dice que a ella le encantó. Dice: «Esa mujer tiene unos ovarios impresionantes.» Sólo oír la palabra «ovarios» en boca de la masajista destruye la posibilidad de que las fricciones de sus manos en mi piel resulten placenteras.

A la tarde tengo cita con el siquiatra, el doctor Farinelli, que es también el siquiatra de Martín y su madre. Caminando por la avenida Las Heras, envuelto en una nube de humo gris que despiden los colectivos vetustos, me siento en Lima. Me duele la cabeza o, como dice Martín, «se me parte la cabeza». Martín dice esas cosas curiosas, que me hacen reír. Cuando está caliente, me dice «te voy a partir al medio». Tomo dos ibuprofenos en un bar de Las Heras y caminamos tapándonos los oídos porque el ruido de esa avenida es insoportable.

El doctor Farinelli me pregunta cuál es mi conflicto. Le digo: «Hay demasiado ruido, doctor.» Me dice que estoy deprimido. Me receta un antidepresivo nocturno y otro diurno. Le pregunto si cuando duermo también estoy deprimido. Me dice que sí. Compro los antidepresivos. Leo las indicaciones. Uno de ellos, el nocturno, podría generar priapismo, es decir, una erección tan prolongada que llega a ser dolorosa. Martín se ríe y me dice que debería tomarlo también de día.

Rumbo al aeropuerto a las seis de la mañana, el remisero no para de hablar. Me tomo un Alplax y dos ibuprofenos para soportar esa cháchara cruel sobre política. Mientras habla a los gritos, baja la ventanilla y trata de espantar una mosca. Al hacerlo, pierde un segundo el control del auto y casi nos estrellamos. Le digo: «Por favor, concéntrese en la ruta.» Pero el sujeto sigue discurseando.

Llegando a Lima a mediodía, me refugio en un hotel, en el que quise suicidarme cuando era joven. Intento descansar. Poco después comienzan los ruidos. Están ampliando el hotel, construyendo más habitaciones porque pronto habrá no sé qué convención. Pido que me cambien de habitación. Escapo del hotel.

En casa de mis hijas no puedo escribir porque los perros ladran. Le pido a Aydeé que abra la puerta y los deje salir a la calle. Ella me dice que en el barrio quieren envenenarlos. «Ojalá», le digo.

A la noche regreso al hotel. Me han cambiado de habitación. A las dos de la mañana, duermo por fin en medio de un silencio largamente deseado. Poco dura la felicidad. A la siete y media del domingo, estalla un fragor de música electrónica. Hay una maratón cuyo punto de partida es exactamente frente al hotel. De pie frente a la ventana, veo a centenares de hombres y mujeres, vestidos en indumentaria blanca, deportiva, saltando y bailando al ritmo de los pasos que marcan, desde el escenario, tres jovencitas saltimbanquis, en mallas naranjas. Detesto a toda esa gente optimista y sudorosa que no me deja dormir. El doctor Farinelli tiene razón, debo estar deprimido. Salgo del hotel, subo a la camioneta y termino en la avenida Javier Prado. No sé adónde ir.

Un tal Manuel Ceballos le escribe insultos y amenazas a Martín desde una cuenta de Yahoo México. No es la primera vez que lo hace.

El tal Ceballos le dice a Martín que es un tonto, un mantenido, un parásito, un bueno para nada. También le dice que yo no lo quiero y que lo engaño con otros amantes.

Martín, que está en Buenos Aires, me llama por teléfono a Lima y me dice en tono airado que el tal Ceballos no es un mexicano que nos odia sin conocernos sino un chileno que vive en Miami y nos conoce a los dos. Luego me pide que tome represalias contra ese chileno.

Le digo que no puedo tomar represalias contra el chileno porque no tengo ninguna prueba de que él sea el autor de esos correos.

Martín se molesta y me dice que soy un tonto, que es evidente que el chileno lo odia y está obsesionado conmigo y se ha camuflado tras la identidad de Manuel Ceballos para sembrar cizaña entre nosotros. Luego me pide que, si de verdad lo quiero, llame a Miami y, usando del poder que me da la televisión, haga despedir al chileno del canal en el que trabaja.

Le digo que no puedo hacer eso, que tengo que estar seguro de que el chileno es Manuel Ceballos antes de tomar represalias contra él.

Martín me acusa de tener «amigos ridículos» que se obsesionan conmigo y lo odian. Cita a Ana, una amiga que se hizo un tatuaje con mi nombre. Me acusa de no tener amigos sino seguidores fanáticos a los que yo manipulo. Me asegura que el chileno es Manuel Ceballos y está enamorado de mí y por eso intriga contra nosotros.

Le digo que voy a investigar quién es Manuel Ceballos. Martín pierde la paciencia, levanta la voz, discute a gritos conmigo, cuelga bruscamente el teléfono.

El tal Manuel Ceballos ha conseguido lo que quería: que Martín y yo nos peleemos.

Contrato a dos expertos cibernéticos para que consigan meterse en la cuenta de Ceballos en Yahoo México y me den a leer sus correos. Sólo quiero saber si el tal Ceballos es el chileno o un perturbado que no me conoce. Mi intuición me dice que no es el chileno, pero no puedo probárselo a Martín, y él está seguro de que es el chileno quien lo ha insultado y me ha acusado de serle infiel «con un amante en cada puerto».

Los expertos cibernéticos no consiguen penetrar en la cuenta de Ceballos. Me dicen que pueden filtrarse en cuentas de Hotmail o de Gmail, pero no en una de Yahoo.

Frustrado, le escribo a Ceballos diciéndole miserable y cobarde y exigiéndole que deje de escribirle a Martín. También le digo que amo a Martín como nunca nadie lo amará a él.

Ceballos me contesta diciéndome gordo cantinflas, gordo de un amor en cada puerto, gordo mentiroso, gordo cobarde, gordo rastrero. También me dice que él ha sido mi amante y que la última vez que nos acostamos fue el 24 de noviembre «en nuestro hotel favorito». Por supuesto, envía copia de ese correo a Martín.

Lo que más me duele es que Ceballos me diga gordo tantas veces, porque es una acusación que no puedo rebatir.

Martín me cree: no conozco a Ceballos, el 24 de noviembre estuve en Buenos Aires, no me he acostado nunca con ese sujeto que intriga desde las sombras. No sé si me cree cuando le digo que no tengo amantes escondidos. Ciertamente no me cree cuando le digo que no soy un gordo mentiroso. Me dice que, aunque me duela, es verdad que estoy gordo y que soy un mentiroso. Luego me dice que eso prueba que Ceballos es el chileno: si bien miente sobre nuestro encuentro furtivo del 24 de noviembre, sabe que soy un gordo mentiroso, lo que, según él, revela que me conoce, que es el chileno.

Le escribo a Manuel Ceballos diciéndole que si vuelve a molestar a Martín, me vengaré de él y se arrepentirá.

Contrato a una persona para que me diga quién es Ceballos y dónde vive. Si Martín tiene razón y es el chileno de Miami, pediré que lo despidan. Pero no creo que sea él. Sospecho que es un pobre diablo que no me conoce y que ha leído alguna de mis novelas y se ha obsesionado con nosotros.

Me dicen que hay un Manuel Ceballos en Lima que ha escrito contra mí en foros cibernéticos. Ha dicho que soy un racista, que no soy santo de su devoción, que no ve mi programa, que me detesta.

Hay un Víctor Manuel Ceballos en México que trabajó como coordinador de producción del programa «Corazones al límite» de Televisa y luego como asistente del programa «Caiga quien caiga» de Azteca. Le dicen la Zorra.

Hay un Manuel Ceballos en México que es escritor de temas históricos y religiosos.

Hay otro Manuel Ceballos en México que ha publicado crítica de arte en el diario *El Universal* y que puede ser el escritor de temas históricos y religiosos y también puede ser la Zorra, aunque esto último parece improbable.

Hay un Manuel Ceballos que es un actor que vive en Phoenix, Arizona, y que ha actuado en una película independiente.

Hay un Manuel Ceballos que es extremeño y árbitro de fútbol de la segunda división en España.

Hay un Manuel Ceballos que es boxeador peso mediano en Argentina.

Hay un Juan Manuel Ceballos que vive en el Perú y es ingeniero agrónomo y puede que sea el que ha escrito en foros cibernéticos insultándome.

Mis sospechosos son dos: el Ceballos que vive en el Perú y cada tanto me ataca en foros y el mexicano de la televisión al que apodan la Zorra.

Le cuento todo esto a Martín. Se molesta. Me dice que es obvio que Ceballos es el chileno y que estoy perdiendo el tiempo. Me molesto. Le digo que es un testarudo. Me gusta esa palabra. Es un insulto elegante. Martín me cuelga el teléfono.

Consigo los teléfonos del Ceballos mexicano al que le dicen la Zorra y del peruano que me ha atacado en foros cibernéticos. Los llamo y les dejo mensajes amenazantes: «Soy el gordito cantinflas. Si vuelves a molestar a mi chico, te mandaré un par de matones para que te rompan las piernas.» Después de dejar esos mensajes, siento que ha sido inútil. Si yo escuchara un mensaje así, no me daría miedo.

Llamo a Martín a las tres de la mañana y le digo que estoy seguro de que nuestro enemigo es la Zorra, el mexicano. Martín me dice que está seguro de que Ceballos es el chileno, que ha sido y sigue siendo mi amante, que el 24 de noviembre me encontré con él en algún hotel o albergue transitorio de Buenos Aires. Luego me dice que está harto de mí y que deje de llamarlo.

El intrigante ha conseguido lo que quería: Martín le cree a él más que a mí y no quiere hablar conmigo.

Paso dos semanas en Lima. No acaba de sentirse todavía el verano. Ciertas mañanas una niebla espesa esconde el campo de golf.

No consigo dormir bien. Mi siquiatra, el doctor Farinelli, me ha recetado antidepresivos y ansiolíticos. Duermo diez horas corridas. Al día siguiente soy otra persona, una persona aún peor. Me arrastro, me duermo a cada rato, me siento un pusilánime, un gordo, un hombre sin futuro, acabado, derrotado. Duermo en las camas de mis hijas, con el perro *Bombón* hecho un ovillo a mis pies. Renuncio a las pastillas argentinas. Prefiero el insomnio.

Lo que me salva es la pastilla que me recomendó Inés, la madre de Martín. La llevo siempre conmigo y me resigno a tomarla los días peores. Como estoy de vacaciones, me drogo tal como me prescribió con amor la madre de Martín. Esa droga, aplicada en dosis pequeñas, me convierte por unas horas en un hombre paciente, tolerante, sin apuro, de espíritu risueño. Llevo en la muñeca izquierda el reloj de esfera ancha que, tras quitárselo, me regaló el gran poeta y pirata Joaquín Sabina. Ese reloj me ha cambiado la vida. Ese reloj y las drogas de Inés me devuelven un cierto optimismo. Desde que uso el reloj de Sabina, me siento más joven, con ganas de volver a pecar. Debo ir con cuidado, sin embargo. Ya no soy un muchacho. Pero este reloj me engaña, por fortuna.

En otros tiempos me hubiera entristecido que mi tío, el gerente de un banco, no me invitase a su almuerzo navideño y que mi prima favorita, a la que siempre encontré irresistiblemente encantadora, tampoco me invitase a su fiesta de casamiento, en la que me cuentan que cantó con la simpatía desbordante, arrolladora, que me embrujó desde niño en su casa de playa, en la que nunca faltaban uvas verdes. Pero ahora no me da pena que prescindan de mí. Me parece una decisión irreprochable. Saben que soy indiscreto y lo cuento todo. Hacen bien en no invitarme. Yo tampoco me invitaría. Y una fiesta es mucho más divertida cuando te la cuentan, los chismes aderezados con esa refinada maldad tan nuestra. Y tengo el reloj de Sabina y las drogas de Inés para recordar que todavía hay unas pocas personas que me quieren, aun sabiendo que no sé guardar secretos y que mi manera torpe de querer es escribiéndolo todo, incluso lo que no debería, especialmente lo que no debería.

Pronto cumpliré años y me tienta la idea de organizar una fiesta, pero no una fiesta lujosa y ensimismada como la que di cuando cumplí treinta y cinco en un hotel de Miraflores, sino una caótica a la que no podría invitar a mi prima ni a mi tío, pues no se sentirían a gusto y deplorarían mi mal gusto, pero a la que invitaría a ciertas personas a las que quiero mucho, por ejemplo a todas las empleadas que han servido y sirven a mis hijas, que son, en orden de veteranía, Meche, Gladys, Aydeé, Gisela, Rocío y Laurita, a las me encantaría sentar a una mesa y atender como reinas esa noche, y al correcto y educado Paolo, chofer de mis hijas que escucha música clásica y recorre la avenida Javier Prado una y otra vez, sin desmayar, sin quejarse, siempre dispuesto a salir de nuevo a complacer algún capricho o extravagancia de mis hijas, alguna visita a la peluquería de ellas o de *Bombón*, y a un cantante popular al que quiero como si fuera mi hermano, el gran Tongo. Quiero que esa noche o cualquier noche Tongo, Mechita, mi madre y yo cantemos *La pituca* en inglés y que Tongo pronuncie un discurso conmovedor sobre su vida y la mía, sobre el encuentro improbable entre su destino y el mío, un discurso desmesurado, que nadie entienda y nos haga llorar. Y luego quiero que mis hijas y yo bailemos las canciones de Tongo sabiendo que no es Sabina pero que hay en ellas otras formas de poesía incomprendida que resultan igualmente admirables y me devuelven una cierta fe en la humanidad, en el sinsentido que es vivir en esta ciudad en la que ya nadie o casi nadie me quiere ver, a menos que sea en la televisión, que es la única forma de verme sin correr el peligro de ser delatado.

La noche de Navidad, en casa de Sofía, resulta inesperadamente feliz. Mis hijas y yo cantamos *La pituca* en inglés viendo los videos de Tongo. Sofía nos deleita con una cena espléndida. El perro *Bombón* come tanto pavo que ya no puede comer más y se tiende a mis pies, asustado por el fragor de la pirotecnia del barrio. El pavo ha sido horneado con finas hierbas durante siete horas y lo cargan en hombros como si fuera un cortejo fúnebre Aydée y Meche. Sofía está guapísima. Me digo que tengo suerte de ser padre gracias a ella. No sé qué me haría sin mis hijas y Sofía y el reloj de Sabina y las drogas de Inés esta noche de Navidad. Cuando muera, quiero que Aydeé y Meche carguen mi cuerpo henchido como cargaron al pavo siete horas horneado y que alguien cante *La pituca* en inglés, sólo porque esa canción es como la vida misma en su mejor expresión: no se entiende, no tiene sentido, pero te hace reír.

Las niñas me regalan un sillón que hace masajes. Sentado en ese sillón de cuero, aprieto botones y recibo vibraciones y frotamientos en la espalda y los pies. Es un regalo estupendo. Con mi nuevo sillón de masajes desde el cual escribo estas líneas, ya no necesito que nadie me invite a su almuerzo navideño o a su fiesta de casamiento. Tengo a mis hijas, a la madre de mis hijas, que es como mi madre y mi hija también, y que me hace muchos regalos lindos y compra todos mis regalos de Navidad con una pasión que admiro pasmado, tengo a Martín, mi chico argentino que detesta la Navidad y no regala nada y se queda solo en su casa odiando al mundo y bailando solo como el divo espléndido que es, tengo a mi madre que no conoce a Martín y que tal vez no lo conocerá nunca pero que me quiere más allá de la razón, que es como yo la quiero igual. Y tengo las pastillas de Inés y las canciones de Tongo y el reloj de mi amigo, el pirata y poeta Joaquín Sabina, que llevaré puesto todos los días que me queden de vida. Y tengo este sillón que me hace masajes mientras escribo. No necesito nada más, salvo que me cuenten las fiestas a las que no me invitan.

Las niñas y yo escapamos de Lima para pasar dos semanas en Buenos Aires. No queremos ir a Miami en enero. Hace frío. No nos gusta el frío. Tampoco queremos ir a Punta del Este. Va demasiada gente. Va la gente linda y vanidosa. Va la moda. Tal vez la felicidad consiste en estar en los lugares que no están de moda.

Buenos Aires en enero es un buen lugar para estar de vacaciones porque hay menos gente, menos tráfico y menos ruido. Además, los días más afortunados la temperatura bordea los cuarenta grados, que es, en lo que a mí respecta, el clima ideal para ser feliz. Mis hijas, por suerte, también disfrutan del calor, aunque extrañan a sus amigas, que están en las playas de Asia, al sur de Lima, y que las llaman frecuentemente desde sus Nextel para contarles todas las diversiones que se están perdiendo.

Pero en Buenos Aires conmigo hay otras diversiones, que si bien no rivalizan, lo sé, con las tentaciones adolescentes de la playa Asia, tampoco son del todo despreciables, o eso creo. Por ejemplo, salir a caminar treinta cuadras a las tres de la tarde, cuando despertamos, buscando las sombras espaciadas de la calle José C. Paz, en el barrio de San Isidro. Por ejemplo, sensibilizados por la película *Bee Movie*, rescatar con coladores a los insectos que caen cada noche en la piscina, aturdidos por la luz de los reflectores en el agua celeste. Por ejemplo, invitar al custodio de la esquina y a su hijo Lucas de once años a bañarse en la piscina con nosotros, aunque no lleven traje de baño ni sepan nadar y se metan en calzoncillos. Por ejemplo, ir al cine en funciones de trasnoche porque Buenos Aires está tres horas por delante de Lima y a medianoche es muy temprano para que nos vayamos a la cama, porque recién son las nueve en nuestro reloj biológico peruano, que no estamos dispuestos a alterar, curioso patriotismo el que nos asalta, negándonos a adelantar nuestros relojes, especialmente el que me regaló el gran Joaquín Sabina, que no me saco ni para dormir. Por ejemplo, jugar billar en el tercer piso de la casa, aunque rara vez le demos a la pelota. Por ejemplo, recorrer las cuadras más anchas de la avenida Libertador, desde Dorrego hasta Pueyrredón, en el Honda automático, que corre delicioso, regulando la velocidad para que no nos toque ningún semáforo en rojo, montándonos felices en la «ola verde» de los semáforos sincronizados, una diversión tonta y memorable que mis hijas llaman el «juego verde» y que tarde en la noche, cuando salimos a las tres de la mañana de los cines del Village, es un poco más arriesgada y a veces te obliga a tomar una bifurcación, un camino que se mete en el bosque de los travestis, sólo para evitar un semáforo en rojo. Por ejemplo, caminar por las calles del Once, en el barrio conocido como Little Lima, buscando un restaurante peruano para comer choclo con queso fresco, un antojo de verano, y firmando autógrafos para las chicas peruanas que se ganan la vida abnegadamente en esta ciudad, siempre con la misma broma que no falla: «Para Rosita, cásate conmigo»; «Para Elena, por qué me dejaste»; «Para Rebeca, todavía te amo», y luego oír las risas felices de las Rositas, Elenas y Rebecas de este mundo, mientras nos alejamos caminando en busca de los cines del Abasto.

Ninguna diversión, sin embargo, es mejor que la que nos regala la perra *Lulú*, que al comienzo era tímida con nosotros y nos tenía algo de miedo, pero ahora, nada más entrar a la casa con Martín, hace una exhibición escandalosa de su felicidad, sabiendo, claro está, que la meteremos en la piscina y le daremos los pollos a la barbacoa que nos han sobrado del restaurante Kansas y que a ella, *Lulú* la tímida, caniche blanca siempre bañada y perfumada, la hacen tan feliz, aunque después le provoquen unos estreñimientos de tres días, lloriqueando toda la noche en el cuarto de Inés, la madre de Martín, hasta que por fin, tras mucho dolor, expulse una enorme bola fecal, hecha de muchos pedacitos de pollo a la barbacoa, que no hemos debido darle, pero que ella ha comido eufórica porque la comida balanceada le hace bien pero es horrible. La presencia de *Lulú* en el jardín, en la piscina, en la cocina, al pie de la refrigeradora, olisqueando los volcanes que han quedado tirados en el jardín desde la noche de Año Nuevo, compensa por suerte la ausencia de nuestro perro *Bombón*, que ha quedado en Lima, enfermo de conjuntivitis, sometido a un severo régimen de gotas y antibióticos.

Todo fluye lenta y felizmente esos días de verano hasta que por desdicha mis hijas y yo salimos a caminar y discutimos sobre los planes para febrero, mes en que todavía están libres del régimen de cautiverio y explotación al que las someten en el colegio, un secuestro del que, sin embargo, gozan, porque, a diferencia de mí, que odiaba ir al colegio, ellas esperan con ilusión el primer día de marzo, para volver a clases y someterse a todas las sofisticadas formas de tortura con las cuales, en teoría, las educan, privándolas de las ocho horas de sueño a las que cualquier niña tiene derecho. No debí decirles que en febrero deberían ir conmigo a Miami en lugar de refugiarse en las playas de Asia, al sur de Lima, donde las esperan todas sus amigas con carnés vip del bar Juanito. No debí. Las niñas, que ya no son tan niñas, me dijeron a gritos, indignadas, que de ninguna manera se irán en febrero a Miami conmigo o con su madre, y que ya tienen cada fin de semana comprometido con sus diferentes amigas con casas de playa, uno en Playa Blanca, otro en La Isla, otro en Playa Bonita, otro en Ancón y así hasta que termine el verano. Yo me atreví a decir, cuando debí quedarme callado, que ya bastante tienen con pasar nueve meses al año en Lima, y que los tres meses de vacaciones, es decir, enero, febrero y julio, deberíamos pasarlos viajando, para que conozcan el mundo. Las niñas me hicieron saber que ya bastante se han sacrificado pasando el Año Nuevo conmigo en Buenos Aires, comiendo pan con queso y prendiendo fuegos de colores, mientras sus amigas bailaban hasta el amanecer en la fiesta de Asia, y que ni locas, ni locas, se irán en febrero a Miami. Con lo cual el paseo familiar de una hora terminó mal, casi a los gritos y a las lágrimas y conmigo diciendo algo que nunca imaginé que saldría de mis labios, «bueno, entonces compraré una casa en Asia», y ellas respondiendo algo que no esperaba, «no, ni se te ocurra, nosotras queremos ir a dormir a las casas de nuestras amigas, es mucho más divertido que estar contigo». Por suerte la pelea llegó a su fin cuando, exhaustos por el paseo de treinta cuadras bajo cuarenta grados de sensación térmica, nos metimos a la piscina.

Que es donde ahora están las niñas, riéndose a carcajadas y llamándome a gritos. Que es donde ahora mismo voy corriendo a meterme en calzoncillos, como el custodio de la esquina y su hijo Lucas, que deben estar ansiosos por venir a bañarse con nosotros.

Los Cóndores, Lima. Mi hermana y yo hemos corrido a escondidas hasta la bodega de la esquina. Nos han fiado chocolates, bebidas y helados. El señor de la bodega apunta en su cuaderno lo que nos ha fiado. Sabe que mi padre le pagará. Mi hermana y yo, que tenemos once y nueve años, confiamos en que mi padre pagará la cuenta sin advertir que hemos sacado dulces furtivamente. Nos equivocamos. El señor de la bodega le informa a mi padre que nos ha fiado cosas ricas. Es un sábado a mediodía. Mi padre no está de buen humor. Lleva en la mano un aerosol para matar insectos. Pierde el control. Dispara el aerosol contra nosotros. Mi hermana y yo nos quedamos tosiendo, frotándonos los ojos. Después nos reímos.

Caraz, Perú. Sofía y sus dos hermanos han viajado diez horas por carreteras malas hasta llegar a la casucha que su padre ha construido frente al río. Cuando quieren verlo, tienen que llegar hasta allí. Su padre ha jurado que no volverá más a Lima. Antes de irse a la sierra, ha quemado todos sus documentos y le ha regalado su auto a su mejor amigo. Sofía tiene siete años, es la menor de los tres hermanos. Quiere a su padre, pero esa casucha llena de arañas, sin colchones, sin luz eléctrica, en la que cocinan a duras penas las cosas que recogen del huerto, le da miedo. Sofía y su hermana tienen que traer agua del río para cocinar y lavar. La llevan en bateas y baldes de plástico. Como pesa mucho, la llevan sobre sus cabezas. Pero un día el balde con agua se le resbala a Sofía y cae al piso. Su padre pierde el control. Le grita, la castiga, la obliga a sentarse en una piedra sobre el río. Sofía está aterrada. Piensa que si el río viene más cargado, se la llevará. Se queda sentada en una piedra sobre el río la hora entera que su padre la ha castigado.

Los Cóndores, Lima. Una vez más, mi hermano ha conseguido burlar la seguridad de mi madre y abrir sus cajones secretos, allí donde guarda el dinero. Mi madre, harta de sus fechorías, pierde el control. Lo lleva a rastras a su baño, lo mete a la ducha con ropa y abre el agua fría. Mi hermano es pequeño, pero muy fuerte. Grita, se defiende a empellones. Mi madre me pide ayuda. Trato de sujetarlo, pero es inútil, se resiste, nos empuja, es más fuerte que nosotros, no podemos con él. Mi madre grita: «¡Una ducha helada es lo que necesitas para portarte bien!» Terminamos los tres. Mi hermano llora, humillado.

Mar del Plata. Martín, sus padres y hermanos han alquilado una casa en Los Troncos y bajado a la playa del Ocean a pasar el día. Inés reparte sándwiches y bebidas entre los chicos. De pronto sopla un viento fuerte que levanta arena. Martín muerde el pan con jamón y queso y siente la arena en su boca, entre sus dientes. Escupe el pan arenoso. «Es un asco», dice. «Está lleno de arena.» Su padre le grita: «¡Te vas a comer el sándwich!» Martín protesta: «¡Pero está lleno de arena!» Su padre pierde el control: «¡No me im-

338

porta! ¡Te comés la arena también!» Martín come llorando el pan arenoso.

Buenos Aires. Martín no quiere ir a jugar rugby. Su padre es fanático del rugby y quiere que Martín lo sea también. Pero Martín odia golpearse con otros chicos persiguiendo una pelota, no le encuentra sentido. Su padre le dice que irá a jugar rugby y punto. Martín todavía está lastimado por el partido del domingo anterior. Su padre pierde el control. Lo lleva a empujones hasta el autobús del equipo de rugby y, con todos los amigos de Martín mirando desde sus asientos, lo sube a empellones. Martín llora, humillado. Ni siquiera la discreta contemplación de sus amigos desnudándose en el camarín compensará los dolores de la paliza que recibirá en la cancha por un juego que no entiende y le parece ridículo.

Disneyworld, Orlando. Camila no quiere subir al carrusel. Está cansada, quiere volver al hotel. Sofía tiene ilusión de subir con Camila al carrusel y se siente frustrada de no poder hacerlo por culpa de un capricho de su hija en ese primer viaje familiar a Disney. Sofía insiste en que deben subir al carrusel. Camila se niega. Sofía me pide que la suba a la fuerza. Me niego, le digo que ya subiremos otro día, que la niña está cansada y quiere irse. Sofía pierde el control. Carga a Camila y la sienta en un caballito del carrusel, a pesar de que la niña llora y patea y trata de bajar. El carrusel comienza a moverse. Los niños parecen felices, saludan a sus padres. Pero Camila llora, furiosa, humillada, mientras su madre la sujeta.

Buenos Aires. Lola está aburrida. No quiere comprar ropa, dice que no hay ropa de su talla. No quiere ir más al cine, dice que se aburre. No quiere escuchar música en su iTouch, no quiere chatear en internet, no quiere bañarse en la piscina, dice que el agua está muy fría. Cuando vamos a comer, tampoco quiere comer, dice que el lomo tiene «venas y telarañas». Pierdo el control. Le digo que si se aburre de vacaciones conmigo, no volveremos a viajar juntos. Lola se va llorando a su cuarto.

Buenos Aires. Mis hijas y yo caminamos por una calle de San Isidro bajo el sol ardiente de enero. Les digo que voy a alquilar una casa en playa del Sol. Se indignan. Me dicen que esa playa es fea, horrible, vulgar, que la gente es ruidosa, que en carnavales te tiran huevos y globos con caca. Les digo que entonces no alquilaré ninguna casa. Me dicen: «Mucho mejor, contigo nos aburrimos.» Pierdo el control. Les digo: «Es la última vez que viajamos juntos, el próximo verano se quedarán en Lima.» Me dicen: «Mucho mejor, en Lima nos divertimos más.» Llegando a la casa, llamo a la aerolínea y pido tres asientos a Lima esa noche, pero el vuelo está lleno, no podemos viajar. Pierdo el control. Me voy a dormir sin despedirme de mis hijas. Cuando despierto de madrugada, están durmiendo en mi cama.

Cuando estoy lejos de Sofía, me doy cuenta de cuánto la quiero y cuánto alegra mis días cuando me sonríe y me abraza y me lleva a pasear con sus vestidos de verano que se le andan volando y ella tiene que sujetar, pudorosa.

No es que quiera volver a casarme con ella. No es que quiera dormir con ella. No es que quiera amarla con la pasión con que nos amamos cuando éramos jóvenes, una pasión que se extinguió con los años, como tenía que extinguirse. Es que la necesito para estar bien. Necesito ver su cara. Necesito verla sonreír. La quiero como si fuera mi hija o mi mejor amiga o mi hermana, la quiero como si fuera lo que en realidad es, la mujer que más he amado sin saber que la amaba.

Ella sabe que no soy el hombre del que debió enamorarse. Ella sabe que se equivocó conmigo, que no debió dejar a Michel por mí. No es tonta y lo sabe. Pero como no es tonta tampoco piensa estas cosas y acepta que el azar entreveró nuestras vidas de un modo que ya es definitivo y por eso sabe que a estas alturas lo mejor es aceptarnos como somos y aprender a querernos a pesar de nuestras miserias, esas pequeñas miserias que uno sabe que no van a cambiar.

La verdad es que me casé con ella muerto de miedo. Ella sonreía y trataba de calmarme. Después de tantos años, ahora pienso que fue una gran cosa casarnos y una tontería divorciarnos. Hubiera sido lindo seguir casados, viviendo cada uno donde le dé la gana, como vivimos ahora, y viéndonos cuando realmente nos provoca, como nos vemos ahora, y durmiendo con quien cada uno tenga que dormir, porque sólo se vive una vez y la libertad no se negocia, pero aceptando que nuestro amor estaba escrito y debió quedar escrito y no ser borrado. Da igual, esos papeles no valen nada. Lo que cuenta es cómo ella me abraza, cómo me mira, cómo me habla por teléfono, cómo me dice todavía esas palabras suaves que me decía cuando empezamos a querernos.

Hubiera sido tan fácil que eligiese odiarme. Mucha gente pensó que yo la había humillado, que la había sometido a unos escándalos bochornosos, que no debía hablarme más. Un periódico de Lima, el más tradicional de la ciudad, publicaba cartas de lectores indignados que, en nombre del honor y las buenas costumbres, le pedían que cambiase el apellido de nuestras hijas. Muchos en su familia le rogaban que me olvidase, que me borrase de su vida, que se fuera a vivir lejos de mí. No les hizo caso. Ella me entendía, sabía que yo tenía que hacer todas esas cosas y que nada de eso ponía en entredicho nuestro amor, ese pacto secreto de querernos libremente, honrando a las hijas que ella me dio contra la opinión de medio mundo, esas personas que le decían que mejor abortase, que no le convenía quedar atada a mí, que yo iba a ser el peor padre del mundo, un padre malo, egoísta, degenerado, un padre ausente. Ella siguió creyendo en mí y comprendió y perdonó todo lo que tuvo que comprender y perdonar, que no fue poco, y creo que al hacerlo se hizo más fuerte y más sabia y en cierto modo también encontró unas formas más serenas de felicidad que quizá le hubieran sido negadas si hubiese elegido el camino de la dureza y el rencor, si hubiese decidido ser mi enemiga, como muchos le aconsejaban.

Pero eligió ser mi amiga. Si no podíamos ser los esposos felices, la pareja convencional, quizá podíamos tratar de ser amigos, respetando que cada uno tuviese unos amantes de los que era mejor no hablar para no lastimarnos más de lo que ya era inevitable. Y fue así como, en lugar de alejarnos, nos fuimos conociendo y queriendo más. La libertad que nos dimos resignados, pensando que era una derrota, terminó siendo un estímulo formidable para el amor, una victoria compartida, un discreto triunfo moral que nos hermanó.

El amor está en las pequeñas cosas, no en los revolcones que uno se da en la cama. Ella me demuestra su amor todos los días, en las pequeñas cosas.

Si mis calzoncillos están viejos, ella me compra los que ya sabe que me gustan. Si necesito un traje nuevo, ella me consigue el más lindo. Si el chofer choca mi camioneta, ella no me dice nada para evitarme un disgusto y paga la reparación. Si me siento mal y no paro de toser, me consigue citas con los mejores médicos y me lleva y me espera y me aconseja y me compra los inhaladores para que pueda respirar mejor. Si estoy por llegar a la ciudad, ordena que compren las granadillas y las uvas y los plátanos y los jugos de mandarina que sabe que me hacen feliz. Si es domingo, me espera en su casa con la carne a la parrilla y unos postres exquisitos que ella ha preparado.

Si alguien dice algo bueno de mí, me lo cuenta. Si alguien dice algo malo de mí, no me lo cuenta. Si le digo para viajar, siempre está lista. Si le digo que mejor no viajamos porque estoy harto de tantos aviones, no se molesta, entiende.

Si es Navidad, compra regalos para todos, vuelve a ser una niña, goza de un modo que me da envidia. Si hay un cumpleaños, compra los sándwiches y los dulces más ricos, se ocupa de que todo salga perfecto. Si necesito cambiar de hotel, me hace las reservas, me consigue las mejores tarifas. Si estoy por salir a la televisión y me doy cuenta de que mis zapatos están viejos, viene corriendo con unos zapatos nuevos que yo no sabía que tenía, ella siempre me da esas sorpresas. Si le pregunto qué quiere hacer cuando cumpla cuarenta años, me dice que quiere ir a París con las niñas y conmigo. Y yo le digo que iremos a París y ella será mi traductora y caminaremos las mismas calles que caminamos hace tantos años, cuando fuimos de luna de miel, ella embarazada de Camila, y la besaré en la mejilla y le diré al oído, sin que las niñas se den cuenta:

—Eres la chica más linda del mundo.

Tocan la puerta. Estoy tratando de escribir. Me interrumpen. No pienso abrir. Agazapado en una esquina, trato de espiar a la persona que está afuera. Es una mujer. No sé quién es.

Vuelven a tocar. No tocan el timbre porque no hay timbre. No hay timbre porque lo he desconectado. Lo he desconectado porque generalmente lo tocan muy temprano y me despiertan.

Un día vinieron unas mujeres a las nueve de la mañana y no pararon de tocar el timbre hasta despertarme. Bajé furioso con mis pantuflas de conejo. Me dijeron en inglés que querían venderme galletas. Les dije en español: «Vayan a venderle galletas a su abuela.» Me miraron consternadas. Ese día desconecté el timbre y pegué en la puerta un papel que dice: «No tocar la puerta antes de las dos de la tarde en ningún caso.» Lo dice en español y también en inglés por las dudas.

Ese papel sigue pegado en la puerta. Pero son las cuatro de la tarde, tal vez por eso la mujer insiste en tocar. Derrotado, abro. No sé quién es.

—Buenas tardes —dice en español—. Soy su vecina.

Es una mujer alta, distinguida, algo mayor que yo.

—Perdone que lo moleste —dice—, pero el ruido de su aire acondicionado me está matando.

Está nerviosa, agitada, aunque procura controlarse.

—No sé a qué ruido se refiere —le digo—. Tengo el aire apagado. Nunca lo prendo.

Hace un leve gesto de fastidio, como si no me hubiera creído, como si pensara que le he mentido fríamente.

—Pues hay un ruido que viene de su jardín que no me deja dormir —dice, levantando la voz—. Me está volviendo loca. Tiene que hacer algo.

—No sé de qué me está hablando —le digo—. No soy una persona ruidosa.

—Déjeme mostrarle, si no me cree —dice ella.

Luego camina y entra a mi jardín por la puerta lateral que usan el jardinero y el hombre que limpia la piscina. Camino detrás de ella. Al seguir sus pasos, oigo un ruido que se acrecienta. La mujer señala una máquina negra que está encendida.

—Es la bomba de la piscina —le digo—. No es el aire acondicionado.

—Me da igual —dice ella—. Este ruido me está volviendo loca. No puedo dormir. No puedo pintar por las tardes. No puedo hacer nada.

Me parece que está exagerando. Es un ruido tolerable, el ruido de una bomba de piscina.

—No lo había notado —le digo—. Le pido disculpas. Usted comprenderá que no me ocupo de estas cosas.

—Pero algo hay que hacer —dice ella, llevándose las manos a la cintura, mirándome con dureza—. Este ruido no es normal.

—¿Le parece? —pregunto, sorprendido—. Yo diría que este ruido no molesta gran cosa comparado con el ruido de su perro.

Me mira, entre sorprendida y furiosa.

—No tengo un perro —dice.

—Qué raro —le digo—. Porque todas las mañanas me despiertan los ladridos de un perro que juraría que está en su casa.

—No es mi perro —dice ella—. Es el perro del vecino de allá —añade, y señala la casa al otro lado de su jardín.

—Bueno —le digo—. Veré qué puedo hacer. Llamaré al hombre de la piscina.

La mujer camina unos pasos hacia la salida. La sigo. Se detiene y me dice:

—Esta noche tengo una cena. Por favor, le ruego que apague ese ruido.

—No se preocupe —le digo.

La veo irse caminando deprisa. Vuelvo a la bomba de la piscina y la apago. Al apagarla, me doy cuenta del ruido fastidioso que hacía. Curiosamente, no lo había sentido dentro de la casa y nunca salgo al jardín o la piscina en estos meses.

Esa noche oigo la música, los gritos, las risotadas, el escándalo de la cena en casa de la vecina. Son las cuatro de la mañana, estoy en la cama y no puedo dormir porque no paran de reírse y dar gritos. Calzo mis pantuflas de conejo, bajo al jardín y enciendo en venganza la bomba que tanto le molesta.

Tocan la puerta. Ya amaneció. Despierto asustado. Bajo en mis pantuflas de conejo. Es la policía. Abro más asustado. Afuera hay un auto de la policía. Un oficial obeso en uniforme azul me dice en inglés que la vecina se ha quejado de unos ruidos molestos que provienen de mi casa. Le digo que es insólito que me despierten por una queja sin fundamento, que no he hecho ningún ruido de ningún tipo. Me dice que la vecina alega que una máquina averiada genera un ruido insoportable para ella y que, a pesar de sus quejas, insisto en dejar esa máquina encendida. Camino con el oficial hasta la bomba de la piscina y señalo la máquina supuestamente estropeada.

—¿Le parece que este ruido es excesivo o anormal, oficial? —pregunto, con la certeza de que la razón me acompaña y mi vecina es una loca rencorosa.

—Sí —me dice el policía—. Este ruido no es normal. La bomba está dañada. Por eso hace tanto ruido. Debe cambiarla cuanto antes.

Desconecto la bomba y me quedo en silencio, humillado por la autoridad.

Apenas se va el agente policial, vuelvo a la cama a tramar mi venganza. Descarada, pienso. Tienes un perro odioso que no para de ladrar y lo niegas. Haces fiestas escandalosas que no me dejan dormir. Y llamas a la policía porque la bomba de mi piscina está gastada. Caradura. Me vengaré de ti.

Más tarde llamo a la policía y me quejo de que en la casa de mi vecina hay un perro histérico que ladra a todas horas y no me deja dormir. Poco después la policía llega a la casa de mi vecina. Espío desde la ventana. Por suerte es otro oficial. Habla con la vecina. Entran en la casa. No mucho después el agente viene a mi casa.

—Está mal informado —me dice, amablemente—. En esa casa no hay ningún perro.

—Es imposible —le digo—. Yo lo oigo todas las mañanas. Lo habrán escondido.

—La señora de la casa me dice que no tiene perros y yo no tengo por qué no creerle —me dice.

Luego se marcha sin prisa. Pero yo sé que la vecina miente, que tiene un perro histérico al que odio hace meses y quiero acallar como sea.

Esa madrugada salgo al jardín y enciendo la bomba para molestar a la vecina.

A la mañana siguiente encuentro una nota pegada en la ventana de mi camioneta. Dice: «Gilipollas, no me dejas dormir.»

Llevo una nota y la dejo en el felpudo de la vecina. Dice: «Yo cambio la bomba si tú callas a tu maldito perro.»

Por la tarde apago la bomba porque el ruido ya me molesta a mí también. Pero en la noche salgo a prenderla para que la vecina no pueda dormir, aunque yo tampoco pueda dormir.

A la mañana despierto con los ladridos del perro de la vecina que ella esconde tan bien. Bajo a mirar si me ha dejado otra nota. No encuentro nada. Es una decepción.

Salgo al jardín. La bomba está apagada. La puerta lateral está abierta. La vecina ha entrado y la ha apagado ella misma.

Su perro vuelve a ladrar. Estoy seguro de que en esa casa hay un perro. Los ladridos salen de allí.

Me acerco a la piscina. Veo tres libros hundidos al fondo. Son tres novelas mías. La vecina ha arrojado a la piscina tres novelas mías.

El perro vuelve a ladrar. Tengo que encontrar una manera de entrar a esa casa, secuestrar al perro y callarlo para siempre.

Esta guerra recién comienza.

El escenario de la pelea familiar a punto de estallar es un auto japonés, automático, cuatro puertas, que avanza a ciento cuarenta kilómetros por hora en la ruta de Mar del Plata a Buenos Aires, un jueves por la tarde, con Martín al timón. Su madre, Inés, está a su lado. Atrás va Cristina. Los tres han pasado una semana de vacaciones en Mar del Plata y tal vez ya están cansados de verse las caras tan a menudo, como están agotados por el viaje de cinco horas en auto. Como suele ocurrir con los viajes familiares, cada uno está pensando (pero no lo dice) que a la familia es más arduo quererla cuando se la ve todos los días y que la mejor manera de llevarse bien con ella es tomándose vacaciones no para verla a toda hora sino para alejarse de ella. Estas cosas, claro está, se piensan, si acaso, pero no se dicen.

Sin reparar en que el curso que ha tomado en la conversación es uno de colisión con su hermano, Cristina dice:

—No es justo que mamá no le preste el auto a papá los fines de semana.

Inés permanece en silencio, extrañando a su perra *Lulú*, que ha quedado sola en el departamento. No hace mucho, cuando Enrique la dejó. Inés lloró días enteros, pensó que era una tragedia inexplicable, se hundió en una depresión. Pero luego, sorprendentemente, las cosas empezaron a cambiar: encontró en *Lulú* una compañía más amorosa, serena y leal que la de su marido, se mudó a un departamento que Martín le regaló para que dejara atrás los malos recuerdos, se sintió más libre y despreocupada y, para su sorpresa, empezó a darse cuenta de que la ausencia de Enrique, lejos de abatirla, podía resultar propicia para su felicidad. Por eso, cuando Enrique le hizo saber que le gustaría usar el auto los fines de semana, ella se negó a dárselo.

—El auto es de mamá —dice Martín, conduciendo a una velocidad imprudente—. No tiene por qué prestárselo.

Cristina, que se lleva mejor con su padre que Martín, y que en las discusiones familiares suele tomar partido por su padre, dice en tono airado, seguramente harta de tantas horas de ver a su hermano en el hotel de Mar del Plata, en el club de playa y ahora en el auto:

—El auto de mamá también es mío. Yo puse parte de la plata para comprarlo. Tengo derecho a usarlo. Y tengo derecho a prestárselo a papá.

Cristina es abogada y conoce bien sus derechos. Siempre fue la más estudiosa de la familia, la promesa académica, la que mejores notas obtenía en el colegio y la universidad. Martín, no siendo tan estudioso, se las ha ingeniado, sin embargo, para hacer más dinero que ella por vías no convencionales (pero dentro de la ley), gracias a su audacia y su ingenio. Ese hecho no menor, que ella haya estudiado más y que él, a pesar de eso, tenga más dinero, es algo que probablemente le irrita, aunque estas cosas tampoco se dicen.

—No digas boludeces —se ofusca Martín—. El auto es de mamá. Lo pagó con su plata.

—Yo también puse plata —protesta Cristina.

—Nadie te obligó —dice Martín—. Y ahora el auto es de ella. Y si mamá no quiere prestarle el auto a papá, me parece muy bien. ¿Con qué cara el tarado le pide el auto si la dejó?

—No hables mal de papá —dice Cristina—. La dejó porque está deprimido.

—No —dice Martín—. La dejó porque es un egoísta. Desde que Jaime se separó de su esposa, siempre se preocupó por darle plata, nunca la abandonó.

Inés va en silencio, se abstiene de intervenir, pero naturalmente está de acuerdo con su hijo. Más que la separación, lo que le duele es el modo en que Enrique la dejó, la crueldad con la que ejecutó la operación de irse con el dinero y dejarla a su suerte.

—Claro, tu noviecito es perfecto porque es gay —se burla Cristina—. Vos también sos perfecto porque sos gay —continúa, reforzando las sospechas que Martín siempre ha tenido: que su hermana es homofóbica—. En cambio papá es malo porque no es gay.

—Me da igual —dice Martín—. Yo no quiero verlo más. Pero el auto es de mamá, no tuyo.

—En parte es mío —levanta la voz Cristina—. Yo puse plata para comprarlo.

—No hablemos de plata, por favor —dice Martín—. Si vamos a hablar de plata, yo acabo de comprarle un departamento a mamá para que pueda rehacer su vida y vos no pusiste ni un mango.

—¿Con tu plata? —pregunta Cristina—. ¿O con la plata de tu noviecito?

—Cristina, por favor —protesta Inés.

—Lo compré con mi plata —dice Martín—. Y si lo hubiera comprado con plata de Jaime, ¿a vos qué carajo te importa? ¿Por qué tenés que burlarte de él?

—Porque es un aparato —dice Cristina—. Y porque vos te hacés la estrella de la familia y criticás a papá, pero sos un mantenido que vivís de tu noviecito.

—Gorda de mierda —se exalta Martín—. No te permito que me hables así en mi auto.

—Te duele porque es verdad —grita Cristina—. Sos un mantenido. Tenés más guita que yo, pero yo laburo.

—Yo también laburo, gorda boluda —grita Martín—. Laburo todos los días.

—Con tu novio.

—Sí, con Jaime, ¿y qué tiene de malo trabajar con él? Somos un equipo.

—Un equipo, claro. Dejá de joder.

—Y vos, ¿qué? ¿Acaso no trabajás con el tío Pepe? ¿No has trabajado toda tu vida en el estudio de Pepe porque él te llevó allí?

—Porque es el estudio de la familia y porque soy abogada recibida, no como vos, que no terminaste la universidad. Yo no vivo de mi noviecito.

—Porque no tenés novio ni nunca vas a tenerlo —grita Martín—. Porque sos una gorda insoportable. Por eso me tenés envidia, porque yo tengo un novio que me ama y vos estás sola.

—Puto de mierda, ¿qué sabés vos de mi vida amorosa? —grita Cristina.

—Lo que sé es que no te cogés ni a una foca —grita Martín.

Inés llora en silencio y se lamenta de haber dejado sola a su perra *Lulú*, que la quiere sin peleas, gritos ni reproches.

—Y vos te cogés a quién: a un peruano ridículo que te lleva como veinte años y que es una víbora que cuenta las intimidades de la familia —dice Cristina.

Martín frena bruscamente y grita:

—Bajá ahora mismo de mi auto.

—Martín, por favor —interviene su madre.

—Bajá —grita Martín.

—Andá a cagar —grita Cristina, abre la puerta y baja.

—No quiero verte más —le dice Martín.

Cristina se queda llorando al pie de la autopista. Martín acelera.

—¿Qué se ha creído esta gorda para hablarme así? —dice.

Inés tal vez piensa: No vuelvo más a Mar del Plata con mis hijos, las mejores vacaciones son quedarme en casa con *Lulú*.

Martín tal vez piensa: No aguanto más a esta familia de locos, me voy a Miami.

Cristina tal vez piensa: Dejé mi cartera en el auto, ¿y ahora cómo llego a casa?

Antes de irme de Buenos Aires, Martín y yo vamos a los cines del tren de la costa. Son cines viejos, descuidados, pero a mí me gustan porque va poca gente y el boletero me mira con intención.

Martín se desespera porque una mujer hace crujir su butaca una y otra vez. Le dice a gritos que se cambie de asiento. La mujer no se da por aludida, sigue haciendo chirriar la butaca. Martín abre un paquete de M&M's y empieza a arrojarle esos proyectiles multicolores. Cuando le da en la cabeza, la mujer voltea y nos insulta. Martín le dice que si no se cambia de asiento seguirá tirándole M&M's. La mujer y su amiga se van del cine.

Esa noche, Martín y yo hacemos el amor. «Ha sido un momento sagrado», le digo. «Nunca fue tan perfecto como hoy.»

Llegando a Lima voy a una casa de playa donde me esperan mis hijas y Sofía. Llamo a Martín. No le digo que voy a la playa. Le miento. Le digo que voy a casa de mi madre.

Martín sabe que le he mentido porque me oyó en el departamento en Buenos Aires hablando con Lola, diciéndole que me esperase en la playa. Sabe que le he mentido pero no me dice nada.

En la playa me doy un baño de mar, duermo la siesta y me siento a comer con mis hijas y Sofía. Me queda poco crédito en el celular, he olvidado comprar una tarjeta. Entro al baño y llamo a Martín. Hablo en voz baja para que Sofía no me oiga. Vuelvo a mentirle, le digo que estoy en casa de mi madre. Martín se da cuenta de que algo le oculto. Se despide fríamente: «Hasta luego.»

Más tarde, estoy hablando con una amiga cuando aparece una llamada que se anuncia como: «Privado.» No imagino que es Martín. No contesto. Poco después se me acaba el crédito.

A la una de la mañana, salgo de regreso a la ciudad. Llegando a Lima no recargo el celular, me voy a dormir al hotel. Cuando despierto, paro en una gasolinera y cargo el celular. Entonces escucho mis mensajes. Tengo tres de Martín. Son violentos. El último dice: «A mí nadie me apaga el celular. No me llames más.»

Le escribo explicándole que mi celular se quedó sin crédito. Pero Martín sabe que le he mentido. Por eso me escribe: «Sé la verdad. Dime la verdad.»

Le escribo diciéndole que fui a la playa y no se lo dije porque no quería molestarlo.

Martín me escribe un correo brutal. Me dice que no merezco estar con él, que no merezco a un chico inteligente, refinado y divertido como él, que merezco volver con Sofía, dormir con Sofía, tener sexo con Sofía, vivir en Lima, esa ciudad que él detesta. Luego me escribe algo terrible: «Ya ni siquiera me gusta coger con vos.»

Leo ese correo y entro al estudio a hacer el programa de televisión.

Al día siguiente viajo a Miami. En el aeropuerto leo un correo de Martín. Me dice que se enfureció porque la noche que me llamó y no le contesté quería contarme que le han encontrado unos pólipos malignos y tendrán que operarlo.

Antes de subir al avión le escribo diciéndole que lo siento mucho, que iré a acompañarlo el día de la operación.

Llegando a Miami dejo de llamarlo y escribirle. Estoy dolido. Recuerdo las palabras que me escribió: «No me merecés, merecés Lima, merecés volver con Sofía.»

Una tarde me llama y deja un mensaje. Estoy allí pero no levanto el teléfono.

Le escribo: «No puedo olvidar las cosas horribles que me dijiste. Si mereces a alguien mejor, no estés conmigo.»

Me escribe: «Estoy loco y soy malo, pero te amo.»

Luego viene la enfermedad. No puedo respirar. Me ahogo. Siento que voy a morirme solo en la casa y que pasará una semana sin que nadie lo advierta.

No he cambiado mi testamento. Si muero, todo pasará a mis hijas. A Martín no le estoy dejando nada.

Tosiendo y ahogándome, manejo de madrugada hasta el hospital. Me piden mi seguro médico. Entrego mi tarjeta del seguro peruano. Me dicen que no pueden admitirme con ese seguro. Ofrezco mi tarjeta de crédito. Me dicen que no aceptan pacientes sin seguro. Me siento humillado.

Nunca imaginé que, siendo casi famoso, me rechazarían de un hospital.

Llegando a casa llamo a Martín y le digo tosiendo: «Estás loco y eres malo, pero te amo.»

Todo empeora un jueves por la mañana. Una tos persistente y dolorosa me recuerda que algo sigue mal. Enemigo como soy de los médicos y los medicamentos, espero a que me dé una tregua y deje de acosarme.

Pero esa tos de origen misterioso se ensaña conmigo con más crueldad de la que había imaginado. Lejos de ceder, se apodera de mí con tal virulencia que no me deja respirar, dormir, comer o siquiera caminar.

A tal punto me ha debilitado que caminar unos pocos metros dentro de la casa, arrastrando mis pantuflas de conejo, resulta una operación para la que debo prepararme mentalmente, haciendo acopio de las pocas fuerzas que me quedan, y subir al segundo piso, donde se encuentra mi habitación polvorienta, es ya una empresa fuera de la realidad, que los achaques respiratorios me tienen vedada.

Me digo, sin embargo, que, con sólo tomar mucha agua y abstenerme de ingerir jarabes o antibióticos, pronto estaré recuperado y volveré a respirar como de costumbre.

Thais, cuyo hijo murió de sida y tal vez por eso me quiere como si fuera su hijo, me trae sopa de pollo, jugo de naranja, antibióticos, jarabes, pastillas para aliviar el dolor de garganta, pero no tengo hambre, no puedo comer nada y los antibióticos me debilitan todavía más, quizá porque los he tomado sin comer en varios días.

El domingo a la noche mi pequeño reino privado, cuyos dominios han venido empequeñeciéndose gradualmente a medida que la enfermedad avanza, se reduce al sillón del que ya no me puedo levantar, el sillón en el que, tendido en ropa de dormir, con el teléfono en una mano y el control de la televisión en la otra, tal vez me encontrarán en unos días, helado y ausente, cuando la pestilencia se inmiscuya insidiosamente en la casa de los vecinos, que por cierto me odian.

Temeroso de morir asfixiado, incapaz de ir del sillón a la refrigeradora o del sillón a la computadora o del sillón a ninguna parte, llamo a emergencia y pido ayuda médica.

Un momento después, estoy tendido en una camilla, dentro de una ambulancia, con una mascarilla de oxígeno, mientras el ulular de la sirena destruye la quietud de la noche y me somete a esa incomprensible forma de tortura.

Le pido al enfermero que apaguen la sirena. Me dice que no será posible y que no me quite la mascarilla. Le digo que lo que me está matando no es la enfermedad sino la sirena.

En urgencias me pinchan sin compasión toda vena o arteria posible, me sacan más sangre de la que creía tener, me someten a pruebas humillantes, me inyectan sustancias amarillentas innombrables, me hacen firmar papeles diciendo que si muero o quedo inválido ellos no tienen la culpa de nada y me preguntan a quién deben llamar en caso de que algo muy malo suceda. «A nadie», digo. La señorita me pide un nombre y un número. Digo dos, el de Martín y el de Sofía, pero están en Sudamérica y ellos no pueden hacer llamadas internacionales. Me pide un número local, de Miami. «No tengo amigos en esta ciudad», le digo. Pero ella insiste en pedirme un número. «Ponga su número, llámese usted misma», le digo.

Una doctora rubia y de anteojos me dice que el nivel de oxígeno en mi sangre es muy bajo. Me informa de que procederán a internarme. Le digo que ya me siento mejor con todas las cosas que me han metido y que si me venden un balón de oxígeno me iré encantado a casa. Me dice que no puedo irme a casa, que tiene que internarme. Claro, pienso, lo que quieren es sacarme dinero, sanguijuelas.

En algún momento al final de la madrugada me llevan a mi habitación en el tercer piso, con vista a la playa de estacionamiento y a medio árbol. Estoy helado. El aire acondicionado está a tope y no puedo apagarlo porque proviene de un sistema central cuya temperatura gélida alguien decide sin piedad alguna por quienes padecemos de frío crónico. No puedo abrigarme. Como estoy pinchado, entubado y atrapado, tengo que permanecer casi desnudo, vistiendo apenas la bata vieja y rasgada, de color verdoso, que a no pocos muertos habrá despedido y ahora posa su gastada, indeseable tela en mí.

Estoy extenuado pero no puedo dormir por el frío del aire acondicionado, la tos que no cede, la humillante condición de rehén y los gritos de un enfermo que se ha parado en medio del pasillo, a la salida de mi habitación, vociferando:

—¡No soy un bendito ni un comemierda! ¡No soy un bendito ni un comemierda! ¡No soy un bendito ni un comemierda!

El sujeto, que grita con un marcado acento boricua, acusa a los médicos y enfermeros de querer matarlo, de haberse confabulado para privarlo de su libertad y minar lenta y calculadamente lo poco que le queda de salud.

Nadie consigue acallar al paciente enloquecido. No puedo dormir y la tos me está matando. Pido que me den un sedante: es en vano, a nadie le importa que no haya dormido ni comido en varias noches, todo lo que quieren saber es qué voy a desayunar, almorzar y comer, si quiero huevos o cereales, si deseo el flan de postre, si me apetece la trucha o la merluza. Y yo sólo quiero irme de allí, desaparecer del todo, que alguien me duerma doce horas. Pero eso, al parecer, es mucho pedir.

A las ocho de la mañana, ya callado el bendito del pasillo, me traen un desayuno grasoso y pestilente, un plato de huevos, hamburguesa y papas cuya sola contemplación me hunde en la náusea pura e infinita.

No deja de sorprenderme que cada quince minutos alguien entre a mi cuarto a cumplir alguna tarea rutinaria, menor, como dejarme un peine o quitarme las medias o tomarme la presión o cambiar el oxígeno o suministrarme más líquidos amarillos o dejarme lociones y champús o dejarme incluso unas medias coloradas que se adhieren bien al piso para que no me caiga. Cada diez o quince minutos alguien entra y me toca un poco, me pincha de nuevo, me da vuelta, me enrosca y atrapa más todavía y luego se va y yo me quedo angustiado, viendo cómo pasan las horas sin poder dormir.

Los médicos me han dicho que debo quedarme varios días soportando los gritos del bendito. Les digo que debo irme, pero me dicen que no pueden autorizar mi salida, que mi salud corre serio riesgo si me voy. «Más riesgo corre si me quedo», les digo.

Por la tarde encuentro al cómplice que estaba buscando, un enfermero joven, todo de blanco, muy guapo, de nombre Armando, que me ha reconocido de la televisión y es muy amable conmigo. Le ruego que me ayude a escapar. Se compadece de mí. Me hace firmar unos papeles, me quita todos los tubos y parches adhesivos, trae una silla de ruedas, me sienta en ella y, desafiando las miradas de los médicos (que, en venganza, se han negado a darme las prescripciones para mi tratamiento), me saca de ese infierno. Uno de esos médicos, un sujeto odioso, de panza y bigotes, me interrumpe a la salida del ascensor y me pregunta por qué me voy del hospital contra su opinión profesional.

—Porque no soy un bendito ni un comemierda —le digo, y él me mira sin entender.

Pero un poco más allá, Armando, mi enfermero y cómplice, se ríe y yo pienso que algún día volveré al hospital no para terminar de morir allí sino para decirle que esa mañana tosiendo y tosiendo me enamoré de él y de sus manos bienhechoras, y que la tos, como el amor, es algo que no se puede ocultar.

Es virtualmente imposible sentirse bien un domingo a medianoche en Lima bajo una llovizna inesperada y pérfida como los chismes que envenenan la vida de la ciudad. Es imposible sentirse bien si uno ha terminado el programa de televisión, todavía está maquillado, no para de toser y maneja con instinto suicida por una autopista desolada y oscura que bordea el litoral de las playas del sur.

Lo que me anima a persistir en el empeño, acelerando un poco más, sintiendo cómo las llantas resbalan levemente en las curvas que parten el desierto y me alejan de la ciudad, es la ilusión o la fantasía de que llegando a la casa de playa que me ha prestado Sofía me sentiré mejor, la tos cederá, conseguiré dormir sin drogarme y encontraré en el aire puro que viene del mar la cura para todos mis males.

Mi madre me ha dicho alarmada que debo ver a un médico sin demora, me ha recomendado doctores altamente calificados (ninguno de los cuales, sospecho, es agnóstico), me ha hecho citas para ese lunes por la tarde en la clínica donde murió mi padre, pero yo le he dicho que no tengo fuerzas para volver a esa clínica ni a ninguna y que cinco días a solas frente al mar me harán mucho mejor que los tocamientos de cualquier doctor pasmado por el verano de la ciudad.

Como era previsible, nada cambia demasiado estando ya en esa casa grande, de un solo piso, muchas habitaciones con más camas y una decoración en extremo arriesgada, levantada temerariamente a menos de cien metros de la orilla del mar. Nada cambia porque sigo tosiendo, insomne y helado, tendido en una cama sin frazadas, los pies cubiertos por tres pares de medias, dos estufas soplando aire caliente a centímetros de mis pies, tan cerca que a veces despierto con los pies hirviendo y la sospecha de que las medias están en fuego. Lo que cambia no es mi salud sino el escenario en que ella sigue deteriorándose: una casa tan vacía que mi tos produce eco y un mar tan cercano que las olas mueren no muy lejos de las estufas que me mantienen tibio.

Eso, la contemplación del mar, la ausencia de criaturas humanas en la playa y en los alrededores de la casa, la compañía gratificante de las arañas en las esquinas y las moscas que, estando todas las puertas y ventanas cerradas, aparecen misteriosamente en la cocina, podrá no ser la cura para mis males, pero al menos resulta un consuelo para mi espíritu, sabiendo que en esta casa soy libre en grado sumo y no molesto a nadie ni nadie me molesta a mí, y recordando la humillante condición de rehén entubado de la que escapé de un hospital de Miami al que sólo volveré si me llevan dopado, inconsciente o sin vida.

Resignado a que los cinco días a solas frente al mar transcurran sin el menor sobresalto, comiendo solo miel, polen y bananas, arrastrándome de una cama a otra de la casa, oigo a lo lejos, con creciente irritación, unos gritos que provienen de la playa, lo que me lleva a acercarme a la terraza y observar perplejo el espectáculo impensado que se desarrolla ante mis ojos: veinte hombres jóvenes, morenos, fornidos, en trajes de baño mayormente ajustados y por lo general de color negro, han instalado dos pequeños arcos de fútbol y persiguen ardorosamente una pelota blanca que va y viene, dando botes caprichosos, por la arena de la playa, exactamente frente al jardín de la casa, al tiempo que gritan, se arengan, protestan y celebran con euforia cuando convierten un gol.

El espectáculo resulta de una belleza insólita y sobrecogedora y por eso abro las puertas de la terraza, me expongo a la brisa del mar, lejos ya de mis estufas, y me siento o dejo caer en una silla plegable a contemplar extasiado cada pequeño detalle de esa formidable exhibición atlética que esos muchachos, seguramente salvavidas, jardineros o vigilantes de estas casas de lujo, han tenido la generosidad de obsequiar, sin saberlo, a un hombre enfermo, que no ha jugado fútbol hace tiempo, desde aquel partido en Rosario, pero que todavía sigue maravillado el vaivén de la pelota en cualquier partido profesional o aficionado, jugado por hombres o mujeres: doy fe de ello porque, cuando salgo a caminar por el parque de Key Biscayne y están jugando fútbol, no hay manera de que mis ojos puedan resistirse al embrujo de la pelota y por eso termino sentándome en una banca a mirar el partido y recordar los tiempos en que yo todavía jugaba, creo que no tan mal.

Esa hora y media que mis ojos se posan en los movimientos díscolos de la pelota, a menudo torcidos o interrumpidos por la arena, que no ayuda a que el juego fluya, pero especialmente en los cuerpos briosos y admirables de quienes la persiguen sin desmayo, derrochando unas formas de energía y vitalidad que nunca más serán mías, me olvido de todos mis males, dejo de toser y sentir frío en los pies y, para mi sorpresa, me encuentro invadido por unas ganas crecientes de bajar a la arena a jugar con ellos. Cuando se van, luego de darse un baño de mar, la enfermedad o el recuerdo de la enfermedad se apodera de nuevo de mí.

Al día siguiente, a la misma hora, la una de la tarde, los mismos hombres infatigables, en tan escuetos trajes de baño, regresan a esa franja de arena frente a la casa, instalan los arcos, calientan músculos y comienzan a gritar mientras persiguen la pelota, ajenos a toda forma de cansancio. De pronto, uno de ellos me ve sentado en el jardín, hipnotizado por el juego y la belleza de sus protagonistas, y me pregunta:

—Flaco, ¿quieres jugar?

Está claro que lo de flaco no responde a una observación cuidadosa de mis carnes sino a una expresión de uso corriente, cargada de buenas intenciones.

—¿No están completos? —pregunto.

—No —dice él—. Nos falta uno.

Minutos después, me he sacado la ropa, he vestido un traje de baño estampado con flores, esparcido protector de sol en la cara y los hombros y bajado a la playa. Tras los saludos y las bromas previsibles, pues todos me reconocen de la televisión y se sorprenden de verme allí sin traje ni corbata, con la barba crecida y la barriga menoscabada por la enfermedad, empiezo a trotar, a buscar la pelota, a pedirla, a desmarcarme, a tocar en primera antes de que me caiga encima uno de esos jóvenes musculosos. No hay tos, enfermedad ni fatiga crónica que me impida disfrutar de ese partido en la arena, aunque mi precaria condición física no me permite correr a la velocidad de mis compañeros ni aventurarme a sortear a los rivales, lo que me obliga a jugar mayormente parado, dosificando con avaricia el poco aire que atesoro y haciendo piques cortos sólo cuando son estrictamente inevitables, piques que son seguidos de un salivazo a la orilla y un mareo pasajero.

Es entonces cuando, recordando viejos tiempos, encuentro un segundo aire, me enredo en una combinación rápida y endiablada, amago que voy a disparar, eludo al defensa incauto y pateo suavemente a la esquina del arco diminuto, con tan buena fortuna que la pelota entra allí mismo, por el rincón invicto al que apunté. Lo mejor no es la gloriosa sensación de marcar un gol después de tanto tiempo sin jugar al fútbol. Lo mejor es confundirme en los abrazos sudorosos de los salvavidas y los jardineros y los vigilantes que me dicen Jaimito y palmotean mi espalda y me hacen sentir la espléndida firmeza de sus cuerpos. Luego anuncio que abandono el juego, me dejo caer en la arena sin más fuerzas para correr, miro el cielo mezquino que escamotea el sol y vuelvo a toser, pensando que voy a meterme al mar aunque me muera a la noche, confortado por las estufas.

El avión desciende sobre las arenas de Lima mientras despunta el amanecer. No he dormido. Tengo la mascarilla blanca que me dio la doctora cubriendo mi nariz y mi boca para no contaminarme con los bichos que, según ella, pululan por la cabina y saltan de un pasajero a otro, infectándonos a todos.

—¿Llevas una vida saludable? —me preguntó la doctora.

—Sí —respondí—. No fumo, no tomo alcohol, no como mucha grasa, camino todas las tardes por el parque.

—¿Con qué frecuencia viajas? —preguntó.

—Todos los fines de semana —respondí.

—Entonces no llevas una vida saludable —sentenció.

—¿Por qué? —pregunté.

—Porque los aviones están repletos de gérmenes. Los aviones te están matando.

Le expliqué que no puedo dejar de volar con tanta frecuencia porque he firmado unos contratos que debo cumplir, aunque me llene de bichos.

—Entonces vas a viajar siempre con la mascarilla puesta —dijo ella.

El problema de viajar con la mascarilla puesta es que las azafatas y los pasajeros te miran con lástima y se mantienen a prudente distancia. Bien mirado, puede que no sea un problema.

—¿Estás enfermo? —me preguntó una azafata, mientras colocaba la bandeja con la comida en la mesa plegable del asiento vecino, que por suerte estaba desocupado.

—Sí —le dije.

—¿Qué tienes? —preguntó.

—Siento que estoy en el cuerpo equivocado —le dije.

Me miró alarmada y tuvo el buen juicio de no hacer más preguntas.

No es que quiera ser mujer o que me disgusten mis colgajos. Es que todo mi cuerpo —la panza obscena, la penosa flacidez, las cavernas estropeadas, las canas púbicas que no cubriré de tinte— me parece un error.

Dicen que el alma no es inmortal, es tan mortal como el cuerpo y a veces se muere antes que el cuerpo. Puede que sea mi caso. Tal vez nunca tuve alma, tal vez nací desalmado, no lo sé. Pero si tuve alma, la mía era mortal y me parece que se murió por exceso de maquillaje y horas de televisión, se murió en algún estudio de televisión y yo seguí hablando, ya sin alma.

Después de dormir dos horas boca abajo y con los zapatos puestos, voy a ver a la doctora. Le llevo escupitajos en un frasco esterilizado, ¿será eso lo que queda de mi alma? La doctora me toca, me palpa, me ausculta, soba mi espalda, me regala chocolates. Luego me pregunta si me inyecto drogas. Le digo que no. Me dice que tengo bichos en la sangre. Me dice que tengo los pulmones infectados. Me dice que tiene que sacarme sangre ahora mismo. Le digo que necesito ir al baño. Pero no voy al baño. Salgo de su consultorio, bajo cinco pisos por la escalera, camino media cuadra, compro una cremolada de uva borgoña, subo a la camioneta y me alejo de allí, recordando con una sonrisa el diagnóstico de la doctora:

—Gordo, estás lleno de moco.

Llegando a la casa, leo un correo electrónico de Thais que me recomienda inyectarme un medicamento para reforzar mi sistema inmunológico. Voy a la farmacia, compro varias cajas de ese medicamento, vuelvo a la casa y le pido a Sofía que me ponga la inyección.

Sofía me ponía inyecciones cuando vivíamos en Washington, conoce bien mis nalgas y sabe lo que tiene que hacer. Me lleva a su cuarto, prepara la inyección, coloca una toalla blanca y me pide que me tienda boca abajo. La escena no carece de un cierto erotismo, al menos para mí, que no tengo alma o que la escupo a menudo.

Me bajo los pantalones, me tiendo en la cama que trajimos desde Miami en barco, me bajo los calzoncillos y exhibo con orgullo recatado el único talento que poseo, aquello que me ha permitido abrirme paso en la vida, mi bien más preciado, la clave de todos mis triunfos: mis nalgas. Poco importa que se te muera el alma si tienes unas nalgas altivas, pundonorosas y justicieras como las mías, unas nalgas que han sobrevivido a mil batallas ásperas y siempre están dispuestas a dar una pelea más, en nombre del honor.

Sofía pasa un algodón con alcohol por mi nalga, juega con ella, me hinca las uñas tratando de prepararme lenta y amorosamente para el dolor que se avecina y yo levanto las nalgas con gallardía y espero el aguijón.

En ese momento, sin que ella ni yo lo advirtamos, su madre, que mucho no me quiere, y cuya alma seguramente expiró antes que la mía, llega a la casa, se acerca al cuarto y oye a Sofía decirme:

—Te va a doler cuando te la meta, pero te va a doler más cuando te la saque.

La madre de Sofía, que no ignora mis veleidades amorosas, se detiene, sin poder creer lo que acaba de oír, y se asoma discretamente, escondida detrás de la puerta. Lo que ve la llena de estupor, la horroriza, le provoca escalofríos: yo estoy tendido boca abajo, los ojos cerrados, las nalgas desnudas y enhiestas, a la espera del ansiado castigo, y digo, con una voz sospechosamente optimista:

—Métela sin miedo. Métela de una vez.

—Pero te va a doler.

—No importa. Ya estoy acostumbrado.

La madre de Sofía da un paso atrás, espantada, y siente que va a desmayarse. Luego oye a su hija decirme con voz amorosa:

—Te va a doler más porque está un poco gelatinosa.

Esto ya es demasiado. Ella, una dama honorable de alta sociedad, sabía que yo era un mal bicho, un pervertido, un degenerado. Pero jamás imaginó que oiría a su propia hija, educada en Washington, Philadelphia y París, decirme:

—¿Dolió mucho cuando la metí?

Y a mí contestarle:

—No dolió gran cosa. Métela toda. Métela hasta la última gota.

Y a ella, en control de la situación, disfrutando del dominio que ahora ejerce sobre mí en la cama, decirme:

—Te va a doler cuando te la saque.

Y a mí rogarle:

—Por favor, sácala ya. No aguanto más.

Y a ella negarse:

—Todavía no. Falta un poco más. Aguanta. Esto te va a hacer bien.

La madre de Sofía sale de la casa llorosa, mareada, aturdida, preguntándose qué cosas habrá hecho tan mal para que su hija acabe sodomizando con algún artilugio gelatinoso a ese escritor mediocre y haragán, que ha destruido todo lo bueno y noble que alguna vez tuvo su hija y la ha corrompido con su espíritu disoluto y sus ideas libertinas.

Al pasar al lado de la ventana, seguida por los perros odiosos que no paran de ladrar, se detiene, nos ve abrazados detrás de la cortina y me oye decirle a Sofía, invadido por esa forma de amor que no conocíamos cuando hacíamos el amor en aquella cama que trajimos de Miami:

—Nadie lo hace mejor que tú, gordi.

Luego se marcha a toda prisa, pensando que ha llegado el momento de envenenarme, sin saber que ya estoy envenenado y que por eso su hija ha hincado mi nalga y la ha infiltrado de un medicamento seguramente inútil.

Los doctores en Miami me dijeron que, teniendo los pulmones infectados y un cuadro agudo de asma, no debía viajar a Buenos Aires. Les pregunté: «¿Quién no está infectado? ¿Se puede vivir no infectado? ¿No soy yo mismo una infección?»

La doctora en Lima me hizo un dibujo atropellado para explicarme que la parte inferior de mis pulmones aparecía negra en las placas, como si fuera un veterano fumador, y que, si no conseguíamos limpiarla con un ataque de antibióticos, tendríamos que extirparla para evitar un cuadro canceroso. Dijo también que sólo estaba usando la mitad superior de mis pulmones y que por eso me faltaba aire y cuando salía a correr por el parque me pasaban caminando las señoras mayores, una humillación que yo mismo le había relatado: «Corro tan despacio, doctora, que me pasa la gente caminando.» La doctora me pidió que cancelara el viaje a Buenos Aires.

Pero todos esos doctores amables, a quienes no he pagado haciéndoles creer que ya les pagará el seguro cuando en realidad no estoy asegurado, no sabían que, infectado o no, tenía que viajar a Buenos Aires para celebrar que Martín cumplía treinta años, treinta años que por su cara de bebé parecen veinte (y por eso a veces algunas señoras despistadas me preguntan si es mi hijo), treinta años de los cuales yo lo he tenido conmigo los últimos seis, porque antes él salía con chicas lindas que querían ser cantantes famosas.

Le había prometido a Martín que daríamos una fiesta peligrosa y excesiva, como supongo que tienen que ser las buenas fiestas, para celebrar sus treinta años que parecen veinte (y que son trece menos que los míos) y ningún doctor ávido por esquilmarme ni mancha negra en mis pulmones me privaría del placer de verlo bailar extasiado toda la noche, lleno de mojitos y estimulantes, que es, por cierto, el único modo en que bailamos juntos, dada mi impericia para bailar: Martín dando saltos como un lunático y yo sentado, mirándolo no menos extasiado, saltando imaginariamente con él y bebiendo champagne rosado dulzón.

Saliendo de Ezeiza al amanecer, un viento helado me recordó que había llegado el otoño: cuatro grados, decían los locutores en la radio.

Martín estaba despierto cuando llegué, duchándose porque tenía que ir al médico (él y yo vamos al médico todas las semanas, sólo que él les hace caso), y, apenas se vistió, me enseñó las ventanas herméticas alemanas que habían instalado en la sala y los cuartos, para protegernos del frío y neutralizar los ruidos de la calle. En la cocina, sin embargo, seguía la ventana vieja e inútil de siempre, tan oxidada que no podía cerrarse. No la habían cambiado por decisión de la arquitecta, que convenció a Martín de hacer unas reformas y achicar el tamaño de la ventana. Cuánto habríamos de lamentarnos de no cambiarla (la ventana o la arquitecta) los días siguientes.

Como la ventana seguía sin poder cerrarse y el frío se colaba por las rendijas, manteníamos cerrada la puerta de la cocina para que la crudeza del otoño no se sintiera en todo el departamento, lo que nos permitía vivir en tres temperaturas: la de mi cuarto, muy cálida; la de la cocina, helada; y la del resto del departamento, tibia para Martín, algo fría para mi gusto.

Una madrugada desperté ahogándome. No podía respirar. Pensé que era la enfermedad que había vuelto para estropearme la fiesta. Salí de mi cuarto. No supe dónde estaba. No podía ver qué había en la sala, dónde estaban las cosas: todo estaba cubierto y difuminado por el humo, una densa nube de humo que se había filtrado por la ventana de la cocina y, como Martín había olvidado cerrar la puerta de la cocina al irse a dormir, había invadido todo el departamento, escamoteando de nuestra visión el lugar habitual de las cosas, confundiéndonos en la inquietante ambigüedad de la niebla, que nunca se sabe de dónde viene ni dónde termina. Me asusté. Corrí a despertar a Martín. Le dije: «Se está quemando el edificio, salgamos rápido.» Martín se puso unas zapatillas y salió corriendo. No tuve que cambiarme porque, como es común en mí, había dormido con ropa de calle y zapatos. Me puse un saco y salí detrás de él. Bajé a toda prisa la escalera llena de humo. Al salir a la calle, advertí con perplejidad que el humo estaba en todas partes: en la vereda y sobre la pista de antiguos adoquines y envolviendo los autos y sobre las copas de los árboles y en las canchas de tenis y escondiendo la luz del semáforo y borrando los suaves contornos del rostro de Martín, que, demudado, parecía un fantasma en ropa de dormir. Podría haber sido un momento romántico, si yo no hubiera empezado a toser.

¿De dónde venía todo ese humo? ¿Qué dioses sañudos nos lo habían mandado? ¿Qué se había quemado o seguía quemándose para que tanto humo se instalara sobre la ciudad, esparciéndose por calles y plazas, entrometiéndose en las casas, penetrando las fosas nasales, infectándonos sin compasión? Recordé lo que les dije a los doctores: «¿Quién no está infectado de algo?» El humo había llegado para infectarnos a todos.

Ya era tarde. Ya el departamento había sido colonizado por el imperio del humo. Me puse la mascarilla que uso en

369

los aviones, me eché en la cama y me enteré, viendo la televisión, del origen del humo: alguien había quemado miles de hectáreas en las afueras de la ciudad, obligándonos, deliberada o accidentalmente, casi da igual, a respirar un aire viciado, pestilente, tóxico, aunque a la mañana ciertos diarios asegurasen que el humo no hacía daño, sólo fastidiaba.

Pero a mí, aun con la mascarilla puesta, no me dejaba respirar, lo que quizá era menos culpa del humo que de la mascarilla. Lo cierto es que estaba asfixiándome. Y además discutíamos con Martín, porque yo le decía que si hubiese cambiado la ventana de la cocina no estaríamos tragando humo.

En un momento de angustia fui a la clínica y dije que no podía respirar y pedí que me durmieran y me hicieran respirar de un balón de oxígeno.

Cuando desperté, ya era el cumpleaños de Martín. Le di un abrazo y nos fuimos caminando, yo todavía sedado. El humo seguía allí, pero ya uno se acostumbraba y tal vez hasta lo disfrutaba, como si tuviese una imprecisa cualidad literaria, como si una ciudad hecha de gente borrada por el humo fuese por eso mismo un lugar propicio para vivir y morir, como si aquella nube maloliente y gris no fuese otra cosa que el recuerdo impertinente de que todos somos también grises y malolientes.

Martín sugirió que cancelásemos la fiesta pero yo me negué. «El humo la hará inolvidable», le dije. Aquella noche Martín bebió todos los mojitos que pudo y yo me quité la mascarilla con la que recibía a los invitados para beber champagne rosado dulzón hasta emborracharme como hacía mucho que no me emborrachaba. Y en algún momento uno de los jóvenes que ponían la música no tuvo mejor idea que disparar una ráfaga de humo sobre la pista de baile. Y Martín estalló en una carcajada al ver que esa ráfaga de humo vino directamente hacia donde yo estaba sentado. Y luego, al verme toser en medio del humo de pastizales quemados y artificios de discoteca, se molestó tanto que cogió la tijera con la que su amigo Nico cortaba las pastillas estimulantes, subió al segundo piso y le dijo al chico que ponía la música que si volvía a dispararme humo lo mataría con esa tijera. Y cuando vino a bailar de nuevo a mi lado lo besé entre tanto humo, sin estar seguro de que era él.

De pronto, una tarde, llega un pájaro que hace su nido en un árbol frente a mi casa y no se cansa de cantar día y noche.

Al comienzo es divertido y hasta inspirador, pero luego empieza a fastidiar porque no para de trinar en distintos registros más o menos agudos y cuando uno quiere dormir o escribir y el pájaro sigue proclamando su felicidad ya termina por ser irritante.

Lo raro es que canta a toda hora y por lo visto no duerme. Pensaba que los pájaros cantaban a unas ciertas horas, al amanecer por ejemplo, pero este es un pájaro extraño que canta por la mañana, por la tarde, por la noche, a toda hora.

No es que haga un ruido escandaloso, es sólo un pájaro trinando, pero es un ruido persistente, que no cesa, un ruido que acaba por molestar porque uno supone que canta de ese modo tan estridente porque está feliz. Lo que más irrita entonces no es su infatigable vocación cantarina sino la certeza de que ese advenedizo es mucho más feliz que uno o es todo lo feliz que uno nunca será y además nos lo recuerda cada diez segundos.

Por eso salgo una noche a las cuatro de la mañana, harto de sus impredecibles exploraciones musicales, que son distintas una de la otra, como si estuviera buscando un modo de expresar su alegría que siempre resulta insuficiente o imperfecto y justifica por ello un gorjeo o cántico más, me acerco al árbol, lo veo trinando con un júbilo que ofende y decido que debe morir.

Han sido muchos días soportando sus gorgoritos odiosos, toda una semana oyéndolo proclamar lo estupendamente bien que se la está pasando allí arriba de ese árbol y de ese cable vecino de alta tensión: por su culpa no puedo dormir la siesta, no consigo escribir más de tres líneas, despierto de madrugada torturado por sus recitales, me encuentro fatigado, de pésimo humor.

El pájaro feliz debe morir. No me gusta matar a nadie, pero en este caso es un acto de legítima defensa. Debo elegir entre su felicidad que no tiene límites y mi derecho a vivir en paz o al menos en silencio.

Busco unas piedras y las arrojo con todas las fuerzas de las que soy capaz. No consigo darle. El pájaro se asusta y vuela hasta una palmera media cuadra más allá. Por un momento se calla por fin. Regreso a la casa pensando que no molestará más.

Vana ilusión. No pasan más de diez minutos y de nuevo está en el árbol frente a mi casa, anunciándonos a los vecinos de la calle que es allí donde ha decidido instalarse, residir, fundar familia, dar conciertos gratuitos y expandir su felicidad con curiosos quiebres vocales.

Recuerdo entonces la sabiduría de mi padre, que solía tener en casa toda clase de armas de fuego: pistolas, revólveres, carabinas, rifles, escopetas. Recuerdo aquella mañana en que vació los cartuchos de su escopeta sobre unas palomas que arrullaban y defecaban en el techo de la casa, conspirando contra nuestro merecido derecho al descanso. Entonces pensé, al verlo disparando contra las palomas, que era un acto de crueldad. Ahora pienso que fue un acto heroico, admirable, un acto de legítima defensa que restauró la paz que esas palomas nos habían arrebatado.

Como no tengo armas de fuego, salgo de nuevo a la calle con el monedero que traje de Buenos Aires la semana pasada y le tiro al pájaro cantor todas las monedas argentinas que tengo conmigo, con la esperanza de que alguna de ellas le dé en el pecho, lo derribe y acabe con sus trinos enloquecidos. Monedas de un peso, cincuenta centavos, veinticinco centavos, diez y cinco centavos vuelan por los aires y pasan lejos del pájaro, que, soberbio, altanero, sigue piando y gorjeando sobre mi cabeza, indiferente al sufrimiento que causa en mí, humillándome, recordándome que su felicidad impúdica nunca será la mía y que, si bien yo salgo en televisión y él no (o todavía no), tiene sin embargo más poder que yo, pues nada puedo hacer para acallarlo y tengo que someterme, lleno de rencor, a los dictados caprichosos de su garganta musical.

A la mañana siguiente, ojeroso, exhausto, mirándome en el espejo, viendo con pavor una cara miserable que ya no reconozco, decido que ese pájaro no puede derrotarme tan fácilmente y que, como buen hijo de mi padre, compraré un arma de fuego y lo reduciré a un puñado de plumas volando por los aires cálidos de esta isla después del estrépito que acabará con su corta vida cantarina.

El pájaro canta hasta morir y esta no será una excepción, sólo que seré yo quien decida, apretando el gatillo, cuándo debe morir, cuál será su último gorgorito feliz.

No es fácil comprar una carabina de perdigones en Miami, o no lo es al menos para mí: hay que manejar por autopistas congestionadas, perderse por barrios en los que una salida equivocada o una llanta pinchada puede costarte la vida, caminar por los pasillos de un gigantesco almacén, firmar autógrafos falsos y sonreír falsamente para las cámaras de los celulares de los clientes que me reconocen y se preguntan qué diablos hago allí, negociar con el vendedor, explicarle lo que uno entiende por perdigones o balines, mostrarle documentos de identidad vencidos y pagar más dinero del que uno imaginaba.

De regreso a la isla, manejo muy despacio, temeroso de que me detenga la policía y encuentre en el asiento trasero esa carabina de aire comprimido que acabo de comprar.

Ahora estoy en el balcón del cuarto de mis hijas, apuntándole al pájaro jubiloso y escuchando con deleite el que será su último quiebre musical. Me dispongo a apretar el gatillo cuando el auto azul convertible del vecino pasa lentamente y él me ve allí arriba, parapetado con un arma, y me saluda con un gesto de extrañeza y yo escondo la carabina, como si estuviera haciendo algo malo, y un poco más allá veo que marca unos números y habla por el celular.

Ha sido un infortunio que el vecino me pillase en el momento en que apoyaba la carabina sobre el balcón. Debo actuar rápidamente. Apunto al pájaro cantor y disparo. El pájaro cae y algunas de sus plumas quedan suspendidas en el aire. Un ramalazo de euforia recorre mi espinilla. Me siento orgulloso de ser quien soy. Me siento un digno hijo de mi padre. Que vengan otros pájaros musicales, que acá los espero con una lluvia de plomo para que sepan quién manda en esta calle.

Cuando estoy entrando al cuarto de mis hijas, oigo a un pájaro trinando exactamente como cantaba el que había derribado. Tal vez he matado por error a un pájaro inocente que no era mi enemigo. Tal vez ha llegado otro cantante aficionado de esa familia artística a seguir torturándome. Salgo con la carabina, dispuesto a clavarle un balín en el vientre, cuando veo que se acerca el auto de la policía.

A fines del año pasado mi hermano Javier viajó a Buenos Aires a pasar unos días conmigo. No conocía la ciudad y yo le había prometido desde que éramos chicos que algún día iríamos juntos a ver buen fútbol y comer rico.

Unos días antes de su viaje le pregunté si tenía ganas de conocer a Martín. Tenía el temor de que, por razones morales o religiosas, por la educación que habíamos recibido en casa, Javier no aprobase mi relación con Martín y se incomodase al verlo. Por suerte me respondió que estaría encantado de conocerlo.

Le dije que, dado que Martín y yo dormíamos en cuartos separados y no teníamos un cuarto para alojar a los amigos de paso, prefería invitarlo a un hotel muy bonito, en el centro de San Isidro, frente a la catedral. A Javier le pareció una buena idea, así podía moverse con más libertad.

Una noche Martín se quedó en el departamento viendo televisión y Javier y yo salimos a cenar. Yo sentía que estaba descubriendo a un hermano. Siempre lo había tenido entre mis favoritos, y por eso quise que fuera el padrino de Camila, pero estaba sorprendido por su inteligencia, su sentido del humor, sus aptitudes para la conversación risueña y relajada y su encantadora capacidad para tomarse todo con calma. Nunca me había sentido tan amigo de un hermano y tan hermano de un amigo. Era un hallazgo que no dejaba de alegrarme en cada pequeño momento que compartíamos: en el auto, rumbo a los campos de Pilar; tomando el té en la terraza de John Bull; en el bar del hotel Plaza (donde conocí a Martín); caminando por las calles laberínticas del barrio Parque Aguirre, donde le decía que quería irme a vivir cuando me retirase de la vida pública.

Esa noche, después de cenar, caminamos de regreso al hotel y, al llegar, nos sentamos a conversar en el patio de esa vieja casona, oyendo el rumor de los autos que corrían sobre la pista empedrada del casco histórico.

Fue entonces cuando me contó cómo estuvo a punto de matar a golpes a nuestro hermano José unos años atrás.

Se encontraron en una discoteca de Miraflores, bien entrada la madrugada. Javier tenía veintidós o veintitrés años, José estaba por cumplir treinta. Los dos habían tomado bastante, aunque estaban acostumbrados a tomar bastante. En algún momento, José le dijo a Javier para llevarlo a casa de nuestros padres, donde ellos todavía vivían. Javier subió a la camioneta de José. Todo estaba bien, hablaban de mujeres, se reían. Javier y José siempre habían tenido éxito con las chicas. José salía con una artista muy linda; Javier, con una estudiante de arquitectura de pelo ensortijado y ojos celestes. De pronto, algo se torció fatalmente. José le preguntó por mí, sabiendo que Javier y yo éramos amigos. Javier dijo que no sabía nada de mí. José dijo algo contra mí. Javier no quiso decirme qué fue lo que dijo José. Pero fue algo que le molestó. Probablemente me criticó por decir que era bisexual o por publicar ciertos libros o por separarme de Sofía, con quien él y nuestro hermano Óscar se llevaban muy bien, casi diría que mejor que yo. Lo cierto es que dijo algo contra mí y Javier se molestó y me defendió. Le he preguntado varias veces qué dijo exactamente José y, a pesar de la confianza que nos tenemos, se ha negado a decírmelo, lo que me hace pensar que fue algo muy duro, muy tremendo, algo que tiene pena o vergüenza de decirme porque piensa que podría herirme.

Cuando llegaron a la casa de mis padres, ya estaban discutiendo violenta y acaloradamente. José seguía criticándome, burlándose de mí o insultándome, no lo sé bien, y

Javier insistía en defenderme, cuando hubiera sido mejor renunciar a ese empeño imprudente e inútil. Todos dormían en los cuartos de arriba. Javier y José entraron a la cocina, abrieron la refrigeradora, se sirvieron algo para tomar. Javier no se dejaba intimidar por los modales bruscos, prepotentes de su hermano mayor. Lo seguía enfrentando con coraje. José perdió la paciencia y lo empujó. Javier estuvo a punto de caer. Si no repelía la agresión, quedaría como un cobarde. Nunca antes alguien en esa casa de tantos hombres jóvenes (somos ocho hermanos) había osado desafiar la supremacía física de José. Javier fue el primero y por eso lo sorprendió: le dio dos golpes de puño en la cara, llenos de ferocidad, y lo arrojó al piso.

Cuando José se levantó, tenía la cara ensangrentada.

—Te voy a matar —le dijo.

Enseguida se abalanzó sobre su hermano menor, estudiante de arquitectura, notable jugador de fútbol, escritor de cuentos sobre la amistad y el amor y otros malentendidos, con la certeza de que cuatro o cinco golpes bien dados confirmarían su hasta entonces indiscutido liderazgo como el macho oficial de la casa, aquel al que todos temían. Menuda sorpresa habría de llevarse: si bien Javier se permitía los modales refinados de un artista, había heredado de nuestro padre un talento para la pelea callejera, la riña física y el combate inesperado con el taxista que se le cruzó en la calle, el peatón que piropeó insolentemente a su chica o el borrachín de la discoteca que se burló de mí, su hermano con fama de maricón, y ese talento lo había entrenado tumbando a golpes a aquellos enemigos ocasionales y lo había fortalecido haciendo pesas y pesas y más pesas en el gimnasio y en su cuarto del tercer piso, como si hubiera estado esperando este momento, el momento de pelearse con José, borrachos los dos, en la cocina de la casa de nuestros padres.

Con aplomo y sangre fría, Javier esquivó los golpes, encajó algunos, neutralizó otros y luego dejó escapar a la bestia que llevaba encerrada y lo atormentaba, al hombre lleno de furia que lo hacía chocar carros en el malecón, empujar e insultar a policías uniformados y tomar rabiosamente, con ánimo autodestructivo, en la fiesta por mis treinta y cinco años: fue tal la paliza que le dio a José, que lo dejó en el piso, lleno de sangre, con varios dientes menos y los ojos tan hinchados que no podía ver. Aquella madrugada, por defenderme, Javier estuvo a punto de matar a José, y aún ahora mi madre asegura que cuando bajó corriendo a ver qué pasaba (pensando que habían entrado ladrones), los encontró con cuchillos en la mano, pero Javier lo niega, dice que nadie agarró un cuchillo, que mamá vio tanta sangre que creyó ver cuchillos.

José estaba tan malherido que Óscar tuvo que llevarlo a la clínica Americana, donde estuvo internado tres días. Javier recuerda riéndose que cuando se lo llevaban a la clínica, dejando manchas de sangre a su paso, José alcanzó a gritarle:

—¡Esa judía que te estás agarrando es una puta!

Al día siguiente Javier fue a la clínica a visitarlo y se pidieron disculpas. Pero ya nada volvió a ser igual. Desde entonces, mis hermanos entendieron que a Javier había que tratarlo con respeto y que en él cohabitaban extraña y maravillosamente un artista sensible y una bestia peligrosa. Y tal vez entendieron también que si se burlaban de mí y hacían bromas vulgares aludiendo a mi sexualidad, podían terminar en una clínica con los ojos reventados.

—No fue la primera vez que tuve que sacarle la mierda a alguien por defenderte, James —me dice Javier, y luego toma un poco de vino tinto.

Luego hace una pausa y añade:

—Y no será la última.

Extrañamente en Lima duermo mejor que en Miami. No me pongo ropa de dormir, hace ya algún tiempo dejé de cambiarme de ropa para dormir. Me dejo caer en la cama del hotel con la misma ropa que he usado durante el día. No me quito los zapatos, no veo por qué debería quitármelos. Me echo boca abajo. Antes he prendido en máxima potencia la Electrolux portátil que compré en Buenos Aires. Acerco mis pies al calefactor. El aire caliente me hunde en un sueño profundo. Despierto unas horas después, bañado en sudor, los pies ardiendo. A veces consigo dormir seis horas.

Si no tengo el calefactor Electrolux argentino quemándome los zapatos, me dan pesadillas —mi padre me insulta y me pega; mis hijas se pierden o se ahogan; los aviones caen mientras rezo ya tarde— y cuando despierto estoy furioso, irritado, con ganas de pelearme con alguien y además no paro de toser y expectorar cosas innombrables y Sofía se impacienta porque escupo en sus macetas y en sus alfombras importadas y en sus revistas de decoración, que es donde más me gusta escupir porque siento que es mi manera de decorar la casa.

En Miami las noches son peores. El calefactor Electrolux argentino no funciona. He hecho todo lo posible para hacerlo funcionar pero he fracasado. He comprado otros calefactores pero ninguno funciona igual, ninguno me quema los pies, son tibios y débiles y botan un aire ridículo y no sirven para nada. No es fácil encontrar un calefactor en Miami, nadie los necesita, salvo los enfermos y los locos. La mayor parte tienen un termostato incorporado que apaga el aire caliente cuando se llega a la temperatura máxima. Esos son los más despreciables. Los pies se me enfrían y despierto furioso y pateo el calefactor de cuarenta dólares que compré en el Sears de Coral Way después de tomarme fotos con las vendedoras uniformadas que todavía no se han enterado de que no soy heterosexual y aun si les dijera que no lo soy tampoco me creerían porque uno cree lo que quiere creer.

En Miami duermo boca arriba porque boca abajo me asfixio. No prendo el aire acondicionado porque el frío en cualquiera de sus formas es el mejor aliado de la enfermedad. No puedo precisar la naturaleza de la enfermedad. Es incierta, misteriosa y obstinada. No me deja respirar, no me deja dormir, no me deja escribir, no me deja hacer el amor ni creer en el amor. No quiero saber el nombre de la enfermedad ni su exacto lugar de alojamiento. Sé que vive conmigo y que me ha poseído con amor perverso e incomprendido y que tengo la batalla perdida. Sé que esos bichos son mis bichos y quieren quedarse con mi cuerpo y yo siempre le di mi cuerpo a cualquier mal bicho que lo deseara poseer. Por eso no voy a ningún médico. O voy y cuando me dicen que tienen que sacarme sangre me escapo. O voy y cuando me hacen esperar más de una hora me largo escupiendo en los pasillos alfombrados de esa clínica de lujo los bichos que me habitan.

En Miami prendo un radiador de aceite en un cuarto y otro radiador igualmente pesado en el cuarto de al lado y nunca sé dónde despertaré porque en un cuarto se oyen los ladridos del perro del vecino y en el otro los cantos del pájaro feliz y los gritos de los niños del parvulario que han abierto frente a mi casa y entonces voy de una cama a otra buscando el silencio esquivo, imposible, y tratando de que el calor de los radiadores me devuelva al sueño y neutralice el avance de los bichos que me roban el oxígeno y se quedan con lo mejor de mí.

Nunca duermo más de dos horas y cuando despierto bajo a la cocina y ataco a las cucarachas con el aerosol de Mr. Clean y a pesar de la mala noche me siento feliz cuando consigo matar a una de esas malnacidas que merodean la basura y seguramente están esperando a que me muera para comerme.

Entonces vuelvo a alguna de mis camas según los ladridos del perro o los exabruptos musicales del pájaro cantor o los chillidos de los niños del parvulario o los ruidos del jardinero de la casa vecina que aspira la hierba cortada con una máquina satánica que hace el peor de todos los ruidos posibles. Y como nunca puedo volver a dormir y ya es media mañana y siento que estoy a punto de enloquecer y salir a la calle disparando perdigones al jardinero, al perro, al pájaro cantor y a las maestras del parvulario, sé que es el momento de entrar al baño y elegir la pastilla que me haga morir un poco.

No es una elección fácil porque son cuatro pastillas distintas y cada una tiene su probada eficacia y sus efectos secundarios. Los Alplax que me regaló la mamá de Martín son buenos porque me relajan y me vuelven una persona mejor pero no me hacen dormir más de tres o cuatro horas y al día siguiente me dejan la boca reseca. Los Lunesta que me venden en la farmacia sin pedirme prescripción son mejores porque me hacen dormir seis o siete horas, pero al día siguiente me dan resaca, me duele la cabeza, me vuelven tacaño y miserable y me paso el día insultando imaginariamente a mis enemigos, que no son pocos. Los Stilnox que me recetó la doctora en Lima son peligrosos pero por eso mismo los que más me tientan: no dejan resaca, me hacen dormir profundamente y boca abajo y con los radiadores apagados, lo malo es que me hacen alucinar y me dan sonambulismo y a veces despierto sin zapatos en el sillón de la cocina o en calzoncillos en el sillón de la sala y no recuerdo cómo llegué allí ni dónde me quité la ropa y esos cambios bruscos de temperatura me dejan al día siguiente con una tos odiosa y la sensación de que la enfermedad recrudece cuando tomo los Stilnox que, según he leído, Jack Nicholson le dijo a Heath Ledger que dejase de tomar porque podían costarle la vida. Pero cuando uno está loco de no poder dormir se toma una pastilla o varias sabiendo que se juega la vida y no importa, lo que importa es dormirse aun si después ya no despiertas. Y luego están los Klonopin que Thais metió en mis bolsillos una noche y volvió a darme cuando nos encontramos en Buenos Aires y que son espléndidos porque me hacen dormir hasta ocho horas en la misma posición y con zapatos y sin radiadores y sin oír niños ni pájaros ni perros ni maestras jardineras, pero al día siguiente no puedo moverme de la cama, me quedo echado viendo televisión y no puedo hablar con nadie, ni siquiera con Martín, y sólo me provoca salir a montar en bicicleta y escupir en los jardines de las casas más lindas de la isla, y cuando a la noche voy a la televisión estoy tan idiotizado que a duras penas puedo hablar, sólo quiero seguir montando en bicicleta y escupiendo la enfermedad en los jardines de los que están sanos.

Las noches peores pongo en mi mano derecha un Alplax argentino, un Lunesta azulito que tal vez ya expiró porque tengo muchos y algunos muy antiguos, un Stilnox peruano que seguro es pirata y un Klonopin cortado por la mitad porque así me los dio Thais, y los miro y los huelo y pienso tomármelos todos juntos a ver qué pasa, cuántas horas duermo, cómo me cambia el humor al día siguiente, pero después recuerdo que les he prometido a mis hijas llevarlas a París y entonces tiro las pastillas sobre la cama y la que más cerca termina de mi almohada es la que finalmente meto en mi boca.

Martín ha decidido abreviar sus días en Miami conmigo para invitar a su madre a Madrid y París, donde pasarán tres semanas. Cuando llegó, me dijo que se quedaría todo el verano en Miami y volvería a Buenos Aires con la llegada de la primavera porque no soportaba el frío de su ciudad. Pero sólo ha pasado un mes y ahora parece que no soporta el calor de Miami y entonces vuelve a Buenos Aires a pesar de la ola de frío para llevar a su madre a Europa. Me da pena que se aleje de nuevo, pero también me alegra que Inés, que ha sufrido tanto en los últimos tiempos, pueda hacer este viaje con su hijo.

Tal vez debería hacer un viaje con mi madre, invitarla a Madrid y París como Martín ha hecho tan generosamente con la suya, pero, a pesar de lo mucho que nos queremos, tengo miedo de que, estando tanto tiempo juntos, hablemos de las cosas que nos distancian y terminemos discutiendo. Ella nunca aceptará el amor entre personas del mismo sexo como algo natural y yo nunca sentiré simpatía por la rigidez moral del Opus Dei ni por los cardenales que ella admira. Ese abismo nos separa y me temo que nos separará siempre. Podríamos viajar juntos y no hablar de nada de eso, pero no sé de qué hablaríamos si no podemos hablar de las cosas que de verdad importan, como el amor.

Por lo demás no tengo ganas de viajar a ninguna parte, ni siquiera a Lima, donde están mis hijas, a quienes extraño los fines de semana que me quedo en Miami, a pesar de lo bien que me tratan en el *spa* del Ritz, donde puedo dar fe de que la felicidad existe y viene en la forma de una bata muy suave, unas sandalias de jebe, una cámara de vapor, una sala de relajación con muchas velas y luz tenue y música sosegada y un muchacho cubano que me trae tés verdes con miel y me pregunta si deseo un masaje más en la espalda. Mis hijas no quieren pasar sus vacaciones en Miami porque dicen que ya se hartaron de Miami, de las compras en Aventura, de las películas todas las tardes en los cines de Lincoln Road, de las noches sofocantes en mi casa porque no enciendo el aire acondicionado y las pobres tienen que prender ventiladores que hacen el ruido de un helicóptero y a veces terminan durmiendo en los cuartos de abajo y hasta en la cocina sólo para refrescarse con el aire acondicionado que yo, egoísta, no tolero en el segundo piso. Por suerte mis hijas no me tienen miedo como yo temía a mis padres y me dicen que ya no se divierten conmigo en Miami y que lo que quieren hacer es ir a París. No sé por qué están tan seguras de que deben ir a París y no a Madrid o a Barcelona, donde yo la paso tanto mejor que en París. Ellas lo tienen claro, es a París adonde quieren ir, y por supuesto Sofía, su madre, no puede estar más de acuerdo y no hace el menor intento por disuadirlas.

Así como ellas están hartas de Miami y en particular de mi casa no demasiado ventilada de Miami, yo estoy harto de subir y bajar de aviones, de hacer filas en aeropuertos, de que mi vida social consista exclusivamente en hablar con gente en aviones y aeropuertos, gente con la que a menudo preferiría no hablar, y por eso les digo a mis hijas con mucha pena, y con mi ya conocido egoísmo de padre ausente, que no las acompañaré a París y que si no quieren estar en Miami conmigo tendrán que ir a Europa con su madre. Pensé que se sentirían tristes o contrariadas de no pasar sus vacaciones conmigo y reconsiderarían sus planes, pero me llevé una sorpresa que dolió: las chicas estuvieron encantadas de que Sofía las acompañe a París y yo pague el viaje y me quede en Miami echándolas de menos.

Serán entonces las primeras vacaciones que mis hijas y yo no estemos juntos y no ha sido fácil para mí aceptarlo, pero Camila ya tiene casi quince años y es una mujer fuerte, segura, independiente, que sabe lo que quiere, y lo que quiere es irse a París y no precisamente conmigo porque sabe lo odioso y egoísta y caprichoso que soy con los horarios para dormir y las temperaturas del cuarto y las fatigas que me asaltan, y entonces ella, que no es tonta, sólo me pide que le pague el viaje a París y que no se lo eche a perder imponiéndole una presencia que, ya está claro, tal vez le molesta un poco a estas alturas de su adolescencia feliz, menos en todo caso de lo que le molesta, si acaso, la presencia de Sofía, que duerme en la cama con ellas, sin medias las tres, y que va al mismo ritmo infatigable que las bellas Lola y Camila, que tanto se le parecen.

Tratando de ser un buen padre y, a la vez, un buen perdedor y, de paso, un buen amigo de Sofía, que insiste en compartir las vacaciones de las niñas —dos semanas con ella y dos, conmigo— y que, por supuesto, yo pague también su parte de las vacaciones, he renunciado a mis dos semanas con ellas para que puedan pasar todo el mes en París y no estén en Miami aburridas, acaloradas y durmiendo en la cocina cerca del frío de la refrigeradora y acompañándome a la tele y pensando que podrían ser más felices en París, pero he tomado una decisión mezquina y rencorosa de la que no me enorgullezco pero que en cierto modo me parece justa: si van a viajar con su madre y no conmigo y si insisten en ir a una ciudad tan cara como París, deberán hacerlo en los asientos más angostos de clase económica, a los que ellas no están precisamente acostumbradas, porque las tarifas en ejecutiva a París cuestan una fortuna, y quedarse en un modesto hotel de tres estrellas, pues ya bastante me duele pagar unas vacaciones de las que no seré parte, a no ser por las fotos que me manden todos los días a mi correo electrónico y por las cuentas que me lleguen a la tarjeta de crédito. No soy, por lo visto, tan buen perdedor ni buen padre, porque mi plan secreto o ya no tanto es que ellas comprendan que si no vienen a Miami conmigo, a la rutina perezosa de las películas y las siestas y las tardes en la piscina y las compras renuentes por mi parte en Aventura, entonces tendrán que renunciar a ciertos privilegios, por ejemplo los asientos más anchos y mullidos de ejecutiva y las compras irrestrictas porque siempre he creído culposamente que la manera de suplantar mi ausencia física como padre es comprarles toda la ropa que quieran.

Mientras Martín y su madre paseen por Madrid y París, y mis hijas y su madre recorran incansables las calles de París, y quizá algún día Sofía y Martín caminen las mismas calles al mismo tiempo y entrecrucen miradas y no se reconozcan y mis hijas se queden calladas porque no quieren delatar que ese chico alto y flaco es el novio de su padre, yo estaré en bata y sandalias en la sala de relajación del Ritz y me consolaré pidiéndole al cubano que me traiga unas fresas más y que me haga ese masaje en la espalda que me hace pensar que la felicidad existe pero cuesta ochenta dólares la hora. Así todos seremos felices y espero que el cubano también.

—De ninguna manera van a servir cerveza en tu fiesta —dice Sofía.

—Pero en todas las fiestas sirven cerveza, mami —dice Lola.

—Es una fiesta de trece años —dice Sofía.

—Pero van a venir chicos de quince —dice Lola—. Tengo un montón de amigos de quince.

—¿Y qué? —pregunta Sofía.

—¿No entiendes? —dice Lola—. Todos los chicos de quince toman cerveza. Todos.

—Mala suerte —dice Sofía—. En la fiesta de mi hija de trece años no se va a servir cerveza. Yo no lo voy a permitir.

—Dicen que está bueno ir al Escorial —dice Martín.

—Me da fiaca —dice Inés—. Todos los monumentos son iguales.

—Eres una pancha —dice Martín—. ¿Adónde querés ir?

—Llevame a H&M, dale —dice Inés.

—Pero ya fuimos ayer y nos quedamos horas, mami —dice Martín.

—Sí, pero no compré un cinturón colorado que me encantó —dice Inés.

—¿Cuánto costaba? —dice Martín.

—Quince euros —dice Inés.

—Bueno, vamos, pero lo comprás con tu plata —dice Martín.

—¿Y después me podés llevar allí frente al palacio Real para que la china me haga otro masaje? —pregunta Inés.

—Es un quemo que te hagan masajes en una plaza enfrente de todo el mundo —dice Martín.

—Es que no sabés cómo tengo la espalda toda contracturada —dice Inés—. Debo de haber dormido en una mala posición.

—Siempre dormís en una mala posición —dice Martín.

—¿Vas a venir por el día del padre, amor? —pregunta mi madre.

—No, mamá, me voy a quedar en Miami —digo.

—Pero ¿cómo vas a estar lejos de tus hijas el día del padre?

—Ya lo celebramos el domingo pasado.

—Pero tienes que estar con ellas este domingo, si no vienes se van a quedar desconcertadas.

—¿Tú crees?

—Sí, claro, tienes que venir, si no tus hijas se van a quedar traumadas.

—Pero no es tan importante, mamá, ellas saben que las quiero, no tengo que ir a Lima para demostrarles que las quiero.

—¿Cómo te vas a quedar solito por el día del padre? ¿Quieres que vaya hasta allá para traerte?

—No, mamá, mil gracias.

—Mira que si me lo pides, yo voy feliz.

—No, gracias, qué amor.

—Y no te preocupes, que yo me pago mi pasaje y si quieres el tuyo también.

—Mi papi me ha dicho que me da permiso para que sirvan cerveza —dice Lola.

—No me importa lo que él diga, acá la que decido soy yo —dice Sofía.

—No es justo, tú no vas a pagar la fiesta, la paga mi papi —dice Lola.

—La pagará tu papá, pero él no sabe cómo son las fiestas —dice Sofía.

—Tú tampoco sabes —dice Lola.

—Yo sí sé —dice Sofía—. Yo iba a fiestas cuando tenía tu edad.

—Eso era hace treinta años, mamá —dice Lola—. Ahora las cosas han cambiado.

—Yo no quiero que en la fiesta de mi hija haya chicos borrachos vomitando —dice Sofía.

—Nadie va a vomitar, mamá —dice Lola.

—¿No sabes que hay una cosa que se llama «coma alcohólico»? —dice Sofía—. La gente se muere por tomar.

—¿Y entonces por qué tomas? —pregunta Lola.

—Yo sólo tomo socialmente —dice Sofía.

—Ja —dice Lola—. Socialmente. Todos los fines de semana llegas oliendo a trago.

—No me faltes el respeto —dice Sofía—. Soy tu madre. Y soy mayor de edad.

—¿Y a los mayores de edad no les da coma alcohólico? —pregunta Lola.

—No camines tan rápido —dice Inés.

—Pero vas como una tortuga a uno por hora —dice Martín.

—Yo camino normal, vos caminás demasiado rápido, no sé por qué andás tan apurado si estamos de vacaciones —dice Inés.

—Porque tenemos que ir al Prado y después a Atocha para comprar el tren a Sevilla y a este paso de tortuga no vas a conocer nada —dice Martín.

—No quiero conocer nada —dice Inés—. Lo que quiero es ir al café Oriente a tomarme un gazpacho.

—Está bueno ese café —dice Martín.

—Lo malo que es tan caro —dice Inés—. Diez euros un gazpacho. ¿Cuánto es eso en pesos?

—¿No podés hacer vos el cambio? —dice Martín.

—Es que me olvido —dice Inés.

—Cincuenta pesos —dice Martín.

—No puedo creer lo caro que es todo acá —dice Inés.

—¿Entonces no vamos al Prado? —dice Martín.

—No, mejor no, necesito sentarme y tomar algo —dice Inés—. Además los museos son todos iguales.

—Y los gazpachos también —dice Martín.

—No, el del café Oriente es el mejor del mundo —dice Inés.

—¿Le estás haciendo caso a la doctora? —pregunta mi madre.

—No del todo —digo.

—Tienes que hacerle caso en todo, amor.

—No puedo. Me ha dicho que duerma desnudo.

—¿Eso te ha dicho?

—Tal cual. Dice que ella duerme desnuda. Y que es absurdo que en Miami duerma tan abrigado.

—Bueno, si la doctora, que es una eminencia, te recomienda eso, por algo será, hazle caso.

—Traté, pero no pude.

—¿No pudiste dormir, amor?

—Me quedé dormido, pero me despertaba a cada rato con pesadillas.

—Mi Jaimín, no sabes cuánto me preocupa tu salud.

—Tuve las pesadillas más horribles. Sólo aguanté dos horas y me vestí.

—¿Y te pusiste medias?

—Sí.

—Pero, mi amor, es Miami, cómo puedes dormir con medias, es algo contranatura.

—Todo en mi vida es contranatura, mamá.

—¿Tú tomas cerveza? —pregunta Sofía.

—Obviamente no, mamá —dice Lola.

—Entonces no tiene sentido que sirvan cerveza —dice Sofía—. Yo a los trece tampoco tomaba cerveza.

—Por eso eres una traumada —dice Lola.

—No me hables así —dice Sofía—. No es normal que los menores de edad tomen cerveza.

—Mi papá dice que sí —dice Lola.

—Tu papá no sabe lo que es normal —dice Sofía.

—¿O sea que mi papá es anormal? —dice Lola.

—Yo no he dicho eso —dice Sofía.

—Sí lo has dicho —dice Lola.

—Lo que he dicho es que lo normal es que los mayores tomen cerveza y los menores no —dice Sofía.

—Pero mi papá es mayor y no toma cerveza —dice Lola.

—Eso es anormal —dice Sofía.

—Le voy a decir a la masajista que sólo puedo darle quince euros, veinte es mucho —dice Inés.

—No podés regatearle el precio, todas esas chinas son de una mafia filipina, después sale el jefe y nos caga a pedos —dice Martín.

—Lo que más extraño es el verde —dice Inés—. Me enferma tanto cemento, tanto concreto.

—Estamos en Madrid, mami —dice Martín—. ¿Qué querés?

—No sé, pero en Buenos Aires hay más verde —dice Inés.

—Y sí —dice Martín.

—No puedo creer que tu papá venía a Europa a ver partidos de rugby y nunca me trajo —dice Inés.

—Te prohíbo que hables de papá —dice Martín.

—Tu abuela dice que *Lulú* llora toda la noche —dice Inés—. Se ve que me extraña.

—Que le dé un Alplax y que no joda —dice Martín.

—La próxima vez la traigo, no sabés cómo la extraño —dice Inés.

—¿Sabés lo que cuesta viajar con una perra? —dice Martín.

—Entonces no viajo más —dice Inés—. No puedo dejarla a *Lulú*.

—¿Preferís estar con esa perra histérica que con tu hijo en Madrid? —dice Martín.

—Lo que me gustaría es estar los tres juntos en el café Oriente —dice Inés—. ¿Sabés lo que le gustaría a *Lulú* el tostón de cerdo?

—¿Te llevaste a Miami la foto de tu papi que te regalé enmarcada? —pregunta mi madre.

—Sí, mamá —digo.

—¿La has puesto en tu mesa de noche?

—No, mamá.

—¿Dónde la has puesto? ¿No la habrás dejado en Lima?

—La tengo en el clóset.

—¿Por qué en el clóset, amor?

—No sé. No puedo verla.

—Pero si tu papi sale lindo, sonriendo.

—Sí. Pero cuando veo la foto me da miedo.

—Pero tu papi está en el Cielo y te quiere, mi amor.

—Puede ser. Pero cuando tengo pesadillas siempre aparece él.

—Pon la foto de tu papi en tu mesa de noche y vas a ver que se terminan las pesadillas, amor.

—No puedo, mamá. No puedo.

Una manera de medir la soledad es contar el número de veces que suena el teléfono de tu casa.

Para que la medición sea confiable debes estar solo en tu casa un día entero, lo que tal vez ya revela una predisposición a la soledad o a investigar el grado de soledad en el que vives.

También es preciso que ese día no hables con nadie, salvo con las personas que te llamen y sólo brevemente con ellas. Pero no debes llamar a nadie porque eso puede provocar que llamen contestando tu llamada y por consiguiente perturbar la fidelidad de la medición que nos ocupa.

En el caso de que tengas celular, es mejor dejarlo apagado, no sólo el día de la medición, sino, a ser posible, siempre, y encenderlo sólo para escuchar, si acaso, los mensajes, unos mensajes que con seguridad no vas a responder, porque son de personas que llaman para pedirte cosas y odias a la gente que te busca para pedir favores.

Si el teléfono no suena tres días seguidos (sin incluir las noches, porque lo desconectas para dormir) y si son dos las líneas telefónicas que tienes en tu casa (una para las cosas personales, otra para las del trabajo) y son seis en total los aparatos telefónicos instalados en tu casa (entre inalámbricos y fijos, todos los cuales desconectas antes de tomar las pastillas para dormir), no conviene que saltes a la conclusión atropellada de que nadie te quiere: si nadie te llama es apenas que nadie quiere hablar contigo, no necesariamente que nadie te quiere. Puede que haya personas que te quieren en silencio, que es una manera noble y elegante de querer, o que te quieren sin conocerte bien, que es una manera menos meritoria porque el afecto se basa en una percepción que a menudo es engañosa o irreal, o que te quieren precisamente porque no te conocen en persona, es decir que si te conocieran no te querrían y tampoco te llamarían.

Pero el hecho cierto, probado y contado es que durante tres días consecutivos el teléfono no ha sonado y eso te ha dejado pensativo, aunque no exactamente preocupado.

En rigor sí ha sonado, pero esas llamadas eran de personas que te hablaban en inglés con voz de robot y te preguntaban si eras otra persona que seguramente había usado antes ese número y te querían vender cosas o te querían cobrar cuentas pendientes o te querían sacar dinero de alguna manera taimada. Es decir que las únicas personas que te han llamado esos tres días andaban buscando a otra persona, no a ti (y tú has fingido ser esa otra persona, hablando como mujer, sólo para indagar qué querían, y era que esa mujer, que tal vez ya está muerta, nunca devolvió un libro a la biblioteca pública) o querían tu dinero, no a ti.

No es agradable que una persona se acuerde de ti sólo para pedirte dinero (y en esto incluyo a la familia), pero es mucho peor no tener dinero, porque en ese caso tampoco van a acordarse de ti y ni siquiera te van a llamar. Al menos cuando te llaman para pedirte dinero sabes que no te llaman por cariño, lo que no es alentador, pero también sabes que esa persona tiene menos dinero que tú, y eso puede servir de consuelo (y en esto sigo incluyendo a la familia, que tampoco me llama porque sabe que siempre encuentro una mentira para no prestar dinero).

Algo habrás hecho mal para que nadie te llame ni siquiera para pedirte dinero, es lo que me digo montando en bicicleta por las calles más tranquilas de la isla, convenientemente sedado por las pastillas.

O algo habrás hecho bien, me digo luego. Porque no cabe duda de que cuando mejor estás es cuando nadie te molesta.

Lo que me lleva a otra cuestión, más ardua por cierto de medir y probar: la mejor versión de mí es sin duda aquella que sólo yo puedo ver. Es decir que la persona que más exactamente soy, la versión menos impostada o deshonesta de mí, aparece con más nitidez cuando estoy a solas. Es decir que cuando estoy con alguien siempre miento porque trato de ser alguien mejor o alguien distinto, no sé si mejor, pero sí más amable y educado, de quien en realidad soy. Es decir que la compañía humana (o incluso la de animales domésticos) no resulta en modo alguno propicia para mi bienestar, aun si se trata de personas (o de mascotas) a las que quiero.

Si esto es verdad (y para mí indudablemente lo es, aunque no podría probarlo, pues sólo puedo probarlo ante mí mismo), soy más feliz cuando estoy solo, porque entonces soy una peor persona.

Se podría inferir lógicamente de lo anterior que soy una mala persona, porque si me siento bien siendo una mala persona y me siento mal tratando de ser una buena persona, es que sin duda lo que me resulta natural es ser una mala persona y lo que me procura cierto grado de razonable bienestar es aceptarme como una mala persona y quererme como una mala persona y cultivar esas cosas malas de mí, por ejemplo la pereza, el egoísmo, la mezquindad, un cierto desprecio por la vida humana en general y por la mía en particular.

No sé si esto que es cierto para mí lo es también para otras personas, pero a veces pienso que algunas personas son infelices porque no saben que en esencia son malas y se engañan y tratan de ser buenas o virtuosas y ese esfuerzo, esa obstinación, esa terquedad por ser mejores no las hace buenas pero sí más infelices.

Tal vez las personas saben que cuando están a solas son peores, y por eso muchas le huyen a la soledad, porque no quieren recordar las miserias que habitan en ellas, porque esas miserias se disuelven o se encubren o se confunden cuando estás con otras personas y entonces tu verdadera identidad se entremezcla con las de los demás y ya nada es verdadero, salvo el esfuerzo por no ser quien eres, por buscar en los demás lo que nunca hallarás en ti porque no tienes el valor de buscarlo, de mirarte a la cara y decir: soy un cabrón y me encanta ser un cabrón y lo que me divierte es ser un cabrón y lo que me aburre es tratar de ser un santo. Santo cabrón es lo que soy.

Que no suene el teléfono o que sólo suene por error puede ser entonces una señal alentadora, por la que no deberías preocuparte: por una parte, parece revelar que eres una mala persona feliz y por otra, tal vez pone en evidencia que las personas que te conocen (y en esto sigo incluyendo a la familia) saben que eres una mala persona. Es decir que la frecuencia del timbre del teléfono, más que medir el grado de soledad en el que voluntariamente te has confinado, lo que mide es cuánto te conoces y cuánto te conocen los demás.

El buzón del correo de tu casa también parece ser un instrumento confiable de medición sobre tus calidades como persona y la información que los demás poseen sobre dichas calidades. Porque después de tres días de silencio telefónico has salido a recoger la correspondencia, has abierto el buzón y has encontrado una culebra negra que por suerte estaba muerta.

Sólo una mala persona encontraría una culebra muerta en su buzón de correo.

No es fácil vivir conmigo. Martín lo sabe bien. Por eso no vive conmigo. Por eso me visita o lo visito cada mes o dos.

No tengo talento para la felicidad. Mi humor suele ser sombrío. Martín me quiere, creo que me quiere, pero cuando está mucho tiempo conmigo, se ahoga, se confunde, se pierde en mis silencios y en mi obsesión autodestructiva.

Esta vez se quedó un mes conmigo. Pensaba quedarse tres. Ahora se va. Es mejor que se vaya. Merece ser feliz. Merece sentirse libre, cantar las canciones de la radio, mirar y desear y tocar a otros hombres más jóvenes. Sé que debe irse, que es lo mejor para los dos, pero me da pena.

Creo que a él también le da pena, pero sabe que no puede quedarse. Son muchas las cosas de mí que le resultan insoportables. Ha tratado de cambiarlas o acostumbrarse a ellas, ha sido valiente, ha corrido no pocos riesgos, pero ha comprendido que vivir conmigo es una empresa suicida y amarme, un vicio que lo intoxica. Por eso se va. Por eso he tomado más pastillas.

No sé si lo que soy ahora es lo que solía ser o si es un estado de ánimo creado artificialmente por las drogas a las que me he hecho adicto. En mi caso la serenidad se compra en la farmacia y es cara. Martín me educó en la peligrosa creencia de que las pastillas disuelven los problemas, las angustias, los insomnios. Ahora se va pero me quedo con sus pastillas.

Me ha prometido que volverá pronto. No sé si creerle. Ha dejado algo de ropa. Suele dejar algo de ropa. Cuando no está, a veces me pongo su ropa. No es fácil que me quede bien. No trato siquiera con los pantalones. Pero puede ser divertido ponerme una de sus camisetas o uno de sus calzoncillos, que por supuesto me aprietan mucho.

También ha dejado su *laptop*. Dice que es una prueba de que volverá pronto. No sé si creerle. Tal vez la ha dejado porque le fastidia viajar con ella, porque tiene otra en la ciudad a la que regresa, porque le da pena verme escribiendo en una *laptop* vieja y sucia que me resisto a abandonar y quiere que use la suya ya que no puedo seguir usándolo a él.

Con suerte volveré a verlo en un mes o dos. Pero esta vez no estoy tan seguro de que quiera volver. Creo que ya se hartó de mí. No soporta que no limpie nunca la casa. No soporta verme tosiendo y escupiendo y quejándome de una enfermedad imaginaria que, sin embargo, me está matando. No soporta verme gordo, viejo, cansado. Pero sobre todo no soporta que no hagamos el amor.

Yo lo amo pero nunca tengo fuerzas para hacer el amor y todavía no he encontrado una pastilla que me convierta en una persona amorosa. He encontrado pastillas que me convierten en una persona serena, callada, adormecida, con ganas de montar en bicicleta y meterme desnudo a la piscina. Pero no he encontrado ninguna que me devuelva cierto interés en el sexo. En realidad tampoco la estoy buscando.

El problema es que ya no sé lo que me gusta sexualmente. He perdido todo interés en las mujeres y quizá también en los hombres. Martín es un hombre bello pero sólo me apetece mirarlo. Los enredos del sexo me resultan fastidiosos y extenuantes. Prefiero mirarlo sin que se dé cuenta cuando se echa a tomar sol o cuando se ducha. El suyo es un cuerpo que sin duda envidio pero que no por eso deseo poseer. A mi edad o con mi enfermedad o con las pastillas que se disuelven en mi organismo, las posturas sexuales terminan siendo, por previsibles e histriónicas, imposturas.

Por eso terminamos peleando antes de que se fuera. Porque sentimos que debíamos hacer el amor como una manera triste y desesperada de despedirnos. Pero tal vez fue un esfuerzo por su parte y por la mía y todo terminó mal. No sabíamos qué hacer, cómo complacer al otro. Martín quería demostrarme que todavía me deseaba como cuando nos conocimos hace seis años en su ciudad y tal vez por eso me dio una palmada en la nalga que me dolió, que resultó excesiva y hasta cómica, de la que me quejé y me reí. Le pedí que nunca más me golpease de esa manera. Su mirada se enturbió. Se sintió humillado. Nada hiere más que una sonrisa burlona en el acto del amor. Yo me burlé de su nalgada. No pude evitarlo. Y él, que estaba tratando de poseerme por última vez, comprendió que su esfuerzo era inútil, que yo no merecía ese esfuerzo.

Yo no quería que me poseyera porque no tengo esa vocación particular por el sufrimiento. He tratado con cierta obstinación de que el dolor se convierta en placer, pero lo que antes dolía sigue doliendo y no encuentro razones para entregarme al dolor en un acto que sólo debería procurar placer.

El problema es que Martín piensa lo mismo que yo y por eso nunca insiste cuando me pide que me entregue y yo me niego por amor a mí o por respeto a la poca salud que queda en mí.

Cuando le pedí que se diese vuelta, él también se negó. Insistí, le dije que me obedeciera, que no dijera una palabra, que se sometiera a mi voluntad. Pero para mi sorpresa me dijo en tono altivo y desafiante que él tampoco disfrutaba dejándose poseer por mí y que esa noche, la última juntos, haríamos lo que él quisiera, no lo que yo le ordenase.

Me paré de la cama, recogí mi ropa y lo miré con una sonrisa.

Me dijo: «Eres un egoísta.»

Le dije: «Por supuesto. Tú también. Por eso te amo.»

Salí del cuarto, cerré la puerta suavemente y me fui al baño a tomar dos pastillas.

Más tarde tocó la puerta, abrió y me dijo: «Por favor, no escribas nada de esto.»

Al día siguiente no hablamos del asunto. Fue sin embargo o por eso mismo un día razonablemente feliz. Lo fue hasta que tuvimos que despedirnos. El taxista miraba pero no me importó, lo abracé y lo besé y le pedí que se cuidase y que volviese pronto, que estaría esperándolo. Martín me dijo que volvería, pero no me dijo lo que sospecho que estaba pensando: que cuando vuelva será por menos tiempo y que buscará en otros cuerpos los placeres que ya no encuentra en el mío y que ha renunciado a la creencia o la ilusión de que como nos queremos debemos vivir juntos.

Me sorprendió verme llorando o casi cuando el taxi se alejó. Tomé una pastilla más, me quité la ropa, me metí a la piscina y un momento después oí que sonaba el teléfono. No salí a contestar.

Sé que lo amo y que volveremos a vernos en un mes o dos. Pero sé también que mi interés en las cosas del sexo seguirá declinando y que ningún cuerpo, ni siquiera el suyo, me dará la felicidad que ahora encuentro en las pastillas.

Le pregunto a Lola qué quiere que le regale por su cumpleaños. Me dice: «Euros.» Sorprendido, le pregunto: «¿No prefieres dólares?» Me dice: «No, cien euros son ciento sesenta dólares, prefiero euros.»

Le pregunto a Camila si quiere leer los primeros capítulos de este libro. Me dice: «No, gracias, no me interesa, además tengo un montón de tareas.» Le pregunto si puedo usar su nombre en este libro o si prefiere que le cambie de nombre. Me dice: «Me da igual, ponme el nombre que quieras, igual nadie lee tus libros.»

Le pregunto a Sofía si se ha quedado con ganas de tener un hijo. Me dice que sí, que le encantaría. Le digo que todavía es joven, que apenas tiene cuarenta años, que podría tenerlo. Me dice que no ha encontrado al hombre adecuado, que dependerá de la suerte, del destino. Le digo: «Si no encuentras al hombre adecuado, siempre puedes usarme a mí.» Me dice: «Gracias, pero creo que prefiero adoptar.»

Le pregunto a Martín cómo fue el vuelo de regreso de Madrid a Buenos Aires. Me dice que fue horrible, que había muchos niños que lloraban, que no pudo dormir, que su madre y él no hablaron una palabra en las doce horas y media de vuelo. Le pregunto por qué se peleó con su madre. Me dice que después de tres semanas de viajar con ella, ya no la aguantaba más y que apenas entraron al avión y se sentaron, él se puso su iPod y ella se lo quitó para decirle algo sin importancia y él se molestó y le dijo: «No me hables en todo el vuelo, no te soporto más, sos una soberbia.» Su madre le respondió: «Y vos sos un neurótico, no sé cómo Jaime te aguanta.» No hablaron en todo el vuelo, no hablaron mientras esperaban las maletas en Ezeiza (y tardaron casi una hora en aparecer), no hablaron en el taxi de regreso a casa (y había bastante tráfico en la General Paz). Llegando al edificio de su madre, Martín dejó las maletas en la puerta del ascensor y se fue sin darle un beso. Su madre le preguntó: «¿No vas a ayudarme a subir las valijas?» Martín le dijo: «No me jodas, me estoy meando, me voy a casa.» Le pregunto si se arrepiente de haber viajado con su madre a Europa. Me dice: «No me arrepiento, tenía que hacerlo, pero ni loco viajo con ella nunca más.»

Le pregunto a mi madre si algunos de mis hermanos siguen molestos con ella. Me dice: «Sí, amor, siguen molestos porque no vendí mis acciones cuando ellos me dijeron y por eso dejamos de ganar plata.» Le pregunto: «¿Cuánto dejaste de ganar?» Me dice: «No sé bien, pero creo que más de un millón de dólares.» Le pregunto: «¿Y ya vendiste por fin?» Me dice: «No, no he vendido nada.» Le digo: «Pero siguen bajando, mamá.» Me dice: «Sí, siguen bajando y tus hermanos sufren por eso.» Le pregunto: «¿Y cuándo piensas vender?» Me dice: «Cuando Dios quiera, amor.» Le pregunto: «¿Dios es tu agente de bolsa?» Me dice: «Sí, y Él me dará una señal.» Me río. Ella dice: «Ya verás que volverán a subir y que ganaré más de lo que perdí por no vender cuando me dijeron, Dios no me falla nunca y San José María tampoco.»

La señora cubana de la peluquería de la isla me dice: «Chico, yo no sé por qué al mar que hay entre Miami y La Habana le dicen el estrecho de la Florida. Yo me vine en balsa hace años y te digo una cosa: ¡Ese mar de estrecho no tiene nada! Cuando estás allí en la balsa, es una inmensidad que no se acaba nunca, es sumamente ancho ese mar, no se ve ni dónde termina ¡qué va a ser estrecho eso, chico! ¡Yo no entiendo por qué le siguen llamando estrecho!»

La cajera de la peluquería me dice que está enamorada de un cantante famoso. Le digo que ese cantante no tiene interés en las mujeres, que no se haga ilusiones. Me dice que ella está segura de que el cantante es bien macho. Le digo: «No estés tan segura, no creo que le gusten las mujeres.» La cajera me dice: «A mí me gustan bien machos, me gustan los militares, los uniformados.» Le pregunto: ¿Te gusta que te peguen? Me dice: «Sí, me encanta, me gusta que me den fuerte, me gusta que me cojan como el toro se coge a la vaca.» Me río. Le digo: «Qué raro que te guste ese cantante, no parece un toro.» Me dice: «Tú tampoco y tú también me gustas.»

La señora que me corta las uñas de los pies me dice: «No te va a doler.» Es mentira, me duele mucho, me quejo. Le digo: «Esto duele más que el sexo.» No se ríe. Me dice: «No sé, chico, tú sabrás.» Se hace un silencio. Luego me dice: «No me gusta que hables de tu vida privada en televisión.» Le digo: «Comprendo.»

Le pregunto a Sofía si sabe lo que tiene que hacer cuando me muera. Me dice: «No, ¿qué quieres que haga?» Le digo: «Quiero que me incineren y luego quiero que tiren las cenizas a la piscina de la casa de mi madre y después quiero que mi madre y mis hermanos se metan a la piscina y si hay un cura del Opus dando vueltas por ahí, que se meta también.» Me dice: «No es gracioso.» Le digo: «Yo sé, pero eso es lo que quiero.»

Le pregunto a Sofía si sabe cómo debe repartirse mi patrimonio cuando me muera. Me dice: «¿No habías escrito un testamento nuevo con tu abogado?» Le digo: «Sí, pero es bueno que lo sepas de todos modos.» Me dice: «Dime.» Le digo: «Treinta por ciento para Camila, treinta por ciento para Lola, veinte para ti, veinte para Martín y el resto para tu madre.» Me dice: «No es gracioso.» Le digo: «Yo sé, pero así está escrito en mi testamento.»

Le pregunto si sabe lo que tiene que hacer con mi ropa interior cuando me muera. Me dice: «¿Con tu ropa interior?» Le digo: «Sí, con mi ropa interior. La mandas al Opus Dei como prueba de que tuve vida interior.»

Le pregunto si recuerda lo que debe decir mi epitafio en caso de que no me incineren sino me entierren, que es lo que ella y mis hijas prefieren. Me dice: «¿Qué quieres que diga tu epitafio?» Le digo: «Supo dar y recibir.» Se ríe. Le digo: «Y debajo, en letras más pequeñas: "Y es cierto que goza más el que da."» No se ríe.

Todas las tardes salgo a montar en bicicleta cuando el sol ya no quema. Antes me tomo una pastilla sedante para disfrutar más del paseo.

Sólo recorro las calles más apacibles de la isla, aquellas por las que rara vez pasa un auto o alguien caminando o corriendo.

La prudencia aconseja evitar dos calles en las que hay unos perros sueltos que me han perseguido ladrándome y al parecer queriéndome morder, dos perros a los que quisiera matar y no he matado todavía porque no he encontrado la manera de hacerlo sin que me detenga la policía. Podría dispararles con mi carabina de perdigones pero sería en extremo difícil y peligroso manejar mi bicicleta con una carabina en la mano y sería todavía más complicado apuntarles en movimiento y disparar con precisión.

Nunca he montado bicicleta más rápido que con un perro ladrando y persiguiéndome. Nunca me he sentido más orgulloso de mí que cuando lo dejé rezagado, exhausto, babeando. Una cierta euforia o confianza en mis aptitudes atléticas me indujo a seguir pedaleando con el mismo vigor. Poco más allá resbalé y caí en la pista mojada por la lluvia. Por suerte el perro estaba ya lejos y no vino a morderme.

A veces pienso dispararme un perdigón en el pecho pero no lo hago porque creo que sería un suicidio ineficaz además de ridículo y ya fracasé una vez tratando de suicidarme con pastillas.

Nunca imaginé que sería tan feliz tomando tantas pastillas. Mi padre hubiera sido un hombre menos violento y torturado si hubiese tomado las pastillas que yo tomo y que nadie me ha recetado. A las tres de la mañana tomo una que me hace dormir boca arriba, a las ocho de la mañana tomo otra que me hace dormir boca abajo y destapado y con los más absurdos e inconfesables sueños eróticos, a las dos de la tarde tomo unas pastillas antidepresivas que me hacen rechinar los dientes con la vehemencia que sentía cuando tomaba cocaína y antes de salir a montar en bicicleta a las siete de la tarde tomo una pastilla que me ayuda a ver las cosas con una calma insólita, milagrosa.

La contemplación de la vida, o de las casas y los árboles y los gatos y los canales que son los paisajes habituales de mi vida y me gustaría que lo fuesen el resto de lo que me queda por vivir, es perfecta a la velocidad morosa de la bicicleta, no a la velocidad de la camioneta en la que tengo que prender muy a mi pesar el aire acondicionado ni a la velocidad de mi cuerpo exhausto caminando con unos zapatos que compré por correo y me quedan grandes. Es decir que la bicicleta parece ser el observatorio más lúcido y exacto de la vida en movimiento y las cosas que me rodean, cosas que no alcanzo a advertir cuando manejo y que ciertamente tampoco advertiría si caminase, porque en esta isla hace tanto calor que no se puede caminar y cuando lo he intentado todo me ha parecido feo y triste, probablemente por el cansancio que me provocaba caminar bajo tanto calor y entre gente que pasaba en autos y me gritaba cosas optimistas y se ofrecía a llevarme cuando yo ni siquiera sabía adónde iba.

Había dejado de montar en bicicleta porque las llantas se habían desinflado y las cadenas, oxidado, pero hace unos meses, con ocasión de la visita de Martín, decidí llevarlas a la tienda de un hombre flaco y taciturno que practica yoga y parece la persona más feliz de esta isla en la que casi todos hacen alarde del dinero, a diferencia de él, que se mueve en bicicleta y se sienta en el parque a meditar y nos mira con una serenidad beatífica que le envidio y acaso proviene de su amor por las bicicletas y su desinterés en el dinero y el lujo.

Uno no debería vivir en una ciudad en la que no pueda montar en bicicleta, me digo. No sé si montar en bicicleta es un buen ejercicio, me tiene sin cuidado, no tengo ningún interés en vivir más años de los que sean estrictamente necesarios, pero me parece que hacerlo me permite un conocimiento más preciso y cabal de mis dimensiones humanas y, a la vez, un cierto deslumbramiento ante las bellezas insospechadas de mi barrio: los gatos que me miran con una inteligencia superior a la que poseo, las mucamas que se protegen del sol con paraguas y me saludan con una alegría tropical que nunca será mía, las chicas adolescentes que me ignoran y se ponen pantalones cortos bien apretados y me recuerdan con qué facilidad podría ser yo un criminal si alguna de ellas me mirase y me guiñase el ojo y me permitiese tocar ese cuerpo que las leyes me prohíben tocar, las mujeres que corren cantando una música que sólo ellas escuchan, las ardillas esquivas, los pájaros que se obstinan en cantar sobre los cables de luz, las casas espléndidas en las que nunca viviré y a las que nunca me invitarán porque un escritor impúdico y desleal no es bienvenido en las fiestas de aquellos que preservan una cierta reputación (una reputación que a menudo es falsa), los obreros de construcción y los jardineros ilegales y los limpiadores de piscinas que me quieren y me saludan porque saben que ellos, como yo, no tienen reputación y eso curiosamente nos hermana, nos hace iguales.

Otra de las ventajas de observar la vida desde una bicicleta en movimiento es que a uno se le ocurren cosas que no pensaría manejando un auto, caminando o corriendo. Es decir que probablemente la velocidad de la bicicleta corre pareja con la de mis pensamientos o tiene el ritmo propicio para estimularlos, lo que no ocurre en modo alguno con otros medios de transporte, incluidos, por cierto, el tren (que está sobreestimado) y el avión (en el que debo dormir con todas las pastillas que sean necesarias para evadir sin atenuantes la espantosa realidad de tanta gente cerca).

Montando en bicicleta he recordado que una vez le escribí a mi padre desde Madrid una carta en inglés y he pensado que tal vez fue una manera de decirle que si no podíamos ser amigos en español, tal vez podíamos intentarlo en inglés, pero él nunca respondió.

Montando en bicicleta he comprendido que estoy moralmente obligado a vivir y morir en un lugar lejano del que vivieron mis padres y abuelos.

Montando en bicicleta he pensado que debo llevar siempre conmigo unas pastillas lo bastante letales para acabar con mi vida.

Montando en bicicleta he visto con claridad el rostro de la persona que ordenó que dejasen una serpiente muerta en el buzón del correo de mi casa.

Montando en bicicleta he pensado que en mi familia hay una tradición por defender causas equivocadas (mi tío, al dictador cubano; mi abuelo, al dictador chileno; mi madre, al Opus Dei; mi padre, a los golpes militares) y me he preguntado si no me ocurrirá que después de pasarme media vida diciendo que soy bisexual terminaré descubriendo, ya tarde para desmentirlo, que lo que necesito desesperadamente es que un hombre me ame como no me amó mi padre, pero que tener sexo con un hombre no me interesa mayormente.

Lo curioso de las peleas amorosas es que a veces se originan por las situaciones más inocentes o por malentendidos absurdos o por sospechas que están divorciadas por completo de la realidad.

Los amantes que más se aman pelean a menudo no por falta de amor sino por exceso de amor, que es como una droga que los intoxica y los hace ver alucinaciones peligrosas.

Esto es lo que me pasó en los últimos días, una guerrilla amorosa de la que todavía no me recupero.

El origen de la pelea estuvo dictado por la casualidad y desprovisto de malas intenciones. Yo estaba editando el programa que presento en Miami y tocaron la puerta. Faltaba poco para el programa y a esa hora no me gusta que nos interrumpan. Abrí. Era Manuel, el reportero chileno del canal. Me dijo que venía de entrevistar a un magnate ecuatoriano que vive en Miami y cuyos canales habían sido incautados por el gobierno de su país. Me ofreció la entrevista antes de emitirla en el noticiero del canal. La acepté y agradecí el gesto. Se fue presuroso. No estuvo más de un minuto en la sala de edición y no alcanzó siquiera a darme la mano.

Vimos la entrevista y nos pareció valiosa. Extrajimos tres fragmentos. Los pasé durante el programa. Al presentarlos, agradecí a Manuel y dije que era un «excelente periodista».

Esa noche encontré un correo de Manuel agradeciéndome por elogiarlo en el programa. No le contesté porque estaba cansado.

Al día siguiente regresé de montar en bicicleta a eso de las siete de la tarde, cuando el sol ya no quema, la hora más propicia para salir por la isla, y, mientras me quitaba la ropa para meterme en la piscina, mi rutina de todas las tardes, sonó el celular. Era Martín, desde Buenos Aires. Estaba furioso. Martín odia a Manuel, lo odió desde que lo conoció. Piensa que Manuel está enamorado de mí y quiere ser mi novio. Acababa de ver en YouTube las imágenes de mi programa, cuando decía que Manuel era un «excelente periodista». También había visto un comentario que yo hacía sobre mi renuencia o desinterés en servir a los demás, a la patria. Al parecer había dicho: «Yo sólo sirvo a mis hijas, a la madre de mis hijas (que es como mi hija), a mi madre y a mis amantes incontables. A nadie más.» Pero no había mencionado a Martín, el hombre al que más he amado. Y en ese mismo programa había elogiado a Manuel, el hombre al que Martín más odia en todo el mundo.

Fue demasiado para él. Me dijo que lo había humillado, que lo había traicionado, que era un sujeto sin escrúpulos ni sentimientos, que no me quería ver nunca más, que ahora sí era el final definitivo, que nunca me perdonaría esa agresión tan cobarde e innoble. Me dijo luego algo que me impresionó:

—Sos un negro culosucio. No tenés moral.

Nunca nadie me había llamado así, negro culosucio. Me encantó el insulto.

Por supuesto, no me metí a la piscina. Ya no tenía tiempo. Subí a la ducha, me vestí y corrí a la televisión. La televisión tiene, entre otras ventajas, la cualidad terapéutica de que, cuando el público te aplaude y se ríe de tus bromas, te olvidas de tus problemas amorosos y te sientes un tipo listo e ingenioso (lo que es mentira) y no te sientes para nada un negro culosucio.

Al llegar a casa encontré un correo de la madre de Martín. Inés ha sido siempre muy cariñosa conmigo, aunque cuando Martín le contó hace años que estábamos saliendo juntos, ella le dijo: «Preferiría que salieras con Peña que con ese peruano del orto». Peña es Fernando Peña, un genial actor y comediante argentino, homosexual, ácido, irreverente, provocador, que tiene sida, aunque eso no le impide seguir demostrando su genialidad.

Inés me había escrito un correo titulado: «Daño al pedo». Me intrigó el encabezamiento, presentí que me haría reproches por el daño que, sin querer, había provocado en su hijo, al elogiar en televisión a su peor enemigo y al no mencionarlo explícitamente entre las personas a las que declaraba servir, aunque uno podía alegar que él podía contarse entre mis «amantes incontables», que, por supuesto, son contables, contables con uno o dos dedos, o con los dedos de una mano.

El correo de Inés carecía de introducciones afectuosas. Decía: «Cuando Martín me contó lo que dijiste en tu programa, me entristecí y me dieron ganas de llorar. ¿Qué se siente cuando se logra angustiar a alguien? No conozco el mecanismo. Nunca hice daño conscientemente.»

Estuve a punto de responderle, diciéndole que ella también hacía daño conscientemente, porque de otro modo no me hubiese enviado ese correo, y que si bien yo podía hacer daño cuando escribía, también podía no hacer daño cuando no escribía, por ejemplo cuando la invitaba con Martín a París o cuando le prestaba dinero a Martín para que le comprase un departamento a ella, de manera que mi capacidad de hacer daño literariamente a veces podía contrapesarse o neutralizarse con mi capacidad para no hacer daño o incluso hacer el bien económicamente. Pero me contuve y preferí no decirle nada.

A la tarde siguiente, porque las pastillas me hacen dormir hasta las tres, encontré un correo de Martín, en el que me informaba que se iba de nuestro departamento, que se llevaba sus cosas, que no lo vería más.

Le rogué que no se fuese, le sugerí que nos diésemos una tregua, le pedí que ante todo fuese mi amigo y no mi novio celoso y le reenvié el mail de su madre. Me respondió: «Seguro que le habrás dicho que no puede criticarte porque la invitaste a París. Es todo tu estilo. Además yo podría decir cosas mucho peores de tu madre.» (Martín y mi madre no se conocen, aunque me encantaría que se conocieran, creo que podrían llevarse bien.)

Martín se ha ido a vivir con su madre. No quiere verme más. Le he rogado que vuelva al departamento, que me perdone, pero me ha dicho que lo nuestro se terminó, que no lo veré más, que soy un mal recuerdo para él.

Esta tarde he ido al correo y he encontrado la cuenta de mi tarjeta de crédito. Allí figuran, entre otros gastos, los hoteles en que se han hospedado Sofía y mis hijas en París y Londres y aquellos en que se alojaron Martín y su madre en Madrid y París.

Al escribir el cheque para sufragar los gastos de esas personas a las que sirvo y seguiré sirviendo con el mayor gusto (y a las que no mencioné debidamente en televisión), no pude evitar sentirme un negro culosucio (aunque no sé bien lo que es eso). Pero no me arrepiento, es lo que soy: una buena persona cuando no escribo y una mala persona cuando escribo.

Planeta

España
Av. Diagonal, 662-664
08034 Barcelona (España)
Tel. (34) 93 492 80 36
Fax (34) 93 496 70 58
Mail: info@planetaint.com
www.planeta.es

Argentina
Av. Independencia, 1668
C1100 ABQ Buenos Aires
(Argentina)
Tel. (5411) 4382 40 43/45
Fax (5411) 4383 37 93
Mail: info@eplaneta.com.ar
www.editorialplaneta.com.ar

Brasil
Rua Ministro Rocha Azevedo, 346 -
8º andar
Bairro Cerqueira César
01410-000 São Paulo, SP (Brasil)
Tel. (5511) 3088 25 88
Fax (5511) 3898 20 39
Mail: info@editoraplaneta.com.br

Chile
Av. 11 de Septiembre, 2353,
piso 16
Torre San Ramón, Providencia
Santiago (Chile)
Tel. Gerencia (562) 431 05 20
Fax (562) 431 05 14
Mail: info@planeta.cl
www.editorialplaneta.cl

Colombia
Calle 73, 7-60, pisos 7 al 11
Santafé de Bogotá, D.C.
(Colombia)
Tel. (571) 607 99 97
Fax (571) 607 99 76
Mail: info@planeta.com.co
www.editorialplaneta.com.co

Ecuador
Whymper, 27-166 y Av. Orellana
Quito (Ecuador)
Tel. (5932) 290 89 99
Fax (5932) 250 72 34
Mail: planeta@access.net.ec
www.editorialplaneta.com.ec

Estados Unidos y Centroamérica
2057 NW 87th Avenue
33172 Miami, Florida (USA)
Tel. (1305) 470 0016
Fax (1305) 470 62 67
Mail: infosales@planetapublishing.com
www.planeta.es

México
Av. Presidente Masaryk, 111, piso 2
Colonia Chapultepec Morales, CP 11570
Delegación Miguel Hidalgo
México, D.F. (México)
Tel. (52) 30 00 62 00
Fax (52) 30 00 62 57
Mail: info@planeta.com.mx
www.editorialplaneta.com.mx
www.planeta.com.mx

Perú
Grupo Editor
Jirón Talara, 223
Jesús María, Lima (Perú)
Tel. (511) 424 56 57
Fax (511) 424 51 49
www.editorialplaneta.com.co

Portugal
Publicações Dom Quixote
Rua Ivone Silva, 6, 2.º
1050-124 Lisboa (Portugal)
Tel. (351) 21 120 90 00
Fax (351) 21 120 90 39
Mail: editorial@dquixote.pt
www.dquixote.pt

Uruguay
Cuareim, 1647
11100 Montevideo (Uruguay)
Tel. (5982) 901 40 26
Fax (5982) 902 25 50
Mail: info@planeta.com.uy
www.editorialplaneta.com.uy

Venezuela
Calle Madrid, entre New York y Trinidad
Quinta Toscanella
Las Mercedes, Caracas (Venezuela)
Tel. (58212) 991 33 38
Fax (58212) 991 37 92
Mail: info@planeta.com.ve
www.editorialplaneta.com.ve

Grupo Planeta